No he ve...

Su voz era suave, casi hipnótica.

Aquel era su método. Hacía caer en trance a sus víctimas con sus ojos dorados y su voz enigmática. Shanna cabeceó. Podía luchar contra aquello. No iba a rendirse.

Él frunció el ceño.

—Está siendo usted muy difícil.

—Sí, será mejor que lo tengas en cuenta —respondió ella, mientras revolvía en su bolso. Sacó su pistola Beretta Tomcat del calibre veintidós y lo encañonó—. Sorpresa, idiota.

El rostro del hombre no reflejó miedo, ni asombro. Tan solo, cierta irritación.

—Señorita, el arma es innecesaria —dijo, y dio un paso hacia ella—. Baje la pistola, por favor.

—¡No! —exclamó Shanna, y lo miró con tanta dureza como pudo—. Estoy dispuesta a disparar. Lo mataré.

—Eso es más fácil de decir que de hacer —respondió él, y dio otro paso hacia ella—. No voy a hacerle daño. Necesito su ayuda.

Ella jadeó.

—Estás… estás sangrando.

—¿Puede ayudarme?

Oh, Dios, era guapísimo. Tenía que pasarle a ella, precisamente, que el hombre perfecto llegara a su vida justo antes de morir.

Kerrelyn Sparks

Es igual de fácil
enamorarse de un
muerto viviente

CÓMO CASARSE CON UN
VAMPIRO
MILLONARIO

HarperCollins *Español*

© 2015 por Kerrelyn Sparks
Publicado por HarperCollins Español® en Nashville, Tennessee,
Estados Unidos de América.
HarperCollins Español es una marca registrada de HarperCollins
Christian Publishing.

Título en inglés: *How to Marry a Millionaire Vampire*
© 2005 por Kerrelyn Sparks
Publicado por Avon Books, un sello de HarperCollins Publishers.

Editora en Jefe: *Graciela Lelli*
Traducción: María Perea
Adaptación del diseño al español: M.T. Color & Diseño, S. L.

ISBN: 978-0-82970-238-5

Impreso en Estados Unidos de América
15 16 17 18 19 OPM 6 5 4 3 2 1

Con amor y gratitud a mis colegas escritoras,
que me mantienen cuerda en los momentos
difíciles, y que se alegran cuando llegan
los momentos buenos: MJ Selle, Vicky Dreiling,
Vicky Yelton y Sandy Weider.

También, mi más sincero agradecimiento para estas
mujeres brillantes: mi agente, Michelle Grajkowski,
y mi editora, Erika Tsang.

Agradecimientos

Estoy en deuda con las siguientes personas, por su ayuda.
Muchas gracias a todo el personal de la clínica dental de la doctora Stephanie Troeger, en Katy, Texas, por ayudarme a implantar con éxito el colmillo del vampiro. Gracias también a Paul Weider, cuyas ideas en tecnología digital me abrieron un mundo de emocionantes posibilidades, incluyendo una cadena de televisión vampírica. Me gustaría darle las gracias a mi marido, Don Sparks, por ponerle nombre a la cadena. Otra ronda de agradecimientos debería ser para mis colegas escritoras de las secciones de West Houston y Northwest Houston de los Escritores de Novela Romántica de América, por su apoyo constante. Y, finalmente, mi gratitud eterna para mi marido y mis hijos, por su paciencia y sus ánimos.

1

Roman Draganesti sabía que alguien había entrado sigilosamente en su despacho. O un enemigo, o un amigo íntimo. Amigo, pensó. Un enemigo nunca habría podido pasar por delante de los guardias que había en cada una de las entradas de su casa del Upper East Side, en Manhattan. Ni tampoco por delante de los guardias que había apostados en todos y cada uno de sus cinco pisos.

Roman sospechaba que, con su excelente visión nocturna, veía mucho mejor que su inesperado visitante. Y su sospecha se vio confirmada cuando la oscura silueta chocó contra una cómoda estilo Luis XVI y soltó una maldición en voz baja.

Gregori Holstein. Un amigo, pero un amigo molesto. Era el vicepresidente del Departamento de *Marketing* de Romatech Industries, y afrontaba todos los problemas con un entusiasmo tan inagotable, que conseguía que él se sintiera viejo. Verdaderamente viejo.

—¿Qué quieres, Gregori?

El recién llegado se volvió bruscamente, y entrecerró los ojos en dirección a él.

—¿Qué haces ahí sentado, solo y a oscuras?

—Umm… Qué pregunta tan difícil. Supongo que quería estar solo. Y a oscuras. Deberías probarlo más a menudo. Tu visión nocturna no es tan buena como debería.

—¿Y para qué voy a molestarme en poner a punto mi visión nocturna, si la ciudad está iluminada toda la noche? —preguntó Gregori, mientras palpaba la pared en busca del interruptor. La luz se encendió y lo envolvió todo con un suave brillo dorado—. Así está mucho mejor.

Roman se apoyó de nuevo en el cuero frío del respaldo de su sillón y bebió de su copa. El líquido le quemó la garganta. Qué espantoso brebaje.

—¿Hay algún motivo para tu visita?

—Por supuesto. Te has marchado demasiado pronto del trabajo, y teníamos que enseñarte algo importante. Te va a encantar.

Roman dejó la copa sobre su escritorio de caoba.

—Con los años, he aprendido que tenemos tiempo de sobra.

Gregori soltó un resoplido.

—Vamos, intenta entusiasmarte un poco. Hemos conseguido un avance asombroso en el laboratorio —respondió, y se fijó en la copa medio vacía de Roman—. Me apetece celebrarlo. ¿Qué estás tomando?

—No te va a gustar.

Gregori se acercó al mueble bar.

—¿Por qué? ¿Acaso tus gustos son demasiado refinados para mí? —preguntó. Entonces, tomó el decantador y se sirvió un poco de aquella bebida roja en una copa—. Tiene buen color.

—Hazme caso, y saca otra botella de la nevera.

—¡Ja! Si tú puedes beberlo, yo también —dijo Gregori, y tomó un buen trago antes de lanzarle a Roman una mirada victoriosa. Al instante, abrió unos ojos como platos. Aunque, normalmente, era muy pálido, enrojeció hasta ponerse casi morado, y emitió un sonido ahogado justo antes de empezar a toser y a soltar maldiciones, todo a la vez. Al final, apoyó ambas manos sobre el mueble bar y se inclinó hacia delante para tomar aire.

Verdaderamente, un brebaje espantoso, pensó Roman.

—¿Ya te has recuperado? —le preguntó.

Gregori tomó aire, temblorosamente.

—¿Qué tiene ese vino?

—Un diez por ciento de zumo de ajo.

—Pero… ¿qué dices? —preguntó Gregori, mientras se erguía con indignación—. ¿Te has vuelto loco? ¿Es que quieres envenenarte?

—Se me ha ocurrido comprobar si las viejas leyendas eran verdad —respondió Roman, con una ligera sonrisa—. Es evidente que algunos somos más susceptibles que otros.

—¡Es evidente que a algunos les gusta arriesgar el pellejo!

A Roman se le borró la sonrisa de los labios.

—Tu comentario tendría más lógica si no estuviéramos muertos ya.

Gregori caminó a grandes zancadas hacia él.

—No irás a empezar otra vez con esa tontería de «Qué desgraciado soy, soy un maldito demonio», ¿verdad?

—Acepta la realidad, Gregori. Hemos sobrevivido durante siglos arrebatándoles la vida a otros. Somos una abominación ante los ojos de Dios.

—No vas a beber esto —le dijo Gregori, y le arrebató la copa a Roman antes de que él pudiera ponerla fuera de su alcance—. Escúchame: ningún vampiro ha hecho tanto como tú para proteger a los vivos y dominar los impulsos de nuestra raza.

—Muy bien, así que ahora somos los demonios con mejor comportamiento que hay sobre la faz de la tierra. Maravilloso. Llama al papa. Estoy listo para que me beatifique.

La mirada de impaciencia de Gregori se convirtió en una expresión de curiosidad.

—Entonces, ¿es cierto lo que dicen? ¿Eras un monje?

—Prefiero no vivir en el pasado.

—No estoy tan seguro de eso.

Roman apretó los puños. Su pasado era algo de lo que no estaba dispuesto a hablar con nadie.

—Me ha parecido que has mencionado unos avances en el laboratorio…

—Ah, sí. Vaya, me he dejado a Laszlo esperando en el pasillo. Quería preparar la escena, por así decirlo.

Roman respiró profundamente y relajó las manos.

—Entonces, te sugiero que empieces. La noche tiene un número limitado de horas.

—Exacto. Además, después me voy de juerga. Simone acaba de llegar de París y, chico…

—…no te imaginas lo cansadas que tiene las alas. Eso ya era viejo hace un siglo —dijo Roman, y volvió a apretar los puños—. No te vayas por las ramas, Gregori, o voy a tener que enviarte a tu ataúd para que te tomes un descanso.

Gregori lo miró con exasperación.

—Solo lo he dicho por si querías venir con nosotros. Es mucho más divertido que quedarse aquí solo, bebiendo veneno —dijo, y se alisó la corbata negra de seda—. Ya sabes que a Simone siempre le has gustado. De hecho, a cualquiera de las damas que hay abajo le encantaría animarte un poco.

—No me parecen especialmente animadas. La última vez que las miré, estaban todas muertas.

—Bueno, pues si eres tan quisquilloso con eso, tal vez deberías buscar una compañera viva.

—No —dijo Roman, y se puso de pie de un salto. Tomó su copa y se movió, con una rapidez vampírica, hacia el mueble bar—. Una mortal no. Nunca más.

—Vaya. He tocado la fibra sensible.

—Fin de la conversación.

Roman tiró la mezcla de sangre y zumo de ajo que quedaba en su copa por la pila, y vació también el decantador. Hacía mucho tiempo había aprendido que tener una relación con una mujer mortal solo serviría para que se le partiera el corazón. Literalmente. Además, prefería no experimentar la sensación de tener una estaca clavada en el corazón. Qué estupendo abanico de posibilidades tenía ante sí: podía elegir como compañera a una vampiresa, que era una mujer muerta, o a una mortal, una mujer viva que iba a desear que él estuviera muerto. Y aquella existencia tan cruel no iba a cambiar nunca, sino que iba a prolongarse por los siglos de los siglos. No era raro que estuviera deprimido.

Normalmente, un científico como él podía encontrar algo interesante en lo que ocupar el pensamiento. Sin embargo, en algunas ocasiones, como por ejemplo, aquella noche, eso no era suficiente. ¿De qué le servía estar tan cerca del descubrimiento de una fórmula que permitiera a los vampiros permanecer despiertos de día? ¿Qué iba a hacer con todas aquellas horas extra? ¿Trabajar más? Tenía siglos y siglos por delante para trabajar.

Aquella misma noche había comprendido la verdad: si estaba despierto durante el día, no tendría a nadie con quien hablar. Solo conseguiría aumentar las horas de soledad que ya había en su vida. En aquel momento, lo había dejado todo y se había ido a casa para estar solo, a oscuras, escuchando el monótono latir de su corazón solitario. El alivio llegaría al amanecer, cuando la salida del sol detuviera su pulso vital y él quedara muerto durante todo el día. Por desgracia, estaba empezando a sentirse muerto también por la noche.

—¿Estás bien, Roman? —le preguntó Gregori, mirándolo con cautela—. He oído decir que, algunas veces, los que son verdaderamente viejos, como tú, se deprimen.

—Gracias por recordármelo. Y, ya que no voy a rejuvenecer, tal vez no te importe decirle a Laszlo que entre en el despacho.

—Sí, sí, claro. Lo siento —dijo Gregori, y tiró de los puños de su inmaculada camisa blanca—. Solo quería preparar el escenario. ¿Te acuerdas de cuál es el lema fundacional de la empresa? Conseguir un mundo igualmente seguro para los vampiros y para los mortales.

—Sí, ya lo sé. Creo que lo escribí yo mismo.

—Sí, pero la amenaza más grande para la paz siempre han sido los vampiros pobres y los descontentos.

—Sí, también lo sé.

No todos los vampiros eran tan ricos como él y, aunque su empresa producía sangre sintética que resultaba fácil de conseguir y que tenía un precio asequible, aquellos con una situación económica desfavorable siempre preferirían alimentarse gratis de un mortal. Roman había intentado convencerlos de que la comida gratis no existía. Las víctimas mortales tenían tendencia a enfadarse. Entonces, contrataban a nuevos aspirantes a Buffy, y aquellos asesinos mataban a todos los vampiros que se cruzaban por su camino, incluso a los vampiros pacíficos y respetuosos con la ley que no mordían ni a una mosca. La triste realidad era que, mientras un solo vampiro siguiera atacando a los humanos, ningún vampiro estaría seguro en el mundo.

Roman se acercó a su escritorio.

—Creo que te puse a trabajar en el problema de los pobres.

—Sí, estoy en ello. Tendré el informe terminado dentro de unos días. Mientras, Laszlo ha tenido una idea brillante para los descontentos.

Roman se dejó caer pesadamente en el sillón. Los descontentos eran el grupo de vampiros más peligroso que existía. Formaban parte de una sociedad secreta, se denominaban a sí mismos los Verdaderos y despreciaban la sensibilidad más evolucionada del vampiro moderno. Los vampiros descontentos podían permitirse comprar la sangre más cara de todas las que producía Romatech Industries. Podían adquirir la sangre más exótica, la sangre para *gourmets* de Cocina de Fusión, la línea de productos alimentarios para vampiros más apreciada que había creado Roman. Incluso podían tomarla en copas del cristal más fino. Sin embargo, no querían hacerlo.

Para ellos, la emoción de beber sangre no estaba en la sangre, sino en el mordisco. Aquellas criaturas vivían para morder. No creían que nada pudiera reemplazar el intenso placer de hundir los colmillos en el cuello cálido y flexible de un mortal.

Durante el año anterior, la comunicación entre los descontentos y los vampiros modernos había empeorado hasta tal punto, que estaban al borde de la guerra. Una guerra que podía causar muchas muertes, tanto de vampiros como de mortales.

—Que entre Laszlo.

Gregori abrió la puerta.

—Puedes pasar —dijo.

—Ya era hora —respondió Laszlo—. El guardia estaba a punto de registrar las cavidades de nuestra invitada de honor.

—Oh, qué chica más guapa llevas ahí —murmuró el guardia, con acento escocés.

—¡No la toques! —exclamó Laszlo, y entró en el despacho de Roman con la mujer en brazos, agarrada como si estuvieran bailando un tango. La mujer era más alta que el químico vampiro, y estaba completamente desnuda.

Roman se puso en pie de un salto.

—¿Has traído a una mortal aquí? ¿A una mortal desnuda?

—Relájate, Roman, no es de verdad —dijo Gregori, y se inclinó hacia Laszlo—. Al jefe le ponen un poco nervioso las mujeres mortales.

—No estoy nervioso, Gregori. Todas mis terminaciones nerviosas murieron hace más de quinientos años —dijo Roman. Solo veía la espalda de la muñeca, pero su melena rubia y larga y su trasero parecían muy reales.

Laszlo sentó a la muñeca en una butaca. Las piernas se le quedaron rectas, así que el químico se las dobló hacia abajo. Las rodillas de la muñeca hicieron un clic con cada uno de los ajustes.

Gregori se agachó junto a ella.

—Está muy lograda, ¿no te parece?

—Sí, mucho —dijo Roman, y miró el vello que tenía la muñeca entre las piernas; lo llevaba depilado al estilo de una bailarina de estriptis, en una delgada línea—. Parece que es rubia teñida.

—Mira —dijo Gregori y, con una sonrisa, le separó las piernas—. Viene completamente equipada. Bonito, ¿eh?

Roman tragó saliva.

—¿Es un...? —balbuceó. Tragó saliva, y comenzó de nuevo—: ¿Es un juguete sexual de los humanos?

—Exactamente, señor —dijo Laszlo, y le abrió la boca—. Mire. Incluso tiene lengua. La textura es increíblemente real —añadió, mientras metía un dedo en la boca de la muñeca—. Y el vacío crea una sensación de succión muy realista.

Roman miró a Gregori, que estaba arrodillado entre las piernas de la muñeca, admirando la vista. Después, le miró a Laszlo, que estaba deslizando el dedo dentro y fuera de la boca de la muñeca. Por Dios, si pudiera sentir dolor de cabeza, en aquel momento tendría una espantosa migraña.

—¿Queréis que os deje a los tres solos?

—No, señor —dijo el químico—. Solo queríamos demostrarle lo real que es —explicó.

Sacó el dedo y se oyó un pequeño pop; entonces, la boca de la muñeca se relajó y formó una sonrisa congelada que parecía indicar que estaba disfrutando.

—Es increíble —dijo Gregori en tono de aprobación, mientras le acariciaba el muslo—. Laszlo la ha pedido por correo.

—Era tu catálogo —dijo Laszlo con azoramiento—. Normalmente, yo no mantengo relaciones sexuales humanas. Es demasiado sucio.

Y demasiado peligroso. Roman apartó la vista de los pechos de la muñeca, que tenían una forma muy bonita. Tal vez Gregori estuviera en lo cierto, y él debiera pasar un buen rato con alguna dama. Si los mortales podían engañarse pensando que aquella muñeca estaba viva, él podía hacer lo mismo con una vampiresa. Sin embargo, ¿cómo iba a darle calor a su alma una mujer muerta?

Gregori levantó uno de los pies de la muñeca para examinarlo de cerca.

—Pues esta belleza es muy tentadora —dijo.

Roman suspiró. ¿Se suponía que aquel juguete sexual de los mortales iba a resolver el problema de los vampiros descontentos? Estaban perdiendo el tiempo, además de conseguir que se sintiera excitado y muy solo.

—Todos los vampiros modernos que yo conozco prefieren el sexo mental. Supongo que a los descontentos les pasa lo mismo.

—Me temo que eso no es posible con esta —dijo Laszlo, mientras le daba unos golpecitos a la muñeca en la cabeza. Sonó como si golpeara un melón.

Roman se fijó en que la muñeca todavía estaba sonriendo, aunque sus ojos azules tenían la mirada perdida.

—Así que tiene el mismo coeficiente intelectual que Simone.

—Eh —dijo Gregori, con cara de pocos amigos, y se posó el pie de la muñeca en el pecho—. Eso no está bien.

—Tampoco está bien que me hagáis perder el tiempo —replicó Roman, mirándolo de manera fulminante—. ¿Cómo podría resolver este juguete el problema que tenemos con los descontentos?

—Es mucho más que un juguete, señor —dijo Laszlo, jugueteando con los botones de su bata blanca—. Ha sido transformada en el laboratorio.

—En VANNA —dijo Gregori, y le tiró del dedo gordo del pie a la muñeca—. Mi pequeña VANNA, ven con papá.

Roman apretó los dientes después de asegurarse de que había retraído los colmillos. De lo contrario, cualquier vampiro se atravesaría el labio inferior.

—Ponedme al corriente, por favor, antes de que recurra a la violencia.

Gregori se echó a reír. No parecía que la ira de su jefe lo impresionara mucho.

—VANNA es un Vampire Artificial Nutritional Needs Appliance, es decir, un aparato especialmente diseñado para satisfacer artificialmente las necesidades nutricionales de los vampiros.

Laszlo hacía girar nerviosamente uno de los botones más sueltos de su bata. Era evidente que él se tomaba más en serio el mal genio de Roman.

—Es la solución perfecta para los vampiros que todavía sienten el impulso de morder. Y va a estar disponible en todas las razas y los géneros.

—¿También vais a producir juguetes masculinos? —preguntó Roman.

—Sí —dijo Laszlo, y el botón cayó al suelo. Laszlo lo recogió y se lo metió al bolsillo—. Gregori ha pensado que podríamos anunciarla en la Cadena Digital Vampírica. Las opciones serían VANNA morena, VANNA negra…

—¿Y esta sería VANNA blanca? —preguntó Roman, con una mueca de desaprobación—. Al departamento legal le va a encantar esto.

—Podríamos sacarle unas cuantas fotografías promocionales con un elegante traje de noche —dijo Gregori, acariciándole el arco del pie a la muñeca—. Y con unas sandalias de tacón negras, muy sexis.

Roman miró a su vicepresidente de *marketing* con preocupación, y se volvió hacia Laszlo.

—¿Estáis diciendo que esta muñeca se puede usar para alimentarse?

—¡Sí! —exclamó Laszlo, asintiendo con entusiasmo—. Al igual que una mujer viva, es capaz de ofrecer varias soluciones, de satisfacer las necesidades sexuales y nutricionales. Mire, deje que se lo enseñe —dijo. Inclinó la muñeca hacia delante y le apartó el pelo del cuello—. Hice la adaptación aquí atrás, para que no se notara.

Roman observó un pequeño interruptor y un corte en forma curva. En la base de la curva sobresalía un pequeño tubo que tenía un tapón en el extremo.

—¿Le has puesto un tubo?

—Sí. Está especialmente diseñada para simular una arteria real. Hemos desarrollado un circuito circular que está en su interior —explicó Laszlo, pasando un dedo por el cuerpo de la muñeca para mostrar el recorrido de la arteria falsa—. Atraviesa la cavidad del pecho, sigue por un lado del cuello y baja por el otro. Finalmente, vuelve al pecho.

—¿Y se llena de sangre?

—Sí, señor. Irá equipada con un embudo gratuito. La sangre y las pilas no van incluidas.

—Nunca van incluidas —comentó Roman, con ironía.

—Es fácil de usar —dijo Laszlo, señalando el cuello de la muñeca—. El consumidor quita el tapón, inserta el pequeño embudo en el tubo, elige dos litros de su sangre favorita de Romatech Industries y llena la muñeca.

—Ya entiendo. ¿Y se enciende cuando se está quedando sin existencias?

Laszlo frunció el ceño.

—Bueno, supongo que podría ponerle una luz indicadora…

—Era una broma —dijo Roman, con un suspiro—. Por favor, continúa.

—Sí, señor —dijo Laszlo. Después de carraspear ligeramente, siguió con sus explicaciones—: Este interruptor de aquí enciende una pequeña bomba que he insertado en la cavidad del pecho. Es como un corazón falso. La bomba hace fluir la sangre por la arteria y simula un pulso real.

Roman asintió.

—Y por eso son necesarias las pilas.

—Ummm —murmuró Gregori—. La muñeca sigue, y sigue, y sigue.

Roman miró a su vicepresidente y lo encontró mordisqueándole el dedo gordo a la muñeca. El brillo rojo de los ojos de Gregori era un tipo de indicador distinto.

—¡Gregori! Déjala.

Gregori gruñó en voz baja y soltó el pie de la muñeca.

—Ya no eres divertido.

Roman inspiró profundamente y lamentó no poder rezar para pedir paciencia a Dios. Aunque, en realidad, ningún dios que se preciara iba a querer atender las súplicas de un demonio con respecto a un juguete sexual de los mortales.

—¿La habéis probado ya?

—No, señor —respondió Laszlo, y pulsó el interruptor de VANNA—. Hemos pensado que usted debería ser el primero en tener ese honor.

El primero. Roman pasó la mirada por el cuerpo perfecto de la muñeca, en cuyo interior fluía una sangre que podía dar la vida.

—Así que, por fin, los vampiros pueden tener su tarta y, además, morderla.

Gregori sonrió y se alisó las solapas de la chaqueta negra que llevaba.

—El test del sabor. Que disfrutes.

Roman arqueó una ceja mirando a su vicepresidente de *marketing*. Sin duda, aquella prueba era idea de Gregori. Seguramente, pensaba que su jefe necesitaba un poco de emoción para sentirse vivo. Y, por desgracia, tenía razón.

Roman extendió un brazo y tocó el cuello de VANNA. La piel era más fría que la de un ser humano real, pero, de todos modos, era muy suave. Notó el pulso fuerte y constante de la arteria en las yemas de los dedos. Al principio, solo sentía aquel pulso en los dedos, pero, poco a poco, la sensación ascendió por su brazo y le llegó al hombro. Roman tragó saliva. ¿Cuánto tiempo había pasado? ¿Dieciocho años?

Los latidos se extendieron por su interior, y llenaron su corazón vacío y todos sus sentidos. Se le expandieron las ventanas de la nariz, y percibió el olor de la sangre. Tipo A positivo: su sangre favorita. Todo su cuerpo latió en sincronía con la muñeca. Su intelecto quedó desactivado, superado por un impulso que llevaba años sin experimentar: la sed de sangre.

Un gruñido vibró en su garganta. Notó que se le endurecía el sexo. Agarró a la muñeca por el cuello y la atrajo hacia sí.

—Voy a tomarla.

Con la rapidez de un rayo, la arrojó sobre una *chaise longue* tapizada de terciopelo. La muñeca quedó inmóvil, con las piernas flexionadas por las rodillas y caídas hacia ambos lados. Aquella imagen erótica fue casi demasiado para él. La pequeña cantidad de sangre que corría por sus venas pedía más y más. Más mujer. Más sangre.

Él se sentó y le apartó el pelo rubio del cuello. La sonrisa boba de la muñeca era un poco desconcertante, pero también era fácil ignorarla. Al inclinarse sobre ella, vio un reflejo en sus ojos vidriosos. Aquel reflejo no era el suyo, porque él no podía reflejarse en los espejos. Lo que veía reflejado era la luz roja y brillante que irradiaban sus propios ojos. VANNA lo había excitado. Le giró la cara para exponer su cuello. El pulso de la arteria le estaba pidiendo que la tomara.

Gruñó suavemente y se estrechó contra su cuerpo. Sus colmillos se alargaron, y le provocaron una onda de placer que lo recorrió de pies a cabeza. El olor de la sangre entró por su nariz como un torbellino y terminó con el poco dominio que le quedaba. La bestia que llevaba dentro se desató.

La mordió. Ya demasiado tarde, su mente registró el hecho de que, aunque su piel fuera tan suave como la de una mujer humana, la textura del interior era completamente distinta. Se trababa de un plástico grueso y correoso. Sin embargo, no evaluó si aquello era relevante; el olor de la sangre le anuló el entendimiento. El instinto cantó victoria, aullando en su cabeza como si fuera un animal hambriento. Roman hundió los colmillos más y más profundamente en la muñeca, hasta que experimentó aquella dulce sensación de romper la arteria y nadar en sangre. Celestial.

Con una larga succión, se llenó la boca de sangre. Tragó y bebió con avidez. Ella era deliciosa, y era suya.

Deslizó una mano hasta su pecho, y apretó. Qué tonto había sido al contentarse con beber de una copa. ¿Cómo iba a poder sustituir eso al fluir de la sangre caliente entre los colmillos? Había olvidado lo dulce que era aquella experiencia física. Estaba duro como una roca. Todos sus sentidos ardían. Nunca volvería a beber la sangre en una copa.

Dio un tirón al cuello de la muñeca, y se dio cuenta de que la había dejado completamente seca. Se había tomado hasta la última gota. Sin embargo, en aquel momento, un atisbo de claridad se abrió paso a través de toda aquella sensualidad. Maldición, había perdido el control. Si aquella muñeca hubiera sido un ser humano, estaría muerta. Y él habría acabado con otra criatura de Dios.

¿Cómo iba a ser aquello un avance en la causa de los vampiros civilizados? Ningún vampiro, ni siquiera los vampiros modernos y evolucionados, podría disfrutar de aquello sin desear la experiencia real. Lo único en lo que podrían pensar sería en morder a la primera mujer viva con la que se cruzaran. VANNA no era la respuesta adecuada para preservar la vida humana.

Más bien, era una amenaza de muerte para los seres humanos.

Roman apartó la boca de su presa, rugiendo. La sangre salpicó sobre la piel blanca del pecho de la muñeca y, al principio, él pensó que brotaba por algún agujero que había en el plástico. Sin embargo, estaba seguro de que había consumido toda la sangre que había en el interior del circuito. Aquella sangre era suya.

—¿Qué demonios pasa?

—Oh, Dios mío —murmuró Laszlo.

—¿Qué? —preguntó Roman, y miró el cuello de la muñeca. Allí, incrustado en el plástico, estaba uno de sus colmillos.

—¡Shhhh! —siseó Gregori, mientras se acercaba para verlo mejor—. ¿Cómo es posible?

—El plástico… —dijo Roman, y de su boca cayó más sangre—. El plástico del interior es demasiado duro. No se parece en absoluto a la piel humana.

—Oh, vaya —dijo Laszlo, que atacó otro de los botones de su bata con nerviosismo—. Esto es terrible. El tacto de la capa exterior era tan real, que… no me di cuenta de que… Lo siento muchísimo, señor.

—Ese es el menor de los problemas —dijo Roman, y tiró del colmillo para extraerlo del cuello de la muñeca. Después explicaría las conclusiones a las que había llegado. Por el momento, lo más urgente era que le colocaran el colmillo de nuevo en su alveolo.

—Sigues sangrando —le dijo Gregori, entregándole un blanquísimo pañuelo.

—La vena que alimenta el colmillo *fe ha rafgado* —dijo Roman, apretándose el pañuelo contra el agujero que le había quedado en la dentadura—. Mierda.

—Podría usar sus propios poderes de curación para sellar la vena —sugirió Laszlo.

—Entonces, *fe cerraría para fiempre*. Me quedaría con un *folo* colmillo eternamente.

Roman se apartó el pañuelo ensangrentado de la boca e insertó el colmillo en su hueco.

Gregori se inclinó para mirarlo.

—Creo que lo tienes.

Roman soltó el colmillo e intentó retraer ambas piezas hacia el interior de las encías. El colmillo izquierdo hizo lo que debía, pero el derecho se le cayó de la boca sobre el estómago de VANNA. Brotó más sangre de la herida.

—Señor, le sugiero que vaya al dentista —dijo Laszlo. Recogió el colmillo y se lo ofreció a Roman—. He oído decir que pueden reponer los dientes.

—Sí, claro —respondió Gregori, resoplando—. ¿Y qué se supone que tiene que hacer? ¿Entrar en la consulta y decir: «Disculpe, soy un vampiro y se me ha caído un colmillo al morderle el cuello a una muñeca hinchable». No creo que los dentistas hagan cola para ayudarle.

—*Necefito* un *dentifta* vampiro —anunció Roman—. *Bufcad* en *laf Páginaf Negraf*.

—¿En las Páginas Negras? —preguntó Gregori. Se acercó a velocidad ultrarrápida al escritorio de Roman y comenzó a abrir los cajones—. ¿Sabes? Estás hablando con la «f».

—¡Tengo un puñetero trapo metido en la boca! Mira en el último cajón.

Gregori encontró el listín telefónico de los negocios regentados por vampiros y lo abrió. Empezó a recorrer las columnas con el dedo índice.

—Bueno, a ver. Cementerio, nichos. Criptas, reparación. Criptas, servicios de vigilancia. Criptas, personalización. Qué interesante.

—Gregori —gruñó Roman.

—Sí, sí, claro —dijo Gregori, y pasó de página—. Bueno, aquí tenemos la letra de. Danza, clases. Disfraces de Drácula, todas las tallas.

Roman volvió a gruñir.

—*Eftoy* en una *fituación* crítica —dijo, y tragó con fuerza. Hizo un gesto de repugnancia al percibir el sabor de su propia sangre. Tenía un sabor rancio.

Gregori pasó otra página y siguió leyendo rápidamente, hasta que llegó al final de la lista.

—Lo siento, pero no hay ningún dentista —anunció, con un suspiro.

Roman se dejó caer en una butaca.

—Tendré que ir a la consulta de un mortal.

Demonios. Iba a tener que usar el control mental y, después, borrar los recuerdos del dentista. De lo contrario, ningún ser humano querría ayudarlo.

—Puede que nos cueste encontrar una clínica dental que esté abierta a medianoche —dijo Laszlo. El químico se acercó al bar y tomó un rollo de papel absorbente. Después, empezó a limpiar la sangre de la superficie de VANNA. Miró a Roman con preocupación—. Señor, será mejor que mantenga el colmillo en el interior de la boca.

Gregori abrió las Páginas Amarillas y buscó la letra «d».

—¡Demonios, hay miles de dentistas! —exclamó. Se irguió, con una gran sonrisa, y añadió—: ¡Lo encontré! Clínica Dental Dientes Brillantes, en el Soho. Abierta las veinticuatro horas del día para la ciudad que nunca duerme. ¡Bingo!

Laszlo exhaló un suspiro.

—Qué alivio. No estoy seguro, porque nunca había visto nada como esto, pero me temo que, si su colmillo no se reimplanta esta misma noche, no será posible hacerlo.

Roman se incorporó.

—¿Qué quieres decir?

Laszlo tiró las toallas de papel manchadas de sangre en la papelera que había junto al escritorio.

—Nuestras heridas se curan naturalmente mientras dormimos. Si llega el amanecer y se duerme sin su colmillo en el alveolo de la encía, su cuerpo cerrará las venas y la herida para siempre.

Roman se puso en pie.

—*Entoncef*, tengo que hacerlo *efta mifma* noche.

—Sí, señor —respondió Laszlo, pasando el dedo por el botón de la bata—. Si tenemos suerte, estará en plena forma para la convención anual.

Roman tragó saliva. ¿Cómo había podido olvidar la conferencia que se celebraba todos los años, en primavera? El Baile de Gala iba a celebrarse dos noches después. Los maestros de los aquelarres más importantes del mundo asistirían a la celebración. Él, como maestro del aquelarre más grande de América, era el anfitrión de la gala. Si aparecía sin uno de los colmillos, se convertiría en blanco de las bromas durante todo el siglo siguiente.

Gregori tomó una hoja de papel y escribió la dirección.

—Vamos, vete. ¿Quieres que te acompañemos?

Roman se quitó el pañuelo de la boca para que sus instrucciones se oyeran con claridad.

—Laszlo me llevará en coche. Nos llevaremos a VANNA para que todo el mundo piense que la estamos trasladando al laboratorio. Tú, Gregori, sal con Simone, tal y como estaba previsto. Nada debe parecer extraño.

—Muy bien —dijo Gregori, y le entregó la dirección de la clínica dental.

—Buena suerte. Si necesitáis ayuda, llamadme.

—No creo que sea necesario —dijo Roman, y miró a sus dos empleados con severidad—. No debéis hablar de este incidente con nadie. No volváis a mencionarlo, ¿entendido?

—Sí, señor —dijo Laszlo, y tomó a VANNA en brazos.

Roman observó que el químico agarraba a la muñeca por uno de los glúteos regordetes. Dios Santo, con todo lo que había ocurrido, y todavía estaba excitado. Su cuerpo vibraba de deseo, anhelaba más sangre y más carne femenina. Esperaba que se tratara de un dentista, y no de una dentista. Que Dios protegiera a cualquier mujer que se cruzara en su camino aquella noche.

Todavía le quedaba un colmillo, y temía que iba a usarlo.

2

*E*ra otra interminable noche de aburrimiento en la clínica dental. Shanna Whelan se apoyó en el respaldo de la chirriante silla de su consulta y observó los azulejos blancos del techo. La mancha de humedad seguía allí. Qué sorpresa. Había tardado tres noches en llegar a la conclusión de que la mancha en cuestión tenía forma de perro salchicha. Como su vida.

Con otro sonoro chirrido, se irguió en la silla y miró el reloj de la radio. Eran las dos y media de la noche. Le quedaban seis horas de turno. Encendió la radio, y por el despacho empezó a oírse una melodía de hilo musical de ascensor, una versión instrumental y poco inspirada de *Strangers in the Night*. Sí, claro, como si ella fuera a conocer a un extraño guapo, moreno y alto y a enamorarse de él. Eso no podía suceder en su aburrida vida. Durante la noche anterior, el momento cumbre había sido cuando había aprendido a hacer que su silla chirriara al ritmo de la música.

Dobló los brazos sobre el escritorio y posó la cabeza en ellos. ¿Qué decía el refrán? «Ten cuidado con lo que pides,

porque puede que lo consigas». Bueno, pues ella había pedido aburrimiento, y vaya si lo había conseguido. En las
seis semanas que llevaba trabajando en la clínica, había tenido un solo cliente. Un niño con aparato de ortodoncia.
En mitad de la noche, se le había soltado uno de los alambres
del aparato, y los padres lo habían llevado rápidamente
al dentista para que le reconectara el alambre. De lo contrario, podría pincharle el interior de la boca, y el resultado sería… sangre.

Shanna se estremeció. Con solo pensar en la sangre, se
mareaba. Los recuerdos de lo que había sucedido, las imágenes sangrientas, pugnaban por salir de los resquicios
más oscuros de su cerebro. No, no iba a permitir que le
destrozaran el día. Eran de otra vida, de otra persona. Le
pertenecían a la chica valiente y feliz que había sido durante sus veintisiete primeros años de vida, antes de que se
desencadenara el infierno. En el presente, gracias al Programa de Protección de Testigos, era la aburrida Jane Wilson, que vivía en un *loft* aburrido, en un barrio aburrido, y
que pasaba todas las noches en un trabajo aburrido.

El aburrimiento estaba bien. El aburrimiento era seguro. Jane Wilson tenía que permanecer invisible y desaparecer en el océano de caras anónimas de Manhattan si quería
seguir viva. Por desgracia, parecía que incluso el aburrimiento podía causar estrés. Tenía demasiado tiempo para
pensar. Demasiado tiempo para recordar.

Apagó la música y comenzó a pasearse por la sala de espera. Había dieciocho sillas, tapizadas alternativamente en
colores azul y verde, alineadas contra las paredes azul claro. En una de ellas colgaba una reproducción de *Water Li-
lies,* de Monet. Sin duda, era un intento de transmitirles
calma y serenidad a los pacientes. Shanna no creía que tuviera efecto. Ella estaba tan nerviosa como siempre.

La clínica estaba muy concurrida durante el día, pero,
durante la noche, era un lugar solitario. Y casi era lo mejor, porque si aparecía alguien con un problema grave, no

estaba segura de poder resolverlo. Antes de lo que había ocurrido, era una buena dentista, pero, después… «No, no pienses en eso».

Sin embargo, ¿qué iba a hacer si alguien acudía a la clínica con una urgencia? La semana anterior, se había hecho un pequeño corte al afeitarse las piernas. Al ver la diminuta gota de sangre, se había puesto a temblar con tanta fuerza que había tenido que tumbarse.

Tal vez debiera abandonar la profesión de dentista. ¿Qué importancia podía tener ya que perdiera su carrera profesional? Ya había perdido todo lo demás, incluyendo a su familia. El Departamento de Justicia lo había dejado bien claro: no podía ponerse en contacto con sus familiares, ni con sus amigos, bajo ninguna circunstancia. De hacerlo, pondría en peligro su vida y la vida de sus seres queridos.

La aburrida Jane Wilson no tenía familia ni amigos. Solo tenía un alguacil de los Estados Unidos con quien podía hablar. No era de extrañar que hubiera engordado cinco kilos durante aquellos dos últimos meses. La única emoción que le quedaba era comer. Comer, y hablar con el guapísimo chico del reparto de *pizzas*. Aceleró el paso mientras daba vueltas por la sala de espera. Si continuaba comiendo así, engordaría como una ballena y, quizá, de ese modo, nadie la reconociera. Podría estar a salvo y gorda el resto de su vida. Gruñó. Sana, gorda, aburrida y sola.

Alguien llamó a la puerta, y ella se detuvo en seco. Seguramente, era el repartidor de *pizzas,* pero el corazón le había dado un vuelco al oír los golpes. Respiró profundamente y se acercó al escaparate delantero. Miró a través de las lamas de las persianas, que siempre mantenía cerradas para que nadie pudiera ver el interior de la clínica.

—Soy yo, doctora Wilson —dijo Tommy—. Le traigo su *pizza*.

—Ah, bien —dijo ella, y abrió el cerrojo de la puerta. La clínica estaba abierta las veinticuatro horas del día, sí, pero ella tomaba precauciones. Solo abría la puerta a los clientes legítimos. Y a la *pizza*.

—Hola, doctora —dijo Tommy, y entró en la consulta con desparpajo y con una gran sonrisa.

Aquellas dos últimas semanas, el adolescente se había encargado del reparto todas las noches, y Shanna disfrutaba de sus intentos de flirteo. De hecho, aquel era el mejor momento del día. Realmente, estaba a punto de convertirse en alguien patético.

—Hola, Tommy. ¿Qué tal? —preguntó, y se acercó al mostrador de la oficina para tomar su bolso.

—Tengo su *pepperoni* gigante aquí mismo —dijo Tommy. Tiró de la cintura de sus pantalones vaqueros y volvió a soltarla. Los pantalones se le deslizaron ligeramente hacia abajo por las delgadas caderas, y dejaron a la vista seis centímetros de calzoncillos de seda con dibujos de Scooby Doo.

—Pero si he pedido una pequeña.

—No estaba hablando de la *pizza,* doctora —dijo Tommy. Le lanzó un guiño de picardía y dejó la caja de la *pizza* sobre el mostrador.

—Ah, claro. Bueno, eso ha sido un poco basto para mí.

—Lo siento —dijo el chico, y sonrió con timidez—. Uno tiene que intentarlo, ¿sabe?

—Supongo —respondió ella, y le pagó la *pizza*.

—Gracias —dijo Tommy, mientras se metía el dinero al bolsillo—. ¿Sabe una cosa? Tenemos muchísimas clases de *pizza*. Debería probar alguna nueva.

—Puede que lo haga. Mañana.

Él puso los ojos en blanco.

—Eso fue lo que dijo la semana pasada.

En aquel preciso instante, sonó el teléfono, y Shanna dio un respingo al oír aquel timbre estridente.

—Vaya, doctora. Debería tomar café descafeinado.

—Creo que no había oído sonar el teléfono desde que empecé a trabajar aquí.

El teléfono volvió a sonar. Vaya, el chico de la *pizza* y una llamada telefónica al mismo tiempo. La situación más emocionante que vivía desde hacía varias semanas.

—Bueno, pues la dejo para que vuelva al trabajo. Hasta mañana, doctora Wilson —dijo Tommy. Se despidió agitando la mano y caminó hacia la puerta.

—Adiós —dijo Shanna, mientras admiraba la visión de sus vaqueros caídos. Definitivamente, iba a ponerse a dieta. Después de la *pizza*.

El teléfono sonó de nuevo, y ella descolgó el auricular.

—Clínica Dental Dientes Brillantes, ¿puedo ayudarle en algo?

—Sí, claro que puedes —respondió un hombre, cuya voz ronca fue seguida de una respiración profunda. Después, de otra.

Magnífico. Un pervertido para alegrarle aún más la noche.

—Creo que se ha equivocado de número —dijo ella. Hizo ademán de colgar, cuando volvió a oír la voz.

—Creo que tú tienes el nombre equivocado, Shanna.

Ella dio un grito ahogado. Aquello tenía que ser un error. «Sí, claro. Shanna es un nombre tan común, que la gente siempre está llamando a los sitios preguntando por Shanna». ¿A quién quería engañar? ¿Debía colgar? No, ellos ya sabían quién era.

Y dónde estaba. Tuvo un arrebato de terror. Oh, Dios Santo, iban a ir a buscarla...

«¡Cálmate». Tenía que conservar la calma.

—Me temo que se ha equivocado de número. Soy la doctora Jane Wilson, y esta es la Clínica Dental...

—¡Corta el rollo! Sabemos dónde estás, Shanna. Es la hora de la venganza.

Clic. La llamada terminó, y la pesadilla volvió a empezar.

—Oh, no. No, no... —colgó el auricular, y se dio cuenta de que estaba balbuceando cada vez más alto, acercándose a un grito. «¡Contrólate!». Mentalmente, se abofeteó a sí misma, y marcó el número de la policía.

—Soy la doctora Jane Wilson, de la Clínica Dental Dientes Brillantes. Yo… ¡voy a sufrir un atentado! —exclamó. Dio la dirección de la consulta, y la operadora le aseguró que un coche patrulla iba de camino. Sí, claro, con un tiempo estimado de llegada que excedería en diez minutos la hora de su asesinato, sin duda.

Se le escapó un jadeo al recordar que la puerta estaba abierta. Corrió hacia la entrada y echó el cerrojo. Al salir corriendo hacia la puerta trasera, sacó el teléfono móvil del bolsillo de su bata blanca y marcó el número del alguacil que le había asignado el gobierno.

Primer tono.

—Vamos, Bob, contesta —dijo. Llegó a la puerta trasera. Todos los cerrojos estaban echados.

Segundo tono.

¡Oh, no! Aquello era una pérdida de tiempo. Toda la parte frontal de la clínica era de cristal. Cerrando las puertas no iba a conseguir nada; los asesinos solo tendrían que disparar a través de la cristalera. Después, le dispararían a ella. Tenía que pensar en otra solución. Tenía que salir de allí.

El tercer tono fue seguido de un clic.

—¡Bob, necesito ayuda!

Su petición fue interrumpida por una voz llena de aburrimiento.

—*En este momento no estoy en mi puesto, pero deje su nombre y su número y me pondré en contacto con usted en cuanto sea posible.*

Biiiip…

—¡Eso es una gilipollez, Bob! —exclamó, mientras volvía corriendo a la consulta, a buscar su bolso—. Dijiste que siempre estarías ahí. Saben dónde estoy, y vienen por mí.

Apretó el botón de colgar la llamada y se guardó el teléfono en el bolsillo. ¡Maldito Bob! Como para creerse sus edulcoradas promesas de que el gobierno la protegería. ¡No pagaría más los impuestos! Claro que, si la asesinaban, eso dejaría de ser un problema.

«¡Concéntrate!», se dijo. Con aquellos pensamientos caóticos solo iba a conseguir que la mataran. Tomó el bolso y pensó en escapar por la puerta de atrás, y correr hasta que pudiera encontrar un taxi. Iría a... ¿adónde? Si sabían dónde trabajaba, probablemente también sabían dónde vivía. Oh, Dios, estaba sentenciada...

—Buenas noches —dijo alguien, con la voz muy grave, desde el otro lado de la consulta.

A ella se le escapó un grito, y dio un respingo. Había un hombre impresionante junto a la puerta. ¿Impresionante? Realmente, se estaba volviendo loca, si estaba evaluando el atractivo de un asesino a sueldo. Él tipo tenía algo blanco sujeto contra la boca, pero ella apenas se dio cuenta de qué era, porque los ojos del hombre captaron toda su atención y no permitieron que se distrajera. La recorrió de pies a cabeza con la mirada. Tenía los ojos de un color castaño dorado, llenos de hambre.

Una ráfaga de aire helado le golpeó la frente, tan repentina e intensamente, que ella se apretó una mano contra la sien.

—¿Cómo... cómo ha entrado?

Él siguió mirándola fijamente y señaló la puerta.

—Eso no es posible —susurró Shanna. La puerta estaba cerrada con llave, y las ventanas estaban intactas. ¿Se había colado antes de que cerrara? No, ella se habría dado cuenta de que aquel hombre estaba dentro de la consulta. Hasta la última célula de su cuerpo estaba pendiente de él. ¿Eran imaginaciones suyas, o sus ojos cada vez eran más dorados, y su mirada, más intensa?

El intruso tenía el pelo negro, largo hasta los hombros, con las puntas ligeramente onduladas. Llevaba un jersey negro que acentuaba la anchura de sus hombros, y unos pantalones vaqueros, también negros, ceñidos a las caderas y a sus largas piernas... Era alto, moreno y guapo. Un guapo asesino a sueldo. Oh, Dios Santo. Seguramente, podía matar a una mujer provocándole agudas arritmias. De hecho, no llevaba armas de ningún tipo. Claro que, con aquellas manos tan grandes...

Un dolor frío le atravesó de nuevo la mente.

—No he venido a hacerle daño —dijo él.

Su voz era suave, casi hipnótica.

Aquel era su método. Hacía caer en trance a sus víctimas con sus ojos dorados y su voz enigmática y, antes de que se dieran cuenta... Shanna cabeceó. Podía luchar contra él. No iba a rendirse.

Él frunció el ceño.

—Está siendo usted muy difícil.

—Sí, será mejor que lo tengas en cuenta —respondió ella, mientras revolvía en su bolso. Sacó su pistola Beretta Tomcat del calibre veintidós y lo encañonó—. Sorpresa, idiota.

El rostro del hombre no reflejó miedo, ni asombro. Tan solo, cierta irritación.

—Señorita, el arma es innecesaria.

Oh, el seguro de la pistola. Con los dedos temblorosos, se lo quitó, y volvió a apuntar al pecho del hombre. Esperaba que no se hubiera percatado de su falta de experiencia. Adoptó una postura más agresiva y tomó la pistola con ambas manos.

—¡Tengo un cargador entero con tu nombre, cerdo! ¡Vas a morir!

Algo brilló en sus ojos. Podría haber sido el miedo, pero a Shanna le pareció que era, más bien, diversión. Él se acercó a ella.

—Baje el arma, por favor. Y deje el teatro.

—¡No! —exclamó Shanna, y lo miró con tanta dureza como pudo—. Estoy dispuesta a disparar. Lo mataré.

—Eso es más fácil de decir que de hacer —respondió él, y dio un paso hacia ella.

Shanna elevó un poco más el arma.

—Lo digo en serio. No me importa lo increíblemente guapo que seas. Te volaré los sesos por toda la habitación.

Él arqueó ambas cejas. Aquello sí le había sorprendido. Volvió a inspeccionarla, y el color de sus ojos se volvió más oscuro, como el del oro fundido.

—Deja de mirarme así —dijo ella. Le temblaban las manos.

El hombre siguió avanzando hacia ella.

—No voy a hacerle daño. Necesito su ayuda —dijo, y se apartó el pañuelo de la boca. En la tela blanca resaltaban varias manchas rojas. Sangre.

Shanna jadeó. Bajó las manos. El estómago le dio un vuelco.

—Estás… estás sangrando.

—Deje la pistola antes de que se pegue un tiro en el pie.

—No —dijo ella, y volvió a subir la Beretta, intentando no pensar en la sangre. Después de todo, si le disparaba, habría mucha más.

—Necesito que me ayude. He perdido un diente.

—¿Eres… eres un paciente?

—Sí. ¿Puede ayudarme?

—Oh… vaya… —Shanna metió el arma en su bolso—. Lo lamento muchísimo.

—Normalmente, ¿recibe a sus pacientes a punta de pistola? —preguntó él, con una chispa de diversión en la mirada.

Oh, Dios, era guapísimo. Tenía que pasarle a ella, precisamente, que el hombre perfecto llegara a su vida justo antes de morir.

—Mira, van a venir en cualquier momento. Será mejor que salgas de aquí enseguida.

Él entrecerró los ojos.

—¿Tiene algún problema?

—Sí. Y, si te pillan aquí, te matarán a ti también. Vamos —dijo ella, tomando su bolso—. Vamos a salir por la puerta trasera.

—¿Está preocupada por mí?

Ella miró hacia atrás. Él todavía estaba junto al escritorio.

—Por supuesto. No quiero que maten a gente inocente.

—Yo no soy exactamente lo que podría denominarse «gente inocente».

Ella soltó un resoplido.

—¿Has venido a matarme?

—No.

—Pues entonces, eres lo suficientemente inocente para mí. Vamos —dijo ella, y se dirigió hacia la sala de consultas.

—¿Hay alguna otra clínica dental en la que puedan ayudarme con mi diente?

Shanna se dio la vuelta, y se quedó sin respiración. El hombre estaba justo detrás de ella, aunque no lo hubiera oído moverse.

—¿Cómo has…?

Él abrió la mano y le mostró algo.

—Este es mi diente.

Ella se estremeció. Había un poco de sangre en la palma, pero, con esfuerzo, consiguió concentrarse en la pieza.

—¿Qué? ¿Estás de broma? Eso no es un diente humano.

Él apretó los labios.

—Es mi diente. Necesito que me lo implante en su sitio.

—Ni de casualidad voy a implantarle el colmillo de un animal. Eso es enfermizo. Esa… esa cosa es de un perro. O de un lobo.

A él se le expandieron las aletas de la nariz, y se irguió tanto que parecía que había crecido seis centímetros. Apretó el diente en su puño.

—¿Cómo se atreve, señorita? Yo no soy un hombre lobo.

Shanna pestañeó. Claramente, aquel hombre era muy raro. Tal vez fuera un loco. A no ser que…

—Ah, ya lo entiendo. Es una broma de parte de Tommy.

—No conozco a ningún Tommy.

—Entonces, ¿quién…?

Su pregunta fue interrumpida por el sonido de unos coches que derrapaban frente a la clínica. ¿Era la policía? Shanna se asomó por la puerta de la consulta para mirar hacia el exterior. No se oía ninguna sirena ni se veían luces. Sí se oyeron unos pasos muy fuertes en la acera.

Shanna notó un sudor frío en la piel. Se agarró el bolso contra el pecho.

—Ya están aquí.

El paciente psicótico envolvió su colmillo de lobo en el pañuelo blanco y se lo metió al bolsillo.

—¿Quiénes?

—Gente que quiere matarme —respondió ella, y echó a correr hacia la puerta trasera.

—¿Tan mala dentista es usted?

—No —dijo Shanna, y descorrió los cerrojos con las manos temblorosas.

—¿Ha hecho algo malo?

—No. Vi algo que no debería haber visto. Y tú también, si no sales de aquí.

Lo agarró del brazo y le obligó a salir. A él se le cayó un hilo de sangre por una comisura de la boca, y se la limpió rápidamente con el dorso de la mano. Le quedó una mancha roja en la mandíbula.

«Había tanta sangre. Tantas caras sin vida, manchadas de sangre. Y la pobre Karen... la sangre le manaba de la boca, y ahogaba sus últimas palabras...».

—Oh, Dios... —murmuró Shanna. Empezaron a temblarle las rodillas. Se le nubló la visión. No, no podía ser. Necesitaba correr...

El paciente la sujetó.

—¿Se encuentra bien?

Ella miró la mano con la que la estaba agarrando del brazo. Le había manchado la bata blanca con un poco de sangre. Sangre. Shanna cerró los ojos y se desplomó contra él. Su bolso cayó al suelo.

Él la tomó en brazos.

—No —dijo ella. Se estaba desmayando, y no podía permitírselo. Hizo un último intento por sobreponerse, y abrió los ojos.

La cara del paciente estaba muy cerca de ella. El mundo se estaba desvaneciendo, pero él seguía estudiándola, y sus ojos empezaron a brillar lentamente.

Se le habían puesto rojos. Rojos como la sangre.

Muerta. Muy pronto estaría muerta, como Karen.

—Sálvate tú, por favor —le susurró.

Después, todo se volvió negro.

«Es increíble», pensó Roman. De no haber sabido muy bien cómo eran las cosas, hubiera pensado que aquella mujer no era mortal. Nunca, en sus más de quinientos años de vida, había conocido a un ser humano que pudiera resistir su control mental. Tampoco había conocido a un ser humano que quisiera salvarlo, en vez de matarlo. Por el amor de Dios, aquella mujer creía, incluso, que él era inocente. E increíblemente guapo. Eso era lo que había dicho.

Y, sin embargo, era una mujer mortal. Sentía su cuerpo cálido y blando en los brazos. Inclinó un poco la cabeza e inhaló profundamente su olor. Era el delicioso aroma de la sangre humana. Sangre fresca del tipo A positivo: su favorita. La agarró con más fuerza, y se excitó sin poder evitarlo. Estaba allí, tan vulnerable, en sus brazos, con la cabeza caída hacia un lado y el cuello blanco y virginal expuesto a su mirada… Y el resto de su cuerpo parecía igual de delicioso.

De todos modos, por mucho que deseara su cuerpo, la mente de aquella mujer le intrigaba más aún. ¿Cómo demonios había conseguido bloquear su control mental? Cada vez que había intentado dominarla, ella le había devuelto las ondas como si le estuviera dando una bofetada. No obstante, aquella lucha mental no le había causado ira, sino, más bien, todo lo contrario. Había conseguido leer algunos de sus pensamientos, y parecía que le asustaba mucho la visión de la sangre. Y la última cosa que se le había pasado por la cabeza antes de desmayarse había sido su propia muerte.

Sin embargo, estaba llena de vida. Irradiaba calor y vitalidad e, incluso inconsciente, estaba consiguiendo provocarle una intensa erección. Dios Santo, ¿qué iba a hacer con ella?

Su oído extrasensible percibió el sonido de una voz masculina desde la acera de la fachada de la clínica.

—¡Shanna! No te lo pongas más difícil aún. Vamos, abre.

¿Shanna? Se fijó en su piel blanca, en la boca rosada y en las pecas que tenía en la nariz respingona. Aquel nombre era muy apropiado para ella. Su pelo era suave, y parecía que se lo había teñido de castaño. Interesante. ¿Por qué iba a querer teñirse el pelo una mujer tan joven y tan guapa? Lo único que sabía con certeza era una cosa: que VANNA no podía sustituir a la realidad.

—¡Ya está bien, zorra! ¡Vamos a entrar! —gritó uno de los hombres, y se oyó un estruendo de cristales rotos. Las persianas vibraron.

Aquellos hombres tenían toda la intención de hacerle daño a la dentista. ¿Qué podía haber hecho? Dudaba que fuera una delincuente. Era muy inepta con la pistola, y había confiado demasiado en él. De hecho, parecía más preocupada por su seguridad que por la de ella. Sus últimas palabras habían sido para rogarle que se salvara, no que la salvara a ella.

Lo más sensato sería dejarla y salir corriendo. Después de todo, tenía que haber más dentistas en la ciudad, y él nunca se involucraba en el mundo de los mortales.

Observó su cara. «Sálvate tú, por favor».

No podía hacerlo. No podía dejarla allí, porque la matarían. Ella era… distinta. Dentro de él empezó a despertar un instinto que llevaba dormido varios siglos, y lo supo. Supo que tenía en los brazos un raro tesoro.

Más cristales rotos en la oficina. Debía darse prisa. Por suerte para él, aquello no era ningún problema. Se colocó a la dentista en un hombro y tomó su extraño bolso con

fotos de Marilyn Monroe impresas a ambos lados. Entrea-
brió la puerta y asomó la cabeza.

Los edificios que había al otro lado de la calle eran conti-
guos y tenían escaleras de incendios metálicas que recorrían
sus muros en zigzag. La mayoría de las tiendas estaban cerradas; tan solo había luz en el restaurante de la esquina.
Por la calle principal pasaban algunos coches, pero la calle
lateral en la que se encontraban estaba tranquila. Había coches aparcados en ambos lados. Sus agudos sentidos detec-
taron vida: dos hombres ocultándose detrás de uno de los
coches de la acera de enfrente. No los veía, pero sentía su
presencia, olía la sangre que fluía por sus venas.

En un instante, abrió la puerta y, al desplazarse con la
velocidad de un bólido hacia la esquina, solo tuvo tiempo
de ver que los hombres empezaban a reaccionar. Corrieron hacia la puerta abierta con las pistolas en la mano. Roman se había movido con tanta velocidad que ni siquiera
lo habían visto. Torció otra esquina y llegó a la calle delantera de la clínica. Se escondió detrás de una furgoneta de
reparto que estaba allí aparcada y observó cómo se desa-
rrollaba la escena.

Había tres sedanes negros bloqueando la calle, y dos
hombres hacían guardia mientras otros dos se abrían paso
entre los cristales del escaparate de la clínica. ¿Quiénes
eran aquellos tipos que querían matar a Shanna?

La agarró con fuerza.

—Agárrate, cariño. Vamos a dar una vuelta.

Se concentró en el tejado del edificio de diez pisos que había detrás de ellos y, un segundo después, estaban allí arriba. Roman miró hacia abajo para vigilar a los matones.

La acera estaba llena de fragmentos de cristal que cru-
jían bajo las botas de los que querían asesinar a Shanna.
Uno de ellos metió una mano enguantada a través del cristal roto de la puerta para abrirla por dentro. Los otros se
sacaron las pistolas del interior de la chaqueta y entraron
en la clínica.

La puerta se cerró tras ellos y una lluvia de cristales cayó sobre la acera. Al instante, se oyó el ruido de unos muebles arrastrados por el suelo.

—¿Quiénes son esos hombres? —susurró. No recibió respuesta. Shanna estaba inconsciente en su hombro. Y él se sentía como un bobo allí plantado, sujetando el bolso de una mujer.

Se fijó en algunos muebles de exterior, de plástico, que había en la azotea: dos sillas verdes, una mesita y una tumbona. Depositó a la dentista en la tumbona. Al hacerlo, una mano se le deslizó por su cuerpo y topó con algo duro que llevaba en el bolsillo. Parecía un teléfono móvil.

Dejó el bolso en el suelo y sacó el teléfono del bolsillo de Shanna. Iba a llamar a Laszlo para que volviera con el coche. Los vampiros podían comunicarse telepáticamente, pero la comunicación mental no siempre garantizaba la privacidad. Roman estaba en un dilema, y no quería que ningún otro vampiro se enterara accidentalmente. Le faltaba un colmillo y acababa de secuestrar a una dentista mortal que tenía problemas más graves que él.

Se acercó rápidamente al peto de la azotea y miró hacia abajo. Los matones estaban saliendo de la clínica. En total, eran seis, porque los dos de la parte trasera se habían reunido con sus cuatro compañeros de la parte delantera. Gesticulaban furiosamente, y sus maldiciones ascendían por el aire hasta sus oídos ultrasensibles.

Eran rusos, y tenían el físico de un jugador de *rugby*. Roman miró a Shanna. A ella le habría costado mucho sobrevivir con aquellos gorilas detrás de su pista.

Los hombres se detuvieron repentinamente, y guardaron silencio. Una figura surgió de entre las sombras. Así pues, en total, eran siete matones. ¿Cómo era posible que no hubiera percibido la presencia de uno de ellos? Él siempre sentía la sangre fresca y el calor corporal de los mortales, pero aquel había pasado completamente inadvertido…

Los otros hombres se acercaron lentamente los unos a los otros, como si se sintieran más seguros en grupo. Seis contra uno. ¿Por qué le tenían miedo seis fornidos matones a un solo hombre? La silueta oscura fue acercándose hacia la clínica. La luz, que se filtraba a rayas por las lamas de las persianas destrozadas, le iluminó la cara.

¡Por todos los demonios! Roman dio un paso atrás. Era lógico que no hubiera notado la presencia del séptimo hombre: era Ivan Petrovsky, el maestro de los vampiros rusos. Y uno de los enemigos más antiguos que tenía.

Durante los últimos cincuenta años, Petrovsky había pasado sus días trasladándose desde Rusia a Nueva York y viceversa, para mantener un férreo control sobre todos los vampiros rusos del mundo. Roman y sus amigos siempre intentaban evitar a su viejo enemigo. Según los últimos informes, Petrovsky estaba ganando un buen dinero como asesino a sueldo.

Ofrecerse como asesino era una vieja tradición entre los vampiros más violentos. Matar mortales era fácil e incluso agradable para ellos, así que, ¿por qué no obtener un dinero del placer de salir a cenar? Resultaba obvio que era aquella lógica la que seguía Petrovsky, y que estaba ganándose la vida haciendo un trabajo que le encantaba. Sin duda, era un profesional excelente.

Roman había oído decir que el patrón preferido de Petrovsky era la mafia rusa. Eso explicaría por qué iba acompañado de seis matones que hablaban ruso. Además, le daba a entender que la mafia rusa quería ver muerta a Shanna.

¿Sabrían los rusos que Petrovsky era un vampiro, o pensarían que era un asesino a sueldo de la vieja patria y que prefería trabajar de noche? Fuera como fuera, estaba claro que lo temían.

Y con buen motivo. Ningún mortal podría defenderse de él, ni siquiera una mujer valiente con una Beretta escondida en el bolso.

Un gemido llamó su atención, y se volvió hacia la mujer valiente. Se estaba despertando. Dios Santo… Si los rusos habían contratado a Ivan Petrovsky para matar a Shanna, no viviría para ver la luz del día.

A menos que estuviera bajo la protección de otro vampiro, de un vampiro con poderes y recursos suficientes como para enfrentarse a todo el aquelarre de vampiros rusos. Un vampiro que tuviera una fuerza de seguridad ya organizada. Un vampiro que hubiera luchado ya contra Petrovsky, y que hubiera vivido para contarlo. Un vampiro que necesitara una dentista con urgencia.

Roman se acercó silenciosamente a ella. La muchacha gruñó y se posó una mano sobre la frente. Sus esfuerzos para evitar que él controlara su mente le habían producido dolor de cabeza, sin duda. Y, no obstante, el mero hecho de que hubiera podido resistirlo ya era asombroso. Además, como no podía controlarla, no sabía lo que iba a hacer o a decir. Eso la convertía en una adquisición peligrosa, en caso de quedarse con ella. La convertía en algo… fascinante.

Se le había abierto la bata blanca y, por debajo, llevaba una camiseta de color rosa claro y unos vaqueros negros. Cada vez que respiraba, su pecho se expandía. Roman notó que sus propios vaqueros se expandían también. La sangre caliente de la dentista fluía por sus venas y lo atraía a cada latido. Bajó la mirada hasta sus caderas, donde el pantalón se le ajustaba de una manera muy atractiva. Era tan guapa, que sería deliciosa, y no en un solo sentido.

Por Dios… quería quedársela. Aquella mujer creía que él era una persona inocente. Creía que merecía la pena salvarlo. Pero ¿y si averiguaba la verdad? Estaba seguro de que, si descubría que él era un demonio, querría matarlo. Lo sabía a ciencia cierta, porque lo había aprendido muy bien con Eliza.

Roman se irguió. No podía situarse de nuevo en una posición tan vulnerable. Pero ¿lo traicionaría también aquella mujer? Por algún motivo, ella le parecía diferente. Le había rogado que se salvara a sí mismo. Tenía un corazón puro.

Volvió a gemir, y él se dio cuenta de que la muchacha era completamente vulnerable en aquel momento. ¿Cómo iba a dejarla a merced de aquel monstruo de Petrovsky? Él era el único que podía protegerla en todo Nueva York. Volvió a pasar la mirada por su cuerpo, hasta su preciosa cara. Oh, claro que podía protegerla. Sin embargo, mientras su cuerpo aullara de hambre y latiera de deseo, no había manera de garantizar que estuviera segura.

De él, no.

3

Shanna se frotó la frente. En la distancia, oyó las bocinas de los coches, y una sirena de ambulancia. En el más allá no necesitaba nada de eso. Claramente, seguía viva, pero ¿dónde?

Abrió los ojos y contempló un cielo nocturno en el que brillaban las estrellas, aunque estuviera cubierto, en parte, de niebla.

La brisa le movió el pelo contra la mejilla. Miró a su derecha. ¿Una azotea? Estaba tendida sobre una tumbona de jardín. ¿Cómo había llegado hasta allí?

Miró a su izquierda.

Él. El paciente psicótico con el colmillo de lobo. Él debía de haberla llevado allí, y se estaba acercando desde el peto de la azotea.

Ella se incorporó para ponerse en pie rápidamente, pero la tumbona empezó a ladearse, y no pudo evitar que se le escapara un jadeo.

—Ten cuidado —dijo él, y se acercó rápidamente. La agarró por los brazos, y ella se quedó asombrada. ¿Cómo era posible que hubiese llegado tan rápidamente?

Su dolor de cabeza se suavizó un poco.

Él la estaba agarrando con firmeza, casi de forma posesiva.

—Suéltame.

—Bueno —dijo él, y la soltó. Después, se incorporó.

Shanna tragó saliva. No se había dado cuenta de que fuera tan alto. Y tan grande.

—Podrías darme las gracias por haberte salvado la vida.

Aquella voz, de nuevo. Una voz grave y sexy. Y muy seductora. Sin embargo, ella no tenía ganas de confiar en nadie.

—Te enviaré una tarjeta.

—No confías en mí.

Era muy perceptivo.

—¿Y por qué iba a hacerlo? Que yo sepa, me has secuestrado. Sin mi permiso.

Él sonrió.

—¿Normalmente das tu permiso?

Ella lo fulminó con la mirada.

—¿Adónde me has traído?

—Estamos en el edificio de enfrente de tu clínica —dijo él, y volvió a marcharse hacia el peto de la azotea—. Ya que no confías en mí, compruébalo por ti misma.

Sí, claro. Iba a acercarse a un precipicio acompañada de un psicópata. Ni hablar.

Ya había sido lo bastante boba como para desmayarse en la consulta, cuando debería haber salido corriendo. No podía permitirse tener más momentos de debilidad como aquel. El hombre guapísimo debía de haberla sacado de allí. Realmente, le había salvado la vida.

Era alto, moreno, guapo y heroico. Completamente perfecto, salvo por el hecho de que quería que le implantaran un colmillo de lobo. ¿Acaso vivía en la fantasía de que era un licántropo? ¿Por ese motivo no se había asustado al ver su arma? Tal vez pensara que solo podían herirle las balas de plata. Se preguntó si iba a aullarle a la luna.

«Tranquila, Shanna», se dijo. Volvió a frotarse la frente dolorida.

Tenía que dejar de pensar en tonterías y decidir lo que iba a hacer.

Se fijó en que el bolso estaba a sus pies. ¡Aleluya! Lo tomó y se lo colocó sobre el regazo para buscar la Beretta. ¡Sí! Todavía estaba allí. Todavía podía defenderse, incluso del guapísimo hombre lobo, si era necesario.

—Todavía están ahí abajo, por si quieres verlos —le dijo él.

Ella cerró el bolso de golpe y lo miró con los ojos muy abiertos y una expresión de inocencia.

—¿Quiénes?

Él miró un instante su bolso, y volvió a mirarla a la cara.

—Los hombres que quieren matarte.

—Bueno, en realidad, ya los he visto bastante por hoy, así que creo que lo mejor será que me marche —respondió Shanna, y se puso en pie.

—Si te marchas ahora, te van a atrapar con facilidad.

Probablemente, eso era cierto. Sin embargo, ¿estaba más segura en una azotea con un hombre guapísimo que se había fugado de una clínica mental? Agarró el bolso fuertemente contra el pecho.

—Está bien. Me quedo un rato más.

—Me parece bien —dijo él, en un tono más suave—. Yo me quedo contigo.

Ella fue retrocediendo hasta que el mobiliario de jardín estuvo entre los dos.

—¿Por qué me has rescatado?

El desconocido sonrió lentamente.

—Necesito una dentista.

Con una sonrisa como aquella, no. Demonios. Con una sonrisa como aquella, podía reducir a cualquier mujer a un manojo de hormonas temblorosas. «Me estoy derritiendo, me estoy derritiendo».

—¿Cómo me has subido hasta aquí?

Sus ojos brillaron en la oscuridad.

—Te he traído en brazos.

Shanna tragó saliva.

Obviamente, unos cuantos kilos de más por culpa de la *pizza* no habían herniado a aquel hombre.

—¿Me has subido en brazos todas las escaleras, hasta la azotea?

—Yo… tomé el ascensor —dijo él. Después, se sacó un teléfono móvil del bolsillo—. Voy a llamar a alguien para que venga a recogernos.

¿A recogerlos a los dos? ¿Acaso estaba tomándole el pelo?

No confiaba en él. Sin embargo, la había salvado de los asesinos y, hasta el momento, se había comportado como un caballero. Shanna se acercó al peto de la azotea, manteniendo una distancia prudencial con su misterioso rescatador.

Miró hacia abajo, y constató que había sido sincero con ella. Los matones estaban enfrente de la clínica, en la otra acera. Había tres coches negros aparcados en mitad de la calle, y junto a ellos estaban los hombres, agrupados, hablando. Planeando cómo matarla.

Estaba completamente atrapada. Tal vez sí le conviniera tener un aliado. Tal vez pudiera confiar en aquel extraño que se creía un hombre lobo.

—¿Radinka? —dijo él, con el teléfono pegado a la mejilla—. ¿Podrías darme el número de teléfono de Laszlo?

¿Radinka? ¿Laszlo? ¿No eran aquellos nombres rusos? Se le puso la carne de gallina. Oh, Dios. Estaba metida en un buen lío. Seguramente, aquel tipo estaba fingiendo que era amigo suyo para poder engatusarla, sacarla de la ciudad y…

—Gracias, Radinka —murmuró él, y colgó. Después, marcó el nuevo número—. Laszlo —dijo, en un tono de autoridad—, trae el coche inmediatamente. Corremos un grave peligro.

Shanna empezó a moverse lentamente. Con sigilo.

—No, no tienes tiempo de volver al laboratorio. Da la vuelta ahora mismo —dijo él. Hubo una breve pausa—. No, no me han arreglado el diente, pero tengo aquí a la dentista —dijo, y la miró.

Shanna se quedó inmóvil, e intentó aparentar que estaba aburrida.

Tal vez debiera canturrear alguna melodía, pero la única que se le ocurrió fue la que había oído aquella noche: *Strangers in the Night*. Bueno, era apropiada.

—¿Has dado ya la vuelta? —preguntó el hombre lobo, que parecía irritado—. Bien. Ahora, escúchame atentamente. No pases por delante de la clínica. Quédate una manzana al norte; nosotros nos reuniremos allí contigo, ¿entendido?

Otra pausa. Él se giró a mirar hacia abajo. Shanna retomó su lento camino hacia la escalera.

—Ya te lo explicaré después. Por ahora, tú sigue mis instrucciones, y estaremos a salvo.

Ella pasó más allá del mobiliario.

—Sé que solo eres químico, pero confío en tu capacidad. Recuerda que no queremos que nadie más se dé cuenta de esto. Y, ahora que lo pienso, ¿nuestra pasajera sigue en el coche, contigo? —preguntó el hombre lobo. Caminó hacia la esquina del edificio y se mantuvo de espaldas a ella, hablando en voz baja.

Así que el muy granuja no quería que lo oyera. «¿Me oyes ahora?», preguntó él. Y aquella frase la fastidió aún más. No, ella no podía oírlo, demonios.

Lo siguió rápidamente, de puntillas. Su profesora de *ballet* de niña se hubiera quedado impresionada al ver su velocidad.

—Mira, Laszlo, la dentista está aquí conmigo, y no quiero alarmarla más de lo necesario. Quita a VANNA del asiento trasero y métela en el maletero.

Shanna se detuvo en seco y se quedó boquiabierta. De repente, no podía respirar.

—No me importa que tengas otras cosas en el maletero. No vamos a ir por ahí con un cuerpo desnudo en el coche.

¡Oh, no! ¡Era un asesino a sueldo!

Él se giró de repente y la vio.

Shanna emitió un grito ahogado y dio un salto hacia atrás.

—¿Shanna? —dijo él.

Colgó el teléfono y se lo tendió.

—No te acerques a mí —dijo ella, y retrocedió mientras rebuscaba en su bolso.

Él frunció el ceño.

—¿No quieres tu teléfono?

¿Aquel era su teléfono? Vaya, no solo era un asesino, sino que también era un ladrón. Ella sacó su Beretta y lo encañonó de nuevo.

—No te muevas.

—No, otra vez no. No puedo ayudarte si sigues luchando contra mí.

—Sí, claro, como si quisieras ayudarme —dijo ella, y comenzó a caminar hacia la escalera, sin dejar de mirarlo—. He oído lo que le decías a tu amigo. «Oh, Laszlo, tenemos compañía. Mete el cadáver en el maletero».

—No es lo que piensas.

—No soy tonta, Hombre Lobo —dijo ella, y siguió moviéndose hacia las escaleras. Por lo menos, él estaba inmóvil—. Debería haberte pegado un tiro a la primera.

—No dispares. Los hombres de abajo oirían el tiro. Subirían a la azotea, y no creo que pudiera vencerlos a todos a la vez.

—¿A todos a la vez? Vaya, tienes una gran opinión de ti mismo.

A él se le oscurecieron los ojos.

—Tengo algunos talentos especiales.

—Sí, seguro que sí. Y seguro que la pobre chica del maletero podría decir muchas cosas sobre tus talentos especiales.

—Ella no puede hablar.

—¡Lógico! Cuando matas a alguien, se convierte en un malísimo conversador.

Él sonrió ligeramente.

Shanna llegó a la puerta de las escaleras.

—Si me persigues, te mato.

Abrió la puerta. Sin embargo, en un abrir y cerrar de ojos, él estaba allí. Cerró de un portazo, le quitó la pistola de la mano y la tiró. El arma cayó con un sonido metálico y resbaló por el suelo. Ella se retorció, forcejeó y le dio patadas en las espinillas. Él la agarró por las muñecas y la sujetó contra la puerta.

—Por el amor de Dios, mujer, mira que eres difícil de controlar.

—Puedes estar seguro de eso —contestó Shanna. Tiró de las muñecas, pero no consiguió soltarse.

Él se inclinó hacia ella. Su respiración le movió el cabello y le acarició la frente.

—Shanna —susurró, y su nombre sonó como si fuera una brisa fría.

Ella se estremeció. Aquella voz hipnótica tiró de ella para poder rodearla de una sensación de confort y seguridad. Falsa seguridad.

—No voy a permitir que me mates.

—No quiero matarte.

—Muy bien. Entonces, deja que me vaya.

Él inclinó aún más la cabeza, y su respiración le hizo cosquillas en el cuello.

—Te quiero viva. Cálida y viva.

Ella tuvo otro escalofrío. Oh, Dios, iba a acariciarla. Tal vez, incluso, la besara. Shanna esperó con el corazón acelerado en el pecho.

Él le susurró al oído:

—Te necesito.

Ella abrió la boca para hablar, pero volvió a cerrarla al darse cuenta de lo cerca que había estado de decir que sí.

Él se retiró hacia atrás, aunque no le soltó las muñecas.

—Necesito que confíes en mí, Shanna. Puedo protegerte.

Su dolor de cabeza volvió con ganas, atravesándole las sienes. Ella reunió fuerzas y valor, y le dio un rodillazo en la entrepierna.

A Roman se le escapó todo el aire de los pulmones, y se le ahogó un grito en la garganta. Solo emitió unos cuantos graznidos mientras se doblaba hacia delante y caía de rodillas. Su piel pálida se había vuelto muy roja.

Shanna se estremeció. Había dado en el blanco. Vio su pistola debajo de la mesa de la azotea, y corrió a recogerla.

—¡Santa Madre de Dios! —dijo Roman, entre jadeos—. Duele muchísimo.

—Se supone que eso es lo que tiene que ocurrir —dijo ella. Metió la Beretta en el bolso y fue corriendo hacia las escaleras.

—Nunca… Nadie me había hecho algo así —dijo él, con una expresión de dolor y de asombro—. ¿Por qué?

—Es uno de mis talentos especiales —respondió Shanna. Abrió la puerta de las escaleras y añadió—: No me sigas. La próxima vez te pego un tiro.

Salió al descansillo de la escalera y soltó la puerta, que empezó a cerrarse con un chirrido. Estaba a medio camino del primer tramo cuando se cerró con un portazo final, y la oscuridad se hizo completa. «Estupendo», pensó. Tuvo que aminorar el ritmo. No quería ser como una de aquellas chicas de las películas, que tropezaban y se torcían un tobillo, y se quedaban tiradas en el suelo gritando hasta que llegaba el malo. La barandilla terminó, y ella supo que había llegado al siguiente descansillo. Avanzó a ciegas, con los brazos extendidos para no chocar con nada, hasta que tocó la puerta.

La abrió de par en par, y salió a un pasillo iluminado que estaba vacío. Bien. Corrió hasta el ascensor, pero había un cartel colgado en la puerta: *Averiado*. ¡Demonios! Así que aquel desgraciado había mentido. No podía haberla subido en el ascensor. Miró a su alrededor por si encontraba un ascensor de servicio, pero no vio ninguno, y no tenía tiempo de pensar en cómo había conseguido subirla a la azotea.

Encontró la escalera central que, gracias a Dios, estaba iluminada. Descendió rápidamente, sin pausa, y llegó al piso bajo. No oía ningún ruido a sus espaldas. Abrió una rendija la puerta de la escalera y asomó la cabeza. El vestíbulo tenía una iluminación muy tenue, y también estaba vacío. La entrada principal del edificio tenía dos puertas de cristal y, a través de ellas, Shanna vio los coches negros y el grupo de asesinos.

Salió al vestíbulo y, sin separar la espalda de la pared, se dirigió hacia la parte posterior. La luz roja de la puerta trasera era como un faro para ella, como una promesa de libertad y seguridad. Encontraría un taxi, se alojaría en algún hotel pequeño y desconocido y llamaría de nuevo a Bob Mendoza. Y, si el alguacil seguía ilocalizable, iría a sacar todo su dinero del banco y tomaría un tren hacia alguna parte. Hacia cualquier parte.

Miró hacia fuera y no vio a nadie; salió del edificio. Al instante, un brazo fuerte la rodeó por la cintura y la estrechó contra un cuerpo duro como una roca. Una mano le tapó la boca como si fuera una mordaza de hierro. Ella le pateó las espinillas y le pisó los pies a su captor.

—Ya basta, Shanna. Soy yo —le susurró una voz familiar al oído.

¿El hombre lobo? ¿Cómo podía haber bajado las escaleras más rápidamente que ella? Gimió de frustración contra su mano.

La siguiente tienda tenía un escaparate de cristal con las rejas echadas; él la metió en el hueco de la entrada. El toldo los protegía de la luz de las farolas.

—Laszlo va a llegar enseguida. Solo tienes que estar quieta hasta que venga.

Ella cabeceó e intentó quitarse su mano de la boca.

—¿Puedes respirar? —le preguntó él, con preocupación.
Ella volvió a cabecear.

—¿Vas a gritar si aparto la mano? Lo siento, pero no puedo permitir que hagas ruido con esos matones tan cerca —dijo, y aflojó un poco la mano.

—No soy tan estúpida —respondió ella, contra su palma.

—A mí me pareces muy inteligente, pero también estás metida en un buen lío. Esa clase de estrés puede empujar a cualquiera a dar un paso equivocado.

Ella giró la cabeza para mirarlo a la cara. Tenía una mandíbula fuerte y marcada. Sus ojos estaban clavados en la calle, atentos a cualquier peligro.

—¿Quién eres? —susurró Shanna.

Él miró hacia abajo, y en sus labios apareció una ligera sonrisa.

—Soy alguien que necesita una dentista.

—No me mientas. Hay millones de dentistas por ahí.

—No te estoy mintiendo.

—Me mentiste acerca del ascensor. Está averiado. Yo he tenido que bajar por la escalera.

Él apretó los labios, y siguió mirando hacia la calle para detectar el peligro, sin molestarse en responder.

—¿Cómo has llegado aquí tan deprisa?

—¿Y qué importa eso? Quiero protegerte.

—¿Por qué? ¿Por qué iba a importarte yo?

Él hizo una pausa.

—Es complicado.

La miró, y a Shanna se le cortó la respiración al ver el dolor que había reflejado en sus ojos. No sabía quién era aquel hombre, pero estaba claro que conocía el sufrimiento.

—¿No vas a hacerme daño?

—No, cariño. Ya he hecho suficiente daño en mi vida —dijo él, con una sonrisa triste—. Además, si quisiera matarte, ya habría podido hacerlo una docena de veces.

—Qué reconfortante —dijo ella. Se estremeció, y él la estrechó entre sus brazos.

Enfrente había un letrero de neón encendido: el adivino del barrio todavía estaba abierto. Shanna pensó en cruzar la calle a la desesperada y llamar a la policía. O tal vez debiera preguntar por su futuro. ¿Tenía futuro, o se le había terminado la línea de la vida? Era extraño, pero no se sentía en peligro de muerte. Los brazos del hombre lobo eran fuertes. Su pecho era ancho y sólido. Y decía que quería protegerla. Había estado tan sola últimamente, que quería confiar en él.

Tomó aire para intentar calmarse, y empezó a toser.

—Vaya, qué mal huele aquí. ¿De qué es esta tienda?

—Un estanco. ¿No fumas?

—No, ¿y tú?

Él sonrió irónicamente.

—Solo produzco humo cuando estoy al sol.

¿Eh? ¿Qué clase de respuesta era esa? Antes de que ella pudiera preguntárselo, un coche verde oscuro se acercó a ellos, y el hombre lobo empezó a arrastrarla hacia el bordillo.

—Es Laszlo —dijo, agitando la mano para llamar la atención de su amigo.

Se trataba de un Honda Accord, que se detuvo en doble fila. El hombre lobo anduvo hacia el vehículo, tirando de Shanna.

¿Debía confiar en él? Si entraba en aquel coche con él, ¿cómo iba a escapar?

—¿Quién es ese tal Laszlo? ¿Es ruso?

—No.

—Su nombre no suena estadounidense.

El hombre lobo enarcó una ceja, como si le hubiera molestado aquel comentario.

—Es de origen húngaro.

—¿Y tú?

—Norteamericano.

—¿Naciste aquí?

Entonces, arqueó ambas cejas. Claramente, se sentía molesto. Sin embargo, tenía un ligero acento, y ella prefería asegurarse.

El hombre que había dentro del Honda apretó un botón, y el maletero se abrió unos centímetros. Shanna se sobresaltó al recordar que podía haber un cadáver en aquel coche.

—Relájate —le dijo el hombre lobo, agarrándola con fuerza.

—¿Me estás tomando el pelo? —preguntó ella, e intentó zafarse de él, pero fracasó—. No tendrás a una muerta ahí, ¿verdad?

Él suspiró.

—Que Dios me ayude. Supongo que me merezco esto.

Un hombre bajito con una bata blanca de laboratorio salió del Honda verde.

—Oh, aquí está, señor. He venido rápidamente —dijo. Al ver a Shanna, empezó a toquetear uno de los botones de su bata—. Buenas noches, señorita. ¿Es usted la dentista?

—Sí —respondió el hombre lobo, y miró hacia atrás—. Tenemos mucha prisa, Laszlo.

—Sí, señor —dijo Laszlo. Abrió la puerta trasera y se inclinó sobre el asiento—. Voy a quitar a VANNA.

Cuando se incorporó, sacó el cuerpo de una mujer desnuda del coche.

Shanna jadeó.

El hombre lobo le tapó la boca con la mano.

—No es de verdad.

Shanna forcejeó, pero él la estrechó contra su pecho y la sujetó con fuerza.

—Mírala, Shanna. Es un juguete de tamaño natural.

Laszlo se percató de su angustia.

—Es cierto, señorita. No es de verdad —dijo, y le quitó la peluca a la muñeca. Después, volvió a ponérsela.

Oh, Dios. Su hombre lobo no era un asesino, ¡sino un pervertido!

Le dio un codazo en el estómago y, como lo tomó por sorpresa, consiguió soltarse.

—Shanna —dijo él. Trató de agarrarla, pero ella dio un salto hacia atrás.

—No me toques, pervertido.

—¿Qué?

Ella señaló la muñeca que Laszlo estaba metiendo en el maletero.

—Un hombre que tiene un juguete como ese tiene que ser un pervertido.

El hombre lobo pestañeó.

—No… no es mi coche.

—¿Y no es tu juguete?

—No —dijo él, y volvió a mirar hacia atrás—. ¡Mierda! —exclamó. La agarró y tiró de ella hacia el coche—. Vamos, entra.

—¿Por qué? —preguntó Shanna, agarrándose a ambos lados de la puerta para impedir que la empujara al interior.

El hombre lobo se colocó a un lado y le bloqueó la vista.

—Hay un coche negro entrando en esta calle. No pueden verte.

¿Un coche negro? O un sedán negro, o un Honda verde. Esas eran sus opciones. Que Dios la ayudara a tomar la decisión correcta. Entró en la parte trasera del Honda Accord y se sentó. Dejó el bolso en el suelo y miró hacia atrás, pero no pudo ver el coche negro, porque Laszlo todavía tenía abierta la puerta del maletero.

—¡Date prisa, Laszlo! Tenemos que irnos —dijo el hombre lobo.

Entró en el coche, junto a ella, y cerró la puerta. Miró por la ventana trasera.

Laszlo cerró de un golpe el maletero.

—Mierda —dijo el hombre lobo. La agarró por los hombros y la empujó hacia abajo.

—¡Argg!

Todo sucedió muy rápido. Se le escapó una bocanada de aire y después, ¡zas! Su nariz estaba aplastada contra la tela vaquera del pantalón del hombre lobo. Magnífico; ahora estaba de cara contra su regazo. Se le llenaron las narices de un olor masculino, y también a un jabón fresco.

¿O era detergente de lavadora? Intentó sentarse de nuevo, pero él la mantuvo agachada.

—Lo siento, pero las ventanas no son tintadas, y no puedo arriesgarme a que te vean.

El motor arrancó y se pusieron en marcha. Ella notó que el coche vibraba a su alrededor, y el pantalón vaquero le dio un masaje facial.

Se movió hasta que su nariz y su boca encontraron una bolsa de aire. Después de respirar unas cuantas veces, se dio cuenta de que su preciosa bolsa de aire era la grieta que había entre las piernas del hombre lobo. Maravilloso. Estaba respirando entrecortadamente contra su entrepierna.

—El coche negro nos sigue —dijo Laszlo, en tono de preocupación.

—Ya lo sé —respondió el hombre lobo—. En la siguiente calle, tuerce a la derecha.

Shanna intentó rodar para colocarse de costado, pero el coche hizo un giro, y ella perdió el equilibrio. Cayó nuevamente sobre el regazo del hombre lobo, y le golpeó la entrepierna con la parte posterior de la cabeza. Ooh. Tal vez él no se hubiera dado cuenta. Se arrastró hacia delante para alejar la cabeza de allí.

—¿Hay algún propósito para toda esta actividad?

Oh, Dios Santo. Sí lo había notado.

—Yo… no podía respirar.

Entonces, se movió sobre el hombro y flexionó las piernas sobre el asiento, para poder tenderse de costado y apoyar la mejilla en sus muslos.

El coche se detuvo repentinamente. Shanna se deslizó hacia atrás y volvió a golpearle la bragueta con la cabeza.

Él se estremeció.

—Lo siento.

Vaya. Primero, le había dado un rodillazo y, después, una serie de golpes con la cabeza. ¿Cuánto maltrato podía aguantar un hombre en una sola noche? Shanna movió la cabeza hacia delante una vez más.

—Lo siento, señor —dijo Laszlo—. El semáforo se ha puesto en rojo de repente.

—Lo entiendo —dijo el hombre lobo, y posó una mano, con delicadeza, en la sien de Shanna—. ¿Podrías dejar de retorcerte, por favor?

—¡Señor, han parado junto a nosotros!

—Bueno, deja que echen un buen vistazo. Solo verán a dos hombres.

—¿Y qué hago ahora? —preguntó Laszlo—. ¿Sigo recto, o giro?

—Gira a la izquierda en el siguiente cruce. Ya veremos si nos siguen entonces.

—Sí, señor —dijo Laszlo, que estaba cada vez más nervioso—. ¿Sabe? Yo no tengo entrenamiento para este tipo de cosas. Tal vez deberíamos llamar a Connor o a Ian.

—Lo estás haciendo perfectamente. Eso me recuerda que…

El hombre lobo alzó las caderas.

Shanna jadeó y se agarró a sus rodillas. Los músculos de sus muslos se contrajeron y vibraron bajo su mejilla. Oh, Dios, qué viajecito.

—Toma —dijo él, sentándose de nuevo—. Tenía tu teléfono en el bolsillo trasero.

—Ah —dijo ella, y se tumbó de espaldas para poder ver. El coche dio un tirón hacia delante, y ella rodó hasta su entrepierna nuevamente, golpeándose la nariz contra su bragueta.

—Lo siento —murmuró, y se alejó cuanto pudo.

—No… pasa nada —dijo él. Dejó el teléfono en el asiento, y añadió—: No creo que debas usarlo. Si saben cuál es tu número, localizarán tus llamadas y sabrán cuál es tu situación exacta.

Él movió la mano hasta su hombro, seguramente, con la esperanza de impedir que siguiera rodando por su regazo.

El coche hizo un giro a la izquierda. Por suerte, ella apenas rodó en aquella ocasión.

—¿Nos siguen todavía? —preguntó.

—No los veo —respondió Laszlo, con algo de entusiasmo.

—No nos hagamos ilusiones todavía —dijo el hombre lobo, mirando a ambos lados—. Da unas cuantas vueltas más para asegurarnos.

—Sí, señor. ¿Me dirijo hacia su casa, o al laboratorio?

—¿Qué laboratorio? —preguntó Shanna, intentando sentarse.

El hombre lobo la obligó a tumbarse de nuevo.

—No te muevas. Esto no ha terminado todavía.

Estupendo. Estaba empezando a sospechar que a él le gustaba dominarla.

—¿Qué laboratorio? —repitió.

Él la miró.

—El laboratorio de Romatech Industries.

—Ah, he oído hablar de esa empresa.

Él arqueó una ceja.

—¿De veras?

—Por supuesto. Han salvado millones de vidas con su sangre artificial. ¿Trabajas allí?

—Sí. Los dos trabajamos allí.

Shanna exhaló un suspiro de alivio.

—Eso es maravilloso. Entonces, te dedicas a salvar vidas, no a destruirlas.

—Ese es nuestro deseo, sí.

—No te has presentado. No puedo seguir llamándote Hombre Lobo.

Él arqueó las cejas.

—Ya te lo he dicho. No soy un hombre lobo.

—Tienes un colmillo de lobo en el bolsillo.

—Es parte de un experimento, como la muñeca del maletero.

—Ah —dijo ella, y giró la cabeza hacia el asiento delantero—. ¿Estás trabajando en eso, Laszlo?

—Sí, señorita. La muñeca forma parte de los experimentos que estoy realizando en este momento. No tiene por qué alarmarse.

—Bueno, pues es todo un alivio —dijo Shanna, y sonrió—. No me gustaría pensar que estoy en un coche con dos pervertidos.

Se giró hacia el hombre lobo, pero su nariz le rozó la cremallera. Ooh. Los pantalones abultaban mucho más que antes.

Se echó hacia atrás.

—Tal vez debería sentarme.

—No es seguro.

Claro. Y estaba segura a un par de centímetros de su bragueta, que cada vez se expandía más. Era evidente que el rodillazo en la entrepierna no le había causado daños duraderos, porque se había recuperado completamente.

—Y ¿cómo te llamas?

—Roman. Roman Draganesti.

Laszlo hizo un giro con demasiada velocidad.

Ella se deslizó contra Roman. Contra un Roman enorme y muy endurecido.

—Lo siento —dijo, e inclinó la cabeza para alejarse de su erección.

—¿Adónde quiere ir, señor? ¿A su casa o al laboratorio?

Roman movió la mano desde el hombro hasta el cuello de Shanna. Le acarició la piel delicadamente, dibujando pequeños círculos con los dedos.

Ella se estremeció, y su corazón se aceleró.

—Vamos a llevarla a mi casa —susurró.

Shanna tragó saliva. Por algún motivo, supo que aquella noche iba a cambiar el resto de su vida.

El coche se detuvo bruscamente. Su cabeza se balanceó con el movimiento, y se frotó contra el pantalón vaquero, ya tenso, del hombre lobo. Él gruñó y le clavó los ojos en el rostro.

A ella se le escapó un jadeo al ver que tenía los ojos completamente rojos. Eso no era posible. Tenía que ser el reflejo del semáforo.

—¿Está seguro de que ella no correrá peligro en su casa? —preguntó Laszlo.

—Siempre y cuando yo mantenga la boca cerrada —dijo él, con una ligera sonrisa—, y la cremallera subida…

Shanna tragó saliva y giró la cabeza. Debería haber apreciado el aburrimiento cuando lo tenía. Tantas emociones podían matar a cualquiera.

4

Roman tenía la noble intención de mantener su lujuria en secreto, pero no le había resultado posible. Y, por fin, la preciosa dentista que tenía en el regazo se había dado cuenta de lo inútil que era tratar de escapar de su erección. Cada vez que conseguía poner un poco de espacio entre su cabeza y la bragueta de su pantalón, él aceptaba el reto y llenaba el hueco.

Estaba un poco asombrado, porque no había experimentado tanto deseo desde hacía más de cien años. En aquel momento, en vez de seguir chocándose contra él, ella estaba muy rígida, inmóvil contra su cremallera. Tenía los ojos azules fijos en el techo, como si no pasara nada. Sin embargo, el rubor de sus mejillas y los ocasionales estremecimientos de su cuerpo le daban a entender lo contrario. Shanna era muy consciente de la situación, y sabía que él la deseaba.

Roman no tenía que leerle la mente para comprenderlo. Podía leer su cuerpo. Aquella distinción era nueva para él; el resultado fue muy poderoso y alimentó inmensamente su lujuria.

—¿Roman? —dijo ella. El rubor se había intensificado en sus mejillas—. No quiero parecer una niña pesada, pero ¿falta mucho para llegar?

Él miró por la ventanilla.

—Estamos en Central Park. Ya casi hemos llegado.

—Ah. Eh… ¿vives solo?

—No. En mi casa viven… varias personas más. Y tengo equipos de seguridad que vigilan el edificio noche y día. Allí estarás a salvo.

—¿Y por qué tienes tanta seguridad?

Él siguió mirando por la ventanilla.

—Para sentirme seguro.

—¿De qué?

—Será mejor que no lo sepas.

—Ah, eso es muy informativo —murmuró ella.

Roman no pudo evitar sonreír. Las vampiresas de su harén estaban demasiado ocupadas intentando seducirle como para demostrarle su descontento. La actitud de Shanna era un cambio muy refrescante. Aunque esperaba que su irritación no la llevara a darle otro rodillazo en la entrepierna. Él había conseguido pasar por una existencia de quinientos catorce años sin experimentar aquella forma de tortura en particular. Los asesinos de vampiros siempre iban directos al corazón.

Aunque, para ser sincero consigo mismo, debía reconocer que Shanna estaba asaltando su corazón. La cáscara vacía que había dentro de su pecho estaba latiendo con un ritmo ancestral y primigenio. Poseer y proteger. Deseaba a aquella mujer, y no iba a permitir que su viejo enemigo la destruyera.

Por otro lado, había algo más. Quería saber por qué no podía controlarla. Shanna era un desafío mental al que no podía resistirse. Y resultaba obvio, teniendo en cuenta su actual condición, que también la encontraba irresistible en el aspecto físico.

—Ya hemos llegado, señor —dijo Laszlo, y se detuvo en doble fila, junto a uno de los coches de Roman.

Roman abrió la puerta. Levantó un poco la cabeza de Shanna de su regazo y se deslizó por el asiento para salir del coche. Ella empezó a incorporarse.

—No. Quédate así hasta que estemos seguros de que no hay ningún problema.

Ella suspiró.

—De acuerdo.

Roman salió y cerró la puerta, y le hizo un gesto al químico para indicarle que lo siguiera. A pocos metros del coche, le dijo:

—Lo has hecho muy bien, Laszlo. Gracias.

—De nada, señor. ¿Puedo volver ya al laboratorio?

—Todavía no. Antes quiero que entres y le adviertas a todo el mundo que tenemos una invitada humana. Vamos a protegerla, pero, al mismo tiempo, ella no debe descubrir quiénes somos en realidad.

—¿Puedo preguntar por qué estamos haciendo esto, señor?

Roman miró hacia ambos lados de la calle, en busca de alguna señal de la aparición de los rusos.

—¿Has oído hablar del maestro del aquelarre ruso, Ivan Petrovsky?

—Oh, Dios... —murmuró Laszlo, y agarró uno de los dos botones que le quedaban a su bata blanca—. Dicen que es cruel y despiadado.

—Sí. Y, por algún motivo, quiere matar a la dentista. Pero yo también la necesito. Así que vamos a ponerla a salvo sin que Petrovsky sepa que somos nosotros los que hemos interferido en sus planes.

—Oh, vaya —dijo Laszlo, haciendo girar vigorosamente el botón—. Se va a poner furioso. Puede que nos declare la guerra.

—Exacto. Pero Shanna no tiene por qué saber eso. Intentaremos, en lo posible, que no se entere de nada.

—Puede que sea difícil, viviendo en su casa.

—Lo sé, pero tenemos que intentarlo. Y, si se entera de demasiadas cosas, borraré sus recuerdos.

Roman era el consejero delegado de una gran corporación, y luchaba constantemente por seguir siendo invisible en el mundo de los mortales. El control mental y el borrado de recuerdos le facilitaban la tarea. Por desgracia, no estaba seguro de poder suprimir los recuerdos de Shanna.

Subió los escalones de la puerta de su casa y marcó el código de entrada en el panel de seguridad.

—Explica la situación lo más rápido que puedas.

—Sí, señor —respondió Laszlo. Abrió la puerta de par en par, y vio una larga daga apuntando hacia su garganta—. ¡Eh! —gritó. Se tambaleó hacia atrás y se chocó contra Roman, que impidió que se cayese por las escaleras.

—Disculpa, Roman —dijo Connor, y volvió a meter el puñal en la funda que colgaba de su cinto—. No te esperaba en la puerta principal.

—Me alegro de que estés tan alerta —dijo Roman, y empujó a Laszlo hacia la entrada—. Tenemos una invitada; Laszlo te lo explicará todo.

Laszlo asintió, y Connor cerró la puerta.

Roman bajó rápidamente las escaleras y se dirigió hacia el Honda. Abrió la puerta del asiento trasero, y vio que Shanna lo estaba apuntando con la Beretta.

—Ah, eres tú —dijo, y exhaló un suspiro de alivio. Después, volvió a meter el arma en su bolso—. Has tardado tanto, que estaba empezando a pensar que había sido abandonada.

—Ahora estás bajo mi protección, a salvo —dijo él, y sonrió—. Por lo menos, ya no quieres pegarme un tiro.

—Sí, eso siempre es un punto positivo en cualquier relación.

Roman se echó a reír. Su carcajada sonó un poco oxidada, pero era una carcajada. ¿Cuánto hacía desde que se había reído por última vez? Casi no lo recordaba. Y Shanna estaba sonriendo también. Aquella preciosa dentista le había puesto una chispa de vida a su interminable y maldita existencia.

Sin embargo, iba a tener que luchar contra la atracción que sentía por ella. Después de todo, él era un demonio, y ella, una mujer mortal. Y, sin embargo, aunque debería considerarla una comida y debería desear su sangre, lo que deseaba era disfrutar de su compañía. Era como si su mente estuviera esperando a que ella pronunciara sus siguientes palabras para tener el placer de poder contestar. Y su cuerpo esperaba ansiosamente el próximo contacto accidental. No, en realidad, un contacto accidental ya no le parecía suficiente.

—Seguramente, no debería confiar en ti, pero, por algún motivo, confío —dijo Shanna. Salió del coche y, al instante, Roman notó que todo su cuerpo despertaba ante su cercanía.

—Tienes razón —susurró él, y le acarició la mejilla—. No deberías confiar en mí.

Ella abrió unos ojos como platos.

—Pero… si has dicho que estaba a salvo.

—Hay distintos tipos de peligro —respondió él, y le pasó los dedos por la mandíbula.

Shanna dio un paso atrás, pero, antes de que retrocediera, Roman notó que se estremecía. Ella se giró hacia la casa y se colgó el bolso del hombro.

—Bueno, y ¿es aquí donde vives? Es un sitio precioso. Un barrio estupendo.

—Gracias.

—¿En qué piso vives tú? —preguntó ella, apresuradamente.

Parecía que estaba intentando fingir que no ocurría nada, que el aire no estaba chisporroteando de tensión sexual entre ellos dos. Tal vez ella no la sintiera. Tal vez solo fuera cosa suya.

—¿Qué piso te gustaría?

Shanna lo miró a los ojos, y alzó la barbilla ligeramente. Poco a poco, se quedó boquiabierta. Oh, sí, ella también lo sentía. Parecía que le faltaba el aliento.

—¿Qué quieres decir?

Él dio un paso hacia ella.

—Todos los pisos son míos.

Ella dio un paso atrás.

—¿Todo el edificio es tuyo?

—Sí. Y te proporcionaré un nuevo guardarropa.

—¿Cómo? No, espera. No voy a ser tu… mantenida. Tengo mucha ropa, y prefiero pagar mi alojamiento.

—Tu ropa está en tu casa, y no creo que sea seguro que vuelvas allí. Yo te procuraré ropa nueva… a no ser que prefieras ir sin ella.

Shanna tragó saliva.

—Bueno… Sí, un poco de ropa no estaría mal. Te reembolsaré el dinero.

—No quiero tu dinero.

—¡Bueno, pues no es probable que consigas ninguna otra cosa!

—¿Ni siquiera un poco de gratitud por haberte salvado la vida?

—Estoy agradecida —dijo ella, con una mirada fulminante—, pero ten por seguro que todas mis expresiones de agradecimiento serán pronunciadas en posición vertical.

—En ese caso, deja que te recuerde —respondió él, dando un paso más hacia ella—, que ahora estamos en posición vertical.

—Sí… supongo que sí.

La mirada fulminante de Shanna se convirtió en una mirada de especulación y recelo.

Él se acercó hasta que solo les separaron un par de centímetros, y le puso la mano en la espalda, en la cintura, por si ella retrocedía. Shanna no lo intentó.

Roman le acarició la mejilla. Era suave y cálida. Ella respiró profundamente y cerró los ojos, y él fue descendiendo por su cuello. Allí, el pulso latía con un ritmo que se aceleró bajo las yemas de sus dedos. Cuando Shanna abrió los ojos, había confianza en su mirada. Y deseo.

Él la estrechó contra su pecho y le pasó los labios por la sien, hasta su pelo. Había visto la expresión de espanto de Shanna cuando se le habían puesto los ojos rojos, así que, para no correr riesgos, prefería evitar el contacto visual hasta que ella tuviera los párpados cerrados y los labios separados, hasta que le rogara silenciosamente un beso.

Él le apartó el pelo para exponer su cuello, y deslizó la boca por su dulce oreja, hasta el pulso que latía bajo su piel.

Shanna dejó caer la cabeza hacia atrás con un suspiro. Él inhaló su olor, el olor de su sangre del tipo A positivo. Pasó la punta de la lengua por la arteria, y notó que ella se estremecía. Se arriesgó a mirarla a la cara; Shanna tenía los ojos cerrados, y estaba lista. Él se acercó a besarla pero, justo en aquel momento, todo se iluminó a su alrededor.

—Oh, mierda —dijo alguien con un fuerte acento escocés. Connor había abierto la puerta principal de par en par.

Shanna dio un respingo y miró hacia la entrada.

—¿Qué ocurre? —preguntó Laszlo—. Ah… Quizá debiéramos cerrar la puerta.

—¡No, de ninguna manera! —gritó Gregori—. Quiero verlo.

Shanna se ruborizó y se apartó de él.

Roman les clavó una mirada fulminante a los tres hombres que estaban asomándose por la puerta.

—Muy oportuno, Connor.

—Eh, gracias, Roman —dijo Connor, y su cara enrojeció tanto que casi se volvió del color de su pelo—. Ya está todo listo para que paséis.

Tal vez, después de todo, aquella interrupción hubiera sido oportuna. Pensándolo bien, Roman se dio cuenta de que sus labios podían tener sabor a sangre y, con la fobia que Shanna sentía por ella, el beso podía haber sido todo un desastre. En el futuro, debería ser más precavido.

¿En el futuro? ¿Qué futuro? Él había jurado que nunca más se relacionaría con una mujer mortal. Cuando los mortales averiguaban quién era en realidad, siempre querían matarlo y ¿cómo iba a culparlos por ello, siendo un demonio?

—Ven, vamos —le dijo, y la tomó del codo para que subiera las escaleras a su lado.

Ella no se movió. Se había quedado clavada en el sitio, mirando a la puerta.

—¿Shanna?

Estaba observando fijamente a Connor.

—Roman, hay un hombre con una falda escocesa en la entrada de tu casa.

—Hay una docena de escoceses en la casa. Son de mi equipo de seguridad.

—¿De verdad? Es increíble.

Entonces, Shanna empezó a subir las escaleras sin él. Ni siquiera lo miró.

Demonios, ¿acaso ya se había olvidado de su abrazo?

—Bienvenida, milady —dijo Connor, y se hizo a un lado para cederle el paso. Laszlo y Gregori también se apartaron, aunque ella no les prestó atención.

Shanna se dirigió al escocés con una gran sonrisa.

—¿Milady? Nunca me habían dicho eso. Suena casi… medieval.

Lógico. El encanto a la vieja usanza de Connor era verdaderamente… viejo. Roman subió las escaleras.

—Está un poco anticuado.

—Bueno, pues a mí me gusta —respondió ella. Después, miró a su alrededor por el vestíbulo. El suelo era de mármol, y había una preciosa escalera curva—. Y me encanta esta casa. Es una maravilla.

—Gracias —dijo Roman. Cerró la puerta e hizo las presentaciones.

Shanna volvió a mirar a Connor.

—Me encanta tu falda. ¿A quién pertenece esa tela escocesa?

—Es el tartán del clan de los Buchanan —dijo él, con una ligera inclinación de la cabeza.

—Y las borlas de los calcetines hacen juego con la falda. Es una preciosidad.

—Sí, señorita. Son unos cordones para mantener las medias en su sitio.

—¿Y eso? ¿Es un cuchillo? —preguntó ella, mientras observaba con atención las medias de Connor.

Roman tuvo que contener un gruñido. Si seguía así, lo próximo que le diría Shanna a Connor sería que sus rodillas peludas eran muy monas.

—Connor, lleva a nuestra invitada a la cocina. Puede que tenga hambre.

—De acuerdo.

—Y diles a tus hombres que hagan una ronda completa cada media hora.

—Muy bien —dijo Connor, y señaló hacia el fondo del vestíbulo—. Por aquí, señorita.

—Ve con él, Shanna. Yo me reuniré con vosotros enseguida.

—Sí, sí, ya voy —dijo ella, mirándolo con fastidio y, después, siguió a Connor hacia la cocina, murmurando—: Tenía que haberle pegado un tiro.

Gregori silbó en voz baja cuando se cerró la puerta de la cocina.

—Vaya, vaya. Tu dentista es una chica muy guerrera.

—Gregori… —dijo Roman, con una mirada de severidad que su amigo ignoró por completo.

Gregori se apretó suavemente el nudo de la corbata, y dijo:

—Sí, creo que yo también necesito una revisión. Tengo una caries y necesito un empaste.

—¡Ya está bien! —gruñó Roman—. Déjala en paz, ¿entendido?

—Sí, sí, ya lo sabemos. Ya hemos visto cómo babeabas ahí fuera —dijo Gregori, con un brillo de diversión en la mirada—. Así que te has vuelto loco por una mortal, ¿eh? ¿Y qué ha pasado con ese rollo del «nunca jamás»?

Roman arqueó una ceja.

Gregori sonrió.

—¿Sabes? Me ha parecido que le gustan mucho los tíos con falda. Tal vez Connor te preste una, si se la pides.

—Se llaman *kilts* —intervino Laszlo, mientras jugueteaba con uno de sus botones.

—Lo que sea —dijo Gregori, sin dejar de mirar a Roman—. Vamos a ver, ¿tienes las piernas bonitas?

Roman le lanzó una mirada de advertencia.

—¿Qué haces aquí, Gregori? Creía que ibas a salir con Simone.

—Es que ya he salido y he vuelto. La llevé a esa discoteca nueva de Times Square, pero se enfadó porque nadie la reconocía.

—¿Y por qué iban a reconocerla?

—¡Porque es una top model internacional, tío! Salió en la portada del último número de *Cosmo*. ¿Es que no vives en este mundo? Bueno, de todos modos, estaba tan enfadada que arrojó una mesa a la pista de baile.

A Roman se le escapó un bufido. Convertirse en vampiro multiplicaba la fuerza del sujeto y agudizaba los cinco sentidos pero, desafortunadamente, no servía para aumentar la inteligencia.

—Pensé que resultaría sospechoso que alguien tan delgado tuviera tanta fuerza —continuó Gregori—, así que me ocupé de solucionar el problema. Borré los recuerdos de todo el mundo y la traje aquí. Ahora está con tu harén haciéndose una pedicura y recibiendo la comprensión de las demás.

—Preferiría que no lo llamaras «mi harén» —dijo Roman, mirando hacia la puerta doble del salón, que permanecía cerrada—. ¿Están ahí?

—Sí —dijo Gregori—. Les dije que estuvieran tranquilas y calladitas, pero ¿quién sabe si van a comportarse como es debido?

Roman suspiró.

—Ahora no tengo tiempo de atenderlas. Llama a tu madre y pregúntale si puede vigilarlas un poco.

Gregori soltó un resoplido.

—Le va a encantar —dijo. Sacó el teléfono móvil y se apartó un poco para hacer la llamada.

—¿Laszlo?

El químico se acercó.

—¿Sí, señor?

—¿Te importaría ir a la cocina y preguntarle a Shanna qué va a necesitar para... eh... la operación?

Laszlo se quedó desconcertado un segundo. Después, lo comprendió.

—¡Ah, claro! La operación.

—Y dile a Connor que salga aquí un momento.

—Sí, señor —dijo Laszlo, y se marchó a la cocina.

—Mi madre viene para acá —dijo Gregori—. Entonces, ¿la dentista no te ha colocado el colmillo todavía?

—No. Nos topamos con un problema: Ivan Petrovsky. Parece que la dentista está en el primer lugar de su lista de trabajos.

—¡No puede ser cierto! ¿Y qué hizo ella?

—No lo sé, exactamente, pero pretendo averiguarlo.

La puerta de la cocina se abrió, y Connor salió al vestíbulo. Se reunió con ellos junto a la escalera.

—¿Podrías explicarme por qué acabo de hacerle un sándwich de pavo a una dentista?

Roman suspiró. Iba a tener que poner al corriente de la situación a su jefe de seguridad.

—Esta noche se me ha caído un colmillo mientras hacíamos un experimento —dijo, y sacó el pañuelo manchado de sangre del bolsillo. Lo abrió y le mostró la pieza a Connor.

—¿Se te ha caído un colmillo? Vaya —susurró el escocés—. Es la primera vez que veo algo así.

—Yo también —confesó Roman con tristeza—. Y soy vampiro desde hace más de quinientos años.

—Bueno, tal vez sea la vejez —dijo Gregori. Después, se encogió al ver cómo lo miraban Gregori y Connor.

—La única explicación que se me ocurre es nuestra nueva dieta —dijo Roman, mientras envolvía de nuevo el colmillo y se lo guardaba—. Es la única variable que ha cambiado desde que nos convertimos en vampiros.

Connor frunció el ceño.

—Pero… nosotros seguimos bebiendo sangre. No veo la diferencia.

—La diferencia está en cómo la bebemos —explicó Roman—. Ya no mordemos. ¿Cuándo fue la última vez que sacasteis los colmillos?

—Ni me acuerdo —dijo Gregori, y empezó a aflojarse el nudo de la corbata—. ¿Quién necesita colmillos cuando bebemos la comida en una copa?

—Sí —dijo Connor—. Si no los mantienes retraídos, chocan contra el cristal, y eso es muy molesto.

—Exacto —dijo Roman—. Creo que, si no usas los colmillos, acabas por perderlos.

—Vaya —murmuró Connor—. Pues nosotros necesitamos los colmillos.

Gregori abrió unos ojos como platos.

—Bueno, pues no podemos empezar a morder a los mortales. ¡Me niego! Todos nuestros avances se echarían a perder.

—Cierto —dijo Roman, asintiendo. Gregori Holstein era molesto algunas veces, pero estaba firmemente comprometido con su misión de construir un mundo seguro para vampiros y mortales—. Tal vez podamos idear un programa de ejercicios.

—¡Sí! —exclamó Gregori, con los ojos brillantes—. Me pondré rápidamente con ello.

Roman sonrió. Gregori abordaba todos los problemas con un gran entusiasmo y, en momentos como aquel, Roman pensaba que el hecho de haberlo ascendido era un acierto.

La puerta de la cocina se abrió, y Laszlo se acercó apresuradamente a ellos.

—Hay un problema, señor. La señorita insiste en que el implante debe realizarse en una clínica dental. Y se niega a volver a su lugar de trabajo.

—Tiene razón en no querer volver —dijo Roman—. Sin duda, la policía ya tendrá tomada la zona.

Connor agarró la empuñadura de su daga de las Highlands.

—Laszlo nos dijo que hay unos canallas que quieren matar a la pobre mujer.

—Sí —dijo Roman, con un suspiro. Había pensado que Shanna podría reimplantarle el colmillo en casa, en privado.

—Gregori, vas a tener que encontrar la consulta de un dentista que esté cerca de casa y que podamos usar.

—No hay problema.

—Yo voy a vigilar a la muchacha —refunfuñó Connor—. No vaya a ser que se ponga a rebuscar en nuestra nevera.

El escocés se fue rápidamente a la cocina.

—Señor —dijo Laszlo—, la dentista ha mencionado un producto específico que aumentaría mucho las posibilidades de que el diente se reimplante con éxito. Está segura de que cualquier clínica dental tendrá ese producto en *stock*.

—Bien —dijo Roman. Se sacó del bolsillo el pañuelo en el que iba envuelto el colmillo y se lo entregó a Laszlo—. Quiero que acompañes a Gregori y que cuides mi colmillo hasta que yo llegue.

Laszlo tragó saliva y se guardó el pañuelo en el bolsillo.

—Vamos a… vamos a romper la cerradura y entrar en la clínica, ¿verdad?

—No te preocupes por eso —dijo Gregori. Tomó al químico del hombro y lo llevó hacia la puerta—. La consulta va a estar vacía, y los mortales nunca van a saber lo que ha ocurrido allí.

—Está bien. Supongo —dijo Laszlo. En la puerta, se dio la vuelta y añadió—: Debería advertirle una cosa más, señor: aunque la joven ha sido muy generosa en sus explicaciones, ha afirmado que bajo ninguna circunstancia va a implantarle un colmillo de lobo en la boca.

Gregori se echó a reír.

—¿Cree que es de lobo?

Roman se encogió de hombros.

—Es lógico que se haya hecho esa idea equivocada.

—Bueno, sí —respondió Gregori, con exasperación—. Pero ¿por qué no has puesto en su mente la idea correcta?

Roman se quedó callado. Laszlo y Gregori lo miraron, esperando a que respondiera. Por Dios, ¿no había soportado ya bastante humillación por una noche?

—Yo… Bueno, no he sido capaz de controlar su mente.

Laszlo se quedó boquiabierto.

Gregori dio un respingo.

—¿Cómo? ¿No has podido controlar la mente de una mortal?

Roman apretó los puños.

—No.

—No puedo creerlo —dijo Gregori, con cara de asombro.

—Disculpe, señor —intervino Laszlo—, pero ¿esto le había ocurrido más veces?

—No.

—Tal vez te estés haciendo demasiado viejo —dijo Gregori.

Roman enarcó una ceja, pero, antes de que pudiera responder, Laszlo intervino de nuevo:

—Esto no entra en mi área de conocimiento y experiencia, pero me parece que tal vez estén pasando por alto una posibilidad.

Los dos miraron al químico.

—Como el señor Draganesti nunca había tenido este tipo de… problema, tal vez la explicación no esté en su capacidad, ni en su falta de capacidad.

—¿Qué quieres decir? —preguntó Gregori.

—Quiero decir que el problema puede ser la mujer mortal.

—Tiene una gran fuerza de voluntad —admitió Roman—, aunque nunca había conocido a un ser humano que pudiera hacer frente a nuestro poder.

—Sí, estoy de acuerdo —dijo Laszlo—, pero el hecho es que, de algún modo, ella sí ha podido. Esa mujer tiene algo diferente.

Hubo un silencio. Roman ya había pensado que Shanna era diferente, pero el hecho de que uno de sus mejores científicos hubiera llegado a la misma conclusión le parecía inquietante.

—Esto es malo —murmuró Gregori—. Muy malo. Si no podemos controlarla, entonces ella es...

—Fascinante —susurró Roman.

Gregori se estremeció.

—Yo iba a decir que es peligrosa.

Eso, también. Sin embargo, aquella noche, a Roman le resultaba apetecible incluso el peligro. Sobre todo, si ese peligro tenía relación con Shanna.

—Podríamos buscar otro dentista —sugirió Laszlo.

—No —dijo Roman—. Quedan pocas horas de oscuridad, y tú mismo lo has dicho, Laszlo: hay que reimplantar el diente esta misma noche. Gregori, llévate a Laszlo a la clínica dental más cercana y cerciórate de que es segura. Podéis ir en su coche; está aparcado delante de la casa. Laszlo, haz todo lo que puedas para salvar mi colmillo. Danos treinta minutos y, entonces, llama a mi despacho.

Laszlo abrió mucho los ojos.

—¿Va a usar mi voz para el teletransporte?

—Sí.

Sería la manera más rápida de resolver aquel problema, pero nunca lo conseguirían, a menos que consiguieran hacerse con el control de la mente de Shanna y borrar después sus recuerdos.

—Gregori, vuelve en cuanto puedas. Necesito que Connor y tú me ayudéis con la dentista. Tenemos que controlar su mente.

—De acuerdo —dijo Gregori—. En la discoteca he borrado los recuerdos de cientos de mortales a la vez. Esto será un juego de niños.

Por la preocupación que se reflejaba en el semblante de Laszlo, estaba claro que el químico no tenía tanta seguridad como Gregori.

—Tiene que funcionar —dijo Roman—. Aunque pueda resistir el poder de un vampiro, no podrá con tres.

Cuando Gregori y Laszlo se marcharon, Roman pensó en lo que había dicho el químico: Shanna tenía algo diferente. ¿Y si no conseguían dominar su mente? Ella no iba a acceder a implantarle un colmillo de animal, y él se pasaría el resto de la eternidad siendo el hazmerreír de todo el mundo. El bicho raro con un solo colmillo.

Y no se atrevía a decirle que era vampiro. Si lo hacía, Shanna tampoco iba a querer implantarle el colmillo. Lo que querría sería clavarle una estaca en el corazón.

5

—**E**spero que hayáis encontrado a Shanna Whelan —dijo Ivan Petrovsky, mirando con ferocidad a cuatro de los mejores matones de la mafia rusa.

Los muy cobardes evitaron mirarlo a los ojos. Él se había empeñado en permanecer junto a la clínica dental, por si Shanna Whelan se hubiera escondido cerca de allí. Aquellos cuatro hombres habían registrado todas las calles y callejones de la zona y habían vuelto con las manos vacías.

Tres manzanas más allá, frente a la clínica destrozada, habían aparcado unos cuantos coches de policía que estaban despertando al vecindario con sus potentes luces. Los mortales se habían arremolinado en la calle con la esperanza de ver algo emocionante. Algo como, por ejemplo, un cadáver.

Él siempre estaba dispuesto a proporcionar a los demás esa emoción, pero, aquella noche, los hombres de Stesha lo habían echado todo a perder. Además de cobardes, eran unos incompetentes.

Ivan caminó hacia uno de los coches negros; los habían alejado de la clínica justo antes de que llegara la policía.

—No es posible que haya desaparecido. Solo es una mujer mortal.

Los cuatro gorilas lo siguieron. Uno de ellos, un gigante rubio con la mandíbula cuadrada, respondió:

—No la hemos encontrado por ningún sitio, ni delante ni detrás del edificio.

Ivan inhaló el olor de la sangre de aquel neandertal: tipo O positivo. Demasiado sosa. Demasiado estúpida.

—Entonces, ¿crees que ha desaparecido?

No hubo respuesta. Los cuatro bajaron la cabeza.

—Vimos que se abría la puerta trasera —dijo, por fin, uno de los matones, que tenía la cara llena de marcas de acné.

—¿Y?

—Me pareció ver a dos personas —respondió el tipo—, pero, cuando corrimos hacia la puerta, allí no había nadie.

—A mí me pareció oír algo. Como un zumbido —dijo el tercero.

—¿Un zumbido? —preguntó Ivan, y apretó los puños con rabia—. ¿Es eso todo lo que podéis decirme?

Sintió una fuerte tensión, y se le contrajeron los músculos de la parte superior de la espalda. Ladeó la cabeza repentinamente, hizo crujir el cuello y obtuvo un pequeño alivio.

Los cuatro mortales se encogieron.

Stesha Bratsk, el jefe de la mafia de la ciudad, se había empeñado en que sus hombres tomaran parte en el encargo de Shanna Whelan. Craso error. Ivan tenía ganas de tomarlos por el cuello y succionar toda la vida de sus cuerpos. Ojalá hubiera usado a sus propios vampiros. Entonces, aquella Whelan ya estaría muerta, y él recibiría doscientos cincuenta mil dólares.

Iba a conseguir aquel dinero de un modo u otro. Recordó todos los detalles del interior de la clínica dental; allí no había detectado ni rastro de la chica. Lo único interesante era una caja que contenía una *pizza* intacta, con el hombre de la pizzería impreso en el cartón, con letras rojas y verdes.

—¿Dónde está Carlo's Deli?

—En Little Italy —dijo el tipo rubio—. Tienen una *pizza* muy buena.

—A mí me gusta más la lasaña —dijo el tipo de las marcas de acné.

—¡Imbéciles! —rugió Ivan—. ¿Cómo vais a explicarle vuestro fracaso de esta noche a Stesha? Su primo de Boston va a cumplir cadena perpetua porque esa zorra testificó en su contra en el juicio.

Ellos guardaron silencio.

Ivan respiró profundamente. No le importaba lo que le ocurriera a Stesha ni a su familia; después de todo, eran mortales. Sin embargo, aquellos tipos trabajaban para el mafioso ruso, y le debían más lealtad. Y menos estupidez.

—En lo sucesivo, trabajaré con mis hombres por las noches. Durante el día, vosotros vais a hacer guardia delante de Carlo's Deli y del apartamento de Whelan. Si la encontráis, la seguís, ¿entendido?

—Sí, señor —respondieron, al unísono.

Por desgracia, Ivan no confiaba mucho en su éxito. Sus propios vampiros iban a ser mucho más eficaces a la hora de encontrar a Shanna Whelan. El único problema era que solo podían trabajar de noche, y que necesitaba a aquellos estúpidos para que hicieran el trabajo durante el día.

Apareció un tercer coche negro, y se detuvo junto a los otros dos sedanes. Otros dos empleados de Stesha bajaron del vehículo y se acercaron a ellos.

—¿Y bien? ¿La habéis encontrado? —les preguntó Ivan.

Un tipo con barba y la cabeza afeitada se adelantó.

—Vimos otro coche a una manzana al norte de aquí. Era un Honda verde. Había dos hombres dentro. A Pavel le pareció ver a una mujer.

—Estoy seguro de que la vi —dijo Pavel—. La estaban metiendo en el maletero del coche.

Ivan arqueó las cejas. ¿Acaso otro había capturado a Shanna Whelan antes que él? ¿Había alguien que quería el dinero de la recompensa? De su recompensa.

—¿Adónde fueron?

Pavel soltó una maldición y le dio una patada al neumático del coche.

—Los perdimos.

Ivan volvió a hacer crujir su cuello para aliviar la tensión.

—¿Es que nadie os ha enseñado, idiotas? ¿O es que Stesha os contrató según os bajasteis del barco?

El matón de la cabeza afeitada enrojeció. Su rostro se volvió muy rojo, se llenó de sangre. A Ivan le temblaron las aletas de la nariz. AB negativo. Dios, tenía hambre. Había pensado darse un festín con Shanna Whelan, pero ahora tendría que buscarse otra comida.

—Conseguimos ver el número de la matrícula —dijo Pavel—. Podemos averiguar quién es el propietario del coche.

—Hacedlo, y pasadme la información dentro de dos horas. Voy a estar en mi casa de Brooklyn.

Pavel se quedó pálido.

—Sí, señor.

Sin duda, había oído los rumores. Algunas veces, nadie volvía a ver a la gente que entraba en aquella casa del ruso por las noches. Ivan se acercó a los seis hombres y los miró fijamente.

—Si la encontráis, no la matéis. Eso es tarea mía. No penséis en quedaros la recompensa, porque no viviríais lo suficiente como para disfrutar del dinero, ¿entendido?

Los matones asintieron. Algunos, incluso, tragaron saliva.

—Ahora, marchaos. Stesha os está esperando.

Los seis hombres subieron en los coches y se fueron.

Ivan se acercó a la consulta. Los vecinos estaban por allí, en grupos, observando a la policía. Él se fijó en una guapa rubia que llevaba una bata rosa. La miró a los ojos. «Ven conmigo».

Ella se giró y lo miró. Sonrió lentamente. Aquella tonta pensaba que trataba de seducirla. Él le señaló un callejón oscuro, y ella lo siguió, meneando las caderas y acariciándose la esponjosa bata con las uñas largas y pintadas de rosa.

Él se sumergió en la oscuridad, y esperó.

Ella se dirigió hacia su muerte como si fuera un caniche que entraba a saltitos a la peluquería canina, deseando que lo admiraran y lo acariciaran.

—¿Vives en este barrio? Nunca te había visto por aquí. «Acércate más».

—¿Llevas algo debajo de la bata?

Ella se echó a reír.

—Desvergonzado. ¿Es que no te has fijado en que la policía está a pocos metros de aquí?

—Eso lo hace aún más excitante, ¿no crees?

Ella volvió a reírse.

—Eres un chico malo, ¿eh?

Él la tomó de los hombros.

—No te haces una idea.

En un instante, sus colmillos estaban fuera.

Ella jadeó, pero, antes de que pudiera reaccionar, él le clavó los colmillos en el cuello. La sangre fluyó a su boca, rica, caliente y, con el riesgo que representaba la policía a tan poca distancia, con un extra de picante.

Por lo menos, la noche no había sido un completo fracaso. No solo había conseguido una cena deliciosa, sino que el cadáver de aquella chica iba a distraer la atención de la policía de la dentista desaparecida.

Verdaderamente, le encantaba mezclar los negocios con el placer.

Shanna estaba paseándose por la cocina. No iba a hacerlo. No iba a colocarle un colmillo de lobo a un hombre. Laszlo se había marchado con la información que ella le había proporcionado, de mala gana, y ella se había quedado sola en la cocina de la casa de Roman Draganesti. Cierto, él le había salvado la vida. Cierto también, le había ofrecido un refugio. Sin embargo, ella tenía que preguntarse por qué. ¿Acaso estaba tan empeñado en implantarse el colmillo de un animal en la boca que quería que ella estuviera en deuda con él y se sintiera obligada a hacerlo?

Tomó un sorbo de refresco *light*. El sándwich que le había preparado Connor aún estaba intacto. En aquel momento, se sentía demasiado nerviosa como para comer. Habían estado a punto de asesinarla, y el impacto real de lo que había ocurrido estaba empezando a pasarle factura. Le debía la vida a Roman, pero eso no significaba que fuera a implantarle aquel estúpido canino.

Y ¿quién era Roman Draganesti? Sin duda, uno de los hombres más guapos que ella hubiera conocido, pero eso no significaba que estuviera cuerdo. Parecía que estaba verdaderamente decidido a protegerla, pero ¿por qué? ¿Y por qué tenía un pequeño ejército de escoceses con falda? ¿Dónde podía reclutarse un ejército como ese? ¿Había puesto un anuncio en el periódico, tal vez?

Si necesitaba tanto personal de seguridad, debía de tener enemigos acérrimos. ¿Podía confiar en alguien así? Bueno, quizá… Ella también tenía enemigos, aunque no fuera culpa suya.

Shanna suspiró. Cuanto más intentaba comprender a Roman, más confusa se sentía. Y, para rematar, había estado a punto de besarlo. ¿En qué demonios estaba pensando?

No, no estaba pensando en absoluto. Durante el trayecto en coche, se había excitado mucho. Escapar de los rusos y rebotar en el regazo de Roman, contra su miembro viril hinchado, le había producido una descarga de adrenalina. Era una mezcla de emoción y lujuria. Nada más.

La puerta se abrió, y Connor entró en la cocina. Miró a su alrededor.

—¿Estás bien, muchacha?

—Sí. ¿Le has dicho a Roman que me niego a colocarle el colmillo de un animal?

Connor sonrió.

—No te preocupes. Estoy seguro de que Laszlo se lo explicará.

—Para lo que va a servir... —comentó ella.

Se sentó a la mesa y atrajo hacia sí el plato del sándwich. Según Laszlo, el señor Draganesti se había empeñado en que cooperara, y el señor Draganesti siempre conseguía lo que quería. ¡Cuánta arrogancia! Era evidente que Roman estaba acostumbrado a mandar.

Romatech. Allí era donde había dicho que trabajaban. Romatech. Roman.

—Oh, Dios mío...

Connor arqueó las cejas.

—Roman es el dueño de Romatech, ¿verdad?

Connor la miró con cautela.

—Sí. Es el dueño.

—Entonces, él es quien inventó la fórmula de la sangre sintética.

—Sí.

—¡Es increíble! —exclamó Shanna, y se puso en pie—. Debe de ser el científico vivo más importante de la historia.

Connor se encogió un poco.

—Yo no diría eso, exactamente, pero sí, es un hombre muy inteligente.

—¡Es un genio!

Shanna alzó las manos en el aire. Dios Santo, un científico genial la había salvado de una muerte segura. Un hombre que había salvado millones de vidas en todo el mundo, y que también la había salvado a ella. Volvió a sentarse, en pleno desconcierto.

Roman Draganesti. Impresionante, fuerte, sexi, misterioso y poseedor de una de las mentes más prodigiosas del mundo. Vaya. Era perfecto.

Demasiado perfecto.

—Supongo que está casado.

—No —respondió Connor, con un brillo de picardía en los ojos—. ¿Estás diciendo que te gusta, muchacha?

Shanna se encogió de hombros.

—Puede ser.

De repente, el sándwich de pavo le pareció muy apetecible, y le dio un buen mordisco. Aquel increíble soltero había entrado en su vida aquella misma noche. Sin embargo, por muy emocionante que fuera todo aquello, no podía olvidar el motivo por el que él había acudido a la clínica dental. Tragó el bocado, y dijo:

—De todos modos, no le voy a implantar ese colmillo.

Connor sonrió.

—Roman está acostumbrado a salirse con la suya.

—Sí. Me recuerda a mi padre —dijo ella. Aquel era otro punto en contra de Roman. Terminó su refresco de un solo trago—. ¿Te importaría que tome un poco más? —preguntó—. No, no te levantes. Puedo ir yo.

—No, yo te lo traigo —dijo Connor. Fue apresuradamente a la nevera, sacó una botella de dos litros de refresco y se la llevó a la mesa.

—El sándwich está riquísimo. ¿Seguro que no quieres tomar un poco?

Él le rellenó el vaso.

—Yo ya he comido algo, pero gracias por preguntar.

—Bueno, ¿y por qué tiene Roman un equipo tan grande de escoceses para proteger su casa? No te ofendas, pero es un poco raro.

—Sí, supongo que sí —dijo Connor, y le puso el tapón a la botella de refresco—. Todos hacemos lo que mejor se nos da. Podría decirse que yo soy un viejo guerrero, así que trabajar para los MacKay es lo mejor para mí.

—¿Los MacKay?

—MacKay Security and Investigation —dijo Connor, mientras se sentaba frente a ella—. Es una compañía muy grande cuya sede central está en Edimburgo. La dirige Angus MacKay en persona. ¿No has oído hablar de ellos?

Shanna hizo un gesto negativo, porque tenía la boca llena.

—Es la primera compañía de su clase en todo el mundo —explicó Connor, con orgullo—. Verás, Angus y Roman son viejos amigos. Angus es quien se encarga de toda la seguridad de Roman, tanto en su casa como en la empresa.

Sonó un pitido en la puerta trasera, y Connor se puso en pie. Shanna vio, junto a la puerta, un interruptor luminoso con dos luces indicadoras, una roja y la otra, verde. La roja se había encendido. Connor sacó la daga de la funda y se acercó silenciosamente a la puerta.

Shanna tragó saliva.

—¿Qué pasa?

—No te asustes, muchacha. Si la persona que está fuera es uno de nuestros guardias, pasará su tarjeta de identidad por un lector, y se encenderá la luz verde.

Mientras él hablaba, la luz roja se apagó, y se encendió la luz verde. Connor se hizo a un lado, sin guardar la daga, con la mirada de un gran felino a punto de atacar.

—Entonces, ¿por qué…?

—Si un enemigo ataca a algún guardia, puede quitarle la tarjeta.

Connor se puso un dedo en los labios para indicarle a Shanna que permaneciera en silencio.

La puerta se abrió lentamente.

—¿Connor? Soy Ian.

—Ah, bien. Pasa, pasa —dijo Connor, y enfundó la daga.

Ian era otro escocés ataviado con un *kilt*, aunque a Shanna le pareció demasiado joven para trabajar de guardia de seguridad. No podía tener más de dieciséis años.

El chico se guardó la tarjeta de identidad en una bolsa de cuero que llevaba colgada de la cintura, y sonrió con timidez.

—Buenas noches, señorita.

—Me alegro de conocerte, Ian.

Claramente, era muy joven. El pobre chico debería estar en el colegio, no en pie toda la noche, protegiendo a la gente de la mafia rusa.

Ian se giró hacia Connor.

—Hemos hecho la ronda entera. Todo está en orden, señor.

Connor asintió.

—Bien. Entonces, vuelve a tu puesto.

—Sí. Si no le importa, señor, después de tanto ir de acá para allá, los chicos y yo tenemos sed. Mucha sed —dijo el chico, mirando nerviosamente a Shanna—. Queríamos tomar… algo de beber.

—¿Una bebida? —preguntó Connor, con cara de preocupación—. Bueno, pero tendréis que tomarla fuera —dijo.

A Shanna le pareció que, de repente, se sentían incómodos por su culpa. Lo mejor sería que se mostrara agradable con ellos. Tomó la botella de refresco de la mesa y se la ofreció con una sonrisa.

—¿Te gustaría esto, Ian? Yo ya no quiero más.

Él hizo un gesto de repugnancia.

Ella dejó la botella en la mesa.

—Bueno, sí, es *light,* pero no está tan mal, de verdad.

Ian la miró con azoramiento.

—Seguro que… Seguro que está muy bien, señorita, pero los chicos y yo preferimos otro tipo de bebida.

—Una bebida proteínica —dijo Connor.

—Sí, eso es —dijo Ian, asintiendo—. Una bebida proteínica.

Connor se acercó al frigorífico y le hizo un gesto a Ian para que lo siguiera. Ambos se inclinaron ante la nevera abierta, susurrando, y sacaron algo. Después, cerraron la puerta y caminaron sin separarse, como si fueran hermanos siameses, hasta el microondas que había en la encimera.

Era obvio que no querían que ella viera lo que estaban haciendo, y era muy raro. Sin embargo, ¿no era aquella la noche de los sucesos extraños? Shanna siguió comiendo su sándwich y observando a los dos escoceses. Parecía como si estuvieran abriendo botellas; clic, clic. Se oyó una serie de pitidos cortos y, después, el sonido del microondas.

Los dos escoceses se volvieron hacia ella, tapando el horno con sus cuerpos. Ella les sonrió. Ellos le sonrieron a ella.

—Nos gusta... nos gusta calentar las bebidas proteínicas —dijo Connor, para romper el silencio.

Ella asintió.

—Muy bien.

—¿Es usted la señorita a la que están persiguiendo los rusos? —preguntó Ian.

—Eso me temo —respondió ella, apartando el plato vacío—. Siento haberos metido a todos en esto. ¿Sabéis? Tengo un contacto en la oficina del alguacil, y puedo pedirles que se ocupen de todo esto. Así no tendríais que preocuparos más por mí.

—No, no —dijo Connor—. Tienes que quedarte aquí.

—Sí. Son órdenes de Roman —añadió Ian.

Vaya. El todopoderoso Roman había hablado, y ellos tenían que obedecer. Bueno, pues si esperaba que ella le implantara aquel colmillo, se iba a llevar una sorpresa. Gracias a su padre, se había convertido en toda una experta rebelándose contra los hombres autoritarios.

Sonó el microondas, y los dos hombres se giraron hacia el mostrador. Parecía que tapaban de nuevo las botellas de las bebidas proteínicas y las agitaban; después, se miraron el uno al otro. Connor miró a Shanna, se acercó a uno de los armarios y sacó una bolsa de papel. Ian permaneció encorvado sobre las botellas. Cuando Connor volvió, hubo unos movimientos que ella no pudo ver, acompañados del crujido del papel.

Después, Ian se giró con la bolsa entre los brazos. Sin duda, en su interior llevaba las misteriosas bebidas proteínicas. Fue hacia la puerta acompañado por el tintineo de las botellas de cristal.

—Bueno, me marcho.

Connor le abrió la puerta.

—Ven a informarme de nuevo dentro de treinta minutos.

—Sí, señor —dijo Ian, y miró a Shanna—. Buenas noches, señorita.

—Adiós, Ian. Ten cuidado —le dijo. Después de que Connor cerrara la puerta, ella le sonrió—. Connor, granuja... Sé lo que estabais haciendo. No eran bebidas proteínicas.

Él abrió unos ojos como platos.

—No... no puede ser...

—Debería darte vergüenza. ¿Es que ese chico no es menor de edad?

—¿Ian? —preguntó Connor, con desconcierto—. ¿Menor de edad para qué?

—Para beber cerveza. ¿No es eso lo que le has dado? Aunque no entiendo para qué habéis calentado unos botellines de cerveza.

—¿Cerveza? —preguntó Connor, con horror—. No tenemos cerveza. Y los guardias nunca se emborracharían estando de servicio, te lo aseguro.

Parecía tan ofendido, que Shanna pensó que había llegado a una conclusión errónea.

—Bueno, pues lo siento. No quería decir que no estuvieras haciendo bien tu trabajo.

Él asintió, un poco más calmado.

—De hecho, te agradezco muchísimo que me estés protegiendo. Aunque no me parece bien que contratéis a chicos tan jóvenes como Ian. Debería estar en la cama para levantarse mañana temprano e ir al colegio.

Connor frunció el ceño.

—Es un poco mayor de lo que parece.

—¿Cuántos años tiene? ¿Diecisiete?

Connor se cruzó de brazos.

—Más.

—¿Noventa y dos? —preguntó ella, con ironía. Sin embargo, no pareció que aquello le hiciera mucha gracia a Connor. Miró a su alrededor, como si no supiera qué contestar.

Se abrió la puerta del pasillo, y una figura muy alta apareció en la cocina.

—Gracias a Dios —murmuró Connor.

Roman Draganesti había vuelto.

6

Shanna no tenía ninguna duda de que Roman dirigía su casa y su empresa con facilidad y con aplomo. Su atuendo oscuro debería parecer aburrido en comparación con las faldas de colores de su equipo de seguridad, pero, por el contrario, le conferían un aspecto peligroso. Distante. De chico malo. Sexi.

Él asintió mirando a Connor y, después, se volvió hacia ella y le clavó sus ojos castaños. Una vez más, Shanna sintió todo el poder de su mirada, como si pudiera aprisionarla y poner todo el mundo fuera de su alcance. Ella rompió la conexión y miró su plato vacío. No iba a permitir que su presencia la afectara. Mentirosa… Tenía el corazón acelerado, y se le había puesto la piel de gallina. Aquel hombre le causaba un gran efecto, aunque no quisiera reconocerlo.

—¿Has comido bien? —le preguntó Roman.

Ella asintió, sin mirarlo.

—Connor, deja una nota para el turno de día. Tienen que traer comida para la doctora… ¿Cómo te apellidas?

Shanna vaciló; después, dijo:

—Whelan.

Después de todo, ya conocían su nombre de pila, y la mafia rusa quería matarla. No tenía sentido conservar el nombre falso de Jane Wilson.

—Doctora Shanna Whelan —dijo él. Repitió el nombre completo como si eso le diera control sobre él. Y sobre ella—. Connor, ¿te importaría esperar en mi despacho? Gregori volverá enseguida y te pondrá al corriente de varios detalles.

—Muy bien —dijo Connor. Antes de marcharse, asintió para despedirse de Shanna.

Ella se quedó mirando la puerta.

—Parece muy agradable.

—Sí, lo es —dijo Roman. Se apoyó en la encimera y se cruzó de brazos.

Se hizo un incómodo silencio. Shanna se puso a juguetear con la servilleta, bajo su atenta mirada. Aquel hombre era uno de los científicos más brillantes del mundo. A ella le encantaría ver su laboratorio. No, no, un momento; trabajaba con sangre. Al pensarlo, se estremeció.

—¿Tienes frío?

—No. Quisiera… quisiera darte las gracias por haberme salvado la vida.

—¿Seguro? No estás en una posición completamente vertical.

Ella se sorprendió, y lo miró. Roman estaba sonriendo, casi riéndose. Acababa de tomarle el pelo por la escenita que había montado un poco antes. Sin embargo, incluso la posición vertical había sido peligrosa con él. Shanna se ruborizó al acordarse de que habían estado a punto de besarse.

—¿Tienes hambre? —le preguntó—. Yo también sé preparar un sándwich.

El brillo de los ojos de Roman se intensificó.

—No, gracias. Voy a esperar.

—De acuerdo —respondió ella. Se levantó y llevó su plato y su vaso al fregadero. Entonces, se dio cuenta de que, tal vez, aquello había sido un error, porque ahora estaba a muy poca distancia de su anfitrión. ¿Qué tenía aquel hombre, que conseguía que ella solo quisiera arrojarse a sus brazos? Lavó el plato y el vaso, y dijo—: Sé... sé quién eres.

Él dio un paso atrás.

—¿Qué es lo que sabes?

—Sé que eres el dueño de Romatech Industries. Sé que eres el científico que inventó la sangre sintética. Has salvado millones de vidas en el mundo —respondió Shanna. Cerró el grifo y se agarró al borde del fregadero—. Creo que eres muy brillante.

Al ver que él no respondía, ella se arriesgó y lo miró. A su vez, él la estaba mirando a ella, pero con una expresión de asombro. ¿Acaso no sabía que era un hombre brillante?

Roman frunció el ceño y se dio la vuelta.

—Yo no soy lo que piensas.

Shanna sonrió.

—¿Quieres decir que no eres inteligente? Bueno, admito que querer incrustarte un colmillo de lobo en esa sonrisa tan maravillosa no es la mejor idea que he oído en la vida.

—No es un colmillo de lobo.

—No es un diente humano —dijo ella, observándolo—. ¿De verdad se te ha caído un diente, o solo apareciste en la consulta como el Príncipe Valiente para rescatarme en tu corcel blanco?

Él sonrió.

—Hace muchos años que no tengo corcel.

—¿Y tu armadura está un poco oxidada?

—Pues sí.

—Pero sigues siendo un héroe.

La sonrisa de Roman desapareció.

—No, no lo soy. De verdad necesito una dentista. ¿Lo ves? —dijo, y se levantó una esquina del labio con el dedo índice.

Había un gran hueco en el lugar donde debería estar el canino.

—¿Cuándo se te cayó?

—Hace pocas horas.

—Entonces, puede que no sea demasiado tarde. Es decir, si tienes el diente verdadero.

—Sí, lo tengo. Bueno, en realidad, lo tiene Laszlo.

—Ah —dijo ella. Se le acercó, y se puso de puntillas—. ¿Me permites?

—Sí —respondió él, y bajó la cabeza.

Ella desvió la mirada desde sus ojos hasta su boca, y los latidos de su corazón se hicieron más fuertes. Le tocó las mejillas y, entonces, levantó las yemas de los dedos.

—No llevo guantes.

—No me importa.

«A mí tampoco». Dios Santo, había examinado cientos de bocas durante aquellos últimos años, pero nunca se había sentido así. Le tocó delicadamente los labios. Eran carnosos y sensuales.

—Abre la boca.

Él obedeció. Ella deslizó un dedo en el interior y examinó el agujero.

—¿Cómo se te cayó?

—Aaah.

—Lo siento —dijo Shanna, y sonrió—. Tengo mala costumbre de hacer preguntas cuando el paciente no puede responder.

Comenzó a sacar el dedo, pero él lo atrapó con los labios. Ella lo miró a los ojos y, al instante, se vio rodeada por su intensidad dorada. Lentamente, sacó el dedo. Dios Santo; le temblaban las rodillas. Tuvo una visión de sí misma deslizándose por su cuerpo hasta el suelo. Alzaría los brazos y diría: «Levántame, bobo».

Él le acarició la cara.

—¿Es mi turno ahora?

—¿Ummm? —murmuró Shanna; apenas podía oír lo que le decía Roman, porque el corazón le latía con fuerza en los oídos.

Él fijó la mirada en su boca, y le pasó el pulgar por el labio inferior.

La puerta de la cocina se abrió.

—Ya he vuelto —anunció Gregori. Al verlos, sonrió—. ¿Interrumpo algo?

—Sí. Mi vida —dijo Roman, y lo fulminó con la mirada—. Ve a mi despacho. Connor te está esperando allí.

—Muy bien —respondió Gregori, y se giró hacia la puerta—. Mi madre también está ahí fuera, esperando. Y Laszlo ya está preparado.

—Entiendo —dijo Roman. Irguió los hombros y miró a Shanna—. Vamos, ven.

—¿Cómo? —balbuceó Shanna, mientras lo veía salir por la puerta. ¿Cómo podía ser tan arrogante? Se había abierto un poco, pero, después, se había convertido de nuevo en el gran jefe.

Bien, pues si pensaba que podía ir por ahí dándole órdenes, estaba muy equivocado. Ella se tomó su tiempo para abotonarse la bata blanca. Después, tomó el bolso de la mesa y salió tras él.

Roman estaba junto a la escalera, hablando con una mujer de mediana edad. Llevaba un traje gris caro, y una blusa que podía valer el sueldo mensual de algunas personas. Tenía el pelo negro, aunque con unas cuantas canas en las sienes. Llevaba un moño a la altura de la nuca. Al ver acercarse a Shanna, arqueó las cejas.

Roman se giró.

—Shanna, te presento a Radinka Holstein. Es la madre de Gregori, y mi ayudante personal.

—Encantada —dijo Shanna, y le tendió la mano.

Radinka la miró durante un instante. Justo cuando Shanna pensaba que no iba a aceptar su saludo, la mujer sonrió y le estrechó la mano con fuerza.

—Por fin has llegado.

Shanna pestañeó, sin saber qué decir.

Radinka sonrió aún más; después, miró a Roman y, después, nuevamente, a ella. Por último, volvió a mirar a Roman.

—Estoy tan contenta por vosotros…

Roman se cruzó de brazos y miró a la mujer con cara de pocos amigos.

Ella le tocó el hombro a Shanna.

—Si necesitas cualquier cosa, avísame. Yo estoy aquí, o en Romatech, todas las noches.

—¿Trabajas por la noche? —preguntó Shanna.

—Las instalaciones están abiertas las veinticuatro horas del día, pero yo prefiero el turno de noche —dijo Radinka, y agitó una mano por el aire. Llevaba las uñas perfectamente pintadas de rojo—. El turno de día es demasiado ruidoso, con tantos camiones de un lado para otro. Casi no se puede oír lo que piensa una misma.

—Ah.

Radinka se colgó el bolso del brazo, a la altura del codo, y miró a Roman.

—¿Necesitabas algo más?

—No. Hasta mañana —dijo él, y se giró para subir las escaleras—. Vamos, Shanna.

«Siéntate. Ladra. Túmbate y rueda por el suelo».

Shanna lo miró malhumoradamente.

Radinka se echó a reír, e incluso su risa sonó exótica y extranjera.

—No te preocupes, querida. Todo irá bien. Volveremos a hablar muy pronto.

—Gracias. Me alegro de haberte conocido —respondió Shanna.

Después, comenzó a subir las escaleras. ¿Adónde la estaba llevando Roman? Tal vez quisiera mostrarle una de las habitaciones de invitados. Sin embargo, si Laszlo tenía el colmillo, ella debería tratar de implantárselo lo antes posible.

—¿Roman?

Él se había adelantado mucho, y Shanna lo había perdido de vista.

Siguió subiendo, y se detuvo en el primer descansillo para mirar hacia abajo y admirar el precioso vestíbulo.

Radinka se dirigía hacia una puerta doble que había en la parte derecha; se oía el ruido que hacían sus tacones en el suelo de mármol. La ayudante de Roman le había parecido un poco rara, pero, en aquella casa, todo el mundo era un poco extraño. Radinka abrió las puertas, y se oyó el sonido de una televisión.

—¡Radinka! —exclamó una mujer, con un marcado acento francés—. ¿Dónde está tu amo? Pensaba que vendría contigo.

¿Otro acento más? Dios Santo, parecía que estaba atrapada en la Casa Internacional de los Locos.

—Dile que venga —prosiguió la mujer—. Queremos jugar.

Se le unieron otras voces femeninas que le pedían a Radinka que fuera a buscar enseguida al amo. A Shanna se le escapó un resoplido. ¿«El amo»? ¿Quién demonios era «el amo»? Parecía el *Playmate* masculino del mes.

—Shh, Simone —dijo Radinka, en tono de enfado, al entrar en la habitación—. Está muy ocupado.

—Pero… ¡he venido desde París…!

Radinka cerró la puerta, y Shanna no pudo oír el resto de la queja.

Verdaderamente raro. ¿A quién querían ver aquellas mujeres? ¿A alguno de los escoceses? Bueno, a ella tampoco le importaría echar un vistazo por debajo de sus *kilts*.

—¿Vienes? —le preguntó Roman, que estaba mirándola desde el segundo piso.

—Sí —dijo ella, y comenzó a subir las escaleras calmadamente—. ¿Sabes una cosa? Te agradezco mucho todo lo que has hecho para garantizar mi seguridad. Gracias, de veras.

El ceño fruncido de Roman se relajó.

—De nada.

—Sin embargo, tengo ciertas dudas sobre tu equipo de seguridad. Espero que no te importe.

Él arqueó las cejas y miró hacia atrás. Después, volvió a mirarla a ella.

—Son la mejor fuerza de seguridad del mundo.

—Puede ser, pero...

Shanna llegó al segundo piso y allí, detrás de Roman, había otro escocés con falda.

El escocés se cruzó de brazos y la miró con severidad. Tras él, en la pared, había muchos retratos de gente ricamente vestida que también la miraba con cara de pocos amigos.

—¿Te importaría explicarte? —preguntó Roman, en voz baja, con un brillo de diversión en los ojos.

Demonios...

—Bueno —murmuró Shanna, y carraspeó antes de continuar—: Reconozco que los escoceses son unos hombres increíblemente guapos. Cualquier mujer estaría de acuerdo conmigo —dijo, y se fijó en que la expresión del guardia se suavizaba un poco—. Además, visten de una manera muy elegante. Y me encanta su acento.

El escocés estaba empezando a sonreír.

—Lo ha arreglado muy bien, señorita.

—Gracias —dijo ella, y le devolvió la sonrisa.

Sin embargo, Roman estaba frunciendo el ceño de nuevo.

—Como es obvio que piensas que los guardias están entre los ejemplares más perfectos de la hombría, por favor, dime, ¿cuáles son tus objeciones?

Shanna se inclinó hacia él.

—Son las armas. Lo único que tienen es esa pequeña espada que llevan en la cintura...

—Una daga de las Highlands —dijo Roman.

—Sí, eso, y el cuchillo que llevan en el calcetín.

—La *sgian dubh* —dijo Roman, nuevamente.

—Sí, sí —respondió ella—. Lo que quiero decir es que... ¡Mira el cuchillito! ¡Es de madera! ¡Eso es anterior a la Edad del Bronce, y los rusos tienen metralletas! ¿Tengo que seguir explicándolo?

El escocés se echó a reír.

—Es muy lista, señor. ¿Quiere que le haga una demostración?

Roman suspiró.

—Está bien.

Al instante, el escocés se dio la vuelta como un remolino, separó de la pared uno de los retratos y descubrió un compartimento oculto. En una fracción de segundo, estaba frente a Shanna de nuevo, pero, en aquella ocasión, la estaba apuntando con una metralleta. Todo ocurrió tan deprisa que ella ni siquiera tuvo tiempo de admirar el vuelo de su falda.

—Vaya —murmuró, con asombro.

El escocés guardó el arma en el compartimento y volvió a poner el cuadro en su sitio.

—¿Está más contenta ahora, señorita?

—Oh, sí. Has estado magnífico.

Él sonrió.

—Cuando quiera.

—Hay armas escondidas por toda la casa —gruñó Roman—. Cuando digo que estás a salvo, lo digo en serio. ¿Tengo que seguir explicándolo?

Ella frunció los labios.

—No.

—Entonces, vamos.

Roman siguió subiendo las escaleras, y Shanna exhaló un suspiro. No había necesidad de ser maleducada. Se giró hacia el escocés.

—Me encanta tu tartán. Es distinto al de los demás.

—¡Shanna! —exclamó Roman, que la esperaba en el siguiente descansillo.

—¡Ya voy! —respondió ella, y subió de mala gana las escaleras, oyendo la risa del escocés a sus espaldas. Demonios, ¿por qué se había puesto Roman de tan mal humor repentinamente?

—Mira, ya que estamos hablando de la seguridad, hay otro problema del que me gustaría hablar.

Él cerró los ojos y respiró profundamente.

—¿Y qué problema es ese? —preguntó, sin dejar de subir escaleras.

—Se trata de Ian. Es demasiado joven para hacer un trabajo tan peligroso.

—Es mayor de lo que aparenta.

—No tiene más de dieciséis años. Debería estar en la escuela.

—Te aseguro que Ian ya ha terminado su escolarización —dijo Roman; al llegar al tercer piso, saludó al guardia apostado allí.

Shanna lo saludó también, y se preguntó si detrás de alguno de los cuadros habría escondido algún mecanismo termonuclear. En realidad, dudaba que, por muy llena de armas que estuviera una casa, fuera completamente segura.

—El hecho es que no quiero que un niño tenga que trabajar para protegerme a mí.

Roman continuó subiendo.

—Tomo nota.

¿Y eso era todo?

—Lo digo muy en serio. Tú eres el jefe aquí, así que estoy segura de que puedes hacer algo al respecto.

Roman se detuvo.

—¿Cómo sabes que soy el dueño de Romatech?

—Lo había supuesto, y Connor me lo confirmó.

Roman suspiró y siguió subiendo.

—Tengo que hablar con Connor.

Shanna lo siguió.

—Y, si no haces nada con respecto a Ian, hablaré con su jefe, Angus MacKay.

—¿Cómo? —preguntó Roman, deteniéndose una vez más, y se volvió a mirarla con ojos de asombro—. ¿Es que has oído hablar de él?

—Connor me dijo que es el dueño de MacKay Security and Investigation.

—Por Dios —susurró Roman—. Está claro que tengo que hablar largo y tendido con Connor —dijo, y subió las escaleras que quedaban hasta el cuarto piso.

—¿A qué piso vamos?

—Al quinto.

Shanna no se detuvo.

—¿Y qué hay en el quinto piso?

—Mis habitaciones privadas.

A ella se le aceleró el corazón. Oh, Señor. Al llegar al cuarto, se detuvo para recuperar el aliento. Había otro guardia con *kilt* entre las sombras.

—¿Y dónde están las habitaciones de invitados?

—Tú te alojarás aquí, en el cuarto piso. Después te enseñaré tu habitación —dijo, y continuó subiendo—. Vamos.

—¿Y por qué vamos a tu despacho?

—Tenemos que hablar de algo importante.

—¿Y no podemos hablar ahora?

—No.

Qué hombre tan terco. Shanna suspiró, intentando adivinar qué querría decirle.

—¿Has pensado en instalar un ascensor?

—No.

Intentó trabar conversación con otro tema.

—¿De dónde es Radinka?

—Creo que, en la actualidad, su país de origen se llama República Checa.

—¿Y qué quería decir con eso de «por fin has llegado»?

Roman se encogió de hombros.

—Radinka cree que tiene poderes adivinatorios.

—¿De verdad? ¿Y tú también lo crees?

Él llegó al final de las escaleras.

—No me importa lo que crea, siempre y cuando cumpla con su trabajo.

—Ah, claro. Así que confías en ella para encomendarle tareas, pero no la crees cuando dice que es adivina.

Él frunció el ceño.

—Algunas de sus predicciones son erróneas.

—¿Y cómo lo sabes?

Él frunció el ceño aún más.

—Ha profetizado que voy a encontrar una gran alegría en la vida.

—¿Y qué tiene eso de erróneo?

—¿Te parezco una persona especialmente alegre?

—No —respondió Shanna. ¡Qué hombre tan exasperante!—. Entonces, ¿haces lo posible por estar triste con tal de demostrarle que no tiene razón?

—No, claro que no. Ya estaba triste antes de conocer a Radinka. Ella no tiene nada que ver.

—Vaya, pues bien por ti. Has hecho un compromiso de por vida con la tristeza.

—No es verdad.

—Sí es verdad.

Él se cruzó de brazos.

—Esto es infantil.

Ella también se cruzó de brazos.

—No es verdad —dijo, y se mordió el labio para no echarse a reír. Era divertidísimo tomarle el pelo a aquel hombre.

Él la miró con atención, y estuvo a punto de sonreír.

—Estás intentando atormentarme, ¿verdad?

—¿Acaso no te gusta la tristeza?

Roman se echó a reír.

—¿Cómo me haces esto?

—¿Hacerte reír? —preguntó ella—. ¿Es que es una experiencia nueva para ti?

—No, pero había perdido la práctica —dijo él, y la miró maravillado—. ¿Te das cuenta de que esta noche han estado a punto de matarte?

—Sí, ya lo sé. Algunas veces, la vida es un asco. Puedes reírte o echarte a llorar, y yo casi siempre prefiero reírme —le respondió. Ya había llorado lo suficiente—. Además, esta noche he tenido mucha suerte. He encontrado un ángel de la guardia cuando más lo necesitaba.

Él se puso rígido.

—No pienses eso de mí. Estoy muy lejos de ser... Para mí no hay esperanza.

Sus ojos castaños reflejaban un gran remordimiento.

—Roman —dijo ella, y le acarició la cara—. Siempre hay esperanza.

Él dio un paso atrás.

—No, para mí, no.

Shanna esperó, pensando que él iba a decir algo, que iba a hacerle alguna confidencia, pero Roman no dijo nada. Entonces, ella miró a su alrededor, y distinguió la silueta de otro guardia en una esquina oscura. Había dos puertas en el pasillo y, entre ellas, un enorme cuadro. Se acercó a mirarlo. Era un atardecer sobre un paisaje de colinas verdes. En el valle, la niebla envolvía las ruinas de unos edificios de piedra.

—Es precioso —murmuró.

—Es… era un monasterio que había en Rumanía. Ya no queda nada de él.

Nada, salvo recuerdos, sospechó Shanna. Y, a juzgar por la expresión de Roman, no eran buenos recuerdos. ¿Y por qué tenía allí una pintura de Rumanía si le causaba dolor? Oh, claro. A él le gustaba la tristeza. Miró de nuevo el cuadro. ¿Rumanía? Eso explicaba el ligero acento de Roman. Tal vez aquellos edificios hubieran sido destruidos durante la Segunda Guerra Mundial, o, tal vez, durante la ocupación soviética… No. Por algún motivo, la destrucción parecía mucho más antigua. Extraño. ¿Qué relación podía haber entre Roman y las ruinas de un antiguo monasterio?

Él se acercó a la puerta que había a la derecha del pasillo.

—Este es mi despacho —dijo. Abrió la puerta y esperó a que ella entrara.

De repente, Shanna tuvo el impulso de bajar corriendo las escaleras. ¿Por qué? Roman le había salvado la vida aquella misma noche, así que, ¿por qué iba a querer hacerle daño ahora? Además, ella todavía tenía su Beretta. Se quitó el bolso del hombro y lo agarró contra su pecho. Parecía que, después de lo que había pasado durante aquellos últimos meses, era incapaz de confiar en nadie.

Y eso era lo peor de todo, porque significaba que iba a ser una persona solitaria para siempre. Siempre había querido tener una vida normal: un marido, hijos, un buen trabajo, una casa bonita en un barrio bonito… Una vida normal. Y eso ya no iba a tenerlo nunca. Los rusos no habían conseguido matarla, como a Karen, pero le habían robado la vida.

Irguió los hombros y entró en la habitación. Era grande. Miró a su alrededor porque sentía curiosidad por saber qué tipo de muebles le gustaban a Roman, y un movimiento captó su atención. De entre las sombras emergieron dos hombres: Gregori y Connor. Debería haber sentido alivio, pero sus expresiones severas le causaron preocupación. De repente, tuvo la sensación de que la habitación estaba helada; sintió un frío muy intenso alrededor de la cabeza.

Con un estremecimiento, se giró hacia la puerta.

—¿Roman?

Él cerró con una llave que se guardó, acto seguido, en el bolsillo.

Ella tragó saliva.

—¿Qué ocurre?

Roman la miró fijamente. Sus ojos eran como llamas doradas. Entonces, caminó hacia ella y susurró:

—Ha llegado el momento.

7

Los vampiros llevaban siglos utilizando el control mental. Era el único modo de convencer a los seres humanos de que se convirtieran voluntariamente en una fuente de alimento. Y era el único modo de borrarles los recuerdos después.

Antes de inventar la fórmula de la sangre artificial, Roman había utilizado el control mental todas las noches, y nunca había tenido escrúpulos al respecto. Era una cuestión de supervivencia, y le parecía algo normal.

Eso era lo que había estado diciéndose mientras llevaba a Shanna a su despacho. No tenía por qué sentirse culpable. Cuando Gregori, Connor y él consiguieran dominar la mente de Shanna, podría ordenarle que le reimplantara el colmillo. Y, cuando el trabajo estuviera terminado, borraría sus recuerdos. Sencillo. Normal. Así pues, ¿por qué se sentía más y más frustrado a cada tramo de escaleras que subía? Al llegar a su despacho, tenía muchas dudas sobre aquel plan. ¿Tres vampiros acosando a una mujer mortal? Tal vez fuera la única manera de romper la barrera mental de Shanna, pero estaba empezando a parecerle una agresión despiadada, y se sentía culpable.

Sin embargo, no había otra forma de conseguirlo. No podía ser sincero con ella porque, si Shanna se enteraba de que era un demonio, nunca lo ayudaría voluntariamente. Gregori y Connor se abalanzaron sobre ella sin esperar. Él notó que dirigían su poder psíquico hacia Shanna.

A ella se le cayó el bolso al suelo. Gimió, y se apretó las palmas de las manos contra las sienes.

Roman flotó mentalmente sobre ella para comprobar que estuviera bien. Y lo estaba. Shanna había erigido sus defensas con mucha más rapidez y energía de lo que él pensaba humanamente posible. Era increíble.

Gregori reforzó su ataque con una determinación glacial. «¡Tus pensamientos van a ser míos!».

«Y míos», intervino Connor, y trató de atravesar la barrera defensiva con su mente.

«¡No!», exclamó Roman, lanzándoles una mirada de advertencia a sus amigos. Ellos retrocedieron, mirándolo con asombro. Habían esperado resistencia por parte de Shanna, pero no por su parte. Sin embargo, la verdad era que deseaba los pensamientos de Shanna para sí, y que quería que estuviera a salvo. Quizá fuera necesaria tanta fuerza psíquica para derribar sus defensas, pero, cuando esas defensas se desmoronaran, aquel poder destrozaría su mente.

Roman caminó hacia ella y la estrechó contra su pecho.

—¿Estás bien?

Ella se apoyó en él.

—No, no me encuentro bien. Me duele la cabeza… y tengo mucho frío.

—No te preocupes —dijo él, y la abrazó. Era una pena que su viejo cuerpo no pudiera producir más calor—. Conmigo estarás a salvo —añadió, y le cubrió la parte posterior de la cabeza, como si quisiera proteger su mente de algún asalto más.

Sus dos amigos se miraron con preocupación.

Connor carraspeó.

—¿Podría hablar contigo?

—Un momento —dijo él.

Era obvio que esperaban una explicación, pero no sabía qué decir. ¿Cómo iba a explicar los extraños sentimientos que lo estaban consumiendo aquella noche? El deseo, la lujuria, el miedo, la diversión, la culpabilidad y el remordimiento. Era como si el hecho de conocer a Shanna hubiera despertado su corazón de un profundo y largo sueño. Antes de conocerla, no sabía de verdad hasta qué punto estaba muerto y, sin embargo, en aquel momento se sentía completamente vivo.

Ella se estremeció.

—Ven a descansar —le dijo, y la llevó hacia la *chaise longue* donde él se había alimentado de VANNA un poco antes.

Shanna se acurrucó en el asiento y se abrazó a sí misma.

—Tengo mucho frío.

Roman pensó en ir a buscar la colcha de su propia cama, que estaba en la habitación contigua, pero vio una manta de lana de color granate sobre el respaldo de una de las butacas. Él nunca la usaba, pero Radinka se la había regalado para el despacho porque, según ella, la estancia necesitaba un toque de calidez.

Él tomó la manta y tapó a Shanna.

—Gracias —dijo ella, y tiró del borde hasta su barbilla—. No sé qué me ha pasado, pero, de repente, he sentido un frío horrible.

—No te preocupes, enseguida entrarás en calor.

Le acarició el pelo. Lamentablemente, no tenía tiempo para calmar sus temores; Connor estaba paseándose de un lado a otro, y Gregori estaba apoyado en la pared, mirándolo con enfado.

—Gregori, ¿te importaría asegurarte de que la doctora Whelan esté cómoda? Tal vez quiera algo de la cocina; por ejemplo, un té caliente.

—De acuerdo —dijo Gregori, y se acercó a ella—. Eh, cariño, ¿qué tal?

¿«Cariño»? Roman hizo una mueca y atravesó el despacho para hablar con Connor.

El escocés se volvió de espaldas a Shanna y dijo, en voz muy baja:

—Laszlo me dijo que la chica era diferente. No lo creí, pero ahora, sí. Nunca me había cruzado con un ser humano que tuviera tal fortaleza mental.

—Sí, estoy de acuerdo —dijo Roman, y miró a Shanna. Gregori estaba utilizando todos sus encantos, porque ella se estaba divirtiendo.

—Laszlo también me dijo que, si el diente no se arregla hoy, después será imposible.

—Sí, ya lo sé.

—No tenemos tiempo para encontrar otro dentista —dijo Connor—. Laszlo va a llamar dentro de dieciocho minutos.

—Sí, me doy cuenta.

—Entonces, ¿por qué nos has detenido? Estábamos muy cerca.

—Su mente estaba a punto de resquebrajarse. Me preocupaba que, cuando consiguiéramos entrar, todo ese poder la dañara.

—Ah —dijo Connor, y se frotó la barbilla con un dedo—. Y, si su cerebro resulta dañado, no podría arreglarte el diente. Claro.

Roman frunció el ceño. Él ni siquiera había pensado en el colmillo. Solo se había preocupado por Shanna. ¿Qué le estaba haciendo aquella mortal? Había cometido demasiados pecados en el pasado como para tomar conciencia del mal en aquel momento. Miró hacia atrás. Gregori se estaba sentando al borde de la *chaise*. Tomó los pies de Shanna y se los colocó en el regazo.

—Bueno, ¿y qué vamos a hacer? —preguntó Connor.

—Tengo que ganarme su confianza. Tiene que dejarme entrar por su propia voluntad.

—Ya. ¿Y desde cuándo cooperan las mujeres? Podrías pasarte cien años intentándolo, pero solo te quedan dieciocho minutos —dijo Connor, y miró el reloj—. Bueno, diecisiete.

—Supongo que tendré que ser encantador por partida doble —dijo. Como si supiera hacer eso. Roman miró hacia atrás nuevamente. Gregori le estaba quitando los zapatos a Shanna.

—Sí —dijo Connor—. A las mujeres les gusta el encanto.

Roman entrecerró los ojos. Gregori había empezado a masajearle los pies a Shanna. De repente, él recordó a Gregori jugando con VANNA en aquella misma silla, mordisqueándole los dedos del pie. ¡Se le habían puesto los ojos muy rojos, Dios Santo!

—¡Quítale las manos de encima! —gritó, con tanta fuerza, que todos los presentes se sobresaltaron.

Gregori dejó los pies de Shanna en la *chaise* y se levantó.

—Me has dicho que hiciera que se sintiese cómoda.

Shanna bostezó y se estiró.

—Y lo estabas haciendo muy bien, Gregori. Me había quedado casi dormida cuando Roman ha empezado a gritar como una vaca loca.

—¿Cómo una vaca loca? —repitió Gregori, y se echó a reír con ganas, hasta que vio la cara de Roman. Entonces, carraspeó y se alejó de Shanna.

—Connor, hay un poco de *whiskey* en aquel armario —dijo Roman, señalando el mueble bar.

El escocés abrió el armario.

—Talisker, de la isla de Skye. ¿Qué estás haciendo con este *whiskey* de malta?

—Me lo envió Angus. Tiene la esperanza de que invente una bebida nueva para él con mi Cocina de Fusión.

—Ah, eso sería magnífico —dijo Connor, y sujetó la botella para admirarla—. Echo de menos esto.

—Sírvele un vaso a la señorita Whelan —dijo Roman, mientras se acercaba a ella—. ¿Te sientes mejor?

—Sí —respondió Shanna, y se tocó la frente con una mano—. Tenía un dolor de cabeza terrible, pero se me ha pasado. Ha sido muy raro. Casi me parecía que oía voces —explicó—. Bueno, sé que eso suena muy mal.

—No, en absoluto.

En realidad, era una buena noticia. Shanna no había reconocido las voces que oía, y no había relacionado el dolor de cabeza con el intento de controlar su mente.

Se frotó la frente.

—Tal vez me haya contagiado de algún virus —dijo—. O tal vez tenga la esquizofrenia. Demonios, lo próximo será que el perro de alguien empiece a decirme lo que tengo que hacer.

—No creo que tengas que preocuparte por eso —dijo él, sentándose a su lado en el borde de la *chaise*—. Lo que te está pasando tiene otra explicación: es el estrés postraumático.

—Sí, probablemente —convino ella, mientras se movía un poco para hacerle sitio—. Un psicólogo del FBI me habló de esto. Dijo que podía esperarme ataques de pánico recurrentes durante el resto de mi vida. ¿A que es divertido?

—¿El FBI? —preguntó Connor, mientras le llevaba el vaso de *whiskey*.

Shanna se estremeció.

—No debo mencionar nada de esto, pero vosotros habéis sido muy buenos conmigo. Os merecéis saber lo que está pasando.

—Cuéntanos solo lo que quieras —dijo Roman; tomó el vaso de la mano de Connor y se lo ofreció a Shanna—. Esto te ayudará a entrar en calor.

«Y te hará más habladora. Y bajarás la guardia sin darte cuenta».

—Normalmente, no bebo nada más fuerte que la cerveza.

—Pero esta noche has pasado por un infierno —dijo él, y le puso el vaso en la mano.

Ella bebió un buen trago y, acto seguido, se puso a toser.

—¡Vaya! —exclamó, con los ojos llenos de lágrimas—. Demonios. Es *whiskey* solo, ¿no?

Roman se encogió de hombros.

—¿Qué esperas, cuando un escocés de las Highlands te sirve una copa?

Ella se tendió en la *chaise* y lo miró con los ojos entornados.

—Vaya, Roman, ¿has intentado hacer una broma?

—Puede que sí. ¿Ha funcionado? —preguntó él. Embelesar a una mujer a base de encanto era algo nuevo para él. Antes, se había limitado a tomar lo que necesitaba.

Ella sonrió lentamente.

—Creo que antes te has equivocado. Sí hay esperanza para ti.

Por Dios, qué optimista era. ¿Se veía obligado a acabar con todo aquel optimismo, algún día, contándole la dura realidad? No había esperanzas para un demonio asesino. Pero, mientras, iba a permitir que aquella ilusión continuara. Sobre todo, si eso le ayudaba a entrar en su mente.

—¿Qué era lo que nos estabas contando acerca del FBI?

—Ah, sí. Estoy en el Programa de Protección de Testigos. Tengo asignado un alguacil federal con el que debo ponerme en contacto si tengo algún problema. Sin embargo, cuando lo llamé, no estaba disponible.

—¿Y Shanna es tu verdadero nombre?

Ella suspiró.

—Se supone que me llamo Jane Wilson. Shanna Whelan ha muerto.

Él le tocó un hombro.

—A mí me parece que estás muy viva.

Ella cerró los ojos.

—He perdido a mi familia. No puedo volver a verlos.

—Háblame de ellos —dijo Roman, y miró el reloj. Ya solo quedaban doce minutos.

Shanna abrió los ojos. Tenía la mirada desenfocada, perdida.

—Tengo un hermano y una hermana más pequeños que yo. Cuando éramos niños estábamos muy unidos, porque solo nos teníamos los unos a los otros. Mi padre trabaja para el Departamento de Estado, así que viajamos por muchos países.

—¿Qué países?

—Polonia, Ucrania, Letonia, Lituania, Bielorrusia...

Roman miró a Connor.

—¿A qué se dedica tu padre?

—Era una especie de asesor, pero nunca nos dijo exactamente lo que hacía. Viajaba mucho.

Roman señaló su escritorio con un movimiento de la cabeza. Connor asintió, y se acercó silenciosamente al ordenador.

—¿Cómo se llama tu padre?

—Sean Dermot Whelan. Mi madre había sido profesora antes de casarse, así que decidió escolarizarnos en casa. Es decir, hasta que...

Shanna frunció el ceño y se tapó con la manta, de nuevo, hasta la barbilla.

—¿Hasta qué? —preguntó Roman, mientras oía que Connor escribía en el teclado. La investigación sobre Sean Dermot Whelan había comenzado.

Shanna suspiró.

—Cuando tenía quince años, mis padres me enviaron a un internado de Connecticut. Dijeron que sería mucho mejor para mí tener un expediente en una escuela oficial, para poder entrar en una buena universidad.

—Eso parece razonable.

—Yo también lo pensé, en ese momento, pero...

—¿Sí?

—A mi hermano y a mi hermana nunca los mandaron a un internado. Solo a mí.

—Entiendo.

Ella fue la elegida para marchar. Roman lo entendía muy bien. Mejor de lo que hubiera querido reconocer.

Shanna se enrolló un fleco de la manta en un dedo.

—Yo pensé que había hecho algo mal.

—¿Cómo ibas a haber hecho algo mal? Solo eras una niña —dijo Roman. Sin embargo, en aquel momento él también estaba teniendo recuerdos que creía muertos desde hacía mucho tiempo—. Echabas de menos a tu familia.

—Sí. Al principio, fue horrible. Después, conocí a Karen, y ella se convirtió en mi mejor amiga. Ella es la primera que quiso ser dentista. Yo le tomaba el pelo diciéndole que cómo podía querer ganarse la vida metiéndole la mano en la boca a la gente. Sin embargo, cuando me llegó la hora de tomar una decisión, yo también elegí la carrera de dentista.

—Entiendo.

—Quería ayudar a la gente y formar parte de una comunidad, ¿sabes? La dentista de un barrio, la que patrocina el equipo de fútbol infantil del barrio. Quería echar raíces y tener una vida normal. No quería seguir viajando por el mundo. Y quería tratar a los niños. Siempre me han encantado los niños —dijo, con los ojos llenos de lágrimas—. Ahora ya no me atrevo a tener hijos, por culpa de esos malditos rusos —añadió. Se inclinó, tomó el vaso del suelo y bebió otro trago de *whiskey*.

Roman le quitó el vaso de la mano cuando se puso a toser y a tartamudear. Demonios. Quería que se relajara, no que se emborrachara. Miró el reloj; ya solo faltaban ocho minutos para que Laszlo hiciera la llamada.

—Háblame de los rusos.

Ella volvió a acomodarse en la *chaise*.

—Karen y yo compartíamos un apartamento en Boston. Todos los viernes por la noche salíamos a cenar al mismo *deli*. Comíamos *pizza* y *brownie*, y maldecíamos a los hombres porque no teníamos ninguna cita. Entonces, una noche… Todo fue como una película de gánsteres.

Roman se preguntó cómo era posible que no tuviera citas. Los hombres mortales tenían que estar ciegos. Le tomó ambas manos.

—Sigue. Ahora ya no pueden hacerte daño.

A ella se le llenaron los ojos de lágrimas otra vez.

—Sí me hacen daño. Todos los días. No puedo dormir sin ver a Karen muriendo delante de mí. ¡Y ya no puedo trabajar de dentista! —exclamó, y tomó de nuevo el vaso—. Vaya… Cuánto odio compadecerme a mí misma.

—Espera un momento —dijo él, poniendo el *whiskey* fuera de su alcance—. ¿Qué significa que ya no puedes trabajar de dentista?

—Tengo que enfrentarme a la verdad. También he perdido mi carrera profesional. ¿Cómo voy a trabajar de dentista si me desmayo al ver la sangre?

Oh, sí. Su fobia a la sangre. Eso se le había olvidado.

—Y, esta fobia tuya… ¿empezó aquella noche en el *deli*?

—Sí —respondió Shanna, secándose los ojos—. Estaba en el baño cuando empecé a oír gritos. Estaban disparándole a todo el mundo. Oía las balas incrustándose en las paredes. Le estaban disparando a la gente, y la gente gritaba…

—¿Eran los rusos?

—Sí. Cuando paró el tiroteo, salí del baño a escondidas. Vi a Karen tendida en el suelo. Las balas le habían alcanzado el pecho y el estómago. Todavía estaba viva, y negó con la cabeza, como si estuviera intentando advertirme que no me moviera…

Shanna se apretó los ojos con las manos.

—Entonces, los oí. Estaban detrás del horno de la *pizza,* gritando en ruso.

—¿Y te vieron?

—No. Al oírlos, me escondí detrás de unas plantas muy grandes que había en el local. Dispararon más en la cocina y, después, salieron. Se detuvieron junto a Karen y la miraron. Les vi la cara. Después, se marcharon.

—¿Y se detuvieron junto a otras víctimas, como junto a Karen?

—No. De hecho...

—¿Qué?

—Le abrieron el bolso y miraron su carné de identidad. Se pusieron furiosos y gritaron, y tiraron el bolso al suelo. Fue muy raro. Mataron a diez personas en aquel *deli*. No entiendo por qué se molestaron en comprobar la identidad de Karen.

Sí, ¿por qué? A Roman no le gustaban nada las conclusiones a las que estaba llegando, pero no quería alarmar a Shanna hasta que estuviera más seguro.

—Entonces, tú testificaste contra los rusos en un juicio, y las autoridades te dieron una identidad nueva.

—Sí. Hace dos meses que me convertí en Jane Wilson y vine a vivir a Nueva York —dijo Shanna, con un suspiro—. Aquí no conozco a nadie. Solo a Tommy, el repartidor de *pizza*. Es agradable tener a alguien con quien hablar. Tú sabes escuchar.

Roman miró de nuevo el reloj. Solo quedaban cuatro minutos. Tal vez ella ya confiara en él lo suficiente como para que pudiera intentar entrar en su mente.

—Puedo hacer algo más que escuchar, Shanna. Yo... soy experto en terapia de hipnosis.

—¿Hipnosis? —preguntó ella, con los ojos muy abiertos—. ¿Haces regresiones al pasado, y cosas de esas?

Él sonrió.

—En realidad, estaba pensando en que podría usar la hipnosis para curarte la fobia a la sangre.

—Ah —dijo ella, y se incorporó con mucho interés—. ¿Lo dices en serio? ¿Puedo curarme con tanta facilidad?

—Sí. Tendrías que confiar en mí...

—¡Sería estupendo! No tendría que renunciar a mi carrera profesional.

—Sí. Pero necesito que confíes en mí.

—Por supuesto —dijo ella. De repente, lo miró con recelo, y preguntó—: No me dejarías a merced de la hipnosis después del tratamiento, ¿verdad? Para que haga cosas, como por ejemplo, desnudarme y cacarear como un gallo cuando alguien grite «¡taxi!».

—No tengo ninguna gana de verte cacarear. Y, en cuanto a lo demás… —Roman se inclinó hacia ella, y susurró—: Suena de lo más interesante, pero preferiría que te desnudaras voluntariamente.

Ella bajó la cabeza y se ruborizó.

—Ya, claro.

—Entonces, ¿confías en mí?

Shanna lo miró a los ojos.

—¿Quieres hacerlo ahora mismo?

—Sí —dijo Roman, y se las arregló para que ella siguiera mirándolo a los ojos—. Es muy fácil. Lo único que tienes que hacer es relajarte.

—¿Relajarme? —preguntó Shanna. Siguió mirándolo, pero su mirada se apagó un poco.

—Túmbate —dijo él, y la empujó suavemente para que volviera a tenderse en la *chaise*—, y no dejes de mirarme a los ojos.

—Sí —susurró ella, y frunció el ceño—. Tus ojos son muy especiales.

—Y tus ojos son preciosos.

Shanna sonrió. Entonces se estremeció como si volviera a sentir dolor.

—Tengo frío otra vez.

—Se te pasará enseguida, y te sentirás muy bien. ¿Quieres vencer tus miedos, Shanna?

—Sí. Sí, claro que quiero.

—Pues entonces, lo conseguirás. Serás fuerte y tendrás seguridad. No habrá impedimento alguno para que seas una gran dentista.

—Eso suena maravillosamente bien.

—Te estás sintiendo muy relajada, y tienes sueño.

—Sí… —a Shanna se le cerraron los ojos.

Por fin, había conseguido entrar. Por Dios, había sido tan fácil… Ella había dejado las puertas abiertas de par en par. Solo había hecho falta encontrar una motivación. Roman tomó buena nota de ello, por si acaso volvía a encontrarse con mortales difíciles en el futuro. Sin embargo, mientras se adentraba en el pensamiento de Shanna, se dio cuenta de que no había nadie como ella.

En apariencia, su mente racional estaba bien organizada. Sin embargo, por debajo de aquel exterior bien organizado había un oleaje de fuertes emociones. Roman se sintió rodeado por ellas, arrastrado por ellas. Miedo. Dolor. Tristeza. Remordimiento. Y, bajo aquella tormenta, la obstinada voluntad de continuar adelante, pasara lo que pasara.

Todas aquellas emociones eran familiares para él, pero, también muy diferentes, porque eran las de Shanna, y sus sentimientos eran frescos y muy vivos. Él había estado muriendo durante quinientos años, y el hecho de volver a sentirse así fue embriagador. Shanna tenía una enorme pasión. Solo era necesario desencadenarla, y él podía hacerlo. Podía abrir su mente y su corazón.

—Roman —dijo Gregori, mirando el reloj—. Te quedan cuarenta y cinco segundos.

Él reaccionó.

—Shanna, ¿me oyes?

—Sí —susurró ella, con los ojos cerrados.

—Vas a tener un sueño maravilloso. Estarás en la consulta de un dentista, una consulta nueva y segura. Yo seré tu paciente, y te pediré que me implantes un colmillo. Un colmillo normal. ¿Lo entiendes?

Ella asintió lentamente.

—Si hay sangre, no te vas a asustar. No vas a vacilar. Continuarás tu trabajo con calma hasta que hayas terminado. Después, dormirás profundamente durante diez horas seguidas, y olvidarás lo ocurrido. Cuando te despiertes, te sentirás feliz y descansada. ¿Entendido?

—Sí.

Él le apartó el pelo de la cara.

—Ahora, duerme. El sueño va a comenzar.

Él se puso en pie; ella se quedó tumbada, durmiendo serenamente, con una mano bajo la barbilla, envuelta en la manta. Tenía una expresión de inocencia y de confianza.

Sonó el teléfono.

Connor respondió a la llamada.

—Un momento. Voy a ponerte en altavoz.

—¿Hola? ¿Se me oye? —preguntó Laszlo, con nerviosismo—. Espero que estéis preparados. No tenemos mucho tiempo. Ya son las cinco menos cuarto de la madrugada.

Roman se preguntó si al químico le quedaba algún botón en la bata.

—Te oímos perfectamente, Laszlo. Pronto estaré allí, con la dentista.

—¿Ha cooperado?

—Sí —dijo Roman, y se volvió hacia Gregori—. Averigua a qué hora exacta va a amanecer. Llámanos a la consulta cinco minutos antes para que podamos volver.

Gregori se estremeció.

—Eso es muy poco tiempo. No voy a poder irme a mi casa.

—Puedes dormir aquí.

—¿Yo también? —preguntó Laszlo, por el altavoz.

—Sí. No os preocupéis. Hay muchas habitaciones —dijo Roman, mientras tomaba a Shanna en brazos.

—Roman —dijo Connor, poniéndose en pie—, una cosa sobre el padre de la dentista. Es como si no existiera. Estoy pensando que es de la CIA. Puedo mandar a Ian a Langley para que haga averiguaciones.

—Muy bien —dijo Roman, mientras agarraba con firmeza a Shanna—. Empieza a hablar, Laszlo, y no pares hasta que estemos allí.

—Sí, señor. Como usted diga, señor —tartamudeó el químico—. Bueno, aquí todo está listo. He puesto su colmillo en un sistema de conservación de piezas dentales, como recomendó la dentista. Todo esto me recuerda a una película sobre un dentista; era un dentista malvado que no dejaba de preguntar: «¿Es esto seguro?». ¿Cómo se llamaba aquel actor…

Laszlo siguió hablando apresuradamente, aunque Roman no se concentró en sus palabras.

Utilizó su voz como si fuera un faro, y la siguió con la mente hasta que estableció la conexión. Los desplazamientos rutinarios, como los que hacía desde su casa a su despacho de Romatech, los tenía insertados en la memoria. Sin embargo, si tenía que hacer un viaje desconocido, si no conocía el punto de partida o el destino, lo más seguro era contar con algún tipo de guía sensorial. Si podía ver un lugar, podía ir a ese lugar. Si podía tocar un lugar, podía ir a ese lugar. Pero, si el punto de partida o el destino eran desconocidos y el vampiro no contaba con una guía, cabía la posibilidad de que se materializara en un lugar equivocado, como, por ejemplo, dentro de un muro de ladrillo, o en un lugar a pleno sol.

Gregori iba a quedarse en el despacho de Roman para llamarlos antes de que amaneciera y actuar de faro para el regreso. La habitación desapareció ante sus ojos, y Roman siguió la voz de Laszlo hasta la clínica. Cuando se materializó, oyó el suspiro de alivio de Laszlo.

La clínica era un lugar monótono, pintado en tonos beis. Olía a desinfectante.

—Gracias a Dios que lo ha conseguido, señor. Venga por aquí —dijo Laszlo, y lo llevó hacia una de las salas de consulta.

Roman se aseguró de que Shanna estuviera bien.

Después de comprobar que dormía plácidamente en sus brazos, siguió a Laszlo, preguntándose qué información iba a descubrir Ian acerca de su padre.

Si el hombre había tenido algún encontronazo con la mafia rusa durante sus años en el extranjero, los rusos habrían intentado vengarse. Y, si no habían podido vengarse del padre, lo habrían intentado con su hija. Eso explicaría por qué habían buscado el carné de identidad de Karen y se habían enfurecido al darse cuenta de que no era la víctima que buscaban. Roman estrechó a Shanna entre sus brazos. Esperaba que sus sospechas fueran erróneas, pero el instinto se lo estaba diciendo a gritos.

La mafia rusa no quería eliminar a Shanna porque hubiera sido testigo de la matanza de Boston. Ella había sido el motivo de aquella matanza. Su objetivo siempre había sido Shanna, y no pararían hasta verla muerta.

8

Ivan Petrovsky hojeó los sobres sin abrir que había sobre su escritorio. La factura de la luz. La factura del gas. La fecha de los sobres era de varias semanas antes. Se encogió de hombros, porque, ¿qué importancia podían tener tres semanas cuando uno tenía más de seiscientos años? Además, detestaba tener vínculos con el mundo mortal. Abrió el primero de los sobres. Ah, qué afortunado: era un buen candidato para hacerse un seguro de vida. Idiotas. Arrojó la carta a la basura.

Un sobre de color marfil captó su atención. El remite era de Romatech Industries. Gruñó de rabia, pero, cuando tenía el sobre roto en dos, se detuvo. ¿Por qué iba a enviarle una carta aquel maldito Roman Draganesti? Ni siquiera se dirigían la palabra; Ivan sacó la tarjeta y colocó ambos pedazos juntos en su escritorio.

Su aquelarre y él estaban cordialmente invitados al Baile de Gala de la Apertura de la Conferencia de Primavera de 2005, que se celebraría en Romatech Industries dentro de dos noches. Ah, ya había llegado aquella fecha.

Draganesti organizaba el evento todos los años, y a él acudían vampiros de todo el mundo. Los maestros de los aquelarres mantenían reuniones secretas para hablar de aspectos importantes de la vida del vampiro moderno. Imbéciles. ¿Acaso no sabían que el vampirismo era una forma de vida superior? Eran los mortales quienes causaban los problemas. Solo había una manera, y muy sencilla de resolverlos: alimentarse y destruir. No era necesario hablar de ello. Había millones y millones de humanos en el planeta, y seguían reproduciéndose. A los vampiros no se les iba a terminar la comida.

Ivan tiró la invitación a la basura. Llevaba dieciocho años sin asistir a la conferencia, desde que aquel traidor de Draganesti había presentado su nueva sangre sintética al mundo de los vampiros. Ivan se había marchado de allí asqueado, y nunca más había vuelto.

Le sorprendía que Draganesti siguiera enviándole la invitación año tras año. Aquel tonto debía de tener la esperanza de que sus seguidores y él cambiaran de opinión y abrazaran sin reparos aquella nueva y exaltada filosofía de vida del buen vampiro. Puaj.

Ivan sintió una gran tensión en el cuello, debido a la frustración y al estrés. Se dio un masaje en los músculos, bajo los oídos, y cerró los ojos. Tuvo una visión de Draganesti y sus seguidores en la fiesta, bailando con sus elegantes trajes de noche, bebiendo aquella sangre falsa en unas copas de cristal, mientras se daban palmaditas en la espalda para congratularse por su evolucionada y elevada sensibilidad. Era como para vomitar.

Él nunca renunciaría a la sangre humana, ni a la emoción de la caza, ni al éxtasis del mordisco. Draganesti y sus seguidores eran unos traidores al vampirismo. Una abominación. Una desgracia.

Y, justo cuando él pensaba que las cosas no podían empeorar más, ellos se las habían arreglado para caer aún más bajo y pasar de la traición al absurdo. Hacía dos años,

Draganesti había presentado su última invención: la Cocina de Fusión para vampiros. Ivan gruñó. El dolor le atenazó el cuello. Para aliviar la presión, hizo crujir los huesos como un mortal habría crujido sus nudillos.

Cocina de Fusión. Era ridículo. Vergonzoso. Era insidioso y seductor. La Cadena Digital Vampírica emitía constantemente anuncios publicitarios de sus productos. Él había descubierto, incluso, a dos de las chicas de su propio harén metiendo en casa, a escondidas, botellas de Chocolood, aquella repugnante bebida de sangre y chocolate. Él había ordenado que las dos chicas recibieran unos cuantos latigazos. Sin embargo, sospechaba que su harén se las estaba arreglando para beber aquel brebaje cuando él no estaba allí. Por primera vez durante siglos, sus preciosas y núbiles muchachas estaban engordando.

¡Aquel maldito Draganesti! Estaba destruyendo el modo de vida de los vampiros, convirtiendo a los hombres en débiles cobardes y a las mujeres en vacas gordas. Y, por si eso no fuera suficiente, se estaba haciendo inmensamente rico. Draganesti y su aquelarre disfrutaban de una gran vida, mientras que su propio aquelarre y él tenían que compartir un abarrotado dúplex en Brooklyn.

Sin embargo, aquella situación no iba a durar mucho más. Pronto entregaría el cadáver de Shanna Whelan y ganaría doscientos cincuenta mil dólares. Y, después de unos cuantos asesinatos más, tan bien pagados como aquel, sería tan rico como esos otros maestros de aquelarre, los idiotas de Roman Draganesti, Angus MacKay y Jean-Luc Echarpe.

Alguien llamó a la puerta.

—Adelante —dijo.

Su amigo Alek entró en la habitación.

—Ha venido a verte un mortal. Dice que se llama Pavel.

Un tipo fornido y rubio entró en la pequeña estancia mirando nerviosamente a su alrededor. Stesha decía que era el más inteligente de sus hombres, lo cual significaba, seguramente, que sabía leer.

Ivan se puso en pie. Podía haber ascendido hasta el techo, pero aquel era un truco que se reservaba para después.

—¿Cómo se ha tomado Stesha la noticia de vuestro fracaso?

Pavel hizo una mueca de resignación.

—No muy bien. Pero ahora tenemos una pista.

—¿Habéis ido a esa pizzería? ¿Ha aparecido la chica por allí?

—No. No la hemos visto por ninguna parte.

Ivan se sentó al borde de su escritorio.

—Entonces, ¿cuál es esa pista?

—El coche que vi. El Honda verde. He investigado la matrícula.

—¿Y?

—Es de Laszlo Veszto.

—¿Y qué? Nunca he oído hablar de él.

Alek entrecerró los ojos.

—Yo tampoco.

Pavel sonrió con petulancia.

—No me sorprende. Nosotros tampoco sabíamos quién es, pero sí sabemos quién es su jefe. Nunca lo imaginaría.

Ivan se acercó tan rápidamente a Pavel, que el mortal se tambaleó hacia atrás y abrió mucho los ojos. Ivan lo agarró por la pechera de la camisa y lo atrajo hacia delante.

—No te hagas el listo, Pavel. Dime lo que sepas, y date prisa.

Pavel tragó saliva.

—Laszlo Veszto trabaja en Romatech.

Ivan lo soltó y dio un paso atrás. Mierda, debería haberlo sabido. Roman Draganesti estaba detrás de todo aquello. Aquel maldito desgraciado siempre había sido una espina en su costado. Ivan ladeó la cabeza e hizo crujir el cuello para que las vértebras volvieran a su sitio.

Pavel se estremeció.

—¿Y ese tal Laszlo trabaja en el turno de noche, o en el de día?

—Creo que… en el de noche, señor.

Un vampiro. Eso explicaría por qué había conseguido Shanna Whelan desaparecer tan rápidamente.

—¿Tenéis la dirección de Laszlo?

—Sí —dijo Pavel, y se sacó un papel del bolsillo del pantalón.

—Muy bien —respondió Ivan. Tomó el papel y lo observó—. Quiero que vigiléis dos sitios más de día: el apartamento de Laszlo Veszto y la casa de Roman Draganesti. Vive en Upper East Side.

—Sí, señor —dijo Pavel. Después de vacilar un instante, preguntó—: ¿Puedo irme ya?

—Sí. Es decir, si consigues salir de aquí antes de que mis chicas decidan que eres un buen aperitivo.

Pavel soltó una maldición y salió corriendo hacia la puerta.

Ivan le pasó el papel a Alek.

—Llévate a unos cuantos hombres a esta dirección. Traedme al señor Veszto de una pieza antes del amanecer.

—Muy bien —dijo Alek, guardándose el papel—. Parece que Draganesti tiene a la chica. ¿Qué puede querer de ella?

—No lo sé —dijo Ivan—. No me lo imagino matando a una mortal por dinero. Es demasiado blando.

—Sí. Y tampoco necesita el dinero.

Así pues, ¿qué estaba tramando aquel apestoso Draganesti? ¿Pensaba que podía interferir en sus planes de hacerse rico? Aquel imbécil… Ivan miró la invitación que había tirado a la basura.

—Dile a Vladimir que vigile la casa de Draganesti. La chica estará allí. Vamos, ve.

—Muy bien —dijo Alek, y cerró la puerta al salir.

Roman Draganesti tenía razón en protegerse con tanta seguridad. Había sobrevivido a varios intentos de asesinato aquellos últimos años, y su equipo de guardias había descubierto unas cuantas bombas en Romatech Industries, por cortesía de una sociedad secreta llamada los Verdaderos. Por desgracia, aquellas bombas habían sido descubiertas antes de explotar.

Rebuscó por sus cajones hasta que encontró un rollo de papel celo, y pegó la tarjeta cuidadosamente. A aquellas conferencias solo se podía acudir por rigurosa invitación, y sus mejores amigos y él iban a aparecer allí por primera vez en dieciocho años. Era hora de que Draganesti supiera que no podía molestar a Ivan Petrovsky y vivir para contarlo.

Ivan era algo más que el maestro del aquelarre ruso. Era el líder de los Verdaderos, e iba a hacer de aquel baile una noche para recordar.

9

*E*ra una pena que los mortales necesitaran tanta luz para ver.

Roman cerró los ojos bajo la cegadora lámpara que había sobre su cara. Estaba tumbado boca arriba en el sillón dental, con un babero infantil al cuello. Por lo menos, el control mental estaba funcionando por el momento. Shanna se movía a su alrededor con la eficacia de un robot. Siempre y cuando él pudiera controlar la situación, la implantación del colmillo sería un éxito. No podía permitir que nada hiciera sobresaltarse a Shanna y la sacara de lo que ella pensaba que era un sueño.

—Abre la boca —dijo Shanna, en un tono calmado y monótono.

Él notó un pinchazo en las encías y abrió los ojos. Ella estaba retirando una jeringuilla de su boca.

—¿Qué era eso?

—Una dosis de anestesia local, para que no sientas dolor.

Demasiado tarde. El pinchazo ya le había hecho sentir dolor. Sin embargo, tenía que admitir que la odontología había cambiado mucho desde su último encuentro con la profesión.

De niño, había visto al barbero del pueblo arrancándole los dientes podridos a la gente con unas tenazas oxidadas. Él siempre había hecho todo lo posible por mantener la salud dental, aunque solo pudiera utilizar ramas machacadas como cepillo de dientes. Por eso, había conseguido llegar a los treinta años con todos los dientes.

A aquella edad era cuando había comenzado su nueva vida o, más bien, su muerte. Después de la transformación, su cuerpo había seguido inalterado durante quinientos catorce años.

Su vida de vampiro no había sido pacífica, más bien, todo lo contrario. Había sufrido cortes, heridas profundas, fracturas de huesos e incluso había recibido algún disparo, pero nada que no hubiera podido curar con un buen día de sueño.

Hasta aquel momento.

En aquel instante, estaba en manos de una dentista, y no sabía con exactitud hasta qué punto podía controlarla.

Shanna se puso unos guantes de látex.

—La anestesia tardará unos minutos en hacer efecto.

Laszlo carraspeó para llamar la atención de Roman y señaló su reloj. Le preocupaba que se les acabara el tiempo.

—Ya está muerta —le dijo a Shanna, señalándose la encía.

Demonios, en realidad, todo su cuerpo estaba muerto. Llevaba muchísimo tiempo sintiéndose muerto. Sin embargo, aquella misma noche había sufrido muchísimo dolor cuando ella le había dado el rodillazo en la entrepierna. Y, durante el trayecto en coche, había estado a punto de estallar. Ahora que Shanna estaba en su vida, parecía que él estaba resucitando; particularmente, por debajo del cinturón.

—¿Podemos empezar ya? —le preguntó.

—Sí —dijo ella. Se sentó en una silla pequeña con ruedas, y se acercó al sillón. Cuando se inclinó sobre él, apoyó los pechos en su antebrazo. Roman tuvo que contener un gruñido.

—Abre —dijo ella. Metió un dedo en su boca y palpó la encía superior—. ¿Sientes algo?

Dios, sí. Sentía el irrefrenable impulso de cerrar la boca y succionar aquel endemoniado látex para quitárselo del dedo. «Quítate el guante, preciosa, y te demostraré lo que siento».

Ella frunció el ceño y sacó el dedo de su boca. Se miró la mano y empezó a quitarse el guante.

—¡No! —exclamó Roman, y le tocó el brazo. Demonios. Shanna estaba más conectada a él de lo que pensaba—. No he sentido nada. Vamos a seguir.

—De acuerdo —dijo ella, y volvió a ajustarse el guante.

Dios Santo, no podía creerlo. El control mental con los seres humanos siempre era unidireccional. Él transmitía instrucciones hacia sus mentes, y leía sus mentes. Ellos no podían leer la suya. Un mortal no podía leerle la mente a un vampiro.

Roman miró a Shanna con recelo. ¿Cuánta información podía obtener de él?

Iba a tener que ser muy cuidadoso con sus pensamientos. Debería pensar solo en cosas seguras. Nada de volver a pensar en su propia boca ni en qué partes del cuerpo de Shanna cabrían dentro. No. Nada de eso. Pensaría en algo completamente distinto, como en la boca de Shanna, y en qué partes de su propio cuerpo cabrían dentro. Su entrepierna se puso rígida. ¡No! Nada de sexo. En aquel momento, no. Necesitaba que le implantara el colmillo.

—¿Quieres que te implante el colmillo ahora? —preguntó Shanna. Ladeó la cabeza y frunció un poco el ceño—. ¿O practicamos el sexo oral?

Roman se quedó mirando fijamente a Shanna. Dios Santo. No solo le había leído la mente como si fuera un libro abierto, sino que estaba dispuesta a mantener relaciones sexuales con él.

Asombroso.

A Laszlo le faltaba el aire.

—¡Dios mío! ¿Cómo se le ha ocurrido una proposición tan indignant... —protestó, antes de quedarse mirando a Roman—. ¡Señor Draganesti! ¿Cómo ha podido?

¿Y cómo no iba a poder, si Shanna estaba dispuesta? ¿Sexo oral con una mortal? Interesante. Sexo mortal en un sillón de dentista.

Muy interesante.

—¡Señor! —exclamó Laszlo, con la voz muy aguda, sin dejar de dar vueltas a uno de sus botones—. No hay tiempo para... para los dos tratamientos. Debe elegir entre su colmillo o su...

¿Mi colmillo o mi entrepierna? Aquella última estaba hinchada contra la cremallera del pantalón, como si quisiera decirle: «¡Elígeme a mí, elígeme a mí!».

—¿Señor? —dijo Laszlo, con los ojos desorbitados de pánico.

—Estoy pensado —gruñó Roman.

Demonios. Miró a Shanna. Ella estaba a su lado, con la mirada perdida, la cara inexpresiva y el cuerpo irradiando la misma vitalidad que un maniquí. Aquella no era la Shanna de verdad. Sería como mantener relaciones sexuales con VANNA. Además, después, Shanna lo detestaría. No podía hacer eso. Por mucho que la deseara, tendría que esperar, y asegurarse de que ella acudiera a él por voluntad propia.

Respiró profundamente.

—Quiero que me implantes el colmillo. ¿Podrías hacerlo, Shanna?

Ella lo miró con los ojos desenfocados.

—Voy a implantar el colmillo. Un colmillo normal —dijo ella, repitiendo sus instrucciones anteriores.

—Sí. Exacto.

—Buena decisión, señor, si me permite decirlo —dijo Laszlo. Entonces, se acercó a Shanna y le entregó un frasco—. El colmillo está dentro.

Ella abrió la tapa del frasco y sacó un filtro interior. En aquel filtro estaba el colmillo. Roman contuvo la respiración mientras ella lo sacaba del frasco. ¿Se despertaría al verlo?

—Está en muy buenas condiciones —anunció ella.

Bien. Shanna solo veía un colmillo normal y corriente.

Laszlo miró la hora.

—Son las cinco y cuarto, señor —dijo, y dio otro tirón al botón de su bata. El botón terminó de descoserse—. Oh, no vamos a tener tiempo de terminar.

—Llama a Gregori y pregúntale a qué hora exacta es el amanecer.

—De acuerdo —dijo el químico.

Se metió el botón en el bolsillo de la bata y sacó su teléfono móvil. Mientras marcaba el número, comenzó a pasearse por la sala.

Por lo menos, así tenía algo que hacer. A Laszlo ya se le habían terminado los botones de la bata, y solo le quedaban los de la camisa y los del pantalón. Roman se estremeció al pensarlo.

Shanna se inclinó sobre él y, de nuevo, sus pechos le rozaron el antebrazo. Su pantalón se hinchó aún más. «No pienses en eso».

—Abre.

Ojalá se refiriera a la bragueta del pantalón. Roman abrió la boca.

Sus pechos eran firmes, pero blandos. ¿Qué talla de sujetador usaba? No demasiado grande, pero tampoco demasiado pequeña.

—Treinta y seis B —murmuró ella, mientras seleccionaba el instrumental que tenía en la bandeja.

Por Dios, ¿acaso podía oír todo lo que él pensaba? ¿Cuánto podía oír él de sus pensamientos? «Probando, probando. ¿De qué talla tenemos que comprarte la ropa?».

—De la diez. No —dijo ella, e hizo una mueca de resignación—. De la doce.

«Demasiada *pizza*. Y tarta de queso. Dios, odio engordar. Ojalá tuviera un *brownie*».

A Roman le dieron ganas de sonreír, pero tenía la boca extendida al máximo. Por lo menos, Shanna era muy sincera. «Bueno, ¿y qué piensas de mí?», le preguntó.

«Guapo… misterioso… extraño», pensó ella, mientras seguía trabajando. «Inteligente… arrogante… extraño». Sus pensamientos eran distantes e inconexos, aunque conseguía mantenerse concentrada en lo que estaba haciendo. «Excitado… enorme…».

«Ya es suficiente, gracias». ¿Enorme? ¿Significaba eso que le disgustaba, o que le parecía bien? Demonios, no debería haber preguntado. Y, de todos modos, ¿por qué iba a importarle a él lo que pensara una mortal? ¿Y por qué creía Shanna que él era extraño?

De repente, ella se echó hacia atrás.

—Esto es muy extraño.

Sí, extraño. Eso era él, extraño.

Ella miró de cerca uno de sus instrumentos. Era una varita de cromo larga y fina, con un espejo circular en el extremo.

«Oh, no».

—Debe de estar roto —sugirió él.

—Pero… yo sí puedo verme —dijo ella, frunciendo el ceño—. Esto no tiene sentido. ¿Por qué no puedo ver el reflejo de tu boca?

—El espejo está roto. Sigue sin él.

Ella continuó mirando el espejo.

—No, no está roto. Yo sí me veo —insistió Shanna, y se posó la mano en la frente.

Demonios… Estaba a punto de salir de su sueño.

Laszlo volvió con el teléfono móvil pegado al oído, y se encontró con la escena.

—Oh, vaya. ¿Hay algún problema?

—Baja el espejo, Shanna —le dijo Roman, en voz baja.

—¿Por qué no me muestra tu boca? —preguntó ella, mirándolo con preocupación—. No veo nada en absoluto.

Laszlo se estremeció.

—Gregori —susurró, al teléfono—. Tenemos un problema.

Por decirlo de un modo suave. Si Shanna se liberaba de su control, nunca le implantaría el colmillo. Y eso era solo el comienzo; tal vez, incluso, atara cabos y se diera cuenta de por qué él no se reflejaba en el espejo.

Roman se concentró en ella.

—Mírame.

Shanna se giró hacia él.

Roman la atrapó con la mirada y se aferró con firmeza a su mente.

—Ibas a implantarme el colmillo, ¿no te acuerdas? Querías hacerlo. Querías vencer tu fobia a la sangre.

—Mi fobia —susurró ella—. Sí. No quiero tener miedo nunca más. Quiero salvar mi carrera profesional. Quiero tener una vida normal —dijo ella. Dejó el espejo en la bandeja y tomó el colmillo—. Voy a implantar el colmillo ahora mismo.

Roman exhaló un suspiro de alivio.

—Bien.

—Oh, Dios… Qué cerca hemos estado —susurró Laszlo, al teléfono—. Demasiado cerca.

Roman abrió la boca para que Shanna pudiera seguir trabajando

Laszlo puso la mano alrededor del teléfono. Aun así, se oyó lo que dijo.

—Te lo explicaré después, pero parecía que la dentista iba a negarse a continuar —dijo—. Ahora todo está tranquilo otra vez. Demasiado tranquilo.

No lo suficiente.

Roman gruñó en voz baja.

—Gira un poco la cabeza —le dijo Shanna, y le empujó suavemente la barbilla.

—Ahora, todo ha vuelto a su cauce —prosiguió Laszlo—. El tren avanza a toda velocidad.

Roman notó que el colmillo se encajaba entre las otras
os piezas.

—La dentista tiene la pieza en la mano —continuó
aszlo, como si estuviera retransmitiendo un partido por
léfono—. Ha vuelto a colocar al polluelo en el nido. Reto, el polluelo está en el nido —dijo. Hubo una pausa—.
engo que hablar así, Gregori. Tenemos que mantener…
zorro en la jaula, pero con la luz apagada. La dentista
a estado a punto de encender la luz hace unos minutos.

—Aarg —gritó Roman, lanzándole a Laszlo una mira-
a fulminante.

—El señor Draganesti no puede hablar —continuó el
uímico—. Seguramente, eso es lo mejor, porque ha teni-
o la tentación de abandonar el plan cuando la dentista
zo esa escandalosa oferta.

—¡Grrr!

—Oh —murmuró Laszlo, al ver la cara de ferocidad de
oman—. Será mejor que no hablemos de esto —dijo, e
zo una pausa para escuchar.

En la mente de Roman se sucedió una retahíla de impre-
iciones. Sin duda, Gregori estaba interrogando a Laszlo
ara conseguir más información.

—Ya te lo explicaré luego —susurró Laszlo. Después, en
oz alta, añadió—: Sí, le transmitiré esa información al señor
raganesti. Gracias —colgó, y se metió el teléfono al bolsi-
o—. Gregori dice que va a amanecer a las seis y seis minutos
e la madrugada, y que él nos llamará a las seis en punto,
ero que nosotros debemos llamarlo a él si terminamos antes
e tiempo —dijo, y miró la hora—. Son las seis menos veinte.

—Aaarg —dijo Roman, para mostrar su acuerdo. Por
 menos, Laszlo había colgado el teléfono.

Shanna le levantó el labio superior para inspeccionar el
olmillo reimplantado.

—El colmillo ya está en su sitio, pero tengo que estabili-
rlo con una férula. Tendrás que llevarla durante dos se-
anas —dijo, y continuó trabajando.

No pasó mucho tiempo antes de que él notara el sabo de la sangre. Ella jadeó y se puso muy pálida.

«Dios Santo, no te desmayes ahora», pensó Roman. La miró fijamente y canalizó fuerza hacia su mente. «No te es tremezcas. No vaciles».

Ella se acercó a él.

—A-Abre —dijo y, con una especie de manguera en miniatura, le echó agua en la boca. Después, metió otro instrumento y succionó la mezcla de agua y sangre—. Cierra.

Aquel proceso se repitió varias veces; cada vez que Shanna veía la sangre, reaccionaba un poco mejor.

Laszlo se paseaba de un lado a otro, mirando constante mente el reloj.

—Quedan diez minutos, señor.

—Ya está —murmuró Shanna—. El diente ya está esta bilizado. Tendrás que volver a la consulta dentro de do semanas para que pueda quitarte la férula y hacerte un endodoncia.

Roman notaba la férula en la boca, y le parecía enorme Sin embargo, sabía que podría quitársela a la noche si guiente. Su cuerpo completaría el proceso de curación du rante el día, mientras él estaba dormido.

—Bueno, entonces, ¿hemos terminado?

—Sí —respondió ella, y se puso en pie lentamente.

—¡Sí! —exclamó Laszlo, alzando el puño en el aire— ¡Y han sobrado nueve minutos!

Roman se incorporó.

—Lo has conseguido, Shanna. Y no has tenido miedo.

Ella se quitó los guantes de látex.

—Debes evitar las comidas duras, crujientes o pegajosa

—No hay problema —dijo él, observando su cara inex presiva.

Era una lástima que no se diera cuenta de que había u motivo de celebración. La noche siguiente, iba a enseñar el colmillo, y le contaría cómo había superado su fobia a l sangre. Entonces, ella querría celebrarlo. Con él, esperaba. Aunque fuera un tipo extraño.

Ella dejó los guantes en la bandeja y cerró los ojos. Lentamente, se inclinó hacia un lado.

—¿Shanna? —dijo Roman. La agarró justo cuando a ella le fallaron las piernas.

—¿Qué ocurre? —preguntó Laszlo. Intentó agarrar otro botón, pero ya no le quedaba ninguno—. Iba todo tan bien…

—No pasa nada. Está durmiendo —dijo Roman, y la tendió en el sillón dental. Él mismo le había dicho que, cuando hubiera terminado el trabajo, iba a dormir profundamente durante diez horas.

—Será mejor que llame a Gregori —dijo Laszlo. Se sacó el teléfono móvil del bolsillo y fue a la sala de espera.

Roman se inclinó sobre Shanna.

—Estoy orgulloso de ti, cariño —le dijo, y le apartó el pelo de la frente—. No debería haberte dicho que durmieras después de terminar. Lo que realmente quería era que me abrazaras y me dieras un beso apasionado. Eso habría sido mucho mejor.

Pasó la yema del dedo por su mandíbula. Iba a estar dormida diez horas, así que despertaría a las cuatro de la tarde; él no iba a poder estar a su lado para darle un beso. El sol aún estaría en el cielo.

Roman se estiró con un suspiro. Aquella había sido una noche muy larga. Examinó el instrumento de espejo que había provocado la confusión de Shanna. Malditos espejos.

Incluso después de quinientos catorce años, todavía le ponía nervioso ponerse delante de uno y verlo todo reflejado, salvo a sí mismo. No quería recordar todo el tiempo que llevaba muerto.

Contempló a Shanna. Era bella y valiente. Si a él le quedara un ápice de honor, dejaría tranquila a la pobre chica. La llevaría a algún lugar seguro y no volvería a verla. Sin embargo, en aquel momento estaba a punto de amanecer, y lo mejor que podía hacer era dejarla a salvo en una de las habitaciones de invitados de su casa.

Laszlo volvió rápidamente a la consulta, con el teléfono pegado a la oreja.

—Sí, ya estamos preparados para volver —dijo, mirando a Roman—. ¿Le gustaría ir primero?

—No, no, ve tú —respondió Roman, pero extendió una mano para que el químico le entregara el teléfono—. Voy a necesitarlo.

—Ah, sí, claro.

Laszlo ladeó la cabeza hacia el teléfono que sujetaba Roman. Cerró los ojos, se concentró en la voz de Gregori y, lentamente, se desvaneció.

—Gregori, espera un momento —dijo Roman.

Dejó el teléfono y tomó a Shanna en brazos. Cuando la tuvo bien sujeta, volvió a agarrar el teléfono con una mano y consiguió ponérselo en la oreja. La posición era incómoda y embarazosa; tenía que permanecer encorvado, y su rostro descansó en el de Shanna.

Oyó una risotada por el teléfono.

—Gregori, ¿eres tú?

—¿Sexo oral? —preguntó Gregori, y volvió a reírse.

Roman apretó los dientes.

Aquel maldito Laszlo… solo había tardado segundos en desembuchar.

—¡Vaya! ¡Qué excitante! Espera que se lo cuente a los chicos. O, tal vez, debiera contárselo a tu harén. ¡Miau! —exclamó Gregori, maullando como si estuviera en una pelea de gatos.

—Cállate, Gregori. Tengo que volver antes de que amanezca.

—Bueno, si me callo, no vas a poder. Necesitas mi voz —dijo su amigo, y volvió a reírse.

—Si te rompo el cuello, ya no tendrás voz.

—Vamos, vamos. Relájate, hermano. Entonces, ¿es verdad? ¿Te costó decidir qué tratamiento necesitabas? He oído decir que estabas en alto desde el primer momento.

—Después de estrangularte, voy a cortarle la lengua a Laszlo y se la daré a los perros.

—No tienes perros —dijo Gregori. Su voz sonó un poco más débil—. ¿Puedes creerlo? Está amenazándonos con la violencia física.

Aquella última frase debía de ser para Laszlo. Roman oyó un grito de alarma a distancia.

—¡Gallina! —gritó Gregori—. Bueno, Laszlo acaba de salir corriendo. Supongo que ha oído esos rumores de que, en el pasado, fuiste un asesino frío y despiadado.

No eran rumores.

Gregori había sido transformado tan solo doce años antes, y no tenía ni idea de la magnitud de los pecados que él había cometido durante sus siglos de vida.

—También se rumorea que fuiste cura, o monje —prosiguió Gregori—. Pero yo sé que eso tiene que ser mentira. Cualquier tipo que tenga un harén de vampiresas espectaculares no es exactamente…

Roman dejó que las palabras perdieran significado y se concentró en la localización de la voz de Gregori. La consulta desapareció ante sus ojos, y apareció la oscuridad. Al instante, estaba en casa.

—Ah, ya estás aquí —dijo Gregori, y colgó el teléfono. Después, se recostó en el sillón del escritorio de Roman.

Roman lo miró con cara de pocos amigos.

—Así que la dentista está dormida, ¿eh? —dijo Gregori. Puso los pies en el escritorio y sonrió—. ¿La has dejado agotada?

Roman dejó el teléfono de Laszlo en el escritorio y se acercó a la *chaise longue*, donde depositó a Shanna con cuidado.

—He oído que ha hecho muy buen trabajo con tu colmillo —continuó Gregori—. ¿Sabes? He estado pensando en el programa de ejercicios que mencionaste, para que todos tengamos los colmillos en forma, y se me ha ocurrido una buena idea.

Roman se volvió hacia el escritorio.

—Podríamos grabar los ejercicios en vídeo y vendérselo a la Cadena Digital Vampírica. He hablado con Simone, y ella ha accedido a ser la estrella del programa. ¿Qué te parece?

Roman se acercó lentamente al escritorio.

A Gregori se le borró la sonrisa de los labios.

—¿Qué te pasa, tío?

Roman apoyó ambas manos en el escritorio, y se inclinó hacia delante.

Gregori bajó los pies al suelo y lo miró cautelosamente.

—¿Te ocurre algo, jefe?

—No vas a repetir ni una sola palabra de lo que ha ocurrido esta noche. Nada sobre mi colmillo y, especialmente, nada sobre Shanna. ¿Entendido?

—Sí —dijo Gregori, y carraspeó—. No ha pasado nada.

—Bien. Ahora, vete.

Gregori se dirigió hacia la puerta, murmurando.

—Viejo gruñón —dijo. Se detuvo en la puerta, con la mano en el pomo, y miró a Shanna—. No es asunto mío, pero creo que deberías quedártela. Te vendrá bien.

Después, se fue.

Tal vez tuviera razón; Shanna sería beneficiosa para él. Sin embargo, él no sería bueno para ella. Roman se sentó pesadamente en la butaca. El sol debía de estar rozando el horizonte, porque se sentía exhausto. La cruda realidad era que, cuando el día se apagaba, la fuerza del vampiro también. En pocos minutos, no tendría fortaleza ni para permanecer despierto.

Aquel era el momento de mayor debilidad de un vampiro, y tenía lugar cada día. ¿Cuántas veces, durante sus siglos de vida, se había quedado dormido preocupándose por si alguien descubría su cuerpo durante las horas diurnas? Cualquier mortal podía clavarle una estaca en el corazón mientras estaba dormido. Había estado a punto de ocurrir en 1862, la última vez que se había relacionado con una mujer mortal. Eliza.

Nunca olvidaría el espanto que había sentido al despertarse después del anochecer y encontrarse su ataúd abierto de par en par, y una estaca de madera posada sobre el pecho. Y, para que aquella maldita vulnerabilidad acabara, él estaba trabajando duramente en el laboratorio. Quería obtener una fórmula que permitiera a los vampiros permanecer despiertos y conservar la fuerza durante el día. Necesitarían evitar los ardientes rayos del sol directo, pero, aun así, sería un avance trascendental. Roman estaba muy cerca de lograrlo y, entonces, cambiaría para siempre el mundo de los vampiros.

Casi podría fingir que estaba vivo.

Miró a Shanna. Ella seguía durmiendo tranquilamente en su dulce ignorancia. ¿Cómo reaccionaría si supiera la verdad sobre él? ¿Podría convencerse a sí misma de que estaba vivo, o el hecho de que él fuera un demonio muerto se interpondría para siempre entre los dos?

Roman se desplomó sobre el escritorio; se le estaba acabando la energía. Podría ser a causa del sol, pero sospechaba que también se debía a la depresión. Temía la expresión de espanto de Shanna si se enteraba de la verdad.

Vergüenza. Sentimiento de culpa. Remordimientos. Era horrible, y él no podía someterla a eso. Ella se merecía tener alegría en su vida.

Tomó un bolígrafo y una hoja de papel, y escribió *Radinka* al principio. Su secretaria lo vería sobre el escritorio cuando buscara los mensajes. *Compra todo lo que pueda necesitar Shanna. Talla 12. 36B. Quiero…* Su mano avanzaba lentamente por el papel. Se le estaban cerrando los párpados. *…colores. Nada de negro.* Para Shanna, no. Ella era brillante como el sol que él añoraba tanto, y que siempre permanecería fuera de su alcance. Ella era como un arco iris, llena de color, y llena de dulces promesas de esperanza. Roman pestañeó y miró fijamente el papel. *Cómprale brownies*. Dejó el bolígrafo y se puso en pie.

Con un gruñido, tomó a Shanna en brazos y salió del despacho. Lentamente, fue bajando escalones, y se vio obligado a pararse para recuperar fuerzas en el descansillo. Tenía la visión borrosa, como si estuviera dentro de un túnel muy largo.

Alguien subía por las escaleras.

—Buenos días, señor —saludó el recién llegado, en tono alegre. Era Phil, uno de los guardias mortales que trabajaba para MacKay Security and Investigation—. Normalmente, no está levantado a estas horas.

Roman abrió la boca para contestar, pero tuvo que invertir todas las fuerzas que le quedaban en seguir sujetando a Shanna.

El guardia abrió mucho los ojos.

—¿Ocurre algo? ¿Necesita ayuda? —preguntó, y corrió hacia el descansillo.

—Habitación azul, cuarto piso —jadeó Roman.

—Vamos, démela —dijo Phil. Tomó a Shanna en brazos y empezó a bajar las escaleras hacia el cuarto piso.

Roman bajó, tambaleándose, tras él. Gracias a Dios, aquellos guardias del turno de día eran dignos de confianza. Angus MacKay los había entrenado muy bien, y les pagaba una fortuna para que mantuvieran la boca cerrada. Sabían exactamente a qué tipo de criaturas estaban protegiendo, y no les importaba. Según Angus, algunos de ellos también eran criaturas.

Phil se detuvo frente a una puerta del cuarto piso.

—¿Es esta la habitación? —preguntó. Roman asintió, y él giró el pomo y abrió la puerta empujándola con el pie.

La luz del sol inundó el pasillo.

Roman se sobresaltó.

—Las contraventanas —susurró.

—Sí, voy —dijo Phil, y entró apresuradamente en el dormitorio.

Roman esperó, apoyado contra la pared, evitando que lo rozara el haz de luz que se proyectaba sobre la alfombra del pasillo. Estaba tan cansado que podría quedarse dormido allí mismo. Pronto oyó el clic metálico, y la luz desapareció. Phil había cerrado las gruesas contraventanas de aluminio de la ventana.

Roman entró tambaleándose y vio que el guardia había depositado a Shanna sobre la cama.

—¿Puedo hacer algo más por usted? —preguntó Phil, caminando hacia la puerta.

—No, gracias —dijo Roman.

—Entonces, buenos días. O noches.

Phil lo miró con expresión dubitativa y cerró la puerta.

Roman se acercó a la cama. No podía dejar que Shanna durmiera con el calzado puesto. Le quitó las zapatillas de deporte y las dejó caer al suelo. Le quitó también la bata blanca y, casi sin fuerzas, la dejó caer junto a las zapatillas. Después, rodeó tambaleándose los pies de la cama y apartó la colcha, la manta y las sábanas; hizo rodar a Shanna hasta que pudo tenderla sobre el colchón, y la tapó hasta la barbilla. Así estaría cómoda.

Y, después, él ya no pudo ir a ninguna otra parte.

Shanna se despertó descansada y feliz. Sin embargo, la sensación de bienestar se desvaneció rápidamente, porque se dio cuenta de que no sabía dónde estaba. Una habitación oscura. Una cama confortable. Por desgracia, no recordaba haber entrado a aquella habitación, ni haberse acostado en aquella cama. De hecho, lo último que recordaba era que estaba entrando en el despacho de Roman Draganesti. Por culpa de un horrible dolor de cabeza, había tenido que tumbarse en una *chaise longue* de terciopelo rojo y, después... nada.

Cerró los ojos e hizo un esfuerzo por recordar. En su mente aparecían atisbos de una clínica dental, pero era desconocida para ella; no era su lugar de trabajo. Qué raro. Tal vez hubiera soñado con un trabajo nuevo.

Apartó la manta y se incorporó. Bajó los pies al suelo y tocó con los dedos una alfombra muy gruesa. ¿Dónde estaban sus zapatos? Vio la hora en un reloj digital que había sobre una mesilla, junto a la cama: faltaban todavía seis minutos para las cuatro. ¿De la madrugada, o de la tarde? La habitación estaba totalmente a oscuras, así que era difícil saberlo. Ella había ido al despacho de Roman más tarde de las cuatro de la madrugada, así que debían de ser las cuatro de la tarde.

Siguiendo con las manos la superficie de la mesilla de noche, notó la base de una lámpara. Presionó el interruptor y, al encender la luz, se le escapó un jadeo.

Qué preciosa lámpara de cristal. Con aquella luz suave, vio matices de azul y lavanda en la habitación. Era un dormitorio más grande que todo su apartamento del SoHo. La alfombra era gris y, las paredes, azul claro. Las cortinas tenían rayas azules y violetas. La contraventana era de metal y estaba totalmente cerrada, así que no era extraño que la habitación estuviera tan oscura.

La cama tenía un dosel de madera de roble claro, y la estructura estaba vestida con una delicada tela de color lavanda y azul. Shanna miró hacia atrás, por encima de su hombro.

No estaba a solas.

Con un grito ahogado, se levantó de un salto. ¡Roman Draganesti estaba en su cama! ¿Cómo se atrevía a dormir con ella? Oh, Dios Santo, tal vez fuera ella la que había dormido en la de él. Tal vez aquella fuera su habitación. ¿Cómo podía haberlo olvidado todo?

Se inspeccionó la ropa. Las zapatillas y la bata blanca habían desaparecido pero, por lo demás, todas las prendas estaban en su sitio, intactas.

Él estaba tendido boca arriba, sobre la colcha, con su jersey y sus pantalones vaqueros negros. Incluso estaba calzado.

¿Por qué se había quedado a dormir con ella? ¿Acaso estaba tan decidido a protegerla como para hacer algo así? ¿O tenía otros motivos? Miró sus pantalones. Roman no había hecho ningún esfuerzo por disimular la atracción que sentía por ella. Maldición… Teniendo en cuenta su enorme suerte, seguro que un hombre tan impresionante como aquel había querido seducirla y ella ni siquiera lo recordaba.

Rodeó la cama, observándolo. Parecía muy sereno, casi inocente, pero ella sabía que no era así. De hecho, no le sorprendería que solo estuviera fingiendo que dormía.

Descubrió su bata blanca y sus zapatos en el suelo. No recordaba habérselos quitado, así que debía de haberlo hecho el propio Roman. Entonces, ¿por qué no se había descalzado él también?

Se acercó a él.

—¿Hola? Buenos días… o tardes, más bien.

No hubo respuesta.

Se mordió el labio, preguntándose qué hacer. No era muy buen protector, si se había quedado tan profundamente dormido.

Ella se inclinó hacia su cara.

—¡Vienen los rusos!

Su expresión no se alteró. Vaya. Qué gran ayuda sería si los rusos aparecieran de verdad. Shanna miró a su alrededor por la habitación, y distinguió dos puertas. Abrió una de ellas, y vio un pasillo lleno de puertas a cada lado. Aquel tenía que ser el cuarto piso y, la habitación, uno de los dormitorios de invitados. En el quinto piso no había pasillo; Roman tenía todo aquel piso reservado para sí. Vio a un hombre cerca de las escaleras, de espaldas a ella. No llevaba *kilt*, pero sí una pistolera en el cinturón. Supuso que era un guardia, aunque, claramente, no era escocés. Llevaba unos pantalones de color caqui y una camiseta de color azul marino. Ambas prendas eran normales y corrientes.

Cerró la primera puerta y abrió la segunda. Era un baño en el que había todo lo que pudiera necesitar: bañera, inodoro, lavabo, toallas, pasta y cepillo de dientes… Todo, salvo espejo. Aquello era extraño. Hizo sus necesidades y volvió a abrir la puerta. Roman seguía dormido. Encendió y apagó la luz de la habitación unas cuantas veces, pero él no se despertó.

Se lavó la cara y los dientes, y se sintió mejor preparada para enfrentarse al hombre que estaba durmiendo en su cama sin que ella lo hubiera invitado.

Caminó hacia él con una sonrisa forzada. En voz alta, dijo:

—Buenas noches, señor Draganesti. ¿Sería mucho pedir que durmiera usted en su cama a partir de ahora?

Él no respondió. Ni siquiera roncó un poco. ¿Acaso no roncaban los hombres? Umm…. No, si estaba fingiendo que dormía.

—No es que tu compañía no me resulte estimulante. ¡Eres de lo más risueño! —dijo, y se acercó a él. Le tocó un hombro con el dedo—. Vamos, sé que te estás haciendo el dormido.

Nada.

Se inclinó y le susurró al oído:

—¿Te das cuenta de que esto significa la guerra?

No hubo respuesta. Examinó todo su cuerpo: las piernas largas, la cintura esbelta, los hombros anchos, la mandíbula fuerte y la nariz recta y larga que correspondía perfectamente con su arrogancia. Tenía un mechón de pelo negro en el pómulo, y ella se lo apartó con la mano. Su pelo era fino y suave.

Sin embargo, él no reaccionó. Realmente, se le daba muy bien actuar.

Shanna se sentó a su lado, en la cama, y le colocó las manos en los hombros.

—He venido a poseer tu cuerpo. Toda resistencia será inútil.

Nada. ¡Demonios! ¿Acaso era tan fácil resistirse a ella? Bueno, pues recurriría a la tortura. Fue botando hasta los pies de la cama y lo descalzó. Los zapatos aterrizaron en el suelo con un sonoro golpe, pero Roman no se movió. Ella le acarició las plantas de los pies, y le hizo cosquillas a través de los gruesos calcetines negros, pero… nada.

Le tiró del dedo gordo del pie izquierdo. Después, fue tirándole de todos los dedos, hasta que llegó al meñique, y comenzó a ascender por su larga pierna.

Se detuvo en su cadera; el semblante de Roman solo reflejaba calma. Shanna fijó la mirada en la cremallera de sus pantalones. Eso sí que le haría despertar. Si ella se atrevía, claro.

Lo miró de nuevo a la cara.

—Sé que te estás haciendo el dormido. Ningún hombre con sangre en las venas podría resistir esto.

Roman no respondió.

Estaba esperando a ver si ella llegaba tan lejos. Pues, bien, iba a obligarlo a despertar de una manera que no olvidaría nunca.

Le subió el jersey para destaparle la cintura del pantalón.

Al ver su piel, a Shanna se le aceleró el pulso, y subió el jersey un poco más.

—No tomas mucho el sol, ¿eh?

Su piel era muy pálida, pero tenía un estómago muy bonito, con una línea de vello negro que descendía desde su pecho, formaba un remolino alrededor de su ombligo y se perdía en el interior de sus vaqueros negros. Era increíblemente guapo, increíblemente masculino. Increíblemente sexy.

Y estaba inconsciente.

—¡Despierta, maldita sea!

Se inclinó sobre él, posó los labios sobre su ombligo e hizo una pedorreta.

Nada.

—Demonios, ¡estás dormido como un tronco!

Se dejó caer a su lado. Entonces, se dio cuenta de por qué no roncaba. En realidad, no respiraba. Shanna le puso una mano en el estómago. Frío.

Apartó la mano de golpe. No, no. Aquello no podía ocurrirle a ella. Roman gozaba de una salud envidiable la noche anterior.

Sin embargo, nadie podía dormir tan profundamente. Le levantó el brazo, y lo soltó. El brazo cayó a plomo sobre la colcha.

¡Oh, Dios, era cierto! Shanna bajó de la cama rápidamente, y gritó de terror.

Roman Draganesti estaba muerto.

10

*H*abía dormido con un cadáver. Lo cierto era que los pocos hombres con los que se había acostado en el pasado no habían convertido su vida en un torbellino de pasión, precisamente; además, por lo general, siempre se marchaban de su lado pasado cierto tiempo.

Shanna nunca había considerado que su movilidad fuera un plus.

Incluso después de aquel grito de terror, Roman seguía allí tumbado, tan sereno como siempre. Tenía que estar muerto.

Volvió a gritar.

La puerta se abrió de golpe.

Ella dio un salto y se giró.

—¿Qué ocurre? —preguntó el guardia al que había visto junto a la escalera unos minutos antes. Él hombre tenía la pistola en la mano.

Shanna señaló hacia la cama.

—¡Roman Draganesti está muerto!

—¿Qué? —el guardia metió la pistola en su funda.

—¡Está muerto! —repitió Shanna—. Me he despertado y me lo he encontrado a mi lado en la cama, ¡muerto!

El hombre se acercó a la cama con cara de preocupación.

—Oh —dijo, y se relajó—. No se preocupe, señorita. No está muerto.

—Estoy segura de que sí.

—No, no. Solo está dormido —dijo el guardia, y puso dos dedos en el cuello de Roman—. Su pulso late con normalidad. Soy un especialista en seguridad, y sabría si una persona está muerta.

—Bueno, pues yo soy una especialista en medicina, y reconozco un cadáver cuando lo veo.

Y había visto demasiados el día que había muerto Karen. A Shanna le temblaron las rodillas, y miró a su alrededor en busca de una silla. No había ninguna; en aquella habitación solo estaba la cama. Y, sobre ella, el pobre Roman.

—No está muerto —repitió el guardia—. Está dormido.

Dios, aquel hombre era muy limitado.

—Mira… ¿cómo te llamas?

—Phil. Soy uno de los guardias del turno de día.

—Phil —dijo Shanna, y tuvo que apoyarse en uno de los postes de la cama para poder mantenerse en pie—. Sé que no quieres admitir esto. Después de todo, eres un guardia de seguridad, y se supone que tu trabajo es conseguir que la gente siga con vida.

—Él está vivo.

—¡No! —gritó Shanna—. ¡Está muerto! Ha fallecido. La ha palmado. ¡El Imperio Romano ha caído!

Phil abrió unos ojos como platos y dio un paso atrás.

—Bueno, bueno. Cálmese —dijo, y sacó un *walkie-talkie* de su bolsillo—. Necesito ayuda en el cuarto piso. La invitada ha perdido los nervios.

—¡No es así! —exclamó Shanna, y caminó hacia la ventana—. Vamos a abrir la contraventana, y podremos verlo a la luz del día.

—¡No! —gritó Phil, entonces. Y su grito fue tan frenético, que Shanna se quedó inmóvil. —¿Cuál es el problema, Phil? —se oyó a través del transmisor.

—La señora Whelan se ha despertado y se ha encontrado con el señor Draganesti en su cama, y piensa que está muerto.

Al otro lado del *walkie-talkie* se oyó una risotada. Shanna se quedó boquiabierta. Aquella gente era muy fría.

—¿Podría hablar con tu supervisor, por favor?

Phil la miró con timidez.

—Este es mi supervisor —dijo, y apretó el botón—. Howard, ¿podrías subir, por favor?

—Sí, por supuesto —respondió Howard—. No quisiera perderme esto —dijo.

Phil se guardó el transmisor en el bolsillo.

—Ahora mismo sube.

—Muy bien —dijo Shanna. Buscó un teléfono con la mirada, pero no lo encontró—. ¿Podrías llamar a la policía?

—No… no puedo. Al señor Draganesti no le gustaría nada eso.

—Al señor Draganesti ya no puede gustarle ni disgustarle nada de nada.

—Por favor, señorita, confíe en mí. Todo se va a resolver —le dijo Phil, mirando el reloj—. Solo tenemos que esperar un par de horas.

¿Esperar? ¿Acaso Roman iba a estar menos muerto después de dos horas?

Shanna se paseó de un lado a otro de la habitación. ¿Cómo podía haber muerto así? Parecía tan fuerte y tan sano, que… Debía de haber sido un derrame cerebral, o un infarto.

—Tenemos que notificárselo a sus familiares.

—Están todos muertos.

¿No tenía familia? Shanna se detuvo. Pobre Roman. Había vivido solo, como ella. Sintió un arrebato de dolor. Sintió mucha pena por lo que podía haber habido entre ellos. Ya nunca podría ver de nuevo sus fabulosos ojos castaños, ni sentir su abrazo.

Se apoyó de nuevo en uno de los postes de la cama y observó su cara.

Alguien tocó la puerta con los nudillos, y ella se dio la vuelta. Un hombre altísimo, de mediana edad, entró en la habitación. Llevaba unos pantalones color caqui y una camiseta azul marino, como Phil. En el cinturón llevaba una linterna, además de la funda de la pistola. Parecía un exjugador de *rugby,* porque tenía un cuello muy grueso y fuerte y se notaba claramente que se le había roto varias veces la nariz. Habría dado miedo, de no ser porque tenía en los ojos el brillo de la diversión.

—¿Señorita Whelan? —dijo—. Soy Howard Barr, jefe del turno de día. ¿Cómo está?

—Viva, que es más de lo que puedo decir de su jefe.

—Ummm… ¿Está muerto, Phil?

Phil abrió mucho los ojos.

—No, por supuesto que no.

—Bien —dijo Howard, frotándose las manos—. Eso lo aclara todo. ¿Quiere bajar a la cocina a tomar una taza de café?

Shanna pestañeó.

—Disculpe… ¿No va a inspeccionar el cuerpo?

Howard se ajustó el cinturón y se acercó a la cama.

—A mí me parece que está perfectamente, aunque es muy extraño que se haya quedado a dormir aquí. Nunca había visto al señor Draganesti dormir en la cama de otra persona.

Shanna apretó los dientes.

—No está dormido.

—Creo que sé lo que ha pasado —dijo Phil—. Me lo he encontrado esta mañana, un poco después de las seis, bajando las escaleras con la señorita Whelan en brazos.

Howard frunció el ceño.

—¿Después de las seis? Pero si ya estaba amaneciendo…

—¿Me llevaba en brazos? —preguntó Shanna, con un pensamiento terrible.

—Sí —respondió Phil—. Y menos mal que nos cruzamos, porque el señor Draganesti estaba muy débil.

A Shanna se le cortó la respiración. Oh, no.

Phil se encogió de hombros.

—Supongo que estaba demasiado cansado como para volver a su habitación.

Shanna se desplomó a los pies de la cama. Oh, Dios, ella pesaba demasiado y, al tener que llevarla en brazos, Roman había sufrido un infarto.

—Esto es terrible. Yo… yo lo he matado.

—Señorita Whelan —dijo Howard, mirándola con exasperación—. Eso es totalmente imposible. El señor Draganesti no está muerto.

—Claro que sí —dijo ella, mirando su cuerpo—. Nunca volveré a comer *pizza*.

Phil y Howard se miraron con preocupación. Sus *walkie-talkies* sonaron en aquel momento. Howard contestó el primero.

—¿Sí?

—Radinka Holstein acaba de llegar de compras. Ha sugerido que la señorita Whelan se reúna con ella en el salón.

—Buena idea —dijo Howard, con un suspiro de alivio—. Phil, ¿te importaría acompañar a la señorita Whelan al salón?

—Claro, claro —dijo Phil, con idéntico alivio—. Por aquí, señorita.

Shanna vaciló, mirando a Roman.

—¿Qué van a hacer con él?

—No se preocupe —respondió Howard—. Lo vamos a llevar a su habitación. Dentro de pocas horas, cuando despierte, ustedes dos se reirán de esto.

—Sí, claro —dijo Shanna, y siguió a Phil por el pasillo.

Bajaron las escaleras en silencio. La noche anterior, ella había subido aquellas escaleras con Roman. Él tenía algo…

una especie de tristeza, que la había empujado a tomarle el pelo y a hacerle reír. Y, cuando Roman se había reído de verdad, se había quedado tan sorprendido que ella había recibido una doble recompensa.

Apenas lo conocía, pero iba a echarlo de menos. Era un hombre fuerte, pero gentil. Tenía una aguda inteligencia, y era tan protector que casi resultaba machista. Y había estado a punto de besarla. Dos veces.

Shanna suspiró. Ya nunca sabría cómo era besar a Roman Draganesti. Nunca vería su laboratorio, ni oiría hablar de su siguiente y brillante descubrimiento. Nunca volvería a hablar con él.

Cuando llegaron al piso bajo, Shanna se sentía muy deprimida. Y la mirada comprensiva de Radinka fue la gota que colmó el vaso.

Se le llenaron los ojos de lágrimas.

—Radinka, lo siento muchísimo. Ha muerto.

—Vamos, vamos —dijo Radinka. La abrazó, y le habló con su voz grave—: No te preocupes, querida mía. No pasa nada.

Se llevó a Shanna a una habitación que había a la derecha del vestíbulo.

Era un salón, y estaba vacío. Shanna pensaba que lo encontraría lleno de mujeres, como la noche anterior. Había tres sofás de cuero granate rodeando una mesa de centro cuadrada. En el cuarto lado, la pared estaba cubierta por una enorme pantalla de televisión.

Shanna se dejó caer sobre uno de los sofás.

—No puedo creer que haya muerto.

Radinka dejó su bolso en la mesa y se sentó.

—Se va a despertar, querida.

—No creo —dijo ella, y se le cayó una lágrima en la mejilla.

—Estos hombres duermen muy profundamente. Mi hijo, Gregori, también. Es imposible despertarlo cuando se ha quedado dormido.

Shanna se secó la lágrima.

—No. Roman ha muerto.

—Tal vez te sientas mejor si te lo explico. Yo he llegado pronto esta mañana, y Gregori me contó lo que había ocurrido. Roman te llevó a una clínica dental, y tú le implantaste el colmillo.

—No, eso no puede ser cierto —dijo ella. Tenía recuerdos vagos de una consulta, pero no conseguía ver nada concreto—. Yo… creía que todo había sido un sueño.

—Fue real. Roman te hipnotizó.

—¿Qué?

—Gregori me ha asegurado que tú accediste.

Shanna cerró los ojos, intentando recordarlo. Sí, ella estaba descansando en la *chaise longue* del despacho de Roman cuando él le había sugerido la hipnosis. Y ella había accedido. Estaba desesperada por salvar su carrera profesional y poder conseguir una vida normal.

—Entonces, ¿me hipnotizó de verdad?

—Sí. Fue muy bueno para vosotros dos. Él necesitaba la ayuda de un dentista, y tú necesitabas que te ayudaran a superar tu fobia a la sangre.

—Tú… ¿sabes lo de mi fobia?

—Sí. Le contaste a Roman el terrible incidente del restaurante. Gregori estaba allí, y lo oyó. Espero que no te importe que mi hijo me lo contara.

—No, supongo que no pasa nada —dijo Shanna. Apoyó la cabeza en el respaldo del sofá, y preguntó—: ¿De verdad le implanté el colmillo a Roman anoche?

—Sí. No tengo duda de que tus recuerdos son vagos, pero no te preocupes, al final lo recordarás todo con claridad.

—¿Y no me asusté, ni me desmayé, al ver la sangre?

—Por lo que tengo entendido, hiciste un maravilloso trabajo.

Shanna soltó un resoplido.

—No sé cómo conseguí hacer algo en estado de hipnosis. ¿Qué hice, exactamente?

—Le implantaste el diente que se le había caído.

Shanna se incorporó de golpe.

—¡No sería el colmillo de lobo! ¡No me digas que le implanté el colmillo de un animal! —exclamó, y se desplomó sobre los cojines del sofá. ¿Y qué importancia tenía? El pobre tipo había muerto.

Radinka sonrió.

—Era un colmillo normal.

—Ah, bueno. No quiero imaginarme la cara que habría puesto el forense al hacer la autopsia y encontrarse un colmillo animal.

Pobre Roman. Era demasiado joven para morir. Y demasiado guapo.

Radinka suspiró.

—Ojalá pudiera convencerte de que sigue vivo. Umm… —murmuró, y se puso un dedo sobre los labios. El color de su laca de uñas era exactamente igual que el color de su carmín—. ¿Le pusiste algún tipo de anestesia para que no sintiera dolor?

—¿Y cómo puedo saberlo? Puede que haya cantado ópera en ropa interior. No tengo ni idea de lo que hice anoche —dijo Shanna, y se frotó la frente, tratando de recordarlo.

—Solo lo menciono porque sería una posible explicación para un sueño tan profundo.

Shanna jadeó y se puso en pie de un salto.

—Oh, Dios mío, ¿y si lo he matado con la anestesia?

Radinka abrió mucho los ojos.

—Yo no quería decir eso.

Shanna hizo una mueca.

—Tal vez le pusiera una dosis excesiva. O tal vez yo fuera demasiado pesada para que me llevara en brazos. De cualquier modo, creo que ha muerto por mi culpa.

—No digas tonterías, niña. ¿Por qué te culpas a ti misma?

—No lo sé. Supongo que por costumbre —dijo Shanna, y los ojos se le llenaron de lágrimas otra vez—. Me culpo por lo que le ocurrió a Karen. Debería haberla ayudado. Todavía estaba viva cuando la encontré.

—¿Karen es tu amiga, la que murió en el restaurante?

Shanna asintió, entre lágrimas.

—Lo siento muchísimo. Sé que esto te resulta muy difícil de creer, pero cuando pase el efecto de la anestesia, Roman se despertará, y podrás comprobar por ti misma que está perfectamente.

Shanna se dejó caer sobre el sofá con un gruñido.

—Te gusta mucho, ¿verdad?

—Sí, me gusta, pero no tengo muchas esperanzas en una relación estable con un muerto.

—¿Señora Holstein?

Shanna miró hacia la puerta, y vio a otro guardia vestido de caqui y azul marino.

¿Qué había sucedido con todos los *kilts*? Echaba de menos a los escoceses, con sus preciosos tartanes y su adorable acento.

—Han llegado los paquetes de Bloomingdale's —dijo el guardia—. ¿Dónde quiere que los pongamos?

Radinka se levantó con elegancia.

—Traiga unas cuantas cajas aquí y, el resto, llévalo a la habitación de la señorita Whelan.

—¿A mi habitación? ¿Por qué?

Radinka sonrió.

—Porque son para ti, querida.

—Pero… yo no puedo aceptar nada. Y no deberíais poner nada en mi habitación, porque hay un muerto.

El guardia puso los ojos en blanco.

—Hemos llevado al señor Draganesti a su dormitorio.

—Bien. Entonces, podéis continuar —dijo Radinka, y volvió a sentarse—. Espero que te guste lo que he elegido para ti.

—Lo digo en serio, Radinka. No puedo aceptar regalos. Ya es suficiente que me hayáis dado refugio esta noche. Tengo que llamar al Departamento de Estado para organizar las cosas de otro modo.

—Roman quiere que te quedes aquí. Y quiere que tengas todas estas cosas —dijo Radinka, girándose hacia el guardia, que entraba con los brazos llenos de cajas—. Póngalas sobre la mesa, por favor.

Shanna miró las cajas con consternación. Eran toda una tentación. No se atrevía a volver a su apartamento, así que no tenía nada de ropa, salvo la que llevaba puesta. Sin embargo, no podía aceptar todos aquellos regalos.

—De verdad, agradezco mucho tu generosidad, pero…

—Es la generosidad de Roman —dijo Radinka. Tomó una de las cajas y la abrió—. Ah, sí, esto es precioso. ¿Te gusta?

Entre el papel de seda blanco del interior de la caja había un conjunto de lencería roja.

—¡Vaya! —exclamó Shanna, y tomó el sujetador. Era mucho más bonito que lo que ella solía comprarse. Y mucho más caro. Miró la etiqueta: talla 36B—. Es mi talla.

—Sí. Roman me dejó una nota con la información.

—¿Qué? ¿Y cómo sabía él cuál es mi talla de sujetador?

—Supongo que se lo dijiste mientras estabas hipnotizada.

Shanna tragó saliva.

Demonios, tal vez fuera cierto que había cantado ópera en ropa interior.

—Toma —dijo Radinka, mientras sacaba algo de su bolso—. Todavía tengo la nota —añadió, y se la entregó a Shanna.

—Oh, vaya —murmuró ella.

Tenía que ser lo último que había escrito Roman antes de su muerte.

Shanna leyó la nota: *Talla 12. 36B*. Realmente, Roman sí tenía la información correcta. ¿Se lo había dicho ella, de verdad, mientras estaba hipnotizada? *Cómprale brownies.* A ella se le cortó el aliento, y los ojos se le llenaron de lágrimas una vez más.

—¿Qué te ocurre, querida?

—*Brownies*. Es tan bueno… Era tan bueno… ¿Acaso no creía que yo tengo que adelgazar?

Radinka sonrió.

—Parece que no. He dejado unos cuantos *brownies* en la cocina, pero si quieres probarlos, tendrás que darte prisa. Los guardias del turno de día están deseando hincarles el diente. Esos hombres se lo comen todo.

—Puede que tome alguno más tarde, gracias —dijo Shanna.

Estaba empezando a sentirse baja de energía, pero, cada vez que pensaba en comer algo, veía a Roman intentando bajar las escaleras con ella en brazos.

—Vamos a ver qué más tenemos —dijo Radinka, y abrió el resto de las cajas.

Había más conjuntos de lencería de encaje, una bata de lana azul, una camiseta color salmón con una americana a juego, y un camisón azul oscuro con unas zapatillas a juego.

—Esto es mejor que Navidades —murmuró Shanna—. Es demasiado.

—¿Te gustan estas cosas?

—Sí, claro, pero...

—Entonces, está todo dicho —afirmó Radinka, y comenzó a apilar las cajas—. Voy a enviar todo esto a tu habitación, y le dejaré una nota a Roman para que vaya a verte cuando se despierte.

—Pero...

—Nada de peros —dijo Radinka. Se levantó y recogió las cajas—. Quiero que vayas a la cocina a comer algo. Le he dicho a uno de los guardias que te prepare un sándwich, así que te están esperando. Después, date una buena ducha caliente y ponte ropa nueva. Cuando hayas terminado, Roman ya estará despierto.

—Pero...

—Estoy demasiado ocupada como para discutir. Esta noche hay un millón de cosas que hacer en Romatech —dijo Radinka, y salió por la puerta con las cajas—. Hasta luego, querida.

¡Vaya! Shanna tuvo la impresión de que Radinka Holstein era una mujer muy exigente en su trabajo. Sin embargo, tenía muy buen gusto para la ropa. Ella iba a devolverlo casi todo. Iba a ser doloroso devolverlo, pero era lo que debía hacer. ¿Se atrevería a salir de aquella casa? Sería mucho más doloroso que la encontraran los rusos.

Después de comerse el sándwich en la cocina y de hacer un esfuerzo por ignorar los *brownies*, Shanna subió a su habitación y se asomó al interior. La cama estaba vacía y, a sus pies, había muchas bolsas y cajas. Se dio una larga ducha y, después, se puso la bata y abrió los paquetes. Debería haber sido divertido, pero se sentía cada vez más triste al pensar que el hombre que había pagado la cuenta acababa de morir.

Se sentía muy culpable. No podía aceptar todos aquellos regalos. Y no podía quedarse allí. Tenía que ponerse en contacto con el aguacil que le había asignado el gobierno, Bob Mendoza, y tenía que empezar una nueva vida en algún otro lugar. En un lugar donde no conociera a nadie y nadie la conociera a ella. Una vez más.

Era deprimente. Como formaba parte del Programa de Protección de Testigos, no podía llamar nunca más ni a su familia ni a sus amigos. Sin embargo, anhelaba tener compañía. Quería sentir el amor de los demás. Y no se había dado cuenta de nada de eso hasta que había conocido a Roman. Demonios… No estaba pidiendo demasiado en la vida. Solo quería lo mismo que tenían millones de mujeres: una profesión de la que sentirse orgullosa, un marido que la quisiera, e hijos. Unos preciosos hijos.

Por desgracia, aquellos momentos desesperados habían alterado toda su vida. Cada día se había convertido en una prueba de supervivencia.

Se acercó a la ventana y a sus feas contraventanas de metal. Encontró un interruptor detrás de las cortinas, y lo apretó. Las contraventanas se abrieron, y la luz del sol entró en la habitación.

Las vistas eran muy bonitas. Abajo había una calle arbolada y, a lo lejos, se veía Central Park. El sol estaba poniéndose al oeste, tiñendo las nubes de morado y rosa. Shanna se quedó mirando por la ventana, y tuvo una sensación de paz. Tal vez superara todo aquello. Ojalá Roman estuviera vivo.

¿Podía ser que Radinka tuviese razón y él solo estuviera durmiendo de una forma tan profunda a causa de la anestesia? Shanna se estremeció. Era horrible no poder recordar lo que le había hecho al pobre hombre. Tal vez debiera quedarse en su casa un poco más. O Roman era declarado muerto oficialmente, o se despertaba milagrosamente. En cualquier caso, no podía marcharse hasta que supiera lo que iba a ocurrir.

Eligió algo de ropa y se vistió. Dentro del armario encontró una televisión. Bien. Así podría distraerse mientras esperaba.

Cambió a varios canales y, después de unos segundos, encontró uno que no había visto nunca. Un murciélago negro voló por la pantalla hacia ella y se convirtió en un logo que parecía Batman. Debajo apareció un mensaje: *Bienvenidos a CDV. Emitimos 24 horas, los 7 días de la semana, porque siempre es de noche en algún lugar.*

¿CDV? ¿Algo sobre vídeo digital? ¿Y qué tenía que ver que fuera de noche para que un canal se emitiera o no? El logotipo del murciélago desapareció, y apareció otro mensaje en pantalla: *CDV. Si no eres digital, no pueden verte.* Eso era un poco raro. Alguien llamó a la puerta y la distrajo. Apagó la televisión y fue a abrir; seguramente, era Phil. Parecía que él estaba a cargo del cuarto piso.

—¡Connor! —gritó Shanna, con sorpresa, al ver al escocés—. ¡Has vuelto!

—Sí —dijo él, sonriendo—. Aquí estoy.

Ella lo abrazó.

—Me alegro muchísimo de verte.

Él retrocedió, con las mejillas ruborizadas.

—Me he enterado de qué te has llevado un pequeño susto.

—Oh, sí. Es horrible, ¿verdad? Lo siento muchísimo, Connor.

—Pero, bueno, ¿por qué lo vas a sentir, muchacha? Es el propio señor Draganesti quien me ha enviado a buscarte. Quiere verte.

A ella se le puso la carne de gallina.

—Eso… no puede ser.

—Sí, sí. Quiere verte ahora mismo. Vamos, te acompaño.

¿De veras estaba vivo?

—Conozco el camino —dijo Shanna, y echó a correr escaleras arriba.

11

Roman se despertó sin saber cómo había vuelto a su propia cama. Estaba sobre su colcha marrón, con la ropa y los zapatos puestos. Se pasó la lengua por la cara interior de los dientes; la férula todavía estaba allí. Se palpó el colmillo con los dedos. Sólido. Por supuesto, no tenía forma de saber si todavía podía extenderlo y retraerlo, porque no podía hacer la prueba mientras el colmillo siguiera sujeto con el cable. Tendría que convencer a Shanna para que le quitara la férula.

Después de darse una rápida ducha, se puso el albornoz y entró en su despacho para leer los mensajes. La letra de Radinka captó su atención. Había ido de compras para Shanna. Bien. Se marchaba pronto a Romatech para asegurarse de que todo estaba preparado para el Baile de Gala de la Apertura de la Conferencia. Como aquella temporada estaba trabajando de noche y, también, de día, creía que se merecía otro aumento de sueldo. ¿Otro más? Bueno.

Jean-Luc Echarpe y Angus MacKay, los maestros de aquelarre francés y británico, llegarían a las cinco de la mañana. Bien. Las habitaciones de invitados del tercer piso ya estaban preparadas para ellos. Roman había previsto presentar dos productos nuevos de su línea de Cocina de Fusión en el baile. Se habían preparado quinientas botellas para el evento. Todo tenía muy buen aspecto.

Después, leyó el último párrafo. Al despertar, Shanna Whelan lo había descubierto a él en la cama, a su lado. Oh, no. Ella había pensado que estaba muerto, y se había disgustado mucho. Oh, mierda. Era lógico que hubiera pensado que estaba muerto. Durante el día, los vampiros no tenían pulso. Sin embargo, mirando el lado positivo, aquello podía significar que él le importaba de verdad.

Radinka había intentado convencer a Shanna de que su sueño era tan profundo a causa de la anestesia que ella le había administrado en la clínica dental. Por desgracia, aquella teoría había hecho creer a Shanna que ella misma lo había matado. Estupendo. Entonces, no estaba disgustada porque sintiera atracción por él, sino porque se sentía culpable por haberlo matado. Se imaginaba la escena: Shanna, corriendo por el dormitorio, horrorizada, mientras él dormía como un tronco.

Roman arrugó la nota y la tiró a la papelera. Aquello era la gota que colmaba el vaso. Tenía que terminar la fórmula que le permitiría mantenerse despierto durante el día. No podía estar dormido, incapaz de hacer nada, cuando Shanna lo necesitara.

Apretó el botón del interfono de su despacho.

—Cocina —respondió un hombre con la voz nasal.

—Howard, ¿eres tú?

—¡Sí, señor! Me alegro de oírlo. Ha habido muchas emociones por aquí mientras usted dormía.

Roman oyó risas ahogadas de fondo. Por Dios, el maestro del aquelarre más grande de toda América del Norte se merecía algo más de respeto.

—No es que tengamos queja —continuó Howard—. Lo que pasa es que, normalmente, las cosas son mucho más aburridas por aquí. Ah, Connor acaba de llegar.

—Howard, esta noche llegan unos invitados muy importantes. Entre ellos está tu jefe, el señor MacKay. Espero que se refuerce la seguridad durante el día, y espero una discreción absoluta.

—Entendido, señor. Cuidaremos bien de todo el mundo. Los escoceses acaban de entrar, así que yo ya me marcho. Buenas noches.

—Buenas noches. Connor, ¿estás ahí?

Hubo una pausa, y se oyó un pitido.

—Sí, estoy aquí.

—Acompaña a la señorita Whelan a mi despacho dentro de diez minutos.

—De acuerdo.

Roman se acercó al mueble bar, sacó una botella de sangre sintética de la nevera y la metió en el microondas. Después, volvió a su habitación. Allí, sacó del armario un par de pantalones negros y una camisa gris. Ambas prendas eran formales, puesto que aquella noche llegaban unos invitados importantes. Angus y su grupo llevarían sus mejores galas escocesas, y Jean-Luc estaría acompañado por sus bellas vampiresas, todas ellas, modelos, que irían ataviadas con los trajes de alta costura que él diseñaba.

Al fondo del armario, Roman vio el esmoquin negro y la capa a juego que le había regalado Jean-Luc hacía tres años, y gruñó. Tendría que ponérselo otra vez. Tal vez a Jean-Luc le gustara vestirse como una versión de Drácula de Hollywood, pero él prefería un vestuario más moderno. Sacó el esmoquin del armario. Tenía que enviarlo al tinte antes del baile.

Sonó el pitido del microondas. Su primera comida de la noche estaba lista. Dejó el esmoquin sobre la cama. Justo en aquel momento, la puerta del despacho se abrió de par en par.

—¿Roman? —gritó Shanna—. ¿Estás ahí?

Su tono de voz estaba un poco alterado. Claramente, le faltaba el aire, estaba nerviosa.

No habían podido pasar diez minutos desde que había llamado a la cocina. Shanna debía de haber subido las escaleras corriendo. Demonios. No iba a poder desayunar.

—Estoy aquí —dijo él, y oyó un jadeo mientras salía, descalzo, a la puerta del dormitorio.

Ella estaba junto al escritorio, con la cara sonrojada por el esfuerzo de la carrera. Se quedó asombrada al verlo.

—Oh, Dios mío —susurró, y se le empañaron los ojos. Se tapó la boca con los dedos temblorosos.

Roman se dio cuenta de lo mal que lo había pasado Shanna, y bajó la cabeza avergonzado. Entonces, se percató de que tenía la camisa abierta, los pantalones desabrochados y colgados de las caderas, y los calzoncillos negros a la vista. Se apartó el pelo mojado de la frente y carraspeó.

—Me he enterado de lo que ha ocurrido.

Ella se quedó inmóvil, mirándolo fijamente.

Connor apareció en la puerta.

—Lo siento —dijo—. He intentado alcanzarla, pero... —al darse cuenta de que Roman no estaba completamente vestido, añadió—: Oh, teníamos que haber llamado.

—Estás vivo —murmuró Shanna, acercándose a él.

El microondas volvió a pitar, recordándole que su desayuno seguía allí dentro. Sin embargo, iba a tener que esperar a que Shanna se fuera.

Connor se estremeció. Sabía perfectamente que, al despertar, los vampiros estaban más hambrientos que nunca.

—Deberíamos volver luego —le sugirió a Shanna—, cuando Roman haya terminado de vestirse.

No pareció que ella oyera lo que le había dicho Connor. Avanzó lentamente hacia Roman. Él inhaló profundamente su olor. Era un olor delicioso, y aquella camiseta de color naranja claro hacía que tuviera un aspecto tan jugoso como el de un melocotón maduro. La poca sangre que le quedaba en el cuerpo se concentró en su entrepierna, y le causó un apetito doblemente intenso: por su carne, y por su sangre.

Aquel apetito debió de ser muy evidente, porque Connor retrocedió.

—Entonces, os dejo a solas —dijo.

Salió de la habitación y cerró la puerta.

Shanna se había acercado tanto a él que hubiera podido agarrarla, y Roman tuvo que apretar los puños para resistirse a la tentación.

—Me han dicho que te asusté. Lo siento.

A ella se le cayó una lágrima, pero antes de que tocara su mejilla, la atrapó con los dedos.

—Me alegro mucho de que estés bien.

¿De verdad le importaba tanto? Roman la observó con atención. Ella lo recorrió con la mirada, se detuvo en su pecho y bajó hacia su estómago. Demonios, cómo la deseaba. Esperaba que no empezaran a enrojecérsele los ojos.

—Estás bien de verdad.

Shanna le tocó el pecho. Fue un roce ligero, con las yemas de los dedos, pero le alcanzó con la fuerza de un rayo. Reaccionó al instante, tomándola entre sus brazos.

Al principio, ella se quedó rígida por la sorpresa, pero se relajó enseguida y apoyó la mejilla en su pecho. Posó las manos en su camisa.

—Tenía miedo de haberte perdido.

—En realidad, es algo más difícil librarse de mí —dijo él.

Por Dios, estaba hambriento. «Control. Mantén el control».

—Radinka dice que te implanté el colmillo anoche.

—Sí.

—Déjame verlo —dijo ella. Le levantó el labio superior, y examinó la férula—. Parece que el colmillo está perfectamente, aunque es un poco más afilado de lo normal, y parece que se te ha curado muy rápido.

—Sí. Ya puedes quitarme la férula.

—¿Cómo? No, no puedo. Estas cosas llevan su tiempo
—dijo ella. El microondas volvió a sonar, y captó su atención—. ¿No tienes que sacar lo que haya dentro?

Él le tomó la mano y le besó los dedos.

—Solo te necesito a ti.

Shanna soltó un suave resoplido y retiró la mano.

—Entonces, ¿es cierto que me hipnotizaste?

—Sí.

Ella frunció el ceño.

—No hice nada raro, ¿verdad? Es que… me resulta muy
desconcertante saber que hice cosas que no recuerdo en
absoluto.

—Fuiste muy profesional —dijo él. Volvió a tomarle la
mano, y volvió a besársela. Ojalá le propusiera otra vez
practicar el sexo oral.

—¿Y no me asusté al ver la sangre?

—No —dijo él, y le besó el interior de la muñeca. Su deliciosa sangre del tipo A positivo fluía por aquella vena—.
Fuiste muy valiente.

A Shanna se le iluminó la mirada.

—¿Sabes lo que quiere decir eso? ¡Que no tengo que renunciar a mi profesión! ¡Esto es maravilloso! —exclamó.
Le rodeó el cuello con los brazos y le dio un beso en la mejilla—. Gracias, Roman.

Él la estrechó entre sus brazos, y su corazón se llenó de
esperanza. Entonces, recordó lo que le había sugerido en la
clínica dental. ¡Demonios! Aquello era cosa suya: Shanna
solo estaba siguiendo sus órdenes. Se apartó de ella bruscamente.

Y a ella se le escapó un jadeo de sorpresa. Su expresión de
alegría se desvaneció, y su semblante se volvió pétreo. Dio
un paso atrás. Demonios, debía de pensar que la había rechazado, y estaba intentando enmascarar el dolor. Shanna
sentía algo por él, y él estaba haciendo el idiota, asustándo-
la durante el día e hiriendo sus sentimientos por la noche.
Tenía muy poca experiencia con las mujeres mortales.

El microondas volvió a pitar. Él se acercó a la máquina y la desenchufó. Así dejaría de tentarlo con la sangre sintética tibia. Desgraciadamente, Shanna era una tentación mucho más fuerte para él, porque tenía sangre natural.

—Será mejor que me vaya —dijo ella, retrocediendo hacia la puerta del despacho—. Me… me alegro mucho de que estés vivo, y de que tu colmillo se haya reimplantado correctamente. Y te agradezco la protección y todos los regalos, que no voy a poder aceptar.

—Shanna…

Ella tomó el pomo de la puerta.

—Tú eres un hombre con muchas obligaciones, así que no voy a distraerte más. De hecho, me voy…

—Shanna, espera —dijo él, y se acercó a ella—. Tengo que explicarte…

—No. No es necesario.

—Sí, sí lo es. Anoche, mientras tú estabas… hipnotizada, yo puse una idea en tu cabeza. No debí hacerlo, pero te sugerí que me abrazaras y me dieras un beso apasionado. Y, cuando lo has hecho, me he dado cuenta de que…

—Espera un minuto —dijo ella, mirándolo con incredulidad—. ¿Crees que estaba programada para besarte?

—Sí. No estuvo bien por mi parte, pero…

—¡Eso es una locura! En primer lugar, yo no estoy bajo tu control. ¡Si casi no puedo controlarme yo misma!

—Quizá, pero…

—Y, en segundo lugar, controlarme a mí no es tan fácil como tú piensas.

Él mantuvo la boca cerrada. Shanna tenía razón, pero no quería confirmárselo.

—Y, finalmente, eso no ha sido un beso apasionado. Solo ha sido un casto beso en la mejilla. Un hombre de tu edad debería saber cuál es la diferencia.

Roman arqueó las cejas.

—¿Debería?

No podía explicarle que se había pasado la mayoría de sus años mortales en un monasterio.

—Por supuesto. Hay una enorme diferencia entre un beso apasionado y un beso casto en la mejilla.

—¿Y tú estás enfadada conmigo por no saber diferenciarlos?

—¡No estoy enfadada! Bueno, quizá, un poco sí —dijo ella, con una mirada severa—. Te has apartado de mí como si fuera una leprosa.

Él dio un paso hacia ella.

—No volverá a suceder.

Shanna soltó un resoplido.

—Y que lo digas.

Él encogió un hombro.

—Soy un científico, Shanna. No puedo hacer un análisis comparativo de los diferentes tipos de besos sin haber recopilado todos los datos necesarios.

Ella entornó los ojos.

—Sé cuál es tu intención. Estás intentando engatusarme para sacarme una muestra gratis.

—¿Quieres decir que normalmente no son gratis? —preguntó él, con una sonrisa—. ¿Cuánto me va a costar un beso apasionado?

—Los doy gratis cuando estoy de humor, pero ahora no lo estoy. Me apetecerá darte un beso apasionado cuando las ranas críen pelo.

Ay. Bueno, aquello debía de ser la venganza por haber herido sus sentimientos.

—En realidad, me ha parecido que el beso casto en la mejilla ha sido muy excitante.

—Oh, por favor. Estoy hablando de la verdadera pasión. Una pasión ardiente, salvaje y sudorosa. Créeme, si por alguna extraña razón las ranas críen pelo de repente y decido darte un beso apasionado —dijo ella, apoyándose en el quicio de la puerta con los brazos cruzados—, no tendrías ningún problema para reconocer la diferencia.

—Soy científico, y no puedo basarme en creencias —respondió Roman, avanzando hacia Shanna—. Necesito pruebas.

—Pues de mí no vas a conseguirlas.

Él se detuvo frente a ella.

—Tal vez es que no puedas dármelas.

—¡Ja! Tal vez es que tú no estés a la altura.

Él apoyó la palma de la mano en la puerta, cerca de la cabeza de Shanna.

—¿Eso es un desafío?

—No, es una preocupación. Teniendo en cuenta la debilidad de tu salud, no estoy segura de que tu corazón lo aguantara.

—Sobreviví al último beso.

—¡Eso no fue nada! Un beso verdaderamente apasionado tendría que ser en los labios.

—¿Estás segura? Esa definición parece un poco limitada —dijo él, y posó las palmas de las manos a ambos lados de su cabeza, de modo que la atrapó entre sus brazos. Lentamente, la miró de arriba abajo—. Se me ocurren otras zonas que me encantaría besar con pasión.

Ella se puso de color rosa.

—Bueno, creo que debería irme. Me preocupaba mucho que estuvieras muerto, tendido sin vida sobre la cama, y todo eso, pero ahora parece que estás…

—¿Levantado? —preguntó él, inclinándose hacia ella—. Pues sí, lo estoy.

Ella se dio la vuelta y empezó a girar el pomo de la puerta.

—Te dejo para que termines de vestirte.

—Lo siento, Shanna. No quería asustarte ni hacerte daño.

Ella lo miró. Tenía los ojos llenos de lágrimas.

—Oh, Roman, qué tonto eres. Creía que te había perdido.

¿Tonto? En sus quinientos cuarenta y cuatro años de vida total, nunca le habían llamado eso.

—Siempre estaré aquí.

Ella se abalanzó sobre él y le rodeó el cuello con los brazos. A Roman le tomó por sorpresa aquel ataque, y se tambaleó hacia atrás. Por un momento, la habitación dio vueltas a su alrededor. Abrió las piernas para conservar el equilibrio. Tal vez fuera el hambre lo que le había causado aquel mareo. Tal vez fuera la impresión de recibir afecto. Después de todo, él era un monstruo. ¿Cuándo había sido la última vez que alguien había querido abrazarlo?

Cerró los ojos e inhaló su olor a champú y a jabón, y a la sangre que corría por sus venas. El hambre vibró dentro de él.

Roman le besó la cabeza y, después, la frente. La sangre latía en sus sienes, y le atraía hacia ellas. Volvió a besarla, respirando aquel aroma delicioso. Ella inclinó la cara hacia arriba para mirarlo, pero él temía que sus ojos tuvieran aquel brillo rojo, y se escondió en el hueco de su cuello. Le mordisqueó la piel hasta llegar a su oreja y, entonces, le mordisqueó el lóbulo.

Ella gimió mientras deslizaba las manos entre su pelo.

—Pensé que nunca podría besarte.

—Yo he querido besarte desde el primer momento en que te vi —dijo él, y pasó los labios por su mandíbula, de camino hacia su boca.

Sus labios se encontraron brevemente, y se separaron. Él notó su respiración caliente en la cara; Shanna tenía los ojos cerrados. Bien. Así podría dejar de preocuparse por los suyos.

Le tomó la cara entre las manos. Ella tenía una expresión inocente, confiada. Él solo esperaba poder contenerse. La besó suavemente. Ella lo agarró con más fuerza y lo atrajo hacia sí. Él succionó su labio inferior y se lo acarició con la punta de la lengua. Ella se estremeció y abrió la boca con una súplica.

Él la invadió. La exploró. Y ella correspondió a cada movimiento, acariciándole la lengua con la suya. Shanna estaba tan viva, irradiaba tanto calor, que hizo que le ardieran los sentidos.

La vio aferrarse a él, cada vez más ardientemente, y oyó los latidos de su corazón, cada vez más fuertes. Sintió el temblor de sus terminaciones nerviosas y percibió el olor de sus fluidos.

Aquello dejaba solo el gusto.

La rodeó con los brazos y deslizó una mano por su espalda para estrecharla contra sí. Ella tenía la respiración acelerada, y sus pechos se movían rápidamente contra su piel. Roman deslizó la otra mano hacia abajo y la pasó por su trasero. Dios Santo, era celestial, firme y redondo. Y Shanna no había bromeado al jactarse de su habilidad para mostrar pasión.

Ella se estrechó contra su erección, y comenzó a moverse. A retorcerse. A deleitarse en la gloria de estar viva, y a dejarse llevar por el instinto de crear más vida.

Roman se sintió triste. Su instinto dominante era el de destruir la vida.

Se inclinó hacia su cuello; su colmillo izquierdo se prolongó hacia fuera de la encía. El derecho comenzó a hacerlo, pero se quedó atascado a causa de la férula. ¡Ay! Roman se apartó, cerrando los labios. Sintió un dolor muy intenso pero, al menos, aquel dolor le devolvió el sentido común.

No podía morder a Shanna. Había jurado que nunca volvería a morder a un mortal. La soltó y retrocedió.

—¿Qué ocurre? —le preguntó ella, con la voz entrecortada.

Él se tapó la boca con la mano. Ni siquiera podía contestarle, con uno de los colmillos extendidos.

—Oh, Dios mío. ¿Es la férula? ¿O el colmillo? ¿Se te ha soltado? —preguntó ella, y se acercó a él rápidamente—. Déjame verlo.

Él negó con la cabeza. Se le humedecieron los ojos por el esfuerzo de tratar de retraer los colmillos cuando todavía tenía tanta hambre.

—¿Te duele mucho? —le preguntó ella, tocándole el hombro—. Por favor, déjame verlo.

—Ummm —murmuró él, y dio un paso atrás. Demonios, aquello era muy embarazoso. Pero, seguramente, se lo merecía, por haber estado tan cerca de morderla.

—No debería haberte besado con la férula en la boca —dijo ella—. En realidad, no debería haberte besado de ningún modo.

Por fin, el colmillo izquierdo obedeció y volvió a introducirse en el alveolo. Él respondió sin apartarse la mano de la boca.

—Estoy bien.

—He infringido una norma muy importante: no relacionarme nunca con un cliente o paciente. No debería tener ninguna relación personal contigo.

Él bajó la mano.

—En ese caso, estás despedida.

—No puedes despedirme. Todavía tienes la férula —replicó ella, y se le acercó—. Vamos, ahora abre la boca y enséñamela.

Roman obedeció.

Ella empujó un poco la férula. Él le hizo cosquillas con la lengua en los dedos.

—Deja de hacer eso —dijo Shanna, y retiró la mano de su boca—. No puedo creerlo. La férula se ha soltado.

—Bueno, es que besas muy bien.

Ella se ruborizó.

—No entiendo cómo he podido… No te preocupes. No voy a volver a besarte. Soy tu dentista, y lo más importante para mí es tu salud dental…

—Te he despedido.

—No puedes, mientras tengas la férula…

—Yo mismo me la arrancaré.

—¡Ni se te ocurra!

—No estoy dispuesto a perderte, Shanna.

—No vas a perderme. Solo tenemos que esperar una o dos semanas.

—No voy a esperar.

Había esperado más de quinientos años para poder experimentar algo así, y no iba a esperar una semana más. Sin embargo, tampoco iba a correr más riesgos con respecto a su propia capacidad de dominio sobre sí mismo. Caminó hacia su habitación. Había puntos negros en su campo de visión, pero no les prestó atención. Ignoró el hambre que rugía dentro de él.

—¡Roman! —exclamó ella, siguiéndolo apresuradamente—. No puedes quitarte la férula.

—No voy a hacerlo.

Abrió un cajón de su cómoda y metió la mano bajo una pila de ropa interior. Allí, al fondo, había una pequeña bolsa de fieltro rojo. La sacó. Incluso a través del fieltro notaba el calor de la plata que había en el interior. Sin la bolsa, ya tendría la mano cubierta de quemaduras rojas.

Le tendió la bolsita a Shanna. En un primer momento, ella no se dio cuenta, porque estaba girando sobre sí misma, admirando su habitación. Su mirada se entretuvo en la enorme cama doble.

—¿Shanna?

Ella lo miró. Entonces, se fijó en la bolsa roja.

—Quiero que tengas esto —dijo él. De repente, se tambaleó. Tenía que comer pronto, fuera como fuera.

—No puedo aceptar más regalos.

—¡Tómalo!

Ella dio un respingo.

—Tienes que cuidar más tus modales.

Roman se apoyó en la cómoda.

—Quiero que te lo pongas al cuello. Te protegerá.

—Suena un poco supersticioso —dijo ella.

Tomó la pequeña bolsa, aflojó el cordón y dejó que el contenido cayera en la palma de su mano.

Estaba igual que en 1479, cuando él había hecho los votos. La cadena de plata era muy sencilla, pero de buena calidad. El crucifijo era una muestra de la mejor artesanía medieval.

—Vaya… ¡Es preciosa! —exclamó Shanna, observándola de cerca—. Y parece muy antigua.

—Póntela. Te servirá de protección.

—¿Contra qué?

—Espero que nunca lo averigües —dijo él, y miró con tristeza el crucifijo. Se había sentido tan orgulloso cuando el padre Constantin se lo había puesto al cuello… El orgullo. Aquello había sido su ruina.

—¿Me ayudas? —preguntó Shanna, y se puso de espaldas a él, sujetándose el pelo con una mano para apartárselo de la nuca. Con la otra, le ofreció el crucifijo.

Él retrocedió antes de que la plata le causara una quemadura.

—No puedo. Si me disculpas, tengo que irme a trabajar. Esta noche tengo mucho que hacer.

Shanna lo miró con recelo.

—Bueno —dijo. Se soltó la melena, y el pelo castaño le cayó por los hombros—. ¿Te arrepientes de haberme besado?

—No, en absoluto —respondió él, y tuvo que agarrarse al borde de la cómoda para no caerse—. El crucifijo. Póntelo.

Ella siguió mirándolo.

—Por favor.

Shanna abrió unos ojos como platos.

—No sabía que tuvieras esa palabra en tu vocabulario.

—La reservo para emergencias.

Ella sonrió.

—En ese caso…

Se metió la cadena por la cabeza y pasó el pelo por encima. La cruz descansó sobre su pecho, como si fuera un escudo o una armadura.

—Gracias —dijo él.

Después, con sus últimas fuerzas, la acompañó hacia la puerta.

—¿Voy a volver a verte?

—Sí, esta noche. Más tarde. Cuando vuelva de Romatech —contestó Roman.

Cerró la puerta con llave y, tambaleándose, fue hasta el microondas. Sacó la botella y, aunque la sangre se había quedado fría, la apuró casi de un trago. Su vida había dado un vuelco al conocer a Shanna, y estaba impaciente por volver a besarla.

Era un demonio que había probado un poco de cielo.

12

Mientras bajaba las escaleras, Shanna iba pensando en Roman. ¡Gracias a Dios, estaba vivo! La cuestión era si ella debía permanecer bajo su protección, o llegar a otra solución con ayuda de Bob Mendoza. Quedarse con Roman era una gran tentación. Nunca se había sentido tan atraída por un hombre. Ni tan fascinada.

Entró en la cocina y vio a Connor junto al fregadero, aclarando botellas y metiéndolas en el lavaplatos.

—¿Estás bien, muchacha?

—Claro —dijo ella. Se fijó en que había una caja de tiritas en la encimera—. ¿Te has cortado?

—No. Pensaba que tal vez tú necesitarías alguna —dijo, mirándole el cuello fijamente—. Ay, una cadena de plata. Eso te protegerá.

—Me la ha dado Roman —dijo Shanna, admirando el crucifijo antiguo.

—Sí, es un buen hombre —respondió Connor, y metió la caja de tiritas en un cajón—. No debería haber dudado de él.

Shanna abrió un armario.

—¿Dónde tenéis los vasos?

—Aquí —dijo Connor. Abrió un armario diferente y sacó un vaso—. ¿Qué te gustaría tomar?

—Un poco de agua —respondió ella, y señaló el dispensador de agua de la puerta de la nevera—. Yo misma me la sirvo.

Connor le entregó el vaso de mala gana y la siguió hacia la nevera.

—Puedo hacerlo sola, Connor —dijo Shanna. Se puso un poco de hielo y sonrió al escocés, que se había apoyado en la puerta de la nevera—. Sois todos demasiado amables. Vais a convertirme en una caprichosa —añadió, y se sirvió agua.

Connor se ruborizó.

Ella se sentó a la mesa y miró dentro de la caja de *brownies*.

—Um… —murmuró. Sacó uno—. ¿Crees que podríais encontrar algunos instrumentos dentales para mí? Necesito tensar la férula de la boca de Roman.

Connor se sentó frente a ella.

—Sí. Podemos ocuparnos de eso.

—Gracias —dijo Shanna, y pellizcó una esquina del bizcocho—. ¿Hay algo que hacer por aquí?

—Al otro lado del salón hay una biblioteca muy bien surtida. Y debería haber una televisión en tu alcoba.

¿Alcoba? A Shanna le encantaba lo arcaicos que podían sonar aquellos escoceses. Terminó el *brownie* y fue a la biblioteca. Vaya. Tres paredes cubiertas de suelo a techo con estanterías llenas de libros. Algunos de ellos parecían muy antiguos. Otros estaban en idiomas que no reconocía.

Había una ventana muy ancha, cubierta con unos gruesos cortinajes, en la cuarta pared. Miró a través de las cortinas, y vio la calle en penumbra, con coches aparcados a ambos lados. Todo estaba tan tranquilo… Parecía imposible que allí fuera hubiera gente que quería matarla.

Oyó voces femeninas en el vestíbulo, y se acercó a la puerta. Tenía que admitir que sentía mucha curiosidad por aquellas misteriosas mujeres que veían la televisión en el salón de Roman. Asomó la cabeza.

Dos mujeres guapísimas iban hacia el salón. La primera llevaba un mono negro y ajustado; parecía una supermodelo y se movía como una pantera anoréxica. Tenía el pelo negro, muy largo, y lo llevaba suelto por la espalda. Llevaba un cinturón adornado con piedras brillantes. Tenía las uñas largas y pintadas de negro; en cada una de ellas, llevaba incrustada una pequeña pieza de vidrio de un color distinto.

La segunda mujer era delgada y menuda. También tenía el pelo negro, y tenía una melena corta. Llevaba un jersey negro, ajustado y muy escotado, y una minifalda muy corta que dejaba al descubierto sus piernas largas, enfundadas en unas mallas negras. Era preciosa y diminuta, pero llevaba unos zapatos negros enormes y, cada vez que andaba, parecía un búfalo de agua.

La mujer del mono negro iba gesticulando con enfado, y las piedras de sus uñas lanzaban destellos bajo las luces de la lámpara de araña del vestíbulo.

—¿Cómo puede tratarme así? —preguntó, con un marcado acento francés—. ¿Es que no sabe que soy una celebridad?

—Está muy ocupado, Simone —respondió la otra mujer—. Tiene millones de cosas que hacer para la conferencia que empieza mañana.

Simone se apartó el sedoso pelo negro del hombro.

—¡Pero yo he venido antes de tiempo para poder verlo! ¡Esa rata!

Shanna se estremeció al oír su forma de pronunciar las erres, como si tuviera una flema en la garganta y estuviera intentando toser.

Simone soltó un resoplido.

—¡Es tan grosero!

Simone abrió de par en par las puertas del salón. La habitación estaba llena de mujeres cómodamente sentadas en los sofás de cuero granate. Estaban bebiendo algo en copas de cristal.

—Buenas noches, Simone, Maggie —dijeron, saludando a las recién llegadas.

—¿Ha empezado ya nuestro programa? —preguntó Maggie, mientras entraba en la estancia a zapatazos.

—No —respondió una de las mujeres. Estaba sentada en el sofá de en medio, así que Shanna solo veía la parte posterior de su cabeza. Tenía el pelo corto, en punta, teñido de un rojo muy oscuro, casi granate—. Todavía no han terminado las noticias.

Shanna miró a la pantalla de televisión. Había un presentador de informativos hablando, pero no se oía nada. La señal indicadora de que habían apagado el sonido lucía en una esquina de la pantalla. Era evidente que a aquellas mujeres no les importaban las noticias. Bajo la señal estaba el logo del murciélago. Estaban viendo la CDV.

Shanna contó, en total, once mujeres. Todas ellas parecían menores de treinta años. Pues, bien… Si ella iba a tratar de mantener una relación con Roman, necesitaba saber por qué estaban allí. Salió al vestíbulo.

Simone se sirvió una copa del contenido de un decantador de cristal que había en la mesa de centro.

—¿Alguien ha visto al maestro esta noche? —preguntó, mientras se sentaba en el extremo izquierdo de uno de los sofás.

La mujer de pelo granate estaba mirándose las uñas, también granates.

—He oído decir que está saliendo con otra mujer.

—¿Qué? —preguntó Simone, con un brillo de furia en los ojos. Se inclinó hacia delante y dejó la copa de golpe sobre la mesa—. Eso es mentira, Vanda. No puede estar con otra mujer cuando podría estar conmigo.

Vanda se encogió de hombros.

—No estoy mintiendo. Me lo ha contado Phil.

—¿El guardia del turno de día? —preguntó Maggie, sentándose junto a Simone.

Vanda se puso en pie. Ella también llevaba un mono negro, pero su cinturón era de tiras de cuero entrelazadas. Se pasó una mano por el pelo, y dijo:

—Phil está loco por mí. Me cuenta todo lo que quiero saber.

Simone se hundió en el sofá. Parecía que los mullidos cojines iban a tragarse su cuerpo delgado.

—Entonces, ¿es cierto? ¿Hay otra mujer?

—Sí —dijo Vanda. Entonces, giró la cabeza y olisqueó el aire—. ¿Qué es eso? —preguntó, y vio a Shanna en el vestíbulo—. Vaya, hablando del rey de Roma...

Todas las mujeres se volvieron hacia Shanna.

Ella sonrió y entró en la habitación.

—Buenas noches.

Shanna miró a todas las mujeres. La ropa negra era algo normal en Nueva York, pero, de todos modos, algunos de los atuendos de aquellas mujeres parecían un poco extraños. Una llevaba un vestido medieval. La otra, un vestido de la época victoriana. ¿No era aquello un miriñaque?

Vanda rodeó la mesa de centro y adoptó una pose teatral junto a la televisión. Vaya. El escote de su mono descendía hasta la cintura. Shanna estaba viendo mucho más del cuerpo de Vanda de lo que hubiera deseado.

—Me llamo Shanna Whelan. Soy dentista.

Vanda la miró con los ojos entrecerrados.

—Nuestros dientes están perfectamente.

—De acuerdo —dijo Shanna, preguntándose qué había podido hacer para que aquellas mujeres la miraran así. Aunque había una, sentada aparte de las demás, que estaba sonriendo amistosamente. Era rubia, y llevaba ropa moderna.

La de la época victoriana habló y, al hacerlo, su acento hizo que pareciera una dama del Sur de los Estados Unidos.

—¿Una mujer dentista? De veras, no entiendo por qué la ha invitado el maestro.

La del vestido medieval asintió.

—No tiene por qué estar aquí. Debería marcharse.

La rubia amable intervino:

—Eh, es la casa de tu maestro. Él puede invitar al papa, si quiere.

Las otras mujeres fulminaron a la rubia con la mirada.

Vanda cabeceó.

—No hagas que las demás se enfaden contigo, Darcy. Te harán la vida imposible.

—Vaya vida —dijo Darcy, poniendo los ojos en blanco—. ¡Qué miedo me dan! ¿Qué van a hacer, matarme?

La mujer medieval alzó la barbilla.

—No nos tientes. Tú tampoco tendrías por qué estar aquí.

Qué grupo tan extraño. Shanna dio un paso atrás.

La dama del Sur la miró con antagonismo.

—Entonces, ¿es cierto? ¿Eres la nueva amiguita del maestro?

Shanna negó con la cabeza.

—No sé quién es el maestro.

Las mujeres se echaron a reír. Darcy se encogió.

—*Bon* —dijo Simone, y se enroscó como un gato en su esquina del sofá—. Entonces, no te le acerques. He venido desde París para estar con él.

Maggie se inclinó hacia Simone y le susurró algo al oído.

—¡*Non*! —exclamó Simone, con los ojos muy abiertos—. ¿Que no se lo ha dicho? —resopló—. Y a mí me está ignorando. ¡Y pensar que quería acostarme con ese idiota!

Maggie suspiró.

—Ya nunca mantiene relaciones con ninguna de nosotras. Echo de menos los viejos tiempos.

—Yo también —dijo Vanda, y todas las demás asintieron.

Vaya. Shanna hizo una mueca de desagrado. ¿Aquel dichoso maestro se había acostado con todas aquellas mujeres? Era un depravado.

—Se acostará conmigo —declaró Simone—. Ningún hombre puede resistirse a mí —dijo, y miró a Shanna con desprecio—. ¿Por qué iba a desear a esta mujer? Debe de tener la talla 14.

—¿Disculpa? —preguntó Shanna, mirando a aquella maleducada con cara de pocos amigos.

—¡Oh, mirad! —exclamó Maggie, señalando la televisión—. Han terminado las noticias. Va a empezar la serie.

Las mujeres se olvidaron de Shanna y se volvieron hacia la televisión. Maggie apretó un botón del mando a distancia para activar el sonido. Había un anuncio de una mujer alabando el riquísimo sabor de una bebida llamada Chocolood.

Vanda rodeó los sofás y se dirigió hacia ella. Al mirarla desde cerca, Shanna se dio cuenta de que, en realidad, el cinturón de la mujer era un látigo. Y, en la curva de uno de los pechos, tenía un tatuaje de un murciélago. El tatuaje era, por supuesto, granate.

Shanna se cruzó de brazos. No iba a dejarse intimidar.

Vanda se detuvo junto a ella.

—Me he enterado de que el maestro se quedó dormido en la cama de alguien ayer.

—¡No!

Las otras mujeres se olvidaron de la televisión y se giraron a mirar a Vanda.

Vanda se deleitó con toda aquella atención, y sonrió.

—Eso es lo que me ha dicho Phil.

—¿En la cama de quién? —preguntó Simone—. Le sacaré los ojos.

Vanda miró a Shanna. Las otras mujeres la miraron a ella.

Shanna alzó ambas manos.

—Mirad, chicas, estáis equivocadas. Yo no sé quién es ese maestro pervertido.

Vanda se echó a reír.

—No es muy lista, ¿verdad?

Aquello fue el colmo.

—Muy bien, señora. Soy lo suficientemente lista como para no teñirme el pelo de granate. Ni para compartir a mi hombre con otras diez mujeres.

Las demás reaccionaron. Algunas se rieron. Otras se ofendieron.

—Phil me dijo que había un hombre en tu cama —replicó Vanda, desdeñosamente—. Te despertaste y te creíste que estaba muerto.

Las mujeres volvieron a reírse.

Shanna frunció el ceño.

—Ese era Roman Draganesti.

Vanda sonrió lentamente.

—Roman es el maestro.

Shanna se quedó boquiabierta. ¿Podía ser eso cierto? ¿Podía tener Roman once novias viviendo en su casa?

—No —dijo, cabeceando.

Las mujeres la miraron con petulancia. Vanda se apoyó en el quicio de la puerta con una sonrisa triunfante.

Shanna se estremeció. No, no era cierto. Aquellas mujeres solo querían hacerle daño.

—Roman es un buen hombre.

—Es un desgraciado —dijo Simone.

A Shanna comenzó a darle vueltas la cabeza.

«Roman es un buen hombre». Se lo decía el instinto. Quería protegerla, no herirla.

—No os creo. Roman se preocupa por mí. Me dio esto.

El crucifijo se le había metido por debajo de la solapa de la chaqueta. Lo sacó.

Las mujeres se encogieron al verlo.

Vanda se puso muy rígida y soltó un siseo felino.

—Nosotras somos sus mujeres. Tú no tienes por qué estar aquí.

Shanna tragó saliva. ¿Sería verdaderamente posible que Roman tuviera once amantes? ¿Cómo podía besarla si ya tenía tantas mujeres? Oh, Dios. Se apretó la cruz contra el pecho.

—No te creo.

—Entonces, es que eres tonta —afirmó Simone—. No deberíamos compartir a Roman con alguien como tú. Es insultante.

Shanna miró a las mujeres. Tenían que estar mintiendo, pero ¿por qué? La única explicación lógica que podía tener su furia era que ella estuviera saliendo de verdad con su maestro. Roman.

¿Cómo podía hacerle algo así a ella? Había conseguido que se sintiera especial, cuando tenía la casa llena de mujeres. Qué tonta había sido al pensar que quería protegerla de los malos. Solo quería añadirla a su colección y tener una docena completa. Simone tenía razón: ¡era un desgraciado! Once mujeres a su disposición, y todavía no tenía suficiente. ¡Qué cerdo!

Salió corriendo de la habitación y subió las escaleras de dos en dos. Cuando llegó al cuarto piso, estaba hirviendo de furia. No iba a quedarse allí de ninguna manera. No le importaba que fuera un lugar muy seguro. No quería volver a ver a Roman. Ya se cuidaría solita.

¿Qué iba a necesitar? Un poco de ropa, su bolso… Recordó haber visto su bolso de Marilyn Monroe en el despacho de Roman, el cerdo.

Subió rápidamente el último tramo de escaleras. Había un escocés vigilando la quinta planta, y avanzó hacia ella.

—¿Necesitas algo, muchacha?

—Solo mi bolso —dijo ella, y señaló hacia el despacho de Roman—. Me lo he dejado ahí dentro.

—Bien —dijo el guardia, y le abrió la puerta.

Entró en el despacho y vio su bolso en el suelo, junto a la *chaise longue*. Comprobó que todo estuviera dentro. Su cartera, su chequera y la Beretta continuaban allí. Gracias a Dios.

Recordó que había encañonado a Roman con ella la noche anterior. ¿Por qué había decidido, finalmente, darle su confianza? En cuanto había subido al coche con él, había puesto su vida en sus manos.

Miró con tristeza la *chaise longue*. La noche anterior, mientras estaba allí tendida, le había permitido que la hipnotizara. Había vuelto a confiar en él; en aquella ocasión, le había confiado su carrera profesional, sus sueños y sus miedos. Después, se habían besado junto a la puerta. Había sido un beso increíble. Y ella le había confiado su corazón.

Se le cayó una lágrima por la mejilla. ¡Demonios, no! Se enjugó los ojos. No iba a derramar ni una sola lágrima por aquel desgraciado. Estaba a medio camino de la puerta cuando volvió a detenerse.

Quería que él lo supiera. Quería que supiera por qué lo estaba rechazando. Nadie la había tratado así. Se dio la vuelta, se quitó el crucifijo y lo dejó sobre el escritorio. Roman entendería aquel mensaje.

Cuando salió del despacho, se encontró al guardia esperando junto a la puerta. Oh, vaya, ¿cómo iba a salir de la casa? Había guardias por todas partes. Bajó las escaleras hasta el cuarto piso, pensando. Antes, cuando había conocido a las mujeres de Roman, había un escocés custodiando la puerta principal, un escocés a quien ella no conocía. Connor iba a estar en la puerta trasera, y a él no iba a poder engañarlo. Tendría que intentar salir por la puerta principal. No tenía tarjeta de identificación, y no sabía cuál era el código de apertura de la puerta. Así pues, tendría que convencer al guardia de que la abriera.

De vuelta en su habitación, se paseó de un lado a otro mientras hacía sus planes. Le molestaba mucho tener que aceptar algo de Roman, pero estaba en medio de la lucha por la supervivencia, y tenía que ser práctica. Tomó la bolsa más grande de todas y la llenó con algunas cosas básicas.

Radinka no había comprado nada negro, y ella necesitaba algo de ese color para que su idea funcionara. ¡Ajá! Sus viejos pantalones eran negros. Se puso su propia ropa y metió la ropa nueva que llevaba en la bolsa. Después, se calzó sus zapatillas de deporte blancas; eran las mejores para caminar.

Se colgó el bolso del hombro y tomó la bolsa de ropa. Salió de la habitación y se dirigió hacia las escaleras. El guardia asintió para saludarla.

Ella sonrió.

—¿Sabes? Iba a intentar probarme esta ropa con… Darcy —dijo, mostrándole la bolsa al escocés—, pero a ella se le olvidó decirme cuál es su habitación.

—Ah, la chica guapa del pelo rubio —dijo el escocés, sonriendo—. Todo el harén duerme en el segundo piso.

A Shanna se le congeló la sonrisa en los labios. ¿El harén? ¿Así era como llamaban a aquel grupo de mujeres? ¡Qué enfermizo! En el segundo piso, eligió una puerta cualquiera y entró. Había dos camas ligeramente deshechas. Parecía que las chicas del harén de Roman tenían que compartir habitación. Qué pena.

Miró dentro del armario. ¿Monos ajustados? A ella no le valdría ninguno. Sin embargo, encontró una túnica negra de malla gruesa, y se la puso sobre la camiseta rosa. Sin duda, Vanda la usaba sin nada debajo.

Vio una boina negra y se la colocó para poder esconder la melena dentro. ¿Estaba lo suficientemente disfrazada? Miró a su alrededor, pero allí no había ningún espejo. Eso le resultaba difícil de creer. ¿Cómo podían sobrevivir aquellas mujeres sin espejo?

En el baño, encontró una barra de labios de color rojo oscuro. Sacó un espejito de su bolso y se pintó los labios. También se pintó los ojos con una sombra roja. Con aquel maquillaje, estaba tan espeluznante como ellas. Tomó sus cosas y bajó las escaleras.

Al llegar al vestíbulo, vio que las puertas del salón estaban cerradas. Bien. El harén estaba allí encerrado. Aunque, en realidad, no creía que ellas quisieran impedirle que se marchara. Entonces, vio a Connor saliendo de la cocina. Él sí se lo impediría.

Corrió detrás de la escalinata, en busca de algún escondite, y se encontró con un estrecho tramo de escaleras que descendía a un sótano. Tal vez allí hubiera alguna otra salida a la calle. Cuando bajó, vio una caldera, una lavadora y una secadora, y otra puerta. La abrió.

Era una habitación muy grande, en cuyo centro había una mesa de billar. Sobre la mesa colgaba una lámpara de cristales de colores, que iluminaba tenuemente el espacio. Había aparatos de gimnasia por todas partes. Las paredes estaban adornadas con estandartes hechos de tela escocesa, con lemas bordados. Entre los estandartes había espadas y hachas. En la pared se apoyaba un sofá de cuero flanqueado por dos butacones; aquellos muebles estaban tapizados con tela escocesa roja y verde. Aquella tenía que ser la habitación en la que se entretenían los escoceses cuando no estaban de servicio.

Shanna oyó pasos que bajaban por las escaleras, y se alarmó. No podía salir de allí, porque la verían. Tampoco podía esconderse detrás del sofá, porque no había espacio. Vio otra puerta.

Los pasos se acercaban, y eran de varias personas. Shanna corrió hacia la puerta y entró en la siguiente habitación. Estaba completamente a oscuras. ¿Acaso era un armario? Dejó el bolso de mano y la bolsa de la ropa en el suelo, a sus pies. Intentó palpar algo a su alrededor, pero no tocó nada.

Se apoyó contra la puerta. Oyó voces y risas en la habitación de al lado. Finalmente, las voces se acallaron. Abrió una rendija de la puerta, y comprobó que la habitación de los escoceses estaba vacía. Sin embargo, ellos habían dejado todas las luces encendidas.

Tomó sus cosas de nuevo y salió de puntillas. Sin embargo, al mirar hacia atrás para cerrar la puerta, se le escapó un jadeo. La luz de la habitación grande iluminaba ligeramente su escondite.

No podía ser cierto. Dejó caer la bolsa al suelo, se inclinó hacia la otra habitación y buscó un interruptor para encender la luz. Clic.

Volvió a jadear, y se le puso de punta todo el vello del cuerpo. Se trataba de una habitación muy estrecha, equipada como si fuera un dormitorio macabro. Había dos largas filas, pero no eran filas de camas. Oh, no. Eran filas de ataúdes. Allí había más de una docena de ataúdes, todos abiertos. Y vacíos, salvo por las almohadas de tartán y las mantas que había en todos ellos.

Apagó la luz y cerró la puerta. ¡Por el amor de Dios! ¡Aquello era enfermizo! Tomó la bolsa del suelo y salió corriendo de la habitación de los escoceses. Tenía el estómago encogido. Era demasiado. Primero, la traición de Roman con aquellas mujeres psicópatas y, ahora, ¿ataúdes? ¿De veras dormían los escoceses en ataúdes? Sintió náuseas, y tuvo que tragar saliva. ¡No, no! No iba a dejarse dominar por el pánico, ni por el horror. De repente, su paraíso se había convertido en un infierno, pero eso no iba a derrotarla.

Iba a salir de allí.

Subió al vestíbulo y vio al guardia en la puerta principal. Había llegado la hora de la verdad. Respiró profundamente para calmarse. «No pienses ahora en los ataúdes. Sé fuerte».

Se cuadró de hombros y alzó la barbilla.

—*Bonsoir* —dijo, caminando hacia el guardia con decisión. Siguió hablando con su mejor acento francés—. Tengo que salir a comprar tinte para el pelo. Simone quiere mechas.

El guardia la miró confusamente.

—Ya sabes, sus mechas rubias. ¡Es última moda!

El guardia frunció el ceño.

—¿Quién eres tú?

—Soy la estilista de Simone, Angelique, de París. Habrás oído hablar de mí, ¿no?

Él negó con la cabeza.

—*Merde!* —exclamó ella. Algunas veces, saber idiomas era muy positivo, y ella había pasado tres largos años en un internado francés—. ¡Si no vuelvo con el tinte de pelo que quiere Simone, se pondrá furiosa!

El escocés palideció. Debía de haber presenciado algún ataque de furia de Simone.

—Supongo que puedes salir un rato. ¿Sabrás volver, muchacha?

Shanna soltó un resoplido.

—¿Tengo pinta de idiota?

El escocés pasó la tarjeta de identificación por la máquina que había junto a la puerta, y la luz se puso verde. Él abrió la puerta y observó los alrededores.

—Todo está en orden, muchacha. Cuando vuelvas, llama al interfono para que te deje entrar.

—*Merci bien* —dijo ella.

Salió a la calle, y esperó a que el escocés cerrara la puerta. ¡Lo había conseguido! Miró a su izquierda y a su derecha, con el corazón acelerado. La calle estaba tranquila. Había algunas personas caminando por la acera. Se encaminó apresuradamente hacia Central Park.

Tras ella, arrancó el motor de un coche. Se le encogió el estómago, pero continuó caminando. «No mires atrás. No es nada».

La calle se iluminó cuando el coche encendió los faros. Shanna tenía un sudor frío en la frente. «No mires atrás».

Sin embargo, no pudo contenerse. Tenía que saberlo.

Miró por encima de su hombro, y vio un sedán negro que se alejaba del bordillo.

¡Mierda! Volvió a mirar hacia delante. Era igual que los coches de los rusos. Sin embargo, había muchísimos coches como aquel.

De repente, unos focos la deslumbraron. Un vehículo que estaba aparcado frente a ella acababa de encender las luces. Entrecerró los ojos, y vio un todoterreno negro con las lunas tintadas.

A su espalda, rugió el motor del sedán. El todoterreno giró y salió a la calle. Se dirigió directamente hacia ella, frenó de golpe e hizo un giro brusco, de modo que bloqueó toda la calle y le cortó el paso al sedán negro. El conductor bajó al instante del coche, maldiciendo a gritos.

Maldiciendo en ruso.

Shanna echó a correr. Llegó al final de la manzana, giró a la izquierda y siguió corriendo. El corazón le latía desbocadamente en el pecho, y estaba sudando, pero no dejó de correr. Cuando llegó a Central Park, aminoró el paso. Miró a su alrededor para asegurarse de que no la seguía nadie.

Había conseguido escapar de los rusos, pero por muy poco. El sudor de su cuerpo fue enfriándose, y ella se estremeció. De no haber sido por el todoterreno, probablemente ya sería un cadáver. Al pensar en la muerte, recordó los ataúdes del sótano, y notó un terrible pinchazo en el estómago.

Se detuvo y respiró profundamente varias veces. «Relájate». No podía permitirse el lujo de vomitar en aquel momento. «No pienses en los ataúdes».

Por desgracia, su siguiente pensamiento era tan inquietante como el anterior.

¿Quién demonios estaba en aquel todoterreno negro?

13

Roman caminaba por el salón de baile, al lado de Radinka. Había un pequeño ejército trabajando allí. Tres hombres pasaban máquinas pulidoras por el linóleo blanco y negro del suelo, para abrillantarlo. Los demás estaban limpiando las cristaleras que daban al jardín.

Radinka tenía en las manos una tablilla con una lista, e iba haciendo marcas en cada uno de los puntos.

—He llamado para asegurarme de que nos sirvan las esculturas de hielo mañana, a las ocho y media en punto.

—Nada de gárgolas ni murciélagos, por favor —murmuró Roman.

—¿Y qué prefieres? ¿Cisnes y unicornios? —le preguntó Radinka, con impaciencia—. ¿Es que tengo que recordarte que es un baile de vampiros?

—Ya lo sé —refunfuñó Roman.

Hacía diez años, él se había empeñado en suprimir la decoración lúgubre. Después de todo, era una conferencia de primavera, no una fiesta de Halloween. Sin embargo, todo el mundo se había mostrado disconforme, y él había tenido que seguir con el mismo tema de siempre para la decoración: el ridículo tema de Drácula. Las mismas esculturas de hielo truculentas de todos los años, los mismos globos negros y blancos flotando por el techo. Los mismos invitados, siempre vestidos de blanco y negro.

Él organizaba el evento todas las primaveras, y lo celebraba en Romatech. Abrían una docena de salas de reuniones para formar un enorme salón de baile, y acudían vampiros de todos los lugares del mundo.

Había iniciado aquella tradición hacía veintitrés años, para agradar a las mujeres de su aquelarre. A ellas les encantaba. Sin embargo, él había llegado a odiarlo. Era una pérdida de tiempo, tiempo que él prefería pasar en el laboratorio.

O con Shanna. Ella nunca vestía de blanco y negro. Shanna era todo color: ojos azules, labios rosas y besos al rojo vivo.

Estaba impaciente por verla otra vez, pero antes tenía que trabajar en el laboratorio. Se había teletransportado a las instalaciones de la empresa hacía cuarenta minutos, pero había tanto que hacer para preparar aquella tontería, que ni siquiera había podido entrar al laboratorio.

—¿Ha llegado mi paquete de China?

—¿Qué paquete? —preguntó Radinka, pasando el dedo por la lista—. Aquí no veo nada de China.

—No tiene nada que ver con el baile. Es para la fórmula en la que estoy trabajando.

—Ah. Eso no podía saberlo —dijo ella, y señaló uno de los puntos de la lista—. Mañana vamos a probar con un nuevo grupo, los High Voltage Vamps. Tocan de todo, desde minué hasta rock duro. ¿No te parece gracioso?

—Hilarante. Me marcho al laboratorio —dijo, y se encaminó hacia la puerta.

—¡Roman, espera!

Al oír aquello, se giró. Gregori y Laszlo entraban por el otro extremo del salón.

—Ya era hora —dijo Roman—. Laszlo, todavía tengo tu teléfono móvil —se lo sacó del bolsillo—. Y necesito que me quites estos cables de la boca.

Laszlo se quedó mirándolo. Tenía los ojos desenfocados, y se le doblaban los dedos con rigidez, como si quisiera agarrar algún botón, pero no consiguiera realizar el movimiento correctamente.

—Vamos, amigo mío —dijo Gregori, y lo llevó hasta una de las sillas que había alineadas contra la pared para que se sentara—. Hola, mamá.

—Buenas noches, cariño —dijo Radinka, y le dio un beso en la mejilla a su hijo. Después, se sentó junto al químico—. ¿Qué te ocurre, Laszlo? —le preguntó. Como no obtuvo respuesta, Radinka miró a Roman—. Creo que se encuentra en estado de *shock*.

—Yo también —dijo Gregori, pasándose la mano por la cabeza con nerviosismo—. Tengo muy malas noticias.

Magnífico. Roman les dijo a los trabajadores que se tomaran un descanso de media hora, y esperó a que salieran. Después, le dijo a Gregori:

—Explícate.

—Esta noche me ofrecí para traer a Laszlo en coche al trabajo, y él quiso pasar por su apartamento para cambiarse de ropa. Cuando llegamos, estaba todo destrozado. Los muebles rotos, los cojines hechos jirones… Y había una pintada hecha con espray en la pared.

—Quieren matarme —susurró Laszlo.

—Sí —dijo Gregori, con un gesto de angustia—. El mensaje decía: *Muerte para Laszlo Veszto. Muerte para Shanna Whelan*.

A Roman se le cortó la respiración. «Maldita sea».

—Los rusos saben que estamos protegiendo a Shanna.

—¿Y cómo lo han averiguado? —preguntó Radinka.

—Deben de haber investigado el coche de Laszlo —dijo Roman—. Tomarían la matrícula.

—¿Qué voy a hacer? —preguntó Laszlo, en un susurro—. Yo solo soy un químico.

—No te preocupes. Estás bajo mi protección, y vas a vivir en mi casa todo el tiempo que necesites.

—¿Lo ves? —le preguntó Gregori a Laszlo, dándole unas palmaditas en el hombro—. Te dije que todo iría bien.

Sin embargo, las cosas estaban muy lejos de ir bien. Roman cruzó una mirada de preocupación con Gregori. Roman sabía que Ivan Petrovsky se tomaría sus actos como un insulto personal. Podría, incluso, animar a su aquelarre para que atacara.

Al proteger a Shanna, Roman había expuesto a sus propios seguidores a una posible guerra.

Radinka le apretó la mano a Laszlo.

—Todo va a salir bien. Angus MacKay va a venir esta noche acompañado con más Highlanders. Tendremos más seguridad que la Casa Blanca.

Laszlo tomó aire.

—Está bien. No pasa nada.

Roman abrió el teléfono móvil de Laszlo.

—Si los rusos creen que Shanna están en mi casa, cabe la posibilidad de que ataquen —dijo, y marcó el número de su residencia—. Connor, quiero que reforcéis la seguridad en el perímetro del edificio. Los rusos…

—¡Roman! —exclamó Connor—. Has llamado justo a tiempo. No la encontramos. Ha desaparecido.

A Roman se le encogió el estómago.

—¿Te refieres a Shanna?

—Sí. Se ha marchado. Iba a llamarte en este mismo instante.

—¡Maldita sea! —gritó Roman—. ¿Cómo es posible que se haya marchado delante de vuestras narices?

—¿Qué pasa? —preguntó Gregori.

—Se… se ha ido —dijo él, con la voz entrecortada. De repente, tenía la sensación de que no le funcionaba la garganta.

—Engañó al guardia de la puerta —prosiguió Connor—. Se hizo pasar por una amiga de Simone, y se empeñó en salir. El guardia le abrió la puerta.

¿Y por qué iba a alejarse de él? Se habían besado tan solo una hora antes... A no ser que...

—¿Quieres decir que ha conocido a las otras mujeres?

—Sí —respondió Connor—. Ellas le dijeron que son tu harén.

—Oh, mierda —musitó Roman, y dio unos cuantos pasos con el teléfono apartado de la oreja. Debería haberse imaginado que aquellas mujeres no iban a poder tener la boca cerrada. Y, por ese motivo, Shanna corría un grave peligro.

—Si los rusos la atrapan... —Gregori no terminó la frase.

Roman volvió a ponerse el teléfono al oído.

—Connor, estaciona a alguien delante de la casa de Ivan Petrovsky. Si la captura, la llevará allí.

—Sí, Roman.

—Envía un comunicado a los miembros del aquelarre. Tal vez alguno de ellos la vea.

Tenía seguidores en toda la ciudad. Era posible que alguno la viera aquella noche. No era probable, pero era su mejor baza para encontrarla.

—Lo haré. Lo siento mucho, Roman —dijo Connor—. Le había tomado afecto a la chica.

—Lo sé —dijo Roman, y colgó.

Por Dios... Su adorable Shanna.

¿Dónde podía estar?

Shanna estaba esperando enfrente de la tienda de Toys "R" Us, en Times Square. La zona siempre estaba muy bien iluminada y abarrotada de gente, así que le había parecido el lugar más seguro al que acudir. Los turistas sacaban fotografías y se quedaban mirando, embobados, los edificios cubiertos con pantallas de vídeo gigantes. Las esquinas estaban llenas de puestos de vendedores de bolsos.

Mientras caminaba, había caído en la cuenta de que necesitaba dinero en efectivo, dinero cuya pista no pudiera seguirse fácilmente. No podía ponerse en contacto con su familia ni con sus amigos, para no ponerlos en peligro. Además, su familia estaba en el extranjero. Habían ido a Boston el verano anterior, para hacer una visita corta, y habían vuelto a Lituania. Y sus viejos amigos vivían fuera del estado.

Así pues, había llamado a algunos de sus nuevos amigos. A los chicos del Carlo's Deli. Carlo había visto la destrucción de la clínica, y estaba dispuesto a ayudarla. Shanna le había pedido a Tommy que se reuniera allí con ella.

Estaba pegada a la pared de un edificio para impedir que la corriente de personas la arrastrara. Cuando vio a Tommy, gritó y agitó los brazos.

—¡Eh!

El repartidor de *pizza* sonrió mientras esquivaba a los peatones. En las manos llevaba una funda de las que se usaban para proteger las cajas de *pizza* durante el transporte. La funda estaba cerrada.

—Hola, Tommy.

—Siento haber tardado tanto —dijo Tommy. Como siempre, los vaqueros se le habían deslizado hacia abajo por sus delgadas caderas, y se le veían los calzoncillos. En aquella ocasión, tenían dibujos de Scooby Doo.

Shanna abrazó al chico.

—Muchísimas gracias. Y, por favor, dale las gracias también a Carlo de mi parte.

—Claro que sí —dijo él, y se inclinó para decirle algo al oído—: El dinero está en una bolsa, debajo de la *pizza*. Hemos pensado que sería mejor que pareciera un reparto de verdad.

—Ah. Buena idea —dijo ella, y sacó su chequera del bolso—. ¿Cuánto te debo?

—¿Por la *pizza?* —preguntó Tommy, en voz alta, mirando a su alrededor. Después, bajó la voz, y dijo—: Cuatro enchiladas. Es lo máximo que hemos podido sacar de la caja.

Parecía que el chico estaba disfrutando de la situación, como si, de repente, estuviera participando en el *casting* de una película de espías.

—Supongo que eso significa cuatrocientos dólares —dijo ella. Escribió un cheque a nombre de Carlo's Deli y se lo entregó a Tommy—. Si podéis esperar una semana antes de cobrarlo, os lo agradecería.

—¿Qué es lo que pasa, doctora? —preguntó el chico, mientras abría la cremallera de la funda y sacaba una caja de *pizza* pequeña—. Unos tipos muy grandes con acento ruso aparecieron en el *deli* preguntando por usted.

—¡Oh, no! —exclamó ella; de repente, se preocupó mucho por si habían seguido a Tommy.

—Eh, tranquila. No dijimos nada.

—Ah. Gracias, Tommy.

—¿Por qué quieren hacerle daño esos tipos?

—Digamos que vi algo que no debía ver.

—El FBI podría ayudarla. Eh, me apuesto algo a que ésos tipos eran del FBI.

—¿Qué tipos?

—Los hombres de negro. También fueron al *deli* preguntando por usted.

—Vaya, parece que soy muy popular últimamente —dijo ella.

Tenía que llamar a Bob Mendoza cuanto antes. Ojalá respondiera al teléfono en aquella ocasión.

—¿Hay algo más que pueda hacer? —preguntó Tommy, con los ojos brillantes—. Esto es divertido.

—No es un juego. Que no se enteren de que has tenido contacto conmigo —dijo ella, y rebuscó en su bolso—. Voy a darte una propina.

—No, no, ni hablar. Usted necesita el dinero.

—Oh, Tommy, ¿cómo voy a agradecértelo? —le preguntó Shanna, y le dio un beso en la mejilla.

—¡Vaya! Con eso es suficiente. Cuídese, doctora —dijo él, y se alejó con una sonrisa en la cara.

Shanna recogió sus cosas y se puso en camino en la dirección opuesta.

Entró a una droguería para llamar a Bob desde el teléfono de pago del establecimiento.

—Hola, aquí Mendoza —dijo el alguacil. Su tono de voz era de cansancio.

—Bob, soy… soy Jane. Jane Wilson.

—Qué alivio. Estaba muy preocupado. ¿Dónde has estado?

Había algo raro en él, aunque Shanna no podía detectar de qué se trataba. Lo cierto era que, por su voz, no parecía que estuviera preocupado, ni tampoco aliviado.

—Dime dónde estás.

—Estoy huyendo, Bob. ¿Tú qué crees? Necesito salir de Nueva York.

—¿Sigues en Nueva York? ¿Dónde estás, exactamente?

Shanna notó un cosquilleo en la nuca. El instinto le decía que no confiara en él, que sucedía algo.

—Estoy en una tienda. ¿Voy a tu oficina?

—No. Yo iré a buscarte. Dime dónde estás.

Shanna tragó saliva. Su voz sonaba distante y mecánica.

—Yo… preferiría ir mañana a tu oficina.

—Voy a darte indicaciones para que llegues a un piso franco. Nos veremos allí mañana, a las ocho y media.

—De acuerdo —dijo ella, y apuntó la dirección. Estaba en la cerca de New Rochelle—. Hasta mañana, Bob.

—¡Espera! Dime, ¿dónde has estado? ¿Cómo conseguiste escapar?

¿Acaso estaba intentando mantenerla al teléfono? Por supuesto. Alguien estaba intentando localizar la llamada.

—Adiós —dijo, y colgó.

Le temblaban las manos.

Dios Santo, se estaba volviendo paranoica. Sospechaba, incluso, de un alguacil federal. Dentro de una semana, estaría hablando sola sobre los extraterrestres con un gorro de papel de aluminio en la cabeza.

Miró al techo y exhaló un suspiro de frustración. «¿Por qué yo? ¡Lo único que quería era una vida normal!».

Compró una caja de tinte para el pelo y una bolsa grande de nailon para meter sus pertenencias. Después, encontró un hotel a un precio razonable en la Séptima Avenida; se registró con un nombre falso y pagó en efectivo. Con alivio, subió a su habitación y se encerró. Lo había conseguido. Había escapado de los rusos. Había escapado de Roman, el Cerdo, y de su casa de los horrores. No sabía qué era lo que más disgusto le causaba, si el gusto que tenía Roman para las mujeres o los ataúdes que había en el sótano.

Shanna se estremeció.

«Olvídalo todo. Piensa en el futuro, y en cómo vas a sobrevivir».

En el baño, se aplicó el tinte y, después, se sentó en la cama para esperar treinta minutos. Comió *pizza* mientras cambiaba de un canal a otro. Cuando apareció una cadena de noticias de la ciudad, se detuvo. Estaban informando sobre el atentado que había sufrido la clínica dental, y mostraban las aceras llenas de cristales y la zona acordonada con cinta amarilla.

Subió el volumen. El locutor explicaba que la clínica había sufrido un atentado la noche anterior. La policía estaba investigando el asunto en relación a un asesinato que se había cometido muy cerca de allí.

Shanna se quedó horrorizada al ver la imagen de una mujer rubia, muy joven. Habían descubierto su cadáver en un callejón cercano a la clínica y, aunque la causa de la muerte todavía era desconocida, corrían rumores de que presentaba unas extrañas lesiones: dos pinchazos en el cuello, como el mordisco de un animal. La gente del vecindario culpaba a un grupo de marginados adolescentes que practicaban un culto secreto y a quienes les gustaba fingir que eran vampiros.

¿Vampiros? Shanna soltó un resoplido.

Había oído hablar de sociedades secretas alternativas, de niños aburridos que no tenían nada mejor que hacer con su tiempo y su dinero que beber sangre y alterarse los colmillos para que parecieran los de un vampiro. Era morboso. Por pura ética profesional, ningún dentista debería hacer algo semejante.

Sin embargo, y en contra de su voluntad, por su mente aparecieron una serie de recuerdos. Un colmillo de lobo en la palma de la mano de Roman. Su cuerpo, aparentemente inerte, en la cama. El sótano de su casa, lleno de ataúdes.

Se estremeció.

No, los vampiros no existían. Lo que ocurría era que ella había tenido muchos traumas últimamente, y se estaba volviendo paranoica. Eso era todo. Las personas solo fingían que eran vampiros.

Además, todo tenía una explicación racional. Ella había inspeccionado el colmillo de Roman, y era de un tamaño normal. Un poco más puntiagudo de lo normal, quizá, pero eso podía deberse a algún rasgo genético. Una persona podía nacer con los dedos de los pies unidos y no ser una sirena.

¿Y los ataúdes? Oh, Dios… ¿Qué explicación podía tener eso?

Fue al baño para aclararse el pelo. Se lo secó y se miró al espejo. Rubia platino, como Marilyn Monroe. La comparación no era reconfortante. Marilyn había muerto joven. Shanna observó su reflejo con consternación. Se parecía mucho a la chica a la que acababa de ver en la televisión.

La mujer rubia asesinada por un vampiro.

—No es mi área de conocimiento, señor —dijo Laszlo, tirándose de un botón de su nueva bata.

—No te preocupes —dijo Roman, y se sentó en un taburete de los que había en su laboratorio de Romatech—.

Además, ¿cómo ibas a hacerme algún daño? Ya estoy muerto.

—Bueno, técnicamente no, señor. Su cerebro todavía está activo.

Su cerebro estaba hecho papilla, aunque Roman no quería admitirlo. Desde la desaparición de Shanna, apenas podía mantener una línea de pensamiento coherente.

—Hiciste un magnífico trabajo equipando el interior de VANNA para que funcionara. Seguro que también podrás hacer esto.

Laszlo tomó las tijeras de cortar cable. Después, cambió de opinión y tomó unas pinzas de punta fina.

—No estoy muy seguro de cómo hacerlo.

—Tira del cable y sácamelo de la boca.

—Sí, señor —dijo Laszlo, y acercó las pinzas a la boca de Roman—. Le pido disculpas de antemano por cualquier incomodidad.

—Ummm —murmuró Roman, asintiendo.

—Le agradezco la confianza que tiene en mí —dijo Laszlo, y tiró de los cables para soltarlos—. Y me alegro de tener algo que hacer. De lo contrario… empiezo a pensar en… —bajó la mano y frunció el ceño.

—Aaarg —dijo Roman; tenía cables saliéndole de la boca.

No era el momento oportuno para que Laszlo se obsesionara con las amenazas de muerte.

—Oh, lo siento —dijo Laszlo, y retomó la tarea—. Todavía no tengo mi coche. Lo dejamos en la clínica dental anoche, y VANNA está en el maletero. Así que no tengo trabajo que hacer esta noche.

Roman recordó la conclusión que había sacado con respecto a VANNA. El juguete le había provocado una intensa sed de sangre. Les recordaría a todos los vampiros lo glorioso que era morder. No quería decirle a Laszlo que tenía que abandonar aquel proyecto, y menos cuando su empleado estaba atravesando un infierno. Tal vez, después de la conferencia.

—Bueno, ya está —dijo Laszlo, después de sacar el último de los cables—. Está terminado, señor. ¿Cómo se siente?

Roman se pasó la lengua por los dientes.

—Bien, gracias.

Ya no tendría que acudir a la conferencia con la férula en la boca. Y Shanna no podría utilizarla como excusa para no besarlo. Aunque, en realidad, él no tenía muchas esperanzas de recibir más besos en el futuro.

Miró al reloj de su laboratorio. Tres y media de la mañana. Había llamado a Connor cada treinta minutos para que le informara de las novedades, pero nadie había visto a Shanna. Ella se las había arreglado muy bien para desaparecer sin dejar rastro.

Roman sabía que era una mujer fuerte e inteligente. Además, tenía la protección de su crucifijo. Sin embargo, estaba muy preocupado, y no podía concentrarse en el trabajo. Su paquete de China ya había llegado, pero ni siquiera eso podía distraerle de la frustración y la ansiedad.

—¿Puedo hacer algo más? —preguntó Laszlo.

—¿Te gustaría ayudarme en mi proyecto actual? —preguntó Roman, mientras recogía una pila de papeles de su escritorio.

—Sería un honor, señor.

—Estoy trabajando en una fórmula que nos permitiría mantenernos despiertos durante las horas del día —le dijo a Laszlo, y le entregó los papeles.

El químico abrió mucho los ojos.

—Fascinante —dijo, y examinó la información.

Roman volvió a su escritorio y abrió la caja.

—Aquí tengo la raíz de una planta muy escasa que crece en el sur de China. Se supone que proporciona una gran energía —dijo.

Metió la mano en la masa de bolitas de poliestireno y sacó una raíz seca envuelta en papel de burbujas.

—¿Puedo verla?

—Claro —dijo Roman.

Hacía una semana, aquel proyecto lo tenía encandilado, pero ahora había perdido el interés. ¿Para qué iba a molestarse en permanecer despierto durante el día si no podía estar con Shanna? Ella le había afectado mucho más de lo que imaginaba y, ahora que se había marchado, él ya no podía hacer nada al respecto.

Dos horas más tarde, Roman había vuelto a casa. Sus invitados de Europa estaban ya instalados en sus habitaciones del tercer y cuarto piso. Su supuesto harén había recibido una reprimenda por su actitud grosera hacia Shanna. Todas estaban enfadadas, en sus habitaciones del segundo piso.

Roman entró en su despacho y se dirigió hacia el mueble bar para comer un poco antes de acostarse. Mientras la botella se calentaba en el microondas, se acercó al escritorio. No podía dejar de pensar en Shanna. La veía tendida, descansando, sobre la *chaise longue*. Los veía a los dos, besándose junto a la puerta.

Al llegar al escritorio, se detuvo bruscamente. Allí estaban la cadena y el crucifijo de plata.

—Shanna, no —murmuró.

Intentó tomar la cruz, pero el contacto con la plata le abrasó la piel.

—¡Mierda!

La soltó, y se examinó la quemadura con las yemas de los dedos. Justo lo que necesitaba: un recordatorio doloroso de que Dios lo había abandonado. Demonios. Al menos, él podía curarse mientras dormía, pero ¿qué iba a ser de Shanna? Sin la cruz de plata, no tenía protección contra los vampiros rusos.

Aquello era culpa suya. Debería haber sido más sincero. Shanna, en medio de su ira, había rechazado lo que más necesitaba para sobrevivir.

Roman apretó los ojos y se concentró. Había conectado mentalmente con ella la noche anterior, y el contacto había sido bidireccional. Tal vez todavía quedaran los restos de aquel canal...

Intentó alcanzarla.

«¡Shanna! Shanna, ¿dónde estás?».

Por Dios, se sentía tan solo y tan impotente...

Shanna gimió en sueños. Tenía un extraño sueño. Estaba en el trabajo, y Tommy estaba en el sillón, diciéndole que se calmara. Entonces, el chico se transformó en Roman. Alzó una mano con la palma hacia arriba, y le mostró un canino de lobo en un pequeño charco de sangre.

Shanna rodó por la cama.

«No, sangre no...».

En su sueño, tomaba un instrumento y miraba el interior de la boca de Roman. Miraba al espejo dental. ¿Qué? Aquel espejo reflejaba un sillón de dentista vacío, pero Roman estaba en el sillón. De repente, él la tomó de la mano. Le quitó el espejo y lo dejó sobre la bandeja.

—Ven conmigo.

Al instante, estaban de vuelta en el despacho de Roman. Él la tomaba entre sus brazos, y le susurraba al oído:

—Confía en mí.

Y ella tenía la sensación de que se derretía.

Entonces, él la besó. Sus besos eran tan ardientes que ella apartó a patadas la manta y la tiró de la cama. Entonces, él la llevó a su dormitorio y abrió la puerta. La enorme cama de Roman había desaparecido y, en su lugar, había un ataúd negro. Shanna se quedó mirándolo con espanto.

Roman le tendió la mano, llamándola. Ella retrocedió hacia su despacho, pero allí estaba el harén, riéndose de ella.

Tenían un nuevo miembro: la rubia muerta de las noticias de la televisión. De las perforaciones de su cuello brotaba la sangre.

Shanna se despertó y se incorporó de golpe, entre jadeos. Oh, Dios, incluso en sueños estaba como un cencerro. Inclinó la cabeza hacia delante, la apoyó en ambas manos y se masajeó las sienes.

«¡Shanna! Shanna, ¿dónde estás?».

—¿Roman?

Miró a su alrededor por la oscura habitación, casi con la certeza de que una de aquellas sombras iba a moverse hacia ella.

El reloj de la mesilla marcaba las cinco y media de la madrugada. Encendió la lámpara.

No había nadie. Shanna respiró profundamente. Mejor. Roman no podía ayudarla; ella no podía confiar en él. Los ojos se le llenaron de lágrimas de frustración.

Dios Santo, nunca se había sentido tan sola y tan impotente…

14

Shanna se quedó escondida en el hotel casi todo el día siguiente, esperando hasta que llegara la hora para ir a reunirse con Bob al piso franco. Al final, no pudo evitar pensar en Roman. ¿Cómo había podido equivocarse tanto con él?

Era un científico brillante y un hombre muy guapo. La había rescatado sin preocuparse de su propia seguridad. Había sido bueno y generoso. Y ella había percibido algo en él: un intenso remordimiento, una intensa tristeza. Entendía su dolor, porque ella también vivía con esos remordimientos y esa culpabilidad. Karen estaba viva cuando la había encontrado pero, a causa del miedo, no había hecho nada por ayudarla.

El instinto le decía que Roman sufría del mismo tormento que ella. Se sentía conectada a él de una manera profunda y elemental, como si sus almas supieran consolarse la una a la otra. Él le había dado esperanzas para el futuro, y ella hubiera podido jurar que también le hacía sentir esperanza. Se había sentido tan bien a su lado…

Entonces, ¿cómo era posible que fuera un depravado que tenía un harén en su casa? Shanna se preguntó si su soledad y su miedo habían alterado sus percepciones de tal modo que ya no era capaz de evaluar correctamente a las personas. ¿Había proyectado su sentimiento de culpabilidad y su desesperación sobre él y había hecho que pareciera completamente distinto a como era en realidad? ¿Quién era el verdadero Roman Draganesti?

Se sentía tan segura con respecto a él... Había creído que era el hombre perfecto. Había creído que era un hombre del que podía enamorarse. Se le cayó una lágrima por la mejilla. Para ser sincera, ya había empezado a enamorarse de él, por eso le había dolido tanto descubrir que tenía un harén.

Aquella tarde, bajó a la sala de ordenadores del hotel e hizo una búsqueda. No encontró nada de Roman, pero la página de Romatech Industries apareció completa, incluso con fotografías de sus instalaciones cerca de White Plains, Nueva York. Parecía un lugar precioso, rodeado de jardines bien cuidados. Imprimió la página, la plegó y la guardó en su bolso. ¿Por qué? No quería volver a verlo. Era un cerdo y un mujeriego. ¿Verdad? Shanna suspiró; fuera lo que fuera Roman, la estaba volviendo loca, y ella tenía cosas más importantes de las que preocuparse. Por ejemplo, de seguir viva.

A las ocho menos cuarto de la tarde estaba lista para ir al piso franco. La ropa que le había comprado Radinka no estaba pensada para perderse entre la multitud. Cualquiera podría divisarla a dos kilómetros de distancia con unos pantalones y una camiseta de color rosa, y con una amplia camisa de cuadros naranja y rosa. Pero, bueno, lo consideraría parte de su disfraz. Nadie iba a esperar que pareciera una versión en tecnicolor de Marilyn Monroe.

Recogió todas sus cosas y bajó en ascensor al vestíbulo. Esperó frente al hotel, en fila, a que le tocara el turno de tomar un taxi. El sol se había puesto, pero la ciudad ya estaba iluminada, lo suficientemente iluminada como para que viera un todoterreno negro aparcado en la acera de enfrente. Se le cortó la respiración. Una coincidencia, nada más. Había cientos de todoterrenos como aquel en Nueva York.

El siguiente taxi fue para ella. Se metió en el vehículo y, al instante, percibió un fuerte olor a *pastrami*. Se inclinó hacia delante para darle al taxista la dirección, y se fijó en su sándwich, que estaba a medio comer sobre un papel de aluminio arrugado. El taxi arrancó con un fuerte tirón, y ella cayó hacia atrás.

—¿A New Rochelle? —preguntó el conductor, mientras tomaba a toda velocidad la carretera en dirección norte, hacia Central Park.

Shanna miró hacia atrás. El todoterreno se estaba alejando de la acera. Oh, magnífico. Su taxi hizo un giro a la derecha. Shanna respiró profundamente, esperó y volvió a mirar hacia atrás. El todoterreno también giró. ¡Demonios!

Se inclinó de nuevo hacia el conductor.

—¿Ves ese todoterreno negro de ahí detrás? Nos está siguiendo.

El conductor miró por el retrovisor.

—No, no. No pasa nada.

Ella no podía identificar su acento pero, por el color de su piel, debía de ser originario de África o, tal vez, del Caribe. Ella miró su tarjeta de identificación.

—Oringo, lo digo en serio. Por favor, gira de nuevo hacia otra calle, y lo comprobarás por ti mismo.

Él se encogió de hombros.

—Como quiera —dijo. Giró hacia la izquierda y entró en la Sexta. Entonces, sonrió—. ¿Lo ve? Ningún todoterreno negro.

El todoterreno negro entró en la Sexta, tras ellos.

A Oringo se le borró la sonrisa de los labios.

—¿Tiene problemas, señorita?

—Podría tenerlos, si me alcanzan. ¿Hay alguna forma de perderlos?

—¿Como en las películas?

—Sí, exactamente.

—¿Estamos en una película? —preguntó Oringo, mirando a su alrededor como si esperara ver cámaras en la acera.

—No, pero puedo darte cincuenta dólares de propina si los pierdes —dijo Shanna, contando mentalmente el dinero que le quedaba. Cuando terminara aquel viaje en taxi, estaría sin blanca.

—Trato hecho —dijo Oringo. Apretó el acelerador y atravesó dos carriles para hacer un giro a la derecha.

Shanna volvió a caer contra el respaldo, y buscó el enganche del cinturón de seguridad. Iba a ser un trayecto muy accidentado.

—¡Ah, demonios! Sigue detrás —dijo Oringo, e hizo otro giro brusco a la derecha. Se dirigían al sur, en la dirección contraria a la que ella deseaba—. ¿En qué lío se ha metido, señorita?

—Es una larga historia.

—Ah —dijo Oringo; atravesó un aparcamiento y salió a otra calle sin aminorar la velocidad—. Sé dónde puede conseguir un buen Rolex. O un bolso de Prada. Muy baratos, y parecen de verdad.

—Te lo agradezco, pero no tengo tiempo para ir de compras en este momento —respondió Shanna, y se estremeció cuando el taxi se saltó un semáforo en rojo y estuvo a punto de chocar contra una furgoneta de reparto.

—Es una pena —dijo Oringo, sonriéndole por el espejo retrovisor—. Parece usted una buena clienta.

—Gracias —dijo Shanna, mirando hacia atrás.

El todoterreno negro seguía allí, pero había tenido que parar en el semáforo. Ella vio la hora en el reloj del salpicadero. Eran las ocho y cuarto; iba a llegar tarde al piso franco.

Si llegaba.

Roman llegó a Romatech a las ocho y veinte. El Baile de Gala de Apertura de la Conferencia de Primavera iba a comenzar a las nueve en punto. Se paseó por el salón de baile. Había un montón de globos flotando por el techo, como si fueran una colonia de murciélagos negros y albinos. ¿Por qué tenía que gustarles a sus invitados aquel ambiente tan lúgubre? A él no le apetecía pasarlo bien en una fiesta si todo lo que había a su alrededor le recordaba que estaba muerto.

Las mesas estaban vestidas con manteles negros, cubiertos diagonalmente con manteles blancos. En los extremos de cada una de las mesas, había jarrones negros con lirios blancos. El centro permanecía vacío, por el momento. Aquel espacio estaba reservado para las esculturas de hielo.

Detrás de cada una de las tres mesas había un ataúd negro que no tenía forro de satén en el interior; en realidad, se trataba de neveras gigantes llenas de hielo. Y, entre los cubitos de hielo, había botellas de los nuevos sabores que Romatech iba a presentar aquella noche: Bubbly Blood y Blood Lite.

Había un pequeño escenario en uno de los lados de la sala, frente a las cristaleras que daban al jardín. El grupo de música ya estaba allí, preparando el equipo de sonido.

De repente, se abrieron las puertas dobles, y unos trabajadores las sujetaron para que pudieran pasar sus compañeros, empujando unos carritos sobre los que transportaban las esculturas de hielo. Alrededor de las esculturas había una actividad febril. Todo el mundo estaba emocionado.

Roman nunca se había sentido tan deprimido como en aquel momento. Estaba incómodo con aquel esmoquin. La capa le parecía una ridiculez. Además, no había tenido ninguna noticia sobre Shanna; ella había desaparecido y lo había dejado angustiado. Había dejado su viejo corazón marchito por la pérdida.

Él le había pedido a Connor que vigilara la casa de Petrovsky aquella noche, y el escocés había accedido, aunque eso significaba que se perdería el baile. Por lo menos, según la información de la que disponían, los rusos tampoco habían encontrado a Shanna. Por el momento.

Radinka se acercó a él con las mejillas sonrojadas.

—¿No te parece que está maravilloso? Esta va a ser la mejor fiesta que haya organizado nunca.

Él se encogió de hombros.

—Supongo que sí —dijo. Entonces, notó un brillo de advertencia en la mirada de Radinka—: Está maravilloso. Has hecho un gran trabajo.

Ella resopló.

—Sé muy bien cuándo están siendo condescendientes conmigo. Tienes la corbata torcida —dijo ella, y comenzó a colocársela debidamente.

—Es difícil hacer el nudo sin espejo. Además, en el monasterio nunca nos las poníamos.

Radinka se detuvo.

—Entonces, ¿es cierto? ¿Eras un monje?

—No muy bueno. He roto casi todos mis votos.

Todos, menos uno.

Ella desdeñó aquel comentario con un sonido gutural, y terminó de arreglarle el nudo de la corbata.

—De todos modos, eres un buen hombre. Yo siempre estaré en deuda contigo.

—¿No te arrepientes? —le preguntó Roman, suavemente.

A ella se le llenaron los ojos de lágrimas.

—No. Nunca. Él habría muerto si tú no hubieras…

¿Convertido a su hijo en un demonio? Roman dudaba que ella quisiera oír aquellas palabras.

Radinka dio un paso atrás y pestañeó para librarse de las lágrimas.

—No me hagas ponerme sentimental. Tengo mucho trabajo.

Roman asintió.

—Todavía no la hemos encontrado.

—¿A Shanna? No te preocupes. Va a volver. Tiene que volver. Está en tu futuro —dijo Radinka, y se tocó la frente—. Yo lo he visto.

Roman suspiró.

—Quisiera creerte. De verdad, quisiera creerte, pero hace muchos años que perdí la fe.

—¿Y te entregaste a la ciencia?

—Sí. La ciencia es fiable. Me da respuestas —dijo él.

«Y no me ha abandonado, como Dios. Ni me ha traicionado, como Eliza. Ni ha huido, como Shanna».

Radinka cabeceó mientras lo miraba con tristeza.

—Para ser tan viejo, todavía te queda mucho que aprender —dijo, y frunció los labios—. Supongo que te has dado cuenta de que, para poder tener un futuro con Shanna, tienes que librarte de tu harén.

—Shanna se ha ido. Eso ya no tiene importancia.

Radinka entornó los ojos.

—¿Por qué sigues manteniendo el harén? Que yo sepa, las ignoras a todas.

—Y se supone que tú debes ignorar mi vida personal, ¿no?

—¿Y cómo voy a ignorarla, cuando eres tan desgraciado?

Roman respiró profundamente. Una de las esculturas de hielo ya estaba en su sitio.

Por el amor de Dios... Era el duende más espantoso que había visto en su vida.

—Un maestro de aquelarre está obligado a tener un harén. Es una tradición muy antigua. El harén es un símbolo de su poder y de su prestigio.

Radinka lo miró fijamente. No parecía que estuviera muy impresionada.

—Es una cosa de los vampiros, ¿de acuerdo?

Ella se cruzó de brazos.

—En ese caso, espero que mi hijo nunca llegue a ser maestro de un aquelarre.

—Las chicas no tienen adónde ir. Nacieron y se criaron en momentos de la historia en que no se esperaba que las mujeres trabajaran. No saben hacer nada.

—Se les da muy bien vivir a costa de los demás.

Roman arqueó una ceja.

—Necesitaban un sitio donde vivir, y sangre que comer. Yo necesitaba aparentar que tenía un harén. En líneas generales, el acuerdo ha funcionado bastante bien.

—Entonces, ¿es solo una cuestión de apariencias? ¿Nunca te has acostado con ellas?

Roman cambió el peso de un pie al otro, y se llevó la mano al nudo de la corbata para aflojárselo. Le estaba ahogando.

—¡No lo arrugues! —le ordenó Radinka, y le apartó la mano de unas palmaditas. Después, le clavó una mirada fulminante—. No me extraña que Shanna esté tan enfadada contigo.

—No significan nada para mí.

—¿Y eso te parece una buena excusa? —inquirió Radinka, con un resoplido desdeñoso—. Hombres. Incluso los vampiros, todos sois iguales —dijo, y miró a un lado—. Hablando de vampiros, ya han llegado. Y yo tengo que volver a mi trabajo —afirmó, y se dirigió hacia una de las mesas.

—Radinka —dijo él. Al oírlo, ella miró hacia atrás—. Gracias. Te has superado.

Ella sonrió irónicamente.

—¿No está mal para una mortal?

—Eres la mejor —dijo Roman, con la esperanza de que se diera cuenta de que sus palabras no tenían nada de condescendencia.

Esperó a que los hombres se acercaran. Jean-Luc, Gregori y Laszlo iban en primer lugar. Detrás llegaban Angus y sus escoceses de las Highlands.

Angus MacKay era un hombre muy grande, un guerrero que se había suavizado poco con los siglos. Llevaba el traje tradicional de las Highlands, chaqueta negra sobre camisa blanca con encaje en las mangas y el cuello. Como el baile era en blanco y negro, los escoceses se habían puesto faldas de tartanes blancos y negros, o el tartán gris del clan de los Douglas. Sus escarcelas estaban hechas de piel de rata almizclera negra. Angus hizo un gesto de asentimiento, y todos sus escoceses se dispersaron para llevar a cabo un reconocimiento de seguridad por todo el edificio.

En un intento de parecer civilizado, Angus se había recogido el pelo de color caoba, que le llegaba por la cintura, en una coleta, con una cinta de cuero negro. Llevaba una daga de empuñadura negra embebida en uno de sus calcetines negros. Angus nunca iba a ninguna parte sin un arma. De hecho, Roman pensaba que, seguramente, su viejo amigo había escondido una espada escocesa en alguno de los enormes tiestos que había en la entrada.

Jean-Luc era todo lo contrario a Angus, y casi era cómico verlos uno al lado del otro. Jean-Luc Echarpe era la sofisticación personificada. Era algo más que el gran maestro de aquelarre de Europa Occidental. Era un célebre diseñador de moda. Al principio, Jean-Luc se había concentrado en la moda nocturna, porque sus seguidores y él solo estaban activos durante la noche. Sin embargo, cuando las estrellas de cine habían empezado a ponerse sus creaciones, su negocio había crecido rápidamente. En la actualidad, estaba también a la cabeza de la creación de moda diurna, con su línea Chique Gothique.

Jean-Luc llevaba un esmoquin negro y una capa también negra, con el forro de seda gris. También llevaba un bastón negro para caminar, un bastón que no necesitaba. Era el vampiro más ágil que Roman hubiera conocido. Era alto y esbelto, y podía recorrer todo el perímetro de un edificio sin pestañear. Tenía el pelo negro y rizado, un poco despeinado, y el brillo de sus ojos azules desafiaba a cualquiera a que pusiera en duda su buen gusto.

Tal vez Jean-Luc pudiera parecer un figurín, pero Roman sabía que no era cierto. El francés podía convertirse en un ser letal en menos de un segundo.

Roman saludó a sus amigos.

—¿Vamos a mi despacho?

—Sí —dijo Angus—. Gregori me ha dicho que tienes bebidas nuevas para nosotros esta noche.

—Sí. Son lo último de mi línea de Cocina de Fusión —dijo Roman, mientras acompañaba a los hombres, por un pasillo, hacia su oficina—. La primera, Bubbly Blood, es una combinación de sangre y champán. Será anunciada como una bebida para ocasiones vampíricas especiales.

—*Formidable, mon ami* —dijo Jean-Luc, con una sonrisa—. Siempre he añorado el sabor del champán.

—Bueno, me temo que sigue sabiendo más a sangre —dijo Roman—. Pero, al menos, el burbujeo está ahí. Y el contenido alcohólico, también. Después de unas cuantas copas, puedes sentirte un poco achispado.

—Yo doy fe —dijo Gregori—. Me ofrecí de conejillo de Indias y bebí mucho. Es estupendo. Por lo menos, a mí me lo pareció —añadió, con una sonrisa—. No me acuerdo de mucho más de aquella noche.

Laszlo se tiró de uno de los botones de la chaqueta de su esmoquin.

—Tuvimos que llevarte al coche en una de las sillas del despacho.

Los hombres se echaron a reír. Laszlo se ruborizó. Roman sospechaba que el químico se sentía nervioso por estar en presencia de tres de los mayores maestros de aquelarre del mundo. Pero, en realidad, Laszlo siempre estaba nervioso.

—¿Recibiste el *whiskey* que te envié? —preguntó Angus.

—Sí —dijo Roman, y le dio una palmada en el hombro a su amigo—. Tu bebida fusión de *whiskey* es la siguiente de nuestra lista.

—Ah, magnífico —dijo Angus.

—Yo he probado Chocolood —dijo Jean-Luc, y arrugó un poco la nariz—. A mí me resulta demasiado dulce, pero a las damas les encanta.

—Les gusta demasiado —respondió Roman. Abrió la puerta del despacho, y añadió—: Por eso he inventado una segunda bebida que también vamos a presentar esta noche: Blood Lite.

—¿Una bebida *light?* —preguntó Jean-Luc.

—Sí —dijo Roman, que permaneció en la puerta hasta que sus amigos entraron al despacho—. Estaba recibiendo demasiadas quejas de las mujeres de mi harén. Estaban engordando, y me consideraban el responsable.

—Pfff —murmuró Angus, que se había sentado frente al escritorio de Roman—. Yo también he oído quejas de mis mujeres, pero no por eso dejan de pedirme la bebida.

—Les encanta —dijo Gregori, mientras se acomodaba en una esquina del escritorio—. Las ventas se han triplicado este último trimestre.

—Esperemos que Blood Lite resuelva el problema de las calorías. Tiene un contenido muy bajo de colesterol y de azúcar —dijo Roman. Al darse cuenta de que Laszlo se había quedado vacilando en la puerta, le puso una mano sobre el hombro—. Laszlo es un químico brillante. Anoche recibió una amenaza de muerte.

Laszlo se miró los pies.

Angus miró a Laszlo de arriba abajo con una expresión grave.

—¿Y quién iba a querer amenazar a este hombre?

—Creemos que fue Ivan Petrovsky —dijo Roman, después de cerrar la puerta. Atravesó el despacho hasta su escritorio.

—Oh —dijo Angus—. El maestro del aquelarre ruso aquí, en América. Según mis informes, trabaja como asesino a sueldo. Pero ¿quién iba a querer pagarle por matar a tu químico?

—Los descontentos quieren matar a todo aquel que participe en la producción de sangre sintética —dijo Jean-Luc.

—Sí, eso es cierto —dijo Angus—. Entonces, ¿se trata de eso?

Roman se sentó en su butaca.

—No habíamos vuelto a tener noticias suyas desde octubre, cuando me dejaron su regalito de Halloween en la puerta.

—¿Te refieres a los explosivos? —preguntó Jean-Luc, y se giró hacia el escocés—. Tú eres el experto. ¿Quién crees que es el líder de esos que se hacen llamar los Verdaderos?

—Tenemos tres sospechosos —dijo Angus—. He pensado que podríamos tratar el tema durante la conferencia. Hay que hacer algo con ellos.

—Sí, estoy de acuerdo —dijo Jean-Luc. Y tenía motivos para estarlo, puesto que los descontentos también habían tratado de matarlo a él.

Roman se agarró las manos por encima del escritorio.

—Si no tienes a Ivan Petrovsky en tu lista de sospechosos, deberías añadirlo.

—Es el primero —respondió Angus—. Pero ¿por qué ha amenazado a tu químico? Sería más lógico que tú fueras su objetivo.

—Seguro que volverá a fijarse en mí cuando se dé cuenta de que soy el responsable de la situación en la que se encuentra ahora.

—Explícate.

—Bueno, es una larga historia.

—Siempre son largas —dijo Jean-Luc, con una sonrisa de astucia—. Y siempre hay una mujer de por medio, ¿no es así?

—En este caso, sí —dijo Roman, y respiró profundamente—. Se llama Shanna Whelan. Es la última víctima que ha elegido Petrovsky. La mafia rusa la quiere muerta, e Ivan trabaja para ellos.

—¿Has tomado a la mujer bajo tu protección? —pregunto Angus.

—Por supuesto —dijo Jean-Luc, encogiéndose de hombros—. Si es un miembro de su aquelarre, su deber es protegerla.

—Laszlo fue clave en su huida —dijo —. Por eso quiere matarlo Petrovsky.

Laszlo se inclinó para recoger el botón, que se había caído al suelo.

—Entonces, debes proteger a la dama y al químico —dijo Angus. Sus dedos tamborileaban suavemente en el brazo de su asiento—. Es una situación muy complicada, pero no puedes evitarla. Nuestra más sagrada responsabilidad como maestro de un aquelarre es proteger a nuestros seguidores.

Roman tragó saliva.

—La mujer no es miembro de mi aquelarre.

Angus y Jean-Luc lo miraron fijamente.

—Es una mortal.

Jean-Luc pestañeó. Angus se agarró con tanta fuerza a los brazos de la butaca que se le pusieron blancos los nudillos. Los dos vampiros se miraron con cautela.

Finalmente, Angus carraspeó.

—¿Estás interfiriendo en el asesinato de una mortal?

—Sí. Le di refugio. Me pareció que estaba justificado, puesto que la está persiguiendo un miembro de nuestra raza.

Jean-Luc posó ambas manos sobre el puño de oro de su bastón y se inclinó hacia delante.

—No es propio de ti entrometerte en el mundo de los mortales. Y menos, cuando puedes poner en peligro a tu aquelarre.

—Yo… necesitaba los servicios de la mortal en aquel momento.

Jean-Luc se encogió de hombros.

—Todos tenemos nuestras necesidades, de vez en cuando. Pero, como decimos en francés, de noche, todos los gatos son pardos. ¿Por qué arriesgarse tanto por una simple mortal?

—Es difícil de explicar. Ella… es especial.

Angus dio un puñetazo en el brazo de la butaca.

—No hay nada más importante que mantener en secreto nuestra existencia a los mortales, Roman. Espero que no hayas confiado en la chica.

—La he mantenido en la ignorancia en todo lo posible —dijo Roman, con un suspiro—. Por desgracia, mi harén no pudo tener la boca cerrada.

Angus lo miró con desaprobación.

—¿Y qué es lo que sabe?

—Mi nombre, y cuál es mi negocio. Sabe dónde vivo, y que mantengo un harén. No sabe que somos vampiros.

Al menos, por el momento. Roman sabía perfectamente que Shanna era inteligente y que, al final, deduciría la verdad.

Angus resopló.

—Espero que la muchacha mereciera la pena. Si Petrovsky averigua que la estás escondiendo...

—Ya lo sabe —anunció Gregori.

—*Merde* —susurró Jean-Luc.

—¿Y está invitado al baile? —preguntó Angus.

—Sí —dijo Roman—. Las invitaciones fueron enviadas antes de que surgiera este problema. Petrovsky recibe una todos los años, como muestra de buena voluntad, pero no ha aparecido por aquí desde hace dieciocho años.

—Desde la presentación de la sangre sintética —dijo Jean-Luc—. Recuerdo su reacción. Se puso furioso. Se negó a probarla y salió del edificio hecho una furia, maldiciendo y amenazando a todos los que habían traicionado su anticuada ideología.

Mientras hablaba Jean-Luc, Angus se desabotonó la chaqueta y sacó una pistola de la funda que llevaba en el pecho. Comprobó que estuviera cargada.

—Estoy preparado para recibir a ese canalla. Balas de plata.

Roman se estremeció.

—Intenta no pegarle un tiro a nadie de mi aquelarre, Angus.

El escocés arqueó una ceja.

—Estoy seguro de que Petrovsky va a venir. Después de todo, sabe que tienes a la chica. ¿Está aquí, en Romatech?

—Ya no la tengo. Se escapó.

—¿Qué? —Angus se puso en pie de un salto—. ¿Qué se ha escapado mientras mis escoceses estaban de guardia?

Roman y Gregori se miraron.

—Bueno, sí. Eso es lo que ocurrió.

Jean-Luc se rio.

—Es especial, *n'est-ce pas*?

Angus soltó una imprecación en voz baja y metió la pistola en su funda. Comenzó a pasearse por el despacho.

—No puedo creerlo. ¿Una mortal, engañando a mis hombres? ¿Quién estaba al mando cuando ocurrió? Voy a despellejarlo vivo.

—Connor —dijo Roman—, pero ella fue lo suficientemente lista como para evitarlo. Eligió a un guardia que no la conocía, se disfrazó y dijo que había venido con Simone. Parece que tiene un acento francés de lo más convincente.

—Cada vez me cae mejor —dijo Jean-Luc.

Angus rugió y siguió paseándose.

De repente, sonó el teléfono móvil de Gregori.

—Voy fuera a responder la llamada —dijo, y salió del despacho.

—Hablando de Simone —dijo Roman, mirando a Jean-Luc—. ¿Por qué la has dejado venir antes de tiempo? No ha causado más que problemas.

El francés se encogió de hombros.

—Esa es la respuesta, *mon ami*. Es problemática. Yo necesitaba un respiro.

—Destrozó una discoteca la primera noche que estuvo aquí. Anoche, amenazó con asesinar a algunas de mis... mujeres.

—Claro, claro. *La jalousie*. Los celos vuelven locas a las mujeres —dijo Jean-Luc, mientras posaba el bastón en su regazo—. Afortunadamente, Simone no está en mi harén. Ya es lo suficientemente complicado ser su jefe. Si yo fuera su maestro, me llevaría a la desesperación. Ya tengo suficientes problemas con mi harén, tal y como son las cosas.

Angus, que todavía estaba yendo de un lado a otro, miró al suelo con cara de pocos amigos.

—Yo estoy pensando en deshacerme del mío —refunfuñó. Lentamente, se dio cuenta de que los otros hombres lo estaban mirando con asombro. Se detuvo y se cuadró de hombros—. No es que no disfrute con ellas. Demonios, eso sucede todo el tiempo. Las chicas no me pueden quitar las manos de encima.

—Ah. *Moi, aussi* —dijo Jean-Luc, asintiendo, y miró a Roman.

—Sí, yo también —dijo Roman, repitiendo en inglés lo que había dicho su amigo. Se preguntó si los otros dos hombres también estarían mintiendo.

Angus se rascó la barbilla.

—Es difícil hacer feliz a tantas muchachas a la vez. Creen que tengo que entretenerlas todas las noches. No comprenden que tengo que dirigir una empresa.

—*Oui, exactement* —murmuró Jean-Luc—. A veces me pregunto si no estoy siendo un egoísta quedándome con tantas mujeres bellas para mí solo. Hay muchos vampiros solitarios en el mundo.

Roman apenas podía creer lo que estaba oyendo. ¿Era posible que sus amigos estuvieran tan cansados de sus harenes como él lo estaba del suyo? Tal vez Radinka tuviera razón, y hubiera llegado el momento de abandonar aquella vieja tradición. Después de todo, él había convencido a casi todo el mundo vampiro de que dejara de morder y bebiera de una botella.

Gregori volvió a entrar al despacho mientras se metía el teléfono al bolsillo.

—Era Connor. Petrovsky y unos cuantos de sus seguidores se han movido. Van hacia el norte, hacia New Rochelle. Connor los está siguiendo.

—¿Sabe algo de Shanna? —preguntó Roman.

—No, pero los vampiros llevan traje de gala. Negro y blanco —dijo Gregori, mirando a Laszlo con preocupación.

Por Dios, pensó Roman. Iban a ir al baile.

—¿Y qué hago yo? —preguntó Laszlo, con los ojos muy abiertos—. No puedo quedarme aquí.

—No te asustes, amigo —le dijo Angus. Se acercó a él y lo agarró con fuerza del hombro—. No voy a permitir que te toquen un pelo. Mis hombres estarán en alerta roja.

Roman vio que Angus sacaba su pistola. Jean-Luc desenroscó el puño de su bastón y sacó una daga larga y afilada. Demonios, ¿aquello iba a ser un baile de gala, o un baño de sangre?

De repente, se abrió la puerta, y Angus apuntó con la pistola al hombre que entró.

Ian pestañeó.

—Vaya, este no es el recibimiento que esperaba.

Angus se echó a reír y volvió a enfundar el arma.

—Ian, mi viejo amigo. ¿Cómo estás?

—Muy bien —dijo Ian, e intercambió unas cuantas palmadas en el hombro con su jefe—. Acabo de volver de Washington.

—Bueno, pues has llegado justo a tiempo. Ivan Petrovsky viene para acá, y puede que tengamos problemas.

Ian hizo un gesto de contrariedad.

—Tenemos muchos más problemas, aparte de ese —dijo, mirando a Roman—. Menos mal que fui a Langley. Por lo menos, así estamos sobre aviso.

—¿A qué te refieres? —inquirió Angus.

—He investigado al padre de la doctora Whelan —dijo Ian.

Roman se puso en pie.

—¿Es de la CIA?

—Sí —dijo Ian—. Estaba destinado en Rusia, pero hace tres meses lo trajeron a Washington para que dirigiera un nuevo programa. Los archivos están encriptados, pero he podido descifrar la mayoría.

—Continúa —le urgió Roman.

—Está a cargo de una operación llamada Stake-Out.

Angus se encogió de hombros.

—Significa «Operación de vigilancia» —dijo—. Es un nombre muy común entre las fuerzas del orden.

—No en ese sentido. También significa «estaca» —respondió Ian—, y tienen un logotipo para acompañar el nombre. Una estaca de madera atravesando un murciélago.

—Dios mío —murmuró Angus.

—Sí. Están haciendo una lista de los objetivos que quieren eliminar. Petrovsky, y unos cuantos de sus amigos, están en ella —dijo Ian, y miró a Roman con tristeza—. Usted también, señor.

Roman se quedó sin respiración.

—¿Estás diciendo que es una lista de vampiros?

—Sí —dijo Ian—. Seguro que entiende lo que esto significa.

Roman se hundió en su sillón. Aquello era espantoso. Su voz sonó como un susurro.

—Saben que existimos.

15

*I*van Petrovsky leyó la dirección que le había dado Katya.

—Es aquí, Vlad. Aparca.

Vladimir encontró un sitio de aparcamiento cerca del piso franco de New Rochelle. En ambos lados de la calle había casas altas, estrechas, con la estructura de madera y con porches que daban a pequeños patios delanteros. La mayoría de aquellas casas tenían la luz encendida. El piso franco, no.

No había una vampiresa a la que Ivan respetara más que a Katya y, una vez más, había demostrado que valía su peso en oro. Formaba parte de su aquelarre ruso desde hacía mucho tiempo, y era tan despiadada como él. Ella era la que había localizado y seducido al alguacil de los Estados Unidos que estaba a cargo de Shanna Whelan. Y, con el alguacil completamente a su merced, Katya había tendido la trampa con facilidad.

Ivan le dijo a Vlad que permaneciera en el coche y se acercó a la casa velozmente. Se detuvo frente a la puerta posterior y esperó a que Alek y una de las vampiresas de su harén, Galina, lo alcanzaran. Entraron en la casa. Su agudo sentido de la vista les permitía moverse con facilidad a oscuras. Atravesaron la cocina y recorrieron un pasillo. En el salón de la parte delantera de la casa, encontraron a Katya y a su alguacil de los Estados Unidos en el sofá. Ella estaba sentada a horcajadas en el regazo del hombre, con la falda subida hasta las caderas.

—¿Lo estás pasando bien? —le preguntó Ivan.

Katya se encogió de hombros.

—Me aburría. Por lo menos, así tenía algo que hacer.

—¿Puedo yo también? —preguntó Galina, y se sentó junto al alguacil. Él tenía la mirada perdida, y en su cuello había dos pinchazos de los que brotaba la sangre.

Ivan pasó una mano por delante de la cara del policía. No hubo reacción. Su mente estaba totalmente en blanco.

—Bueno, ¿y dónde está Whelan?

Katya se puso en pie. El bajo de su fina falda negra cayó hasta tocar las puntas de sus sandalias negras.

—¿Te gusta? —preguntó, e hizo una pose para mostrar la abertura que había en uno de los laterales de la tela; llegaba hasta su cintura. Con aquella falta, era evidente que Katya no llevaba ropa interior. Llevaba una blusa blanca muy escotada, que dejaba a la vista la mayor parte de sus pechos.

—Me gusta mucho, pero ¿dónde está Whelan? —preguntó Ivan, mirando su reloj. Eran las nueve menos veinte. Tenían que salir de allí al cabo de diez minutos. No iba a tardar mucho en matar a Shanna Whelan, pero se había hecho a la idea de que iba a poder jugar un poco con ella antes de liquidarla.

Katya miró al hombre de confianza de Ivan comprensivamente.

—Pobre Alek. Siempre viendo a su jefe con sus mujeres, pero sin poder probar nada —dijo. Se metió la mano bajo la falda y se acarició el contorno de las nalgas.

Alek se giró, con los puños apretados.

—Ya está bien, Katya —dijo Ivan.

¿Por qué estaba intentando causar problemas entre Alek y él? Era difícil encontrar un buen ayudante en aquellos tiempos, porque no había muchos vampiros fuertes que quisieran cumplir sus órdenes y que no se acercaran a su harén. Durante su vida, había tenido que ejecutar a muchos vampiros por acostarse con sus mujeres. No podía permitirse el lujo de perder más hombres.

Señaló al alguacil.

—Supongo que tienes a Whelan en un estado similar, ¿no? ¿Está arriba?

Katya dio un paso atrás, con una mirada de cautela.

—Todavía no ha llegado.

—¿Qué?

Ivan avanzó hacia ella. Katya se estremeció; claramente, esperaba que la abofeteara.

Ivan apretó el puño. Sintió una insoportable tensión en el cuello, y tuvo que hacer crujir las vértebras. El sonido fue tan fuerte, que Katya palideció. Tal vez temía que hiciera lo mismo con su precioso cuello.

Ella bajó la cabeza.

—Estoy destrozada por haberos decepcionado, milord —dijo, utilizando el lenguaje de los tiempos antiguos.

—Me has dicho que Whelan iba a estar aquí a las ocho y media. ¿Qué ha ocurrido?

—No lo sé. Bob le dijo que viniera, y ella accedió.

Ivan apretó los dientes.

—Pero no ha venido.

—No, milord.

—¿Ha intentado ponerse en contacto con él?

—No.

—Tenía pensado alimentarme de ella antes de ir a ese maldito baile.

Ivan se paseó por el salón. Su plan era muy brillante. No solo ganaría doscientos cincuenta mil dólares, sino que tendría el placer de ver sufrir a Roman Draganesti. Primero, dejaría seca a Shanna Whelan y, después, iría al baile de Draganesti y arrojaría el cadáver de la chica a sus pies. Mientras Draganesti y sus débiles amigos caían en un estado de pánico, Alek y Vladimir se escabullirían para ejecutar el gran final de la noche. Era perfecto. Debería haber sido perfecto. ¿Dónde demonios estaba la chica? Detestaba que sus comidas llegaran tarde.

—¡Zorra estúpida! —gritó Ivan, haciendo crujir de nuevo el cuello.

Katya se estremeció.

—Tal vez aparezca. Puede que llegue tarde.

—No puedo quedarme toda la noche esperándola. Tenemos que ir a ese asqueroso baile. Es nuestra única oportunidad de entrar en Romatech sin que nos paren esos escoceses —respondió Ivan, mientras iba hacia una de las paredes. Con rabia, dio un puñetazo y atravesó el muro de ladrillo—. Ahora, tendré que ir al baile muerto de hambre. Y allí no habrá nada de comer.

—Yo también tengo hambre —dijo Galina, haciendo un mohín. Había sido prostituta en Ucrania, y la preciosa pelirroja sabía hacer mohines y, también, complacer.

—A Bob todavía le queda mucha sangre —dijo Katya—. Yo solo he tomado un aperitivo.

—Umm… Qué rico —dijo Galina, y se puso a horcajadas sobre el alguacil, relamiéndose.

Ivan miró la hora.

—Tenemos cinco minutos —dijo, y observó a Galina, mientras la vampiresa clavaba los colmillos en el cuello del alguacil—. Déjame un poco —le pidió.

Aquel hombre ya no les servía para nada más.

Gregori miró la hora.

—Son casi las nueve. Será mejor que vayamos al salón de baile.

Roman se levantó de su sillón. Temía aquel baile. ¿Cómo iba a ir a una fiesta sabiendo que Shanna corría peligro de muerte? Solo con pensar en tener que beber Bubbly Blood, se le revolvía el estómago. Además, no podía quitarse de la cabeza la última noticia: el padre de Shanna era el líder de un grupo que quería matarlo.

¿Acaso la historia estaba destinada a repetirse una y otra vez? Aquello se parecía demasiado a la experiencia que había sufrido en Londres, en 1862. Había conocido a una bella muchacha llamada Eliza. Cuando el padre había descubierto el secreto del pretendiente de su hija, le había pedido a Roman que abandonara el país. Roman había accedido, pero con la esperanza de que Eliza entendiera su dilema y se fugara con él a América. Así pues, le había confiado su secreto. Al despertar, la noche siguiente, él se había encontrado el ataúd abierto, y una estaca descansando sobre su pecho.

Había ido a pedirle explicaciones al padre de Eliza, pero había descubierto que era su amada quien había dejado allí la estaca. Su padre le había impedido matarlo porque temía que otras criaturas diabólicas quisieran vengarse de su familia. Roman se había sentido desesperado por aquella terrible decepción. Borró los recuerdos de toda la familia de Eliza; lamentablemente, no pudo borrar también los suyos propios. Comenzó una nueva vida en América, pero aquel desgraciado asunto siempre lo obsesionó, y juró que nunca volvería a relacionarse con una mujer mortal. Sin embargo, Shanna había llegado a su vida y había llenado de esperanza el vacío de su corazón.

¿Cómo reaccionaría si supiera la verdad? ¿Intentaría matarlo mientras dormía, como Eliza, o esperaría, simplemente, a que su padre hiciera el trabajo?

Y ¿cómo había descubierto la CIA la verdad sobre los vampiros? Algún idiota debía de haber hecho algún truco vampírico delante de seres humanos sin limpiar después sus recuerdos. De cualquier modo, se trataba de un problema muy grave. Angus, Jean-Luc y él iban a pasar la mayor parte de la conferencia debatiendo sobre su posible solución.

Roman caminó hacia el salón de baile junto a los hombres que estaban con él en el despacho.

—Ian, ¿cuánta información has podido reunir sobre la operación Stake-Out? ¿Cuántos agentes forman el equipo?

—Son cinco, incluido el padre de Shanna.

—¿Sólo cinco? —preguntó Angus—. Eso no es demasiado horrible. ¿Conoces sus nombres? Tal vez podamos atacar nosotros primero.

Roman se estremeció. ¿Matar al padre de Shanna? Eso no aumentaría sus posibilidades de mantener una relación feliz con ella.

—No tiene sentido —dijo Jean-Luc—. Ningún mortal puede atacarnos mientras estamos despiertos. Podemos tomar el control de su mente al instante.

Roman se detuvo de repente. Shanna había demostrado que podía resistir muy bien los intentos de controlar su mente. Y su capacidad de leerle el pensamiento mientras estaban conectados resultaba inquietante. Era muy posible que tuviera poderes psíquicos, y que estos fueran heredados. Dios Santo… Un equipo de asesinos de vampiros bendecido por el gobierno y que podía resistir el control mental… Era terrorífico.

—Deben de estar pensando en matarnos durante el día —dijo Angus—. Voy a tener que preparar más guardias para el turno de día.

—El señor Draganesti está trabajando en una fórmula que nos permitiría estar despiertos durante el día —dijo Laszlo. Acto seguido, miró a Roman con nerviosismo—. Tal vez no haya debido mencionarlo.

—¿Es eso cierto? —preguntó Angus, y agarró a Roman del hombro—. ¿Podrías hacerlo?

—Creo que sí —respondió Roman—, pero aún no ha habido ninguna prueba.

—Yo seré tu conejillo de Indias —dijo Gregori, con una sonrisa.

Roman hizo un gesto negativo.

—No puedo permitirme el lujo de que te ocurra algo. Necesito hombres como tú para que dirijan el negocio mientras yo trabajo en el laboratorio.

Jean-Luc se detuvo ante la puerta del salón. Entonces, con un jadeo, volvió hacia el pasillo.

—*Merde*. Es esa terrible mujer de la CDV. Creo que nos ha visto.

—¿Es una reportera? —preguntó Roman.

—No exactamente —respondió Jean-Luc, con un escalofrío—. Es Corky Courrant. Es la presentadora de un programa de famosos que se llama *La vida con los no muertos*.

Angus resopló con impaciencia.

—¿Y qué hace aquí?

—Ha venido porque vosotros sois famosos —les dijo Gregori, mirándolos sin dar crédito—. ¿Es que no lo sabíais?

—Sí —dijo Laszlo—. Son ustedes famosos.

Roman frunció el ceño. Ciertamente, sus inventos habían cambiado el mundo de los vampiros, pero, de todos modos, él seguía pasándose largas horas trabajando en el laboratorio todas las noches. De hecho, lamentaba no poder estar allí en aquellos momentos.

—No os dejéis engañar por su sonrisa —les advirtió Angus—. Según mis investigaciones, esa mujer dirigió una cámara de tortura en la Torre de Londres durante el reinado de Enrique VIII. En aquellos tiempos se llamaba Catherine Corrant. Dicen que ella misma le arrancó la confesión de incesto al hermano de Ana Bolena.

Jean-Luc se encogió de hombros, como de costumbre.

—Y ahora, trabaja para la televisión. Es lógico.

—Los chicos y yo la llamamos Doña Implantes —comentó Ian, y los demás se echaron a reír.

—Me gusta —dijo Gregori, alzando las manos como si tuviera un melón en cada una de ellas—. Tiene unos pechos enormes. Seguro que son de mentira.

—Sí —dijo Ian—. Son gigantescos.

—Muy bien —intervino Roman—. Muchas gracias por compartirlo con nosotros. Pero, por muy cuestionables que sean el pasado y el presente de esa mujer, no podemos quedarnos escondidos en el pasillo toda la noche.

—Es cierto —dijo Angus—. Debemos enfrentarnos al dragón.

Ian tomó aire.

—Nosotros tenemos que ser el dragón.

Las puertas del salón se abrieron de par en par.

Los hombres se quedaron encogidos, sin arrojar ni una sola llama por las fauces.

—¡Aquí estáis! —exclamó la periodista, con un brillo triunfante en los ojos oscuros—. Ahora no podéis escapar de mí.

Corky Courrant le hizo un gesto a su equipo para que todos ocuparan su posición. Dos de los hombres mantuvieron las puertas abiertas. Otro hombre sostuvo la cámara digital, mientras una mujer le daba los últimos toques al maquillaje de Corky. Todos llevaban pantalones y camisetas negras con las letras CDV estampadas en blanco. Muchos invitados, vestidos de blanco y negro, se agruparon detrás del equipo de televisión, cortándoles la única salida.

«Estamos atrapados». Roman solo podría huir de allí escapando a su despacho pero, seguramente, aquella mujer lo seguiría.

—Ni se os ocurra intentar huir —dijo, mirándolos con los ojos entrecerrados—. Vais a hablar.

Seguramente, aquella era su frase favorita cuando dirigía la cámara de tortura. Roman miró a Angus.

—¡Ya es suficiente! —le dijo Corky a la maquilladora, agitando la mano para que se apartara de ella. Tocó un auricular que llevaba en el oído e inclinó la cabeza para escuchar la voz de quien hablaba—. Entramos dentro de treinta segundos. Todo el mundo a su sitio.

Ella se situó frente a la cámara; llevaba un vestido negro que revelaba mucho de su torso.

Sin duda, llevaba implantes. Debía de haber ido a Zurich, a visitar al doctor Uberlingen. Él era el único cirujano plástico vampiro que había en el mundo y, por un elevado precio, ayudaba a cualquiera de sus congéneres a pasar la eternidad joven y bello. Seguramente, los implantes habían facilitado a la periodista el hecho de conseguir uno de los codiciados trabajos de CDV. La Cadena Digital Vampírica era bastante nueva, y cada semana acudían a ella cientos de vampiros con la esperanza de convertirse en la próxima gran estrella.

Captar la imagen de los vampiros en película había sido imposible hasta la creación de las cámaras digitales. En la actualidad, la tecnología digital había abierto un nuevo mundo de posibilidades y, también, de problemas. De hecho, a Roman no le sorprendería que la CIA hubiera tenido conocimiento de la existencia del mundo vampírico a través de la televisión. Podían haber descubierto la frecuencia secreta en la que emitía la CDV.

Sonó el teléfono de Gregori. Él lo abrió y se apartó un poco.

—Hola, Connor —dijo, en voz baja—. ¿Qué hay?

Roman se concentró en lo que decía su amigo.

—¿Una casa en New Rochelle? —preguntó Gregori—. ¿Y qué ha ocurrido?

El cámara avisó a la reportera y, al instante, ella lanzó una sonrisa resplandeciente a los espectadores.

—Buenas noches, queridos telespectadores. Soy Corky Courrant, de *La vida con los no muertos*. Esta noche tenemos un programa especial para ustedes. ¡En directo, desde el evento vampírico más importante del año! Estoy segura de que les va a encantar conocer a nuestros famosos de esta noche.

Señaló a Angus MacKay y dio algunos datos sobre él y, después, hizo lo mismo con respecto a Jean-Luc Echarpe. Roman se dio la vuelta para escuchar la conversación telefónica.

—¿Estás seguro? —susurró Gregori—. ¿Había muerto ya?

Roman tragó saliva. ¿Estaban hablando sobre Shanna? ¡No! ¡No podía haber muerto!

—¡Roman Draganesti! —exclamó la reportera, y se puso frente a él—. Hay miles de telespectadores a quienes les encantaría conocerte.

—Este no es un buen momento, Doña Implantes —dijo Roman, y notó que Jean-Luc le clavaba el puño del bastón en la espalda—. Eh... Disculpe... Quería decir... —demonios, ¿cómo se llamaba aquella mujer?

La reportera lo fulminó con la mirada. Su sonrisa se convirtió en un gesto feroz.

—*Mademoiselle* Courrant —intervino Jean-Luc—. ¿Me concede el honor del primer baile?

—Por supuesto que sí —dijo Corky, lanzándole una sonrisa victoriosa a la cámara, mientras enroscaba las garras alrededor del brazo de Jean-Luc—. Este es el sueño de cualquier mujer: bailar con el gran maestro de aquelarre de Europa Occidental. ¡Es de la realeza! —exclamó, y se fue a la pista de baile con él.

Roman se acercó a Gregori.

—¿Qué ha pasado? Dímelo —le pidió.

Angus, Ian y Laszlo se unieron a ellos.

Gregori se guardó el teléfono en el bolsillo.

—Connor siguió a Ivan Petrovsky a una casa de New Rochelle. Ivan y sus amigos entraron. Connor pensó que podían tener a Shanna allí, así que rodeó la casa, levitó hasta el segundo piso y se teletransportó al interior.

—¿Y Shanna estaba allí?

—No —respondió Gregori—. Todas las habitaciones de la planta de arriba estaban vacías.

Roman exhaló un suspiro de alivio.

—Pero tenían a un mortal en el piso de abajo —continuó Gregori—. Connor escuchó lo que decían. Ivan se puso furioso porque Shanna no había aparecido. Entonces, mataron al mortal. Connor estaba muy molesto por no poder ver lo que ocurría; sabía que no iba a poder vencer a cuatro vampiros él solo.

—Es lógico —dijo Angus.

—Connor oyó que recibían una llamada y, entonces, todos salieron por la puerta principal. Él bajó al salón, y se encontró a su víctima. Era un alguacil de los Estados Unidos.

—Por Dios… —dijo Roman—. Seguro que era el contacto de Shanna.

—Maldita sea —murmuró Angus—. No me extraña que la CIA quiera matarnos. Los vampiros como Petrovsky nos crean muy mala fama.

—Yo no quiero hacerle daño a nadie —dijo Laszlo—. ¿No podríamos convencer a la CIA de que algunos de nosotros somos pacíficos?

—Tendremos que intentarlo —dijo Angus, cruzándose de brazos—. Y, si no nos creen, tendremos que matarlos.

—Sí —dijo Ian, asintiendo.

Roman frunció el ceño. Aquella lógica de los escoceses se le escapaba.

—Bueno, y ¿dónde está ahora Connor?

—Viene para acá —respondió Gregori—. Y Petrovsky también. Connor le oyó decir que van a hacer algo antes de irse.

—Tenemos que prepararnos —dijo Angus, y entró al salón de baile.

Roman esperó junto a la puerta. El grupo de música estaba tocando un vals. Las parejas de vampiros danzaban en círculos por el salón. Jean-Luc y la reportera pasaron girando, y el maestro de aquelarre francés le lanzó una mirada de resignación a Roman. Angus estaba dándole instrucciones al regimiento de guardias escoceses en una esquina de la gran sala.

Ivan Petrovsky iría al baile a causar problemas. Por lo menos, ellos se habían enterado con antelación. Lo que preocupaba verdaderamente a Roman era lo que no sabía: ¿dónde demonios estaba Shanna?

El reloj del salpicadero del taxi marcaba las nueve menos diez. Shanna llegaba muy tarde, pero, al menos, ya nadie la seguía. Gracias a la pericia del taxista, Oringo, habían conseguido perder al todoterreno.

—Esta es la calle —dijo Shanna, mirando el pedazo de papel en el que había escrito la dirección—. Es el número 5267. ¿Lo ves?

La calle no estaba muy bien iluminada, y era difícil leer los números de las casas. Pasaron junto a una que estaba completamente a oscuras, y Oringo aminoró la velocidad.

—Creo que era esa.

—¿La oscura?

¿Y por qué iba a esperarla Bob a oscuras? Shanna volvió a sentirse inquieta. Por teléfono, ya le había parecido que Bob estaba muy raro.

Oringo detuvo el coche.

—Aquí está. Me he ganado los cincuenta dólares extra, ¿no?

—Sí —dijo Shanna, y sacó el monedero del bolso. Miró de nuevo hacia la casa oscura—. ¿Te parece segura?

—A mí me parece que está vacía —dijo Oringo. Le dio un mordisco a su sándwich de *pastrami* y se giró hacia atrás para mirarla—. ¿Quiere ir a otro sitio?

Ella tragó saliva.

—No sé adónde ir —dijo, y miró a su alrededor. Había varios coches aparcados por la calle. ¿Era aquello un sedán negro? De repente, sintió un escalofrío en la espalda—. ¿Podrías pasar al lado de aquel coche negro?

—De acuerdo.

Oringo recorrió la calle y pasó, lentamente, junto al coche.

Shanna miró por encima del asiento trasero. Había un hombre sentado al volante.

—¡Oh, Dios mío!

¡Era el mismo hombre que había maldecido en ruso frente a la casa de Roman!

Él la miró con los ojos entrecerrados.

Shanna le dio la espalda.

—¡Acelera!

Oringo pisó el acelerador. Los neumáticos derraparon. Shanna miró hacia atrás, y vio al ruso gritando en un teléfono móvil. Oringo llegó al final de la calle y giró a la izquierda. Shanna no vio nada más.

Los rusos habían encontrado el piso franco. ¿Adónde iba a ir?

—Aaarg…

Se hundió en el asiento y se cubrió la cara con las manos.

—¿Se encuentra bien, señorita?

—Yo… necesito pensar.

Un amigo. Necesitaba alguien que pudiera esconderla y prestarle algo de dinero. Un amigo, una amiga, alguien cercano. Se dio una palmada en la frente.

—¡Radinka!

—¿Qué? —preguntó Oringo, mirándola con preocupación por el retrovisor.

—¿Podrías llevarme a Romatech Industries? —preguntó. Rebuscó en el bolso el papel que había imprimido aquella tarde—. Aquí está la dirección. Está muy cerca de White Plains —dijo, y se inclinó para mostrárselo a Oringo.

—Muy bien. No hay problema, señorita.

Shanna se apoyó de nuevo en el respaldo. Radinka la ayudaría. Era buena y comprensiva. Además, le había dicho que trabajaba en el turno de noche. Y en las instalaciones de la empresa habría seguridad, porque allí trabajaba mucha gente. Incluido Roman Draganesti.

Shanna se estremeció. De ninguna manera le pediría ayuda a aquel mujeriego depravado. Le explicaría a Radinka que no quería volver a verlo. Solo necesitaba un lugar seguro para esconderse hasta que pudiera ponerse en contacto con el Departamento de Justicia, al día siguiente.

Pobre Bob. Esperaba que estuviera bien. Al recordar al ruso que estaba al volante del sedán negro, se le puso toda la carne de gallina. Miró por el parabrisas trasero.

—¿Nos siguen?

—No, creo que no —dijo Oringo—. Les llevamos mucha ventaja.

—Dios, eso espero.

—Esto me recuerda a la caza en la sabana. Me encanta cazar. Eso es lo que significa mi nombre, ¿sabe? Oringo significa «aquel al que le encanta cazar».

Shanna se abrazó a sí misma.

—¿Y qué te parece ser la presa?

Oringo se echó a reír y dio un giro brusco hacia la derecha.

—No se preocupe. Si nos sigue el coche negro, lo perderé.

Pronto llegaron a Romatech. Desde la puerta de la verja hasta la puerta del edificio había un tramo de vía que volvía a la salida rodeando un gran parterre. Aquella carretera estaba llena de limusinas negras.

—¿Me pongo a la cola? —preguntó Oringo.

Shanna miró con consternación la fila de coches. ¿Qué demonios estaba ocurriendo allí? Quedarse atrapada entre tantos vehículos, sin posibilidad de huida, no le pareció la opción más inteligente.

—No, déjame aquí.

Oringo se detuvo a un lado de la carretera.

—Debe de estar ocurriendo algo muy importante ahí dentro.

—Sí, supongo que sí.

Bueno, cuantos más, mejor. En aquel momento, tal vez su mejor oportunidad de estar a salvo fuera encontrarse entre cientos de personas. Los rusos no querrían tener tantos testigos de su crimen.

—Ten —dijo, y le dio a Oringo un fajo de billetes.

—Gracias, señorita.

—Ojalá pudiera darte más propina. Te agradezco muchísimo tu ayuda, pero se me está acabando el dinero.

Oringo sonrió.

—No se preocupe. No me había divertido tanto desde que llegué a Estados Unidos.

—Cuídate —le dijo Shanna. Tomó su bolso y su bolsa de nailon, y salió corriendo hacia la puerta de entrada de las instalaciones.

—¡Alto! —gritó un guardia, desde la garita de la entrada. Era un escocés.

Shanna se quedó helada al recordar el sótano lleno de ataúdes. El guardia llevaba un *kilt* gris y blanco. La miró con desconfianza.

—No va vestida de blanco y negro.

Vaya. ¿Acaso había alguna norma en contra del color rosa?

—He venido a ver a Radinka Holstein. ¿Podría decirle que Shanna Whelan está aquí?

—¡Por Dios! Usted es la mujer a la que está buscando todo el mundo. No se mueva de aquí.

El escocés entró de nuevo en la garita y descolgó el teléfono. Shanna miró las limusinas, preguntándose desde cuándo se daban grandes fiestas en los laboratorios de investigación.

Se quedó sin aliento al ver que un sedán negro llegaba y se ponía a la cola para entrar.

Se dio la vuelta y corrió hacia la entrada. Ojalá hubiera un regimiento completo de escoceses armados hasta los dientes allí dentro. Al cuerno los ataúdes. Siempre y cuando estuvieran de su lado, se olvidaría de ellos. Bueno, no completamente...

Llegó a la puerta principal. Varios hombres y mujeres vestidos de gala, tan solo de blanco y negro, bajaban de una lujosa limusina. La miraron con desdén. Algunos olisquearon, como si ella desprendiera un olor extraño.

Vaya hatajo de esnobs, pensó, mientras entraba al edificio. El vestíbulo era muy amplio, y estaba lleno de invitados elegantes, que charlaban en grupo. Se abrió paso entre ellos, notando que algunos la miraban con altivez. Era como aparecer en el baile del instituto mugrienta y sin acompañante.

Vio unas puertas a la derecha del vestíbulo; cada una de las hojas estaba sujeta con un gran tiesto. En aquella otra sala se oía música, y el murmullo de muchas voces. Se encaminó directamente a aquellas puertas.

De repente, vio a un grupo de escoceses andando por el vestíbulo. Se escondió detrás de una de las enormes plantas. Los guardias se dispersaron, como si estuvieran buscando a alguien.

—¿Buscáis a la mujer mortal? —preguntó un hombre de pelo cano que llevaba un esmoquin.

¿A la mujer mortal?

—Sí —dijo uno de los escoceses—. ¿Ha entrado?

—Sí —respondió el hombre de pelo gris—. Con una ropa espantosa.

—Claramente, era mortal —dijo su acompañante femenina, con la nariz arrugada—. Siempre puedes olerlos.

Oh, por favor. Mientras aquellos ricachones tan esnobs distraían a los escoceses, Shanna se coló por la puerta y se encontró en medio de un enorme salón de baile. Había muchas parejas vestidas de blanco y negro bailando algo que parecía un minué del siglo XVIII. Otros invitados se paseaban por la sala, charlando y tomando copas de vino.

Avanzó entre la multitud. La gente giraba la cabeza para mirarla. Maravilloso; con aquella ropa de color rosa, estaba dejando bien claro su estatus de intrusa. Tenía que encontrar rápidamente a Radinka. Pasó junto a una mesa en la que había una enorme escultura de hielo. Era un murciélago. ¿Un murciélago? No estaban en octubre. ¿Quién quería ver murciélagos en plena primavera?

Se quedó de piedra al ver un ataúd abierto detrás de la mesa. Hacía las veces de nevera para las bebidas. ¡Qué macabro! Siguió avanzando. ¿Dónde estaría Radinka? Y… ¿era Roman el que había subido al escenario? Desde allí, la vería con toda seguridad. Se escondió detrás de un hombre muy grande que llevaba una camiseta negra con las siglas CDV. Llevaba una cámara digital.

—En el aire —le dijo el hombre a una mujer de enorme busto.

—De nuevo, Corky Courrant, informando para *La vida con los no muertos*. ¡Qué noche tan emocionante! Como pueden ver a mi espalda —dijo la reportera, y señaló el escenario—, Roman Draganesti está a punto de darnos la bienvenida al vigésimo tercer Baile de Gala de Apertura de la Conferencia de Primavera. Como saben, Roman es el consejero delegado de Romatech, inventor de Cocina de Fusión y maestro del aquelarre más grande de toda América del Norte.

¿Aquelarre? ¿Quiénes se reunían en un aquelarre? ¿Las brujas? Shanna miró a su alrededor. ¿Acaso toda aquella gente eran brujos y brujas? Eso explicaría la ropa negra y los detalles tenebrosos, como las neveras-ataúd.

—¿Le apetece tomar algo? —le preguntó un camarero, mostrándole una bandeja llena de copas.

¿Acaso él también era un brujo? ¿Y Radinka? ¿Y Roman?

—Yo… ¿Tiene algo *light*?

—¡Sí! La última invención del señor Draganesti —dijo el camarero, y le pasó una copa de vino—. Que disfrute —dijo, y se alejó.

Shanna miró la copa. El vino era muy rojo. Al oír la voz de Roman, se distrajo; Dios, qué sexi sonaba. El muy desgraciado…

—Me gustaría darles a todos ustedes la bienvenida a Romatech Industries —dijo él, observando a toda la multitud atentamente.

Shanna intentó esconderse detrás del hombre de la cámara pero, vestida de rosa, aquello era muy difícil.

—Y bienvenidos al Baile...

Roman se detuvo.

Shanna se asomó por detrás del cámara, y se dio cuenta de que Roman la estaba mirando directamente a ella. Hizo un gesto con la mano, e Ian subió corriendo al escenario. El joven escocés se dio la vuelta y la vio. Bajó las escaleras apresuradamente, y fue hacia ella.

—Bienvenidos al Baile de Gala de la Apertura de la Conferencia de Primavera —dijo Roman—. Que disfruten mucho —añadió, y siguió a Ian.

—¡Oh, maravilloso! —exclamó la reportera—. Roman Draganesti en persona viene hacia acá. Vamos a hablar con él. ¡Oh, Roman!

¿Y qué iba a hacer ella?, se preguntó Shanna. ¿Confiar en un escocés que dormía en un ataúd? ¿Confiar en un mujeriego como Roman, que debía de ser una especie de gran señor de la guerra?

El cámara de CDV retrocedió y chocó contra ella.

—Oh, disculpe —dijo.

—No se preocupe —respondió ella.

De repente, recordó que había visto un canal de televisión con un murciélago como logotipo y con el eslogan: *Bienvenidos a CDV. Emitimos 24 horas, los 7 días de la semana, porque siempre es de noche en algún lugar.*

¿Siempre de noche? ¿Acaso era una cadena de televisión para brujas?

—¿Qué significa CDV?

El cámara se echó a reír.

—¿Dónde has estado durante los últimos cinco años? —le preguntó. De repente, entrecerró los ojos—. Espera un minuto. Eres mortal. ¿Qué haces aquí?

Shanna tragó saliva. Si era la única mortal que había allí, entonces, ¿qué eran todos los demás? Retrocedió un paso.

—¿Qué significa CDV?

El hombre sonrió lentamente.

—Cadena Digital Vampírica.

A Shanna se le escapó un jadeo. No, tenía que ser una broma pesada. Los vampiros no existían.

Ian llegó a su lado en aquel momento.

—Venga conmigo, señorita Whelan. Aquí no está a salvo.

Ella se estremeció.

—No me toques. Sé… sé dónde duermes —dijo.

Ataúdes. Los vampiros dormían en ataúdes.

Ian frunció el ceño.

—Vamos, deme ese vaso. La llevaré a la cocina para que pueda comer comida de verdad.

¿Comida de verdad? Entonces, ¿qué era aquello? Shanna se llevó la copa a la nariz y olfateó. ¡Era sangre! Gritó y tiró la copa al suelo. El cristal se rompió, y la sangre salpicó por todas partes.

Una mujer chilló.

—¡Mira lo que has hecho! ¡Me has manchado de sangre el vestido nuevo, y es blanco! ¡Eres una… —fulminó a Shanna con una mirada de cólera.

Shanna retrocedió. Miró a su alrededor. Todo el mundo estaba bebiendo copas de sangre. Se abrazó a la bolsa de ropa para protegerse. Vampiros.

—Shanna, por favor —le dijo Roman, acercándose a ella lentamente—. Ven conmigo. Puedo protegerte.

Ella se tapó la boca con una mano temblorosa.

—Tú… tú también eres uno de ellos —dijo. Incluso llevaba una capa negra, como Drácula.

El cámara de la CDV gritó:

—¡Corky, tienes que ver esto!

La reportera se abrió paso a codazos entre la gente.

—Tenemos un nuevo y emocionante suceso que contarles. ¡Una mortal se ha colado en el baile de los vampiros! —exclamó, y le puso el micrófono a Shanna delante de la cara—. ¿Cómo te sientes al encontrarte rodeada de vampiros hambrientos?

—¡Váyase al infierno!

Shanna se dio la vuelta para salir corriendo de allí, pero los rusos estaban en la puerta.

—Vas a venir conmigo —dijo Roman.

La agarró con fuerza y los envolvió a los dos en su capa. Todo se volvió negro.

16

Durante un momento de puro terror, Shanna no sintió el suelo bajo los pies. Flotaba. Se sentía confusa y mareada, pero sabía que estaba entre las garras de Roman Draganesti, envuelta en una oscuridad absoluta, desorientada y aterrada. Un golpe repentino, y volvió a posar los pies en el suelo. Se tambaleó.

—Tranquila —dijo él, sin soltarle el brazo.

Cuando Roman apartó la capa, Shanna notó una brisa fresca en las mejillas y percibió un olor agradable a agujas de pino y flores.

Estaban en los jardines de Romatech. Una tenue luz exterior iluminaba las formas de los arbustos y proyectaba sombras extrañas en el césped. ¿Cómo había llegado hasta allí? Y estaba a solas con Roman Draganesti. Roman, el… el… Oh, Dios, ni siquiera quería pensar en ello. No podía ser cierto.

Se apartó de él. No muy lejos, veía el luminoso salón.

—¿Cómo… cómo hemos llegado hasta aquí?

—Mediante el teletransporte. Era la manera más rápida de sacarte de allí.

Debía de ser un truco vampírico, y eso significaba que solo podía hacerlo un vampiro. Alguien como... Roman. Shanna se estremeció. No, no podía ser cierto. Ella nunca había aceptado la idea del vampiro moderno y romántico. Una criatura demoníaca tenía que ser repulsiva por naturaleza. Los vampiros tenían que ser criaturas horripilantes con la carne verdosa y putrefacta y las uñas larguísimas. Por no mencionar que debían de tener un aliento hediondo que podía tumbar a un rebaño de búfalos. No podían ser tan guapos y tan sexis como Roman. No podían besar como él.

¡Y ella lo había besado! Había metido la lengua en la boca de una criatura del demonio. Oh, vaya, eso sonaría muy bien en una confesión. «Reza dos avemarías y no vuelvas a relacionarte con los demonios».

Caminó hasta el tronco de un árbol y se escondió bajo su sombra. Desde allí, solo veía la silueta oscura de Roman. La brisa agitaba suavemente su capa negra.

Sin pensarlo dos veces, echó a correr hacia la puerta. Corrió con todas sus fuerzas, con una inyección de adrenalina en las venas, mientras sus esperanzas de escapar aumentaban a cada metro... Un poco más, y...

A su lado pasó algo como un bólido que, de repente, frenó en seco delante de ella. Roman. Shanna tuvo que detenerse, derrapando, para no chocar contra él. Ella estaba jadeando, y él ni siquiera se había despeinado.

Shanna se inclinó hacia delante para recuperar el aliento.

—No puedes ganarme.

—Ya me he dado cuenta —dijo ella, recelosamente—. He cometido un error. Acabo de darme cuenta de que no debería hacer nada que estimule tu apetito.

—No tienes por qué preocuparte de eso. Yo no...

—¿No muerdes? ¿No es exactamente eso lo que hacéis los vampiros? —preguntó, y por su mente pasó una rápida imagen del colmillo de un lobo—. Oh, Dios... El colmillo que te implanté... ¿Era de veras tu colmillo?

—Sí. Gracias por ayudarme.

Ella soltó un bufido.

—Te enviaré la factura —dijo, y echó la cabeza hacia atrás para mirar las estrellas—. Esto no me puede estar pasando a mí.

—No debemos quedarnos aquí —dijo él, señalando hacia el salón de baile—. Los rusos pueden vernos. Ven.

Ella dio un salto hacia atrás.

—No voy a ir a ninguna parte contigo.

—No te queda más remedio.

—Eso es lo que tú piensas.

Abrió su bolso y comenzó a rebuscar.

Él suspiró con irritación e impaciencia.

—No puedes pegarme un tiro.

—Claro que sí. Ni siquiera me acusarán de asesinato. Ya estás muerto —dijo ella, y sacó la Beretta.

En un segundo, él se la había arrebatado de la mano y la había lanzado a un macizo de flores.

—¿Cómo te atreves? La necesito para defenderme.

—Con eso no vas a poder defenderte. Solo yo puedo protegerte.

—Vaya, estás muy seguro de ti mismo. El problema es que no quiero nada tuyo. Y, menos que nada, marcas de mordiscos.

Él señaló de nuevo hacia el salón de baile, moviendo el dedo índice.

—¿Es que no has visto a los rusos ahí dentro? Su líder es Ivan Petrovsky, y la mafia lo ha contratado para que te mate. Es un asesino profesional, y muy bueno, por cierto.

Shanna dio un paso atrás y se estremeció.

—Ha venido a tu fiesta. Tú lo conoces.

—Es habitual invitar a todos los maestros de aquelarre —dijo Roman, avanzando hacia ella—. Los rusos han contratado a un vampiro para que te mate. Tú única posibilidad de salvación es contar con la ayuda de otro vampiro. Yo.

Shanna tomó aire con brusquedad. Roman acababa de admitir la realidad sobre sí mismo. Ella ya no podía negarlo más, aunque quisiera hacerlo desesperadamente. La verdad le daba demasiado miedo.

—Tenemos que irnos —dijo él, y la agarró rápidamente.

Antes de que Shanna pudiera negarse, su visión se volvió completamente negra. Aquella desorientación era aterradora. No sentía su propio cuerpo.

Cuando se recuperó, estaba en medio de una habitación oscura. Se tambaleó, pero pudo conservar el equilibrio.

—Cuidado —dijo Roman, y la sujetó—. Uno tarda en acostumbrarse al teletransporte.

Ella le apartó el brazo.

—¡No vuelvas a hacerme eso! No me gusta.

—Muy bien. Entonces, caminaremos —dijo Roman, y la tomó del codo.

—Ya basta —protestó Shanna, y tiró del brazo para zafarse de él—. No voy a ir a ninguna parte contigo.

—¿Es que no has oído lo que te he dicho? Soy tu única esperanza de poder escapar de Petrovsky.

—¡No estoy indefensa! Me las he arreglado muy bien yo sola. Y puedo pedirle ayuda al gobierno.

—¿Te refieres al alguacil federal de New Rochelle? Ha muerto, Shanna.

—¿Cómo lo sabes?

—Envié a Connor a vigilar la casa de Petrovsky, en Brooklyn. Él siguió a los rusos hasta New Rochelle y encontró allí a tu contacto. El alguacil no tuvo ninguna oportunidad contra un grupo de vampiros. Tú tampoco la tendrás.

Ella tragó saliva. Pobre Bob. Muerto. ¿Qué debería hacer?

—Te he estado buscando por todas partes —le dijo él, y le tocó el brazo—. Déjame ayudarte.

Shanna se estremeció al notar el roce de sus dedos. No le causó repulsión, sino, más bien, todo lo contrario. Le recordó lo empeñado que estaba él en salvarla, lo bueno

y considerado, dulce y generoso que había sido. Su deseo
de ayudarla era verdadero, y ella lo sabía, aunque todavía
estuviera conmocionada por su última revelación. ¿Cómo
podía aceptar su ayuda, sabiendo la verdad? ¿Y cómo no
iba a aceptarla? El dicho aconsejaba no jugar con fuego;
tal vez debiera decirse lo mismo de los vampiros.

¿En qué estaba pensando? ¿En confiar en un vampiro?
Ella solo era una fuente de alimento para aquellos seres. El
plato especial del día.

—¿Ese es tu verdadero color de pelo? —le preguntó
Roman, suavemente.

—¿Eh?

—Siempre supe que el color castaño no era tu color natural —dijo él, y alargó el brazo para acariciarle un mechón de pelo que descansaba sobre su hombro—. ¿Es este
el verdadero?

—No —respondió ella. Dio un paso atrás mientras se
pasaba el pelo a la espalda con una mano. Oh, magnífico.
Acababa de exponer el cuello.

—¿De qué color tienes el pelo?

—¿Por qué estamos hablando del color del pelo? —preguntó ella, con la voz temblorosa—. ¿Acaso las rubias saben mejor?

—Me ha parecido que hablar de algún tema normal y
corriente te tranquilizaría.

—Pues no funciona. ¡No puedo superar el hecho de que
seas un demonio chupasangres del infierno!

Él se puso muy rígido. Muy bien, pensó Shanna; había
herido sus sentimientos. Pero, maldición, tenía todo el derecho a estar disgustada. Entonces, ¿por qué se sentía tan
mal atacándolo de aquella manera?

Shanna carraspeó.

—Puede que haya sido demasiado dura.

—Tu descripción es correcta en lo esencial. Sin embargo, como nunca he estado en el infierno, no es apropiado
decir que vengo de allí —dijo. Su sombra se movió lenta-

mente por la habitación—. Aunque podría decirse que, en este momento, sí estoy en un infierno.

Ay. Le había herido de verdad.

—Lo… lo siento.

Hubo una larga pausa. Finalmente, él respondió.

—No necesito una disculpa. Tú no tienes la culpa de esto. Y, por supuesto, no necesito tu compasión.

Ay, otra vez. No estaba gestionando aquello demasiado bien. Claro que, en su descargo, podía alegar que no tenía experiencia hablando con demonios.

—Eh… ¿podemos encender la luz?

—No, porque sería visible a través de las ventanas, y Petrovsky se daría cuenta de que estamos aquí.

—¿Y dónde estamos, exactamente?

—En mi laboratorio. Da al jardín.

Había un olor raro en el ambiente. Olía a antiséptico y a algo metálico y aromático. Sangre. A Shanna se le revolvió el estómago. Por supuesto, Roman trabajaba con sangre. Era el inventor de la sangre sintética. Y también se la bebía. Se estremeció al pensarlo.

Sin embargo, si la sangre artificial de Roman era para alimentar a los vampiros, esos vampiros ya no tenían que alimentarse de la gente. Roman estaba salvando vidas de dos modos distintos. Seguía siendo un héroe.

Y seguía siendo un demonio que bebía sangre. ¿Cómo iba a asimilar aquello? En parte, sentía repulsión, pero, por otra parte, también quería acercarse a él y decirle que no estaba tan mal para ser un… vampiro.

Shanna gruñó al recordar que Roman no necesitaba consuelo. Tenía a diez vampiresas en su casa para que le hicieran compañía en las noches solitarias. Once mujeres, incluyendo a Simone.

Él abrió una puerta que daba a un pasillo tenuemente iluminado. Shanna vio su semblante por primera vez desde que habían salido del baile. Estaba pálido, tenso y enfadado.

—Sígueme, por favor —le dijo Roman, y salió al pasillo.

—¿Adónde me vas a llevar? —preguntó Shanna, aso-mándose por la puerta. El pasillo estaba vacío.

Él no respondió. No la miró. Observó atentamente el pasillo, como si esperara que los tipos malos aparecieran en cualquier momento. Con el poder del teletransporte, se-guramente, podrían aparecer allí sin previo aviso. Roman tenía razón. Su única oportunidad de sobrevivir a los inten-tos de asesinato de un vampiro era contar con la protec-ción de otro vampiro. Él.

—Está bien. Vamos —dijo ella, y lo siguió.

Él caminó hacia un ascensor. La capa volaba a sus es-paldas al caminar.

—Aquí, en Romatech, hay una habitación completa-mente recubierta de plata. Ningún vampiro puede atrave-sar sus paredes, ni teletransportarse a su interior. Allí esta-rás a salvo.

—Ah —murmuró Shanna—. Supongo que la plata es para vosotros una especie de *kriptonita*, ¿no?

—Sí —respondió Roman. Se abrió la puerta del ascensor, y él le hizo un gesto brusco para que pasara. Ella vaciló.

Roman apretó los dientes.

—Tienes que confiar en mí.

—Lo sé. Lo estoy intentando. ¿Por eso me diste el cruci-fijo de plata? ¿Para protegerme de los vampiros rusos?

—Sí —dijo él, y el dolor se reflejó en su pálida cara—. Y de mí mismo.

Ella se quedó boquiabierta. ¿Acaso había tenido la ten-tación de morderla?

—¿Vienes?

Shanna tragó saliva. ¿Qué otra opción tenía? Entró al ascensor.

Él apretó un botón, y la cabina comenzó a bajar.

—Ya no confías en mí, ¿verdad?

Ella respiró temblorosamente.

—Lo estoy intentando.

Roman la miró con el ceño fruncido.

—Yo nunca te haría daño.

Shanna sintió una punzada de ira.

—Ya me lo has hecho, Roman. Has tenido la desfachatez de… coquetear conmigo, y besarme, cuando tienes a un harén de amantes viviendo en tu casa. Y, por si eso no fuera suficiente, acabo de averiguar que eres un…

—Vampiro.

—Una criatura demoníaca que ha pensado en morderme.

Él se giró hacia ella. Tenía los ojos muy oscuros, como si fueran de oro bruñido.

—Sabía que iba a ocurrir esto. Ahora quieres matarme, ¿no?

Shanna pestañeó. ¿Matarlo?

—Con una estaca, o un cuchillo de hoja de plata, puedes librarte perfectamente de mí —le dijo. Dio un paso hacia ella, señalándose el pecho—. Este es mi corazón, o lo que queda de él.

Ella miró su pecho. Dios Santo, había apoyado allí la mejilla. Lo había besado. Él tenía un sabor tan dulce, y tan vivo… ¿Cómo podía estar muerto?

Él le tomó la mano y la posó sobre su pecho.

—Está aquí, exactamente —le dijo—. ¿Te acordarás? Tienes que esperar a que esté dormido. Entonces estaré completamente indefenso.

—Ya basta —dijo ella, y apartó la mano de un tirón.

—¿Por qué? —preguntó él, inclinándose hacia delante—. ¿Es que no quieres matar a un demonio chupasangres del infierno?

—¡Ya basta! Yo nunca podría hacerte daño.

—Oh, pero ya me lo has hecho, Shanna.

A ella se le cortó la respiración. Se dio la vuelta, con los ojos llenos de lágrimas. La puerta del ascensor se abrió. Él salió y comenzó a caminar por un pasillo sombrío.

Shanna vaciló. ¿Cómo iba a enfrentarse a aquello? ¿No era ya suficiente que su vida estuviera en peligro? Y, sin embargo, el corazón le dolía por otro motivo completamente distinto. Estaba intentando entender, intentando aceptar la verdad sobre Roman. Él le importaba de veras, y ella era consciente de que solo estaba empeorando las cosas. Le estaba haciendo daño, cuando él solo trataba de ayudarla. Pero, demonios, él también le estaba haciendo daño a ella. Le había hecho creer que era el hombre perfecto. ¿Cómo iba a tener cualquier tipo de relación con él?

Además, Roman no la necesitaba. Ya tenía a diez mujeres de su raza en casa, mujeres que, seguramente, lo conocían desde hacía cientos de años. ¿Cómo iba a competir ella con eso? Salió al pasillo y comenzó a caminar.

Él estaba frente a una enorme puerta, marcando un código en un panel de seguridad.

—¿Esta es la habitación forrada de plata?

—Sí —respondió Roman, y apoyó la frente contra el panel. Un rayo rojo le escaneó los ojos. Entonces, él abrió la gruesa puerta de metal y le hizo un gesto para que entrara—. Aquí estarás a salvo.

Shanna entró. Era un apartamento en miniatura, con cama y cocina. A través de una puerta entreabierta, vio un baño. Dejó la bolsa de la ropa en la mesa de la cocina, y se dio cuenta de que Roman había entrado en la habitación y se estaba quitando la capa. Se la colocó alrededor de las manos.

—¿Qué haces?

—Este lado de la puerta está recubierto de plata. Si lo toco, me quemará la piel —respondió. Con la capa como aislante, pudo empujar la puerta para cerrarla. Después, echó los cerrojos y colocó transversalmente una pesada barra de metal.

—¿Vas a quedarte aquí conmigo?

Él la miró.

—¿Tienes miedo de que te muerda?

—Bueno, tal vez. Más tarde o más temprano, sentirás hambre.

—Yo no me alimento de los mortales —dijo él, apretando los dientes.

Se acercó a la nevera de la cocina, sacó una botella y la metió al microondas.

Así que tenía hambre. O, quizá, comiera cuando estaba disgustado, como ella. En aquel momento, empezó a recordar cosas que habían ocurrido en casa de Roman. Connor, intentando que ella no se acercara a la nevera. Connor e Ian, calentándose sus «bebidas proteínicas» en el microondas. Las chicas del harén, bebiendo un líquido rojo en copas. Dios Santo, aquello había estado delante de sus narices todo el tiempo. El colmillo de lobo. Los ataúdes del sótano. Roman, durmiendo como si estuviera muerto en su cama. Y, realmente, estaba muerto... aunque hablara y caminara. Y besara como un... diablo.

—No puedo creer que me esté sucediendo esto a mí —dijo ella, mientras se sentaba al borde de la cama. Sin embargo, le estaba sucediendo. Todo aquello era real.

El microondas pitó. Roman sacó la botella y se sirvió el líquido rojo en una copa. Shanna se estremeció.

Él tomó un poco y, después, se giró hacia ella.

—Soy un maestro de aquelarre. Eso significa que soy responsable de la seguridad de todos los miembros de mi aquelarre. Al protegerte a ti, me he enfrentado a un viejo enemigo mío, Ivan Petrovsky, el vampiro ruso que quiere matarte. Puede que él le declare la guerra a mi aquelarre.

Roman se sentó en una butaca y dejó su copa en la mesilla de al lado. Pasó un dedo por el borde de la copa.

—Lamento no haberte contado antes la verdad pero, en ese momento, pensé que lo mejor era mantenerte en la ignorancia.

Shanna no sabía qué decir, así que se quedó callada, inmóvil, observándolo mientras él se hundía en su asiento. Tiró de uno de los extremos de su pajarita y deshizo el nudo. La tira de seda negra quedó colgando bajo el cuello de su camisa. Parecía tan normal, tan vivo, hablando sobre la gente a la que debía proteger. Inclinó la cabeza hacia un lado, apoyó la frente en una mano y se la frotó. Parecía que estaba cansado. Después de todo, era el principal ejecutivo de una gran empresa, y tenía un gran grupo de seguidores.

Y, en aquel momento, todos estaban en peligro por ella.

—Protegerme te ha causado muchos problemas.

—No —dijo él. Se movió en la silla, y la miró—. El antagonismo entre Petrovsky y yo viene de muy lejos. Y protegerte me ha proporcionado la mayor alegría que he sentido en mucho tiempo.

Ella tragó saliva. Los ojos se le llenaron, una vez más, de lágrimas. Ella también había disfrutado mucho del tiempo que habían pasado juntos. Le había encantado hacerle reír. Le encantaba estar entre sus brazos. Le había encantado todo lo suyo, hasta que había descubierto a sus amantes.

Con un pequeño jadeo, se dio cuenta de que aquel era el principal motivo de su ira y su frustración: el harén de Roman. Podía entender por qué no le había dicho que era un vampiro. ¿Quién iba a querer admitir que era un demonio? Y, además, tenía que proteger a más gente, aparte de a sí mismo. Su reticencia a confesar la verdad era comprensible. Y disculpable.

Y, el hecho de que fuera un demonio… bueno, eso estaba sujeto a la interpretación de cada uno. Después de todo, Roman estaba salvando millones de vidas humanas cada día con su sangre sintética. Y estaba protegiendo muchas otras vidas al proporcionarles a los vampiros una fuente de alimentación alternativa. Sabía que Roman no era malvado. De lo contrario, ella nunca se habría sentido tan atraída por él.

El problema era su harén. Estaba dispuesta a perdonarle todo, salvo eso. Y ¿por qué le molestaba tanto? Cerró los ojos, porque estaban a punto de caérsele las lágrimas. Era por los celos, sencillamente. Quería a Roman para ella sola.

Pero él era un vampiro. Nunca podría tenerlo.

Lo miró. Él también la estaba mirando, pero, ahora, la estaba mirando mientras bebía sangre. Oh, Dios... ¿Qué podía decir? Pestañeó e intentó calmarse.

—Es una habitación muy bonita. ¿Por qué la mandaste construir?

—He sufrido algunos intentos de asesinato. Angus Mac-Kay diseñó esta habitación como refugio contra los descontentos.

—¿Los descontentos?

—Así es como los llamamos nosotros. Ellos se llaman a sí mismos los Verdaderos, pero, en realidad, no son más que terroristas. Son una sociedad secreta que cree en su derecho satánico a alimentarse de los mortales —dijo Roman, y alzó su copa—. Para ellos, beber sangre sintética es una abominación.

—Ah. Y, como tú eres su inventor, no les caes bien.

Él sonrió ligeramente.

—No. Y tampoco les gusta Romatech. Nos han tirado varias granadas durante los pasados años. Por eso tengo tanta seguridad, aquí y en casa.

Guardias de seguridad vampiros, que dormían en ataúdes en el sótano. Shanna se abrazó a sí misma mientras asimilaba toda aquella realidad. Roman terminó su bebida y se acercó a la zona de la cocina. Aclaró la copa y la dejó en el fregadero.

—Así que me estás diciendo que hay dos tipos de vampiros: los descontentos, que son malos y se alimentan de los seres humanos, y los buenos, como tú, por ejemplo.

Roman apoyó las manos sobre la encimera de mármol, de espaldas a ella. Se había puesto muy tenso. De repente, dio un puñetazo en el mármol y se giró. Estaba furioso, y tenía los ojos muy brillantes. Caminó hacia ella.

—No caigas nunca en el error de pensar que yo soy bueno. He cometido más crímenes de los que puedas imaginar. He matado a sangre fría. He transformado a cientos de mortales en vampiros. ¡He condenado sus almas inmortales a pasar la eternidad en el infierno!

Shanna se quedó inmóvil, helada por la intensidad que irradiaban sus ojos. Asesino. Creador de vampiros. Si quería asustarla, lo estaba consiguiendo. Se levantó y echó a correr hacia la puerta. Solo había conseguido abrir dos de los cerrojos antes de que él la agarrara.

—Maldita sea, no —dijo él. La apartó y echó el primer cerrojo. Gimió de dolor y apartó la mano.

Shanna vio las quemaduras que se le habían hecho en los dedos, y percibió el terrible olor a carne quemada.

—¿Qué…?

Roman intentó echar el siguiente cerrojo, con los dientes apretados.

—¡Ya basta! —exclamó Shanna. Le apartó la mano y echó el cerrojo ella misma. Demonios, ¿qué estaba haciendo?

Él se sujetó la mano herida contra el pecho. Se había quedado pálido del dolor.

—Te has quemado —susurró Shanna. ¿Acaso estaba tan desesperado por protegerla? Ella quiso tomarle la mano—. Deja que te vea las heridas.

Él dio un paso atrás.

—Se me curará mientras duermo —le dijo. Después, la miró con enfado—. No vuelvas a hacer eso. Aunque consiguieras salir de aquí, no darías dos pasos sin que te alcanzara.

—No tienes por qué mantenerme prisionera.

Él se acercó a la nevera y agarró un puñado de hielo.

—Estás bajo mi protección.

—¿Por qué? ¿Por qué estás tan empeñado en protegerme?

Roman se quedó junto al fregadero, pasándose el hielo por los dedos abrasados. Shanna pensó que no iba a responderle, y volvió a sentarse sobre la cama.

—Porque eres especial —dijo él, suavemente.

Ella se detuvo junto a la cama. ¿Especial? Cerró los ojos. Dios, aquel hombre conseguía que le doliera el corazón. Pese a todo, solo quería abrazarlo y darle consuelo.

—Podrías matarme tú mismo, y la mafia rusa te pagaría a ti.

Él tiró el hielo al fregadero.

—Yo nunca podría hacerte daño.

Entonces, ¿por qué quería que ella creyera lo peor de él? Se había descrito a sí mismo como si fuera un demonio. ¿Acaso él se veía como una criatura odiosa y maligna? No era de extrañar que sintiera tanto dolor y tanto remordimiento.

—¿Cuánto tiempo hace que eres…?

—Vampiro. Vamos, Shanna, dilo. Soy un vampiro.

—No quiero. No encaja contigo.

Él la miró con tristeza.

—Yo también pasé por un periodo de negación. Al final, lo superé.

—¿Cómo?

Roman apretó los labios.

—Sentí hambre.

Shanna se estremeció.

—Y te alimentaste de la gente.

—Sí. Hasta que inventé la sangre sintética. El propósito de Romatech es hacer del mundo un lugar igualmente seguro para vampiros y para seres humanos.

Ella lo sabía. Sabía que Roman era un hombre bueno, aunque él fuera incapaz de verse así.

—¿Y qué más puedes hacer? Aparte de teletransportarte, o quemarte cuando tocas la plata.

La mirada de Roman se suavizó.

—Tengo los sentidos agudizados. Oigo los sonidos a una gran distancia, y veo en la oscuridad. E, inspirando profundamente, puedo distinguir que tu grupo sanguíneo es el A positivo. Mi sabor favorito.

Shanna dio un respingo.

—En ese caso, usa el frigorífico, por favor.

Él sonrió.

Era demasiado guapo para ser un demonio.

—¿Y qué más? Ah, sí. Te mueves más deprisa que una bala.

—Solo cuando quiero. Algunas cosas se hacen mejor despacio.

Shanna tragó saliva. ¿Estaba flirteando con ella?

—¿Puedes convertirte en murciélago y volar?

—No. Eso es una vieja superstición. No podemos cambiar de forma ni volar, aunque sí podemos levitar.

—¿Y no tienes que volver a tu fiesta, con tus amigos?

Él se encogió de hombros.

—Prefiero quedarme aquí, contigo.

Había llegado el momento de hacer la pregunta más importante.

—¿Querías tú convertirte en vampiro?

Él se puso rígido.

—No, por supuesto que no.

—Entonces, ¿cómo sucedió? ¿Te atacaron?

—Los detalles no tienen importancia —dijo él, y se acercó a la butaca—. No creo que quieras oírlos.

Shanna respiró profundamente.

—Sí. Quiero saberlo todo.

Él la miró con incertidumbre mientras se desabotonaba la chaqueta.

—Es una historia muy larga.

—Vamos, empieza —dijo ella, e intentó sonreír con ironía—. Soy toda oídos.

17

Roman se apoyó en el respaldo de la butaca y miró al techo. Tenía muchas dudas sobre aquello. La última vez que le había contado su historia a una mujer, ella había deseado matarlo.

Tomó aire, y comenzó a hablar.

—Yo nací en un pequeño pueblo de Rumanía, en 1461. Tenía dos hermanos y una hermana pequeña —dijo. Trató de recordar sus caras, pero sus recuerdos eran demasiado vagos. Había pasado muy poco tiempo con ellos.

—Vaya —susurró Shanna—. Tienes más de quinientos años.

—Gracias por recordármelo.

—Continúa —le instó ella—. ¿Qué le pasó a tu familia?

—Éramos pobres, y aquellos tiempos eran muy difíciles.

Una luz roja que había en una esquina, sobre la cama, llamó la atención de Roman. La cámara digital de vigilancia estaba en funcionamiento. Él hizo un movimiento cortante por el aire y, a los pocos segundos, la luz roja se había apagado.

Después, continuó con su historia.

—Mi madre murió de parto cuando yo tenía cuatro años. Después, murió mi hermana. Solo tenía dos años.

—Lo siento.

—Cuando yo cumplí los cinco, mi padre me llevó al monasterio del pueblo y me dejó allí. Yo pensaba que él iba a volver a buscarme. Sabía que me quería. Antes de marcharse, me abrazó con todas sus fuerzas. Yo me negué a dormir en el camastro que me habían dado los monjes. Decía que mi padre iba a volver —explicó Roman, y se frotó la frente—. Al final, los monjes se cansaron de mis quejas y me contaron la verdad: mi padre me había vendido a ellos.

—Oh, no. Es horrible.

—Intenté consolarme a mí mismo diciéndome que, al menos, mi padre y mis hermanos estaban bien, que podían comprar comida de sobra con todo el dinero que habían ganado conmigo. Pero la verdad era que mi padre me vendió por un saco de harina.

—¡Eso es terrible! Debía de estar muy desesperado.

—Se estaban muriendo de hambre —dijo Roman, con un suspiro—. Yo me preguntaba a menudo por qué me había elegido a mí para venderme.

Shanna se inclinó hacia delante.

—Eso es lo que sentí yo también cuando mis padres me enviaron al internado. No dejaba de pensar que estaban enfadados conmigo, pero no entendía qué era lo que había hecho mal.

—Seguro que no hiciste nada malo —dijo Roman, mirándola a los ojos—. Los monjes descubrieron que yo tenía avidez de conocimientos, y que era fácil enseñarme. El padre Constantine dijo que ese era el motivo por el que mi padre me había elegido. Había entendido que yo era el más dotado de sus hijos para las cuestiones intelectuales.

—Quieres decir que fuiste castigado por ser el más listo.

—Yo no diría que fue un castigo. El monasterio estaba limpio y caliente. Nunca pasábamos hambre. Cuando cumplí los doce años, mi padre y mis hermanos habían muerto.

—Dios mío... Lo siento —dijo Shanna. Tomó la almohada de la cama y se la colocó en el regazo—. Mi familia sigue con vida, gracias a Dios, pero yo sé lo que es perderlos.

—El padre Constantine era el médico del monasterio, y se convirtió en mi mentor. Aprendí todo lo que pude de él. Me dijo que yo tenía el don de curar —continuó Roman. En aquel punto, frunció el deño, y añadió—: Un don de Dios.

—Entonces, te convertiste en una especie de médico.

—Sí. Nunca tuve dudas con respecto a lo que quería hacer. Tomé los votos a los dieciocho años y me hice monje. Juré que aliviaría el sufrimiento de la humanidad —dijo él, y torció un poco los labios—. Y juré rechazar a Satán en todas sus malvadas formas.

Shanna se abrazó a la almohada.

—¿Y qué ocurrió?

—El padre Constantine y yo íbamos de un pueblo a otro, haciendo todo lo que podíamos para curar a los enfermos y aliviar su sufrimiento. No había muchos médicos con conocimientos en aquella época, y menos para la gente pobre, así que nos requerían mucho. Trabajábamos muchas horas en unas condiciones muy duras. Al final, el padre Constantine envejeció, y empezó a estar demasiado frágil para hacer aquel trabajo. Se quedó en el monasterio, y a mí me permitieron salir solo. Tal vez, un error —dijo Roman, y sonrió con ironía—. Yo no era ni la mitad de listo de lo que creía. Y, sin la guía y los sabios consejos del padre Constantine...

Roman cerró los ojos y recordó la cara envejecida de su padre adoptivo. Algunas veces, cuando estaba a solas, en la oscuridad, casi podía oír la voz suave del anciano. El padre Constantine siempre le había dado esperanza y ánimo, incluso cuando solo era un niño pequeño y asustado. Y Roman lo había querido por ello.

Una imagen apareció en su mente: la del monasterio en ruinas. Los cadáveres de todos los monjes entre los escombros. El padre Constantine, destrozado. Roman se tapó la cara para intentar borrar aquel recuerdo. Sin embargo, ¿cómo iba a poder? Él era quien había llevado la muerte y la destrucción a su casa. Dios no se lo perdonaría nunca.

—¿Estás bien? —le preguntó Shanna, en voz baja.

Roman se apartó las manos de la cara y tomó aire.

—¿Por dónde iba?

—Me estabas contando que eras un médico itinerante.

La expresión comprensiva de Shanna le dificultaba mantener el control de sí mismo, así que miró al techo.

—Viajé por muchas zonas de lo que ahora son Hungría y Transilvania. Con el tiempo, dejé de preocuparme por las vestiduras de monje. Me creció el pelo, y tapó mi tonsura. Sin embargo, no quebranté los votos de pobreza y castidad, así que estaba convencido de que era bueno y justo. De que Dios estaba de mi parte. Mi fama de médico que podía curar las enfermedades me precedía, y en todos los pueblos me recibían con honores, casi como si fuera un héroe.

—Eso está bien.

Él cabeceó.

—No, no estaba bien. Yo había prometido que rechazaría al demonio, pero estaba sucumbiendo, lentamente, a un pecado mortal: el del orgullo.

Shanna soltó un resoplido.

—¿Y qué tiene de malo que te enorgullecieras de tu trabajo? ¿Acaso no estabas salvando vidas?

—No. Dios estaba salvando vidas a través de mí. Se me olvidó esa distinción. Entonces, fue demasiado tarde, y fui maldecido para toda la eternidad.

Ella lo miró con una expresión dubitativa, y se abrazó a la almohada.

—Tenía treinta años cuando oí hablar de un pueblo de Hungría en el que las personas iban muriendo de una en una, y nadie sabía por qué. Algunas veces, yo había tenido éxito contra la peste imponiendo cuarentenas y condiciones de salubridad muy estrictas. Yo... creí que podría ayudar en aquel pueblo.

—Así que fuiste.

—Sí. En mi orgullo, pensaba que podía ser su salvador. Sin embargo, cuando llegué, descubrí que lo que asolaba al pueblo no era la enfermedad, sino unas criaturas espantosas, asesinas.

—¿Vampiros? —susurró Shanna.

—Se habían apropiado de un castillo cercano, y estaban alimentándose de la gente del pueblo. Yo debería haber pedido la ayuda de la Iglesia pero, cegado por la vanidad, pensé que podría vencerlos solo. Después de todo, era un hombre de Dios —dijo, y se frotó la frente, intentando borrar la vergüenza y el horror de su caída—. Me equivoqué en ambas cosas.

Shanna se estremeció.

—¿Te atacaron?

—Sí, pero no me dejaron morir, como a los demás. Me transformaron en uno de ellos.

—¿Por qué?

Roman rio con amargura.

—¿Y por qué no? Yo me convertí en una especie de experimento para ellos. ¿Convertir a un hombre de Dios en un demonio? Para ellos era un entretenimiento perverso.

—Lo siento...

Roman alzó las manos.

—No tiene remedio. En realidad, es una historia patética: la de un monje tan cegado por el orgullo que Dios consideró justo abandonarlo.

Ella se puso en pie con una mirada compasiva.

—¿Crees que Dios te abandonó?

—Por supuesto que sí. Tú misma lo has dicho: yo soy un demonio chupasangres del infierno.

—Bueno, en realidad... a veces me paso de dramática. Pero ahora sé cuál es la verdad: tú estabas intentando ayudar a la gente, y los malos te atacaron. Tú no te lo ganaste, como yo no me gané que la mafia rusa nos atacara a Karen y a mí —dijo Shanna. Se acercó lentamente a él, con los ojos empañados—: Karen no se merecía morir. Yo no me merecía perder a mi familia ni pasarme la vida huyendo. Y tú no te merecías convertirte en vampiro.

—Pues yo creo que recibí mi merecido. Y me convertí en uno de los malos, como tú dices. Tú no puedes hacerme bueno, Shanna. He hecho cosas horribles.

—Estoy segura de que tenías tus motivos.

Roman se inclinó hacia delante y apoyó los codos en las rodillas.

—¿Estás intentando absolverme?

—Sí —respondió Shanna, que se detuvo junto a su silla—. Tal y como yo lo veo, sigues siendo el mismo hombre. Inventaste la sangre sintética para evitar que los vampiros se alimentaran de la gente, ¿no?

—Sí.

—¿No lo ves? —preguntó ella, arrodillándose a su lado para poder verle la cara—. Todavía sigues intentando salvar vidas.

—Ni siquiera con eso puedo compensar todas las que he destruido.

Ella lo miró con tristeza.

—Yo creo que el bien está en ti, aunque tú no puedas creerlo.

Roman tragó saliva e intentó contener las lágrimas. No era de extrañar que necesitara a Shanna. No era de extrañar que ella le importara tanto. Después de quinientos años de desesperación, aquella mortal había llegado a su corazón y había plantado en él una semilla de esperanza.

Se puso en pie y la abrazó. La estrechó con fuerza; no quería separarse de ella. Estaba dispuesto a hacer cualquier cosa por ser el hombre que ella pensaba que era. Estaba dispuesto a hacer cualquier cosa por ser digno de su amor.

Ivan sonrió a Angus MacKay. El enorme escocés estaba paseándose de un lado a otro delante de él, mirándolo con ferocidad, como si pudiera asustarlo. Los escoceses los habían rodeado en cuanto su grupo y él habían entrado en el salón, y se los habían llevado a un rincón alejado. Allí, les habían ordenado que se sentaran. Él se había acomodado en la esquina, flanqueado por Alek, Katya y Galina. Los escoceses habían formado un cordón frente a ellos; cada uno de los guardias acariciaba la empuñadura de sus dagas de plata, y parecía que estaban ansiosos por utilizarlas.

La amenaza estaba clara. Con una puñalada en el corazón, su larga existencia habría terminado. Sin embargo, aquello no le causaba temor. Ivan sabía que sus compañeros y él podían teletransportarse a otro lugar cuando quisieran. Por el momento, no obstante, no iban a hacerlo. Le divertía demasiado juguetear con sus supuestos captores.

Angus MacKay siguió caminando de un lado a otro.

—Dime, Petrovsky, ¿a qué has venido?

—Estaba invitado —dijo él, metiéndose la mano en el fajín del esmoquin.

Los escoceses dieron un paso hacia delante, al unísono.

Ivan sonrió.

—Solo iba a sacar la invitación.

Angus se cruzó de brazos.

—Adelante.

—Tus chicos están un poco tensos —comentó irónicamente Ivan—. Sin duda, debe de tener algo que ver con el hecho de llevar falda.

Los Highlanders gruñeron.

—Deja que ensarte a este bastardo —dijo uno de ellos.

Angus alzó una mano.

—Todo a su tiempo. Todavía no hemos terminado nuestra pequeña charla.

Ivan sacó la invitación y la desplegó. El papel celo que unía las dos mitades brilló bajo las luces.

—Esta es nuestra invitación. Como ves, al principio no estaba decidido a venir, pero al final, mis damas me convencieron de que sería… una gran diversión.

—Exacto —dijo Katya. La vampiresa giró en su asiento y cruzó las piernas, para que todos pudieran ver la piel desnuda de su pierna y su cadera—. Solo queríamos divertirnos.

MacKay enarcó una ceja.

—¿Y cuál es vuestra idea de la diversión? ¿Tenéis pensado matar a alguien esta noche?

—¿Siempre sois tan groseros con vuestros invitados? —preguntó Ivan, mientras dejaba caer la invitación al suelo y miraba su reloj. Llevaban quince minutos allí. Vladimir ya debía de estar localizando la zona de almacenamiento de la sangre sintética. Los Verdaderos iban a lograr una gran victoria aquella noche.

MacKay se acercó a él.

—No dejas de mirar tu reloj de pulsera.

—Dámelo.

—Ya me has vaciado los bolsillos. ¿Es que sois una panda de carteristas?

Ivan se tomó su tiempo para quitarse el reloj. MacKay sabía que estaba tramando algo. Solo necesitaba ganar más tiempo. Exhaló un suspiro de resignación y puso el reloj en la palma de la mano de MacKay.

—Es un reloj muy corriente, ¿sabes? No dejo de mirarlo porque, hasta este momento, la fiesta ha sido un aburrimiento.

—Pues sí —dijo Galina, con un mohín—. Nadie ha bailado conmigo.

MacKay le entregó el reloj a uno de sus hombres.

—Examínalo.

Ivan vio al maestro de aquelarre francés, que entraba al salón con otro escocés. La mayoría de los invitados se volvió para admirar al francés mientras atravesaba la sala. Jean-Luc Echarpe. Vaya vampiro tan patético. En vez de alimentarse de la sangre de los mortales, aquel idiota los estaba vistiendo. Y haciéndose rico con ello.

Ivan giró bruscamente la cabeza, y su cuello crujió. Aquello llamó la atención de todo el mundo. Los invitados se fijaron en él, e Ivan sonrió.

Angus MacKay lo miró con curiosidad.

—¿Qué te pasa, Petrovsky? ¿Es que no tienes bien enroscada la cabeza?

Los escoceses se echaron a reír.

A Ivan se le borró la sonrisa de los labios.

«Reíd ahora, idiotas. Ya veremos quién ríe más cuando estallen los explosivos».

Shanna se puso tensa entre los brazos de Roman. Su intención era darle consuelo, pero, ahora que él lo estaba aceptando, le asustaba un poco el hecho de estar en brazos de un vampiro. Iba a tardar un tiempo en acostumbrarse. Se echó hacia atrás mientras deslizaba las manos desde sus hombros a su pecho.

Él estudió atentamente su expresión.

—¿Tienes dudas? No habrás decidido matarme, ¿verdad?

—No, claro que no —dijo ella, y miró su mano, que había quedado descansando en su pecho, justo sobre su corazón. La idea de atravesarlo con una estaca era demasiado espantosa como para contemplarla—. Yo no podría hacerte daño, Roman.

De repente, Shanna parpadeó y se quedó mirándolo con incredulidad.

—Te late el corazón. Noto los latidos.

—Sí. Pero, cuando salga el sol, se detendrá.

—Yo… yo creía que…

—¿Que no funcionaba ninguna parte de mi cuerpo? Yo camino y hablo, ¿no? Mi cuerpo está digiriendo la sangre que he consumido. Para que mi cerebro funcione, debo alimentarlo con sangre y proporcionarle oxígeno. Necesito el aire para hablar. Y, sin un corazón que bombee la sangre a todas las partes del cuerpo, nada de esto sería posible.

—Ah. Yo creía que los vampiros estabais…

—¿Completamente muertos? Por la noche, no. Ya sabes cómo reacciona mi cuerpo ante ti, Shanna. Lo sabes desde la primera noche, cuando estábamos en el asiento trasero del coche de Laszlo.

Ella se ruborizó. Verdaderamente, la enorme erección de Roman demostraba lo bien que funcionaba su cuerpo una vez que se había puesto el sol.

Él le tocó la mejilla ardiente.

—Te he deseado desde esa primera noche.

Ella se apartó.

—No podemos…

—Yo no te haría daño, Shanna.

—¿Y cómo puedes estar tan seguro? ¿Tienes el control absoluto sobre…?

—¿Sobre mis impulsos malignos?

—Iba a decir sobre tu apetito —dijo ella, y se abrazó a sí misma—. Tú… me importas, Roman. Y no lo digo solo porque te agradezca que me hayas salvado. De veras, me importas. Y siento muchísimo que hayas sufrido tanto, durante tanto tiempo…

—Entonces, quédate conmigo —dijo él, e intentó abrazarla de nuevo.

Shanna dio un paso atrás.

—¿Cómo voy a estar contigo? Aunque pudiera aceptar el hecho de que seas un vampiro, tú ya tienes mujeres viviendo en tu casa. El harén.

—Ellas no significan nada para mí.

—¡Pero significan mucho para mí! ¿Cómo voy a ignorar el hecho de que te acuestas con otras diez mujeres?

Él se estremeció.

—Tenía que haberme dado cuenta de que eso iba a ser un problema.

—Bueno, es que... ¿Para qué demonios necesitas tantas?

Oh, vaya. Qué pregunta más tonta. Seguramente, cualquier hombre aceptaría encantado esa situación.

Con un suspiro, él se dio la vuelta y volvió a la cocina.

—Todos los maestros de aquelarre deben tener un harén. Es una tradición muy antigua, y estoy obligado a respetarla.

—Sí, claro.

Él se tiró del lazo de la pajarita para sacárselo del cuello de la camisa, y lo dejó sobre la mesa.

—Tú no entiendes la cultura de los vampiros. El harén es un símbolo del poder y el prestigio de los maestros de aquelarre. Sin el harén, yo no podría exigir el respeto de los demás. Sería un hazmerreír.

—¡Oh, pobrecito! Estás obligado a cumplir con una costumbre perversa, todo en contra de tu voluntad. Creo que voy a echarme a llorar —dijo Shanna, y esperó unos segundos—. Ah, no, falsa alarma. Seguramente, será un ataque de alergia.

Él la miró con cara de pocos amigos.

—Es más probable que se trate de una indigestión por la acidez de tus comentarios.

Ella le devolvió la mirada de enfado.

—Qué divertido. Discúlpame por no revolotear a tu alrededor, como hacen las diez chicas de tu harén.

—A mí no me gustaría que hicieras eso.

Shanna se cruzó de brazos.

—Por eso me marché, ¿sabes? Porque me enteré de que eres un mujeriego depravado.

Los ojos de Roman brillaron de ira.

—Y tú eres...

De repente, se quedó callado, y su expresión de enfado se convirtió en una mirada de asombro.

—Tú estás celosa.

—¿Qué?

—Que estás celosa —repitió él. Con una sonrisa, se quitó la chaqueta, la movió como si fuera el capote de un torero y la colgó en el respaldo de la silla—. Estás tan celosa que casi ni lo aguantas. ¿Sabes lo que significa eso? Significa que me deseas.

—¡Significa que estoy asqueada! —respondió Shanna.

Le dio la espalda y caminó hacia la puerta. Demonios. Roman era demasiado listo. Sabía que se sentía atraída por él. Sin embargo, no podía soportar la idea de que tuviera un harén de diez mujeres. Si iba a salir con un demonio, por lo menos podía ser un demonio fiel. Dios Santo, no podía creer que hubiera pensado aquello.

—Tal vez deba ponerme en contacto con el Departamento de Justicia mañana por la mañana.

—No. Ellos no pueden protegerte como yo. Ni siquiera saben con qué clase de enemigo se están enfrentando.

Eso era cierto. Que ella supiera, su mejor baza para sobrevivir era quedarse con Roman. Se apoyó en la pared, junto a la puerta.

—Si me quedo contigo, solo será algo temporal. No puede haber ningún tipo de relación entre nosotros.

—Ah. ¿Es que no quieres besarme otra vez?

—No.

—¿Ni tocarme?

—No —dijo ella, con el corazón acelerado.

—Pero sabes que yo te deseo.

Shanna tragó saliva.

—No va a pasar nada. Tú ya tienes a todo tu harén para hacerte feliz. A mí no me necesitas.

—Nunca las he tocado. Íntimamente, no.

¿A quién quería engañar? Vaya una mentira tan ridícula.

—No me tomes por tonta.

—Lo digo muy en serio. Nunca he compartido físicamente una cama con ninguna de ellas.

Shanna se puso furiosa.

—No me mientas. Sé que te has acostado con ellas. Estaban hablando de ello, de que había pasado mucho tiempo, de que te echaban de menos.

—Exactamente. Ha pasado mucho tiempo.

—Ah, así que lo admites. Has mantenido relaciones sexuales con ellas.

—Relaciones sexuales vampíricas.

—¿Cómo?

—Es un ejercicio mental. Ni siquiera estamos en la misma habitación —explicó él, encogiéndose de hombros—. Yo me limito a insertar los sentimientos y las sensaciones en su cerebro.

—¿Quieres decir que es como una especie de telepatía?

—Control mental. Los vampiros lo utilizan para manipular a los mortales, o para comunicarse entre ellos.

¿Para manipular a los mortales?

—¿Así es como conseguiste que te implantara el colmillo? ¿Me engañaste?

—Tenía que conseguir que vieras un colmillo normal. Lamento no haber podido ser completamente sincero, pero, dadas las circunstancias, no tenía elección.

En eso, Roman tenía razón. Ella no habría querido ayudarlo si hubiera sabido la verdad.

—Así que, por eso tu boca no se reflejaba en el espejo dental.

—¿Te acuerdas de eso?

—Más o menos. ¿Todavía tienes la férula en la boca?

—No. Anoche le pedí a Laszlo que me la quitara. Estaba tan preocupado por ti, Shanna. Apenas podía hacer nada sin ti. No dejaba de llamarte mentalmente, con la esperanza de que todavía hubiera conexión entre nosotros.

Ella tragó saliva al recordar que había oído su voz en sueños.

—Yo… no me siento cómoda sabiendo que puedes invadir mi mente siempre que quieras.

—No tienes por qué preocuparte. Tienes una mente increíblemente fuerte. Yo solo puede entrar en ella si tú me lo permites.

—¿Acaso puedo bloquearte? —preguntó Shanna. Eso era muy buena noticia.

—Sí, pero cuando me permites entrar, la conexión que tenemos es la más fuerte que he experimentado nunca —dijo Roman, y se acercó a ella, con los ojos brillantes—. Podríamos estar tan bien juntos...

Oh, Dios.

—Eso no va a suceder. Tú ya has admitido que estás manteniendo relaciones sexuales con otras diez mujeres.

—Sexo vampírico. Es una experiencia impersonal. Cada participante está solo en su cama.

¿Participante? ¿Cómo si fueran un equipo de fútbol en el campo de juego?

—¿Estás diciendo que lo haces con las diez al mismo tiempo?

Él se encogió de hombros.

—Es el método más eficiente para tenerlas a todas satisfechas.

—Oh, Dios Santo —dijo Shanna, y se dio una palmada en la frente—. ¿Sexo en cadena? Henry Ford se sentiría orgulloso de ti.

—Puedes hacer todas las bromas que quieras, pero, piénsalo bien —dijo él, clavándole una mirada intensa—: Todas las sensaciones y el placer son un registro de la mente. Tu cerebro controla tu respiración y el ritmo de tu corazón. Es la parte más erótica de tu cuerpo.

Shanna tuvo una repentina urgencia de apretar los muslos.

—¿Y qué?

A él se le dibujó una pequeña sonrisa. Sus ojos brillaron aún más, como el oro fundido.

—Puede ser increíblemente satisfactorio.

Maldito... Shanna tuvo que juntar mucho las rodillas.

—¿De verdad nunca has tocado a ninguna de esas mujeres?

—Ni siquiera sé cómo son.

Ella se quedó mirándolo boquiabierta. Entonces, cabeceó.

—Eso me resulta difícil de creer.

—¿Me estás llamando mentiroso?

—Bueno, no de una manera intencionada. Es que me parece demasiado extraño.

Él entrecerró los ojos.

—¿No crees que exista algo así?

—Me resulta difícil creer que puedas satisfacer a diez mujeres a la vez sin tocarlas.

—Entonces, te demostraré que el sexo vampírico es real.

—Sí, claro, ¿y cómo piensas demostrármelo?

Él sonrió lentamente.

—Poniéndolo en práctica contigo.

18

*E*n su rincón del salón de baile, Ivan Petrovsky todavía estaba ganando tiempo con Angus MacKay y sus estúpidos escoceses. El lechuguino francés, Jean-Luc Echarpe, se acercaba a ellos con otro guardia más.

MacKay los saludó.

—¿Los encontraste, Connor?

—Sí —respondió el escocés—. Hemos revisado las cámaras de seguridad. Estaban exactamente donde tú pensabas.

—¿Estás hablando de Shanna Whelan? —preguntó Ivan—. He visto a Draganesti marcharse con ella. ¿Esta es la forma de hacer las cosas del vampiro moderno? ¿Salir corriendo a esconderse cuando hay algún peligro?

Connor gruñó y se colocó delante de él.

—Dejadme que le parta el asqueroso cuello de una vez por todas.

—*Non* —dijo Jean-Luc Echarpe. El francés apartó a Connor con su bastón y miró a Ivan con sus ojos azules como el hielo—. Cuando llegue el momento, lo quiero yo.

Ivan soltó un resoplido.

—¿Y qué vas a hacerme, Echarpe? ¿Un estilismo nuevo?

El francés sonrió.

—Te aseguro que después, nadie te va a reconocer.

—¿Y el químico? —le preguntó Angus a Connor—. ¿Está a salvo?

—Sí. Ian está con él.

—Si estáis hablando de Laszlo Veszto, tengo una noticia que daros —dijo Ivan—: Tiene los días contados.

MacKay lo miró con indiferencia, y se giró hacia Connor con el reloj de Ivan.

—¿Y bien?

El escocés se encogió de hombros.

—Parece un reloj normal, pero no podemos estar seguros hasta que lo abramos.

—Entiendo —dijo MacKay.

Entonces, dejó caer el reloj al suelo y lo pisó.

—¡Eh! —protestó Ivan, y se puso en pie de un salto.

MacKay recogió el reloj roto y examinó el interior.

—A mí me parece bien. Un buen reloj —dijo, y se lo devolvió a Ivan con un brillo en los ojos.

—Imbécil —murmuró Ivan, y tiró el reloj al suelo.

—Espera un momento —dijo Connor, mirando a los rusos—. Tenéis a cuatro.

—Sí —dijo MacKay—. Dijiste que había cuatro en la casa de New Rochelle.

—Sí, pero también había un conductor. ¿Dónde demonios está?

Ivan sonrió.

—Mierda —murmuró MacKay—. Connor, llévate a doce hombres y regístralo todo. Llama a los guardias del exterior y diles que registren el jardín.

—Sí, señor —dijo Connor, y con un gesto, llamó a doce de los hombres que estaban en la sala. Después de unas palabras, se dividieron y se dispersaron a la máxima velocidad de los vampiros.

El hueco que había quedado en la fila de escoceses fue rápidamente ocupado por Corky Courrant y su equipo de la CDV.

—Ya era hora de que nos dejaran tomar un buen plano —gruñó. Después, se giró hacia la cámara con una sonrisa resplandeciente—. Aquí Corky Courrant, informando para *La vida con los no muertos*. Ha habido acontecimientos muy emocionantes en el baile de este año. Aquí pueden ver a un regimiento de escoceses, que ha tomado prisioneros a los vampiros ruso americanos. ¿Podría decirnos por qué, señor MacKay? —preguntó la reportera, y le puso a Angus MacKay el micrófono debajo de la nariz.

Él la fulminó con la mirada y guardó silencio.

A ella se le amplió la sonrisa y, después, se le congeló en los labios.

—No irá a decirme que hace prisioneros a los demás sin un buen motivo, ¿no? —insistió, y volvió a poner el micrófono delante de la cara de Angus.

—Márchate, moza —le dijo él, suavemente—. Esto no es asunto tuyo.

—Yo quiero hablar —dijo Ivan, haciéndole un gesto al cámara para que se acercara—. Me invitaron a venir a la fiesta, y miren cómo me están tratando.

—No le hemos hecho daño —dijo MacKay. Desenfundó una pistola y encañonó a Ivan—. Todavía. ¿Dónde está la quinta persona de tu grupo? ¿Qué está haciendo?

—Sigue intentando aparcar. Para una fiesta tan grande, deberíais haber previsto un servicio de aparcacoches.

MacKay enarcó una ceja.

—Tal vez debería advertirte que estas balas son de plata.

—¿Vas a intentar matarme delante de tantos testigos? —preguntó Ivan, con desprecio. No podía haber deseado una situación mejor. No solo tenía la atención de todos los invitados del baile, sino que cualquiera que estuviera viendo el canal de los vampiros podría escuchar también su mensaje. Levitó sobre su silla, y esperó a que terminara la música.

Echarpe sacó una espada de su bastón.

—Nadie quiere escucharte.

—¿Acabará el Baile de Gala de Apertura de la Conferencia de Primavera en un baño de sangre? —preguntó Corky Courrant, mirando hacia la cámara—. ¡No cambien de canal!

Ivan hizo una pequeña reverencia burlona cuando terminó la música. Por desgracia, la inclinación le descolocó el cuello, así que tuvo que hacerlo crujir de nuevo para colocárselo.

Corky Courrant sonrió con deleite.

—Ivan Petrovsky, el maestro de aquelarre ruso americano, está a punto de dar un discurso. Oigamos lo que tiene que decirnos.

—Hace dieciocho años que no asistía a este baile —dijo Ivan—. Dieciocho años durante los que he sido testigo de la trágica decadencia de nuestro modo de vida superior. Estamos dejando que se pierdan las viejas tradiciones. Que se ridiculice nuestra orgullosa herencia. La filosofía políticamente correcta del vampiro moderno se ha apoderado de nuestras vidas.

La gente comenzó a murmurar. A algunos no les gustaba el mensaje, pero Ivan sospechó que otros deseaban escucharlo.

—¿Cuántos de vosotros habéis engordado y os habéis vuelto perezosos con esta ridícula Cocina de Fusión? ¿Cuántos habéis olvidado la emoción de la caza, el éxtasis del mordisco? ¡Esta noche, quiero deciros que la sangre falsa es una abominación!

—Ya está bien —dijo Angus, y elevó la pistola—. Baja de ahí.

—¿Por qué? —gritó Ivan—. ¿Es que tienes miedo de la verdad? Los Verdaderos no temen a la verdad.

Echarpe alzó la espada.

—Los Verdaderos son unos cobardes que se esconden.

—¡Ya no! —gritó Ivan, mirando directamente a la cámara de la CDV—. ¡Yo soy el líder de los Verdaderos, y esta noche nos cobraremos la venganza!

—¡Atrapadlo! —ordenó Angus, y se lanzó hacia delante, seguido por sus hombres.

Ivan y sus seguidores saltaron muy alto y se desvanecieron. Se teletransportaron fuera del edificio y aterrizaron en el jardín.

—¡Deprisa!—gritó Ivan—. ¡Al coche!

Atravesaron a toda velocidad el césped, en dirección al aparcamiento. El coche estaba vacío. No había ni rastro de Vladimir.

—Mierda —murmuró Ivan—. Ya debería haber terminado —dijo. Se dio la vuelta y miró a su alrededor—. ¿Qué demonios te ha pasado? —le preguntó a Katya, al fijarse en ella. Ella miró hacia abajo y se echó a reír.

—Ya me parecía que el aire nocturno era un poco frío.

Su falda había desaparecido, y estaba desnuda de cintura para abajo.

—Cuando hemos saltado hacia arriba, el francés ha intentado agarrarme. Supongo que se ha quedado con la falda en las manos.

—¿Jean-Luc Echarpe? —preguntó Galina—. Es tan mono... Y los escoceses también. ¿Crees que van desnudos debajo de la falda?

—¡Ya está bien! —gritó Ivan. Se quitó la chaqueta y se la arrojó a Katya—. ¿Es que necesito recordaros que me pertenecéis? Vamos, entrad en el coche.

Katya enarcó las cejas y, en vez de colocarse la chaqueta alrededor de la cintura, tal y como pretendía, se la puso, sin remediar su desnudez. Alek se quedó mirándola boquiabierto.

Ivan sintió una fuerte punzada de dolor en el cuello.

—¿Quieres pasarte el resto de tu existencia sin ojos? —le gruñó a Alek.

El vampiro se irguió.

—No, no.

—Entonces, mete a las damas al coche y arranca el motor —dijo Ivan, apretando los dientes. Después, hizo crujir de nuevo su cuello.

Un borrón oscuro se dirigió, como un bólido, hacia ellos. Vladimir. Al llegar, se detuvo junto al coche.

—¿Has encontrado el almacén?

—*Da* —dijo Vladimir, asintiendo—. La bomba está preparada.

—Perfecto. Vayámonos de aquí.

Ivan vio a los escoceses, que iban corriendo hacia ellos. Aquel era el momento perfecto; se llevó la mano al gemelo de su puño derecho. Sabía que los guardias iban a vaciarle los bolsillos, así que había ocultado el detonador de los explosivos en su gemelo. Con apretarlo, las existencias de sangre sintética de Draganesti serían historia.

Shanna se había quedado sin habla. ¿Sexo vampírico? Ni siquiera estaba segura de que existiera algo tan raro, pero, en realidad, solo había una manera de averiguarlo. ¿Debería sopesarla?

Bueno, no podía quedarse embarazada. Y, como él ni siquiera iba a estar en la misma habitación que ella, tenía que ser algo seguro. Nada de mordiscos, nada de ataduras, nada de brusquedad innecesaria. Nada de bebés vampiro en la habitación infantil de la casa.

Gruñó. ¿De veras estaba pensándoselo? Tendría que permitir que Roman entrara en su mente. ¿Quién sabía qué cosas malas podía hacerle? Y qué deliciosas sensaciones podía provocarle… ooh. Ninguno de sus razonamientos para rehusar el ofrecimiento estaba sirviendo de nada.

Él se había sentado a la mesa de la cocina y la estaba mirando con sus ojos dorados. Estaba divirtiéndose mucho con aquella situación, como si ya supiera que ella iba a decir que sí. El muy… ¿Acaso no le parecía suficiente haber confesado que era un vampiro? Pero, no, tenía que proponerle que mantuvieran relaciones sexuales vampíricas la misma noche de su confesión. Unas relaciones sexuales vampíricas increíblemente satisfactorias.

A ella se le puso la carne de gallina. Roman era muy inteligente, y quería concentrar todo aquel poder mental en la tarea de satisfacerla. Dios Santo. La tentación era enorme…

Lo miró a los ojos e, inmediatamente, empezó a sentir su poder psíquico rodeándole la cabeza como si fuera una brisa fresca. Su corazón se aceleró. Sus rodillas empezaron a temblar. Su pulso era tan fuerte que resultaba ensordecedor. El suelo se movió bajo sus pies. Tuvo que apoyarse en la pared para conservar el equilibrio. Dios Santo, ¿él podía hacerle todo aquello?

Roman se puso en pie de un salto y corrió hacia el teléfono. La habitación volvió a temblar, y ella tuvo que sentarse en una butaca.

—¡Ian! ¿Qué demonios es eso? —gritó Roman—. ¿Una explosión? ¿Dónde? ¿Hay algún herido?

¿Una explosión? Shanna se hundió en la butaca. Oh, Dios. Tenía que haber sabido que, si toda la tierra se movía, no era por el sexo. Habían sufrido un atentado.

—¿Los habéis atrapado? —preguntó Roman. Después, soltó una imprecación en voz baja.

—¿Qué sucede?

—Petrovsky se ha escapado —respondió Roman—. No, Ian, no te preocupes. Sabemos dónde vive. Podemos vengarnos cuando queramos.

Shanna tragó saliva. Parecía que había empezado una guerra entre vampiros.

—Ian —dijo Roman—, quiero que Connor y tú llevéis a Shanna a casa. Y también a Laszlo y a Radinka —añadió, y colgó—. Ahora tengo que irme. Connor vendrá enseguida.

—¿Dónde ha sido la explosión? —preguntó ella, mientras lo seguía hasta la puerta.

Él tomó su capa y la utilizó como aislante para poder quitar los cerrojos de la puerta.

—Petrovsky ha volado un almacén de sangre sintética.

—Oh, no.

—Podría haber sido peor —dijo Roman, y apartó la barra de la puerta—. El almacén está lejos del salón de la fiesta, y no ha habido heridos. Pero ha hecho mella en nuestras existencias.

—¿Y por qué ha destruido la sangre sintética? —preguntó Shanna—. Ah... Quiere obligar a los vampiros a que muerdan de nuevo a la gente.

—No te preocupes —dijo Roman—. Lo que no sabe Petrovsky es que tenemos más plantas de producción en Illinois, Texas y California. Podemos aumentar la producción en la Costa Este, si es necesario. No nos ha hecho tanto daño como piensa.

Shanna sonrió con alivio.

—Eres demasiado listo para él.

—Siento tener que irme, pero tengo que evaluar los daños.

—Lo entiendo —dijo ella, y abrió la puerta de plata para que él pudiera salir.

Roman le acarició la mejilla con los nudillos.

—Puedo estar contigo esta noche. ¿Me vas a esperar?

—Sí. Ten cuidado.

Quería conocer más noticias sobre la inminente guerra. Roman desapareció por el pasillo a la velocidad vampírica.

Cuando Shanna cerró la puerta, se percató de que había cometido un error. Él había querido decir que estaría con ella por la noche para mantener relaciones sexuales a la manera de los vampiros. Y, sin darse cuenta, ella había accedido.

Treinta minutos más tarde, Shanna estaba en el asiento trasero de una limusina, junto a Radinka y a Laszlo. En el asiento delantero iban Connor e Ian, que llevaba el volante.

Shanna ya había comprendido que, aunque el vampiro aparentara quince años, tenía muchos más. Miró a sus compañeros, intentando averiguar si todos eran vampiros. Ian y Connor sí lo eran, y dormían en aquellos ataúdes que había en el sótano de casa de Roman. Laszlo era un hombre menudo, dulce, con cara de querubín. Era difícil imaginárselo de vampiro, aunque Shanna supuso que lo era.

En cuanto a Radinka, era más fácil de dilucidar.

—Has… has ido de compras durante el día, ¿verdad? —le preguntó.

—Sí, querida —dijo Radinka, mientras se servía una copa del bar de la limusina—. Soy mortal, por si te lo estabas preguntando.

—Pero… Gregori…

—Gregori es un vampiro, sí —dijo Radinka—. ¿Te gustaría saber lo que le ocurrió?

—Bueno, no es que sea asunto mío.

—Tonterías. Tiene que ver con Roman, así que deberías saberlo —dijo Radinka. Le dio un sorbo a su *whiskey,* y miró por la ventanilla tintada—. Hace quince años, mi marido, que Dios lo bendiga, murió de cáncer, y nos dejó con unas terribles facturas médicas. Gregori tuvo que dejar Yale y volver a casa. Transfirió su expediente universitario a la Universidad de Nueva York y buscó un trabajo a tiempo parcial. Yo también necesitaba un trabajo, pero no tenía experiencia. Por suerte, encontré un puesto en Romatech. El horario era malísimo, por supuesto.

—¿El turno de noche?

—Sí. Después de unos cuantos meses, me habitué, y descubrí que era muy eficiente. Además, Roman nunca me intimidó. Creo que a él le gusta eso. Al final, me convertí en su ayudante personal, y fue entonces cuando empecé a notar ciertas cosas. Sobre todo, en el laboratorio de Roman. Me encontraba botellas de sangre tibia medio vacías —dijo Radinka, y sonrió—. Cuando está en el laboratorio, se abstrae por completo en su trabajo. Se le olvidaba que necesitaba un tiempo para volver a casa antes del amanecer, y tenía que teletransportarse desde el laboratorio. Estaba allí y, de repente, no estaba.

—Te diste cuenta de que había algo raro.

—Sí. Yo soy originaria de Europa del Este, y nosotros nos criamos con cuentos de vampiros. No fue difícil deducirlo.

—¿Y no te molestó? ¿No quisiste dejar el trabajo?

—No —respondió Radinka, con un elegante movimiento de la mano—. Roman siempre había sido muy bueno conmigo. Entonces, una noche, hace doce años, Gregori vino a recogerme al trabajo. Solo teníamos un coche. Estaba esperándome en el aparcamiento, y lo agredieron.

Connor se giró hacia atrás.

—¿Fue Petrovsky?

—No pude ver quién era. Cuando yo llegué junto a mi hijo, el atacante ya se había ido —dijo Radinka, y se estremeció al recordarlo—. Pero Gregori dice que fue Petrovsky, y estoy segura de que tiene razón. ¿Cómo vas a olvidar la cara del monstruo que intenta matarte?

Connor asintió.

—Lo vamos a atrapar.

—¿Y por qué atacó a Gregori? —preguntó Shanna.

Laszlo jugueteó con uno de los botones de la chaqueta de su esmoquin.

—Seguramente, pensó que Gregori era un empleado mortal de Romatech. Era un blanco fácil.

—Sí —dijo Radinka, y tomó un sorbo de *whiskey*—. Mi pobre hijo. Había perdido mucha sangre, y supe que no sobreviviría al trayecto hasta un hospital. Le pedí a Roman que lo salvara, pero él se negó.

Shanna se estremeció.

—¿Le pediste a Roman que convirtiera a tu hijo en vampiro?

—Era la única manera de salvarlo. Roman insistía en que sería condenar al infierno al muchacho, pero yo no quería escucharlo. Sé que Roman es bueno —dijo Radinka,

y señaló al resto de los vampiros que había en el coche—.
Estos eran hombres buenos y honorables antes de su muerte. ¿Por qué iban a cambiar al morir? Me niego a pensar
que sus almas estén condenadas al infierno. ¡Y me negué a
dejar morir a mi hijo!

A Radinka le temblaba la mano al dejar el vaso.

—Le rogué a Roman que lo hiciera. Me puse de rodillas
y se lo rogué, hasta que él ya no pudo soportarlo más.
Tomó a mi hijo en brazos y lo transformó —dijo, y se enjugó una lágrima de la mejilla.

—¿Y cómo… cómo se transforma a alguien en vampiro?

—Uno, o varios vampiros, deben succionar toda su sangre —explicó Laszlo—. En ese momento, el mortal entra
en coma. Si no se hace nada más, tendrá una muerte normal. Pero, si un vampiro le da a beber de su propia sangre,
el mortal despertará convertido en vampiro.

—Oh —murmuró Shanna, y tragó saliva—. Supongo
que ya no se transforma a mucha gente, ¿no?

—No —respondió Connor—. Ya no mordemos. Por
supuesto, Petrovsky y sus descontentos sí lo hacen. Pero
vamos a ocuparnos de ellos.

—Eso espero —dijo Laszlo, tirándose del botón—. Quieren matarme a mí también.

—¿Por qué? —preguntó Shanna.

—Por nada en especial.

—Porque te ayudó a escapar —dijo Radinka.

¿Por su causa? A Shanna se le formó un nudo en la garganta.

—Lo siento muchísimo, Laszlo. No lo sabía.

—No es culpa suya —dijo Laszlo—. He estado observando a Petrovsky a través de la cámara de seguridad, con
Ian. Ese hombre no es normal.

Shanna se preguntó qué era lo normal para un vampiro.

—¿Quieres decir que está loco?

—Es cruel —dijo Connor—. Lo conozco desde hace siglos. Odia a los mortales con todas sus fuerzas.

—Y todo el rato está haciendo eso tan raro con el cuello —intervino Ian, mientras giraba a la derecha—. Muy extraño.

—¿No conoces la historia? —le preguntó Connor.

—No. ¿Qué ocurrió?

Connor se giró en el asiento, para poder mirar a todo el mundo.

—Hace unos doscientos años, Ivan todavía vivía en Rusia. Estaba atacando un pueblo. No solo se alimentaba de la gente, sino que los torturaba. Algunos de los habitantes del pueblo encontraron su ataúd en el sótano de un molino abandonado. Esperaron a que estuviera dormido para poder matarlo.

Laszlo se inclinó hacia delante.

—¿Trataron de clavarle una estaca?

—No, eran unos pobres ignorantes. Pensaron que, con enterrar el ataúd, lo habrían solucionado, así que lo llevaron al cementerio de la iglesia y lo enterraron bajo una estatua muy grande de un ángel vengador. Aquella noche, Ivan se despertó y tuvo que cavar hacia arriba para poder salir. Movió tanto el terreno, que la estatua se cayó y le aplastó la cabeza. Le rompió el cuello.

—No puede ser cierto —dijo Shanna, con espanto—. Ay.

—No lo sientas por ese desgraciado —dijo Connor—. En vez de arreglarse el cuello, se enfureció y fue directamente a asesinar a todo el pueblo. Al día siguiente, cuando su cuerpo trató de curarse, no tenía el cuello bien alineado, y desde entonces ha estado pagando su error.

—Debería sufrir más —dijo Ian—. Tiene que morir.

Shanna supo que, aunque consiguieran matar al vampiro ruso, sus problemas no iban a terminar. La mafia rusa contrataría a otro asesino a sueldo para acabar con ella. Y a su alrededor se estaba fraguando una guerra vampírica. Se encogió en el asiento. La situación parecía desesperada.

De vuelta a casa de Roman, en su dormitorio, Shanna no tuvo más remedio que enfrentarse a la realidad: se sentía muy atraída por un vampiro.

Miró la almohada en la que Roman había posado la cabeza. No era de extrañar que lo hubiera creído muerto. Durante el día, estaba muerto de verdad. Sin embargo, de noche, Roman andaba, hablaba y digería sangre. Trabajaba en su laboratorio y, con su mente brillante, conseguía asombrosos avances científicos. Protegía a sus seguidores. Y, cuando le apetecía, mantenía relaciones sexuales vampíricas. Con su harén. Con todas al mismo tiempo. ¿Y ahora quería hacer lo mismo con ella?

Shanna gruñó al pensar en aquel extraño dilema. Había cerrado la puerta con el pestillo después de que Connor le llevara la bandeja de la comida, pero eso no iba a impedir que Roman entrara en su cerebro. Una experiencia muy satisfactoria, según él.

Dejó la bandeja vacía en el suelo y tomó el mando a distancia. No quería pensar más en el sexo. Ni en el harén de Roman. Encendió el canal de la CDV y vio a Corky Courrant delante del almacén de Romatech donde había tenido lugar la explosión, informando de los últimos detalles. Shanna apenas oyó a la reportera, porque vio a Roman junto al cráter. Estaba cansado y tenso. Tenía la ropa llena de polvo y de suciedad.

Pobre hombre. Ella hubiera querido acariciarle la cara y darle ánimos. Justo en aquel momento, la reportera de la CDV comenzó una crónica de los momentos más importantes del baile. A Shanna se le escapó un jadeo al ver su propia cara llenando toda la pantalla del televisor. Allí estaba, descubriendo a los vampiros. Dios Santo, el horror que reflejaba su semblante. Su cara.

Se vio a sí misma arrojando la copa de sangre al suelo. Entonces, Roman la agarró, la envolvió en su capa y desapareció con ella. Todo estaba grabado digitalmente para que los vampiros pudieran verlo una y otra vez.

Shanna apagó la televisión. Se echó a temblar bajo el peso de la situación: un vampiro asesino quería acabar con ella. Otro vampiro quería defenderla. Roman. Ojalá estuviera allí, a su lado. Él no le daba miedo; era un hombre bueno y protector. Radinka, Connor y los demás estaban de acuerdo en que Roman era un hombre maravilloso. Parecía que él era el único que no lo veía. Estaba demasiado obsesionado con unos recuerdos horribles, unos recuerdos demasiado atroces para que una sola persona pudiera soportarlos.

Ojalá ella pudiera ayudarlo a verse de otro modo. Se tendió en la cama. ¿Cómo iba a poder funcionar una relación entre ellos dos? Debería evitar todo contacto con él, pero sabía que no iba a poder resistirse. Se estaba enamorando de él.

Unas horas más tarde, entre los sueños, sintió un frío repentino, y se acurrucó entre las mantas.

«Shanna».

El frío desapareció y, de repente, notó un delicioso calor. Tuvo una sensación íntima y agradable. Se sintió deseada.

«Shanna, cariño».

Ella abrió los ojos de golpe.

—¿Roman? ¿Eres tú?

Una respiración suave le hizo cosquillas en el oído izquierdo. Una voz grave.

«Déjame amarte».

19

Shanna se incorporó y miró a su alrededor por la habitación.

—¿Roman? ¿Estás aquí?

«Estoy arriba, en mi habitación. Gracias por dejarme entrar».

¿Entrar? ¿Dónde? ¿En su cabeza? Debía de haber sucedido mientras ella dormía. Notó una punzada de dolor frío que le recorrió la cabeza, desde una sien a la otra.

«Shanna, por favor. No me eches».

La voz de Roman se fue debilitando, hasta que sonó como un eco al fondo de una cueva muy profunda.

Shanna se frotó las sienes doloridas.

—¿Yo estoy haciendo esto?

«Estás intentando bloquearme. ¿Por qué?».

—No lo sé. Cuando siento algo así, me resisto. Es un acto reflejo.

«Relájate, cariño. No voy a hacerte daño».

Ella respiró profundamente varias veces, y el dolor disminuyó.

«Así está mejor». La voz de Roman sonaba más cercana. Más clara.

A Shanna se le aceleró el corazón. No estaba segura de si quería que Roman permaneciera en su cabeza. ¿Cuántos de sus pensamientos podría leer?

«¿Por qué estás preocupada? ¿Me estás ocultando muchos secretos?».

Oh, Dios, Roman podía oír sus pensamientos…

—No tengo grandes secretos, pero hay cosas que prefiero que sigan siendo privadas.

Como, por ejemplo, lo guapísimo y sexi que… «Eres más feo que un sapo viejo».

«¿Sexi?».

Demonios. No era muy buena en aquello de la telepatía. El hecho de que él pudiera leerle la mente la empujaba a producir pensamientos extraños para desconcertarlo.

Un aire de diversión la rodeó como una cálida manta.

«Entonces, no pienses tanto. Relájate».

—¿Cómo voy a relajarme, si tú estás en mi cabeza? No me vas a obligar a hacer nada en contra de mi voluntad, ¿verdad?

«Por supuesto que no, cariño. No voy a controlar tus pensamientos. Solo voy a hacer que te sientas como si estuviera haciéndote el amor. Y, en cuanto salga el sol, tendré que irme».

Ella notó algo cálido y húmedo en la frente. Un beso. Entonces, unos dedos suaves que le acariciaban la cara. Le masajearon con delicadeza las sienes, hasta que el dolor desapareció por completo.

Ella cerró los ojos y notó aquellos dedos recorriéndole los pómulos, la mandíbula, las orejas. No sabía cómo podía conseguirlo Roman, pero las sensaciones eran reales. Maravillosas.

«¿Qué llevas puesto?».

—¿Ummm? ¿Importa eso?

«Quiero que estés desnuda cuando te acaricie. Quiero sentir todas tus curvas, los huecos de tu cuerpo. Quiero sentir tu respiración entrecortada junto al oído, tus músculos tensos de pasión, cada vez más tensos…».

—¡Suficiente! Me habías convencido a la primera frase.

Shanna se quitó el camisón y lo dejó caer al suelo. Después, volvió a acurrucarse entre las sábanas y esperó.

Y esperó.

—¿Hola?

Miró al techo, preguntándose qué estaba ocurriendo en el quinto piso.

—¿Hola? Tierra llamando a Roman. Tu compañera está desnuda y preparada.

Nada.

Tal vez estuviera tan cansado que se había quedado dormido. Magnífico. Nunca se le había dado muy bien mantener el interés de los hombres durante mucho tiempo. Y Roman… Roman iba a vivir para siempre. ¿Cómo iba a ser ella algo más que un entretenimiento pasajero para él? Aunque su relación durara unos años, sería como un abrir y cerrar de ojos para alguien que vivía toda la eternidad. Shanna gruñó y se tendió boca abajo. ¿Cómo iba a salir bien aquello? Eran polos opuestos, como la vida y la muerte. Cuando la gente decía que los opuestos se atraían, no quería decir que ocurriera de un modo tan extremo.

«¿Shanna?».

Ella alzó la cabeza.

—¿Has vuelto? Creía que te habías ido.

«Lo siento. Tenía una cosa que resolver».

Suavemente, Roman comenzó a darle un masaje con los dedos en los hombros.

Ella suspiró y se dejó caer sobre la almohada. ¿Una cosa que resolver?

—¿Dónde estás, exactamente? No estás en tu escritorio, ¿verdad?

La idea de que estuviera haciendo papeleo mientras estaba con ella le causó irritación.

Aquel hombre era tan brillante que, posiblemente, podría proporcionarle un orgasmo mental mientras respondía correos electrónicos.

Él se echó a reír.

«Estoy sentado en mi cama, tomando un refrigerio antes de acostarme».

¿Estaba bebiendo sangre mientras le daba un masaje mental en los hombros?

Uf. No era demasiado romántico.

«Estoy desnudo. ¿Eso te ayuda?».

Oh, Dios... Shanna visualizó su magnífico cuerpo... «Sapo viejo y feo».

Él le acarició la espalda con la delicadeza de una pluma. Aquello era maravilloso. Le aplicó presión con la palma de la mano, dibujando círculos lentamente. Corrección: aquello era el cielo.

«¿Puedes oír a otros vampiros?».

—No. Con uno ya es bastante, gracias.

Entonces, sintió que su presión era más intensa, más emocionada.

Estaba llena de orgullo. No, de algo más que eso... algo parecido a la posesión.

«Eres mía».

Claro. Solo porque pudiera oírlo, ¿ya quería tener los derechos de propiedad? Llevaba vivo más de quinientos años, y todavía pensaba como un cavernícola. Aunque lo que le estaban haciendo sus manos era absolutamente delicioso.

«Gracias. Para servirte».

Sus manos siguieron recorriéndole la espalda, deshaciendo todos los nudos de tensión.

«Conque cavernícola, ¿eh?».

Demonios, oía demasiado. Casi podía verle sonreír. Era toda una suerte que no supiera que se estaba enamo... «Sapo feo, sapo feo».

«Todavía no estás cómoda conmigo en tu cabeza, ¿verdad?».

Bingo.

Dos puntos para el demonio controlador de mentes. Notó un azote en el trasero.

—¡Eh! —exclamó ella, y alzó los hombros, pero él volvió a empujarla hacia abajo—. Me estás mangoneando —dijo, con la voz amortiguada por la almohada.

«Sí», dijo él.

¡Y tenía la frescura de decirlo con petulancia!

—Cavernícola —murmuró ella. Con un harén de mujeres—. Antes me dijiste que era algo bastante impersonal. A mí me parece muy personal.

«En esta ocasión lo es, porque solo estamos tú y yo. Estoy pensando solo en ti».

Ella notaba su presencia rodeándola, una presencia densa, llena de calor y de deseo.

Notó un cosquilleo en la piel. Él le pasó los dedos por toda la espina dorsal, hacia arriba, hasta llegar a su nuca. Allí, le apartó el pelo hacia un lado.

Shanna notó algo caliente en el cuello. Un beso. Se estremeció.

Era muy extraño recibir el beso de una cara invisible. Notó la respiración cálida de Roman en la oreja. Entonces, algo le hizo cosquillas en los dedos de los pies.

Shanna dio un respingo.

—Hay algo en la cama.

«Soy yo».

—Pero…

Era imposible que estuviera besándole el oído y haciéndole cosquillas en los pies al mismo tiempo. A menos que tuviera unos brazos de dos metros de largo. O que no fuera humano.

«Bingo. Dos puntos para ti, cariño».

Roman le acarició la nuca con la nariz, y le pellizcó los dedos de los pies. De los dos pies. Y continuó acariciándole los omóplatos.

—Espera un minuto. ¿Cuántas manos tienes?

«Todas las que quiera. Todo está en mi cabeza. En nuestra mente».

Le hundió los pulgares en los empeines. Le masajeó la espalda con la palma de la mano, dibujando círculos hacia abajo… y continuó besándole la nuca.

Ella suspiró en un tono soñador.

—Oh, esto es muy agradable.

«¿Agradable?».

Sus manos se detuvieron.

—Sí. Muy agradable, muy…

Shanna se puso tensa al notar cierta irritación en su mente. Se dio cuenta de que Roman era quien se había irritado.

«¿Agradable?», preguntó él, echando chispas.

Oh, vaya.

—Estoy disfrutando mucho, de veras.

Su voz le atravesó la mente como un silbido.

«Se acabó el señor Agradable».

Él la agarró por los tobillos y le separó las piernas. Otras manos le rodearon las muñecas. Shanna se retorció, intentando soltarse, pero él era demasiado fuerte y tenía demasiadas manos.

Ella se quedó atrapada contra el colchón, indefensa, con las piernas completamente abiertas.

Notó un aire frío en la parte más íntima de su cuerpo. Esperó así, expuesta y tensa. Notaba los latidos del corazón en los oídos.

Esperó.

La habitación estaba en silencio, salvo por el sonido de su respiración entrecortada. Tenía los nervios en punta, a la espera de un ataque inminente. ¿Dónde golpearía primero? No había forma de saberlo. Él era invisible a los ojos. Aquello era terrible. Aquello era… excitante.

Shanna esperó. Las cuatro manos todavía le sujetaban los tobillos y las muñecas. Pero él tenía un número infinito de manos y de dedos, tantos como quisiera imaginar. Shanna contrajo los músculos de las nalgas en un intento de unir las piernas. Se sentía tan expuesta... tan abierta a él... Un cosquilleo le recorrió todo el cuerpo. Él le estaba haciendo aquello. Estaba haciéndola esperar. Estaba haciendo que sintiera el dolor de la impaciencia. El anhelo. El deseo.

Y, entonces, se fue.

Shanna alzó la cabeza.

—¿Hola? ¿Roman?

¿Adónde había ido? Se sentó en la cama y miró el reloj de la mesilla.

Teniendo en cuenta lo afortunada que era, seguro que había amanecido y él hubiera muerto oficialmente aquel día. Sin embargo, era demasiado temprano para que hubiera amanecido. ¿Acaso Roman había decidido marcharse de repente? Los minutos pasaban...

Shanna se puso de rodillas.

—Demonios, Roman, no puedes dejarme así.

Pensó en lanzar algo contra el techo.

De repente, unas manos le rodearon la cintura.

—¿Roman? Más te vale que seas tú —dijo, y se giró para palpar el lugar donde él debería estar, pero no tocó nada, salvo el aire.

«Sí, soy yo».

Él le pasó las manos por las costillas, y llegó a sus pechos. Los sujetó con suavidad, mientras le mordisqueaba un hombro.

—¿Dónde... dónde estabas? —preguntó. Era difícil mantener una conversación mientras él la acariciaba con los dedos pulgares.

«Lo siento. No volverá a ocurrir».

Roman jugueteó con sus pezones. Se los pellizcó delicadamente, y cada uno de aquellos pellizcos tiró de una cuerda invisible que estaba conectada a su alma.

Shanna se desmoronó sobre la cama, y miró al techo.

—Oh, Roman, por favor.

Ojalá pudiera verlo. O tocarlo.

«Shanna, dulce Shanna», susurró él. «¿Cómo puedo explicarte lo que significas para mí? Cuando te vi en el baile, fue como si mi corazón comenzara a latir otra vez. Tú iluminaste la sala, brillaste en un océano de blanco y gris. Y yo pensé que… mi vida no ha sido más que una noche oscura e interminable, y tú has llegado como un arco iris y has llenado mi alma negra de colores».

—Oh, Roman. No me hagas llorar —dijo Shanna.

Se tendió boca abajo, y se enjugó las lágrimas con la sábana.

«Voy a hacerte llorar de placer», respondió él.

Acarició lentamente sus piernas, mientras otras dos manos le recorrían la espalda. Llegó a sus muslos, y a su cintura. Pronto, muy pronto, todas aquellas manos se reunirían en su sexo. Los músculos de sus nalgas se contrajeron. Entre sus piernas se formó la humedad del deseo. Su hambre se hizo más dulce, más caliente, más desesperada.

Shanna sintió su boca en el trasero, besándola. La punta de su lengua le recorrió una nalga y pasó a la otra.

—Me estás volviendo loca, Roman. No puedo más.

«¿Es esto lo que quieres?», le preguntó él, y sus dedos rozaron el vello rizado que protegía su sexo.

Ella se sobresaltó.

—Sí.

«¿Estás húmeda?».

Aquella pregunta provocó otro borbotón cálido de líquido.

—Estoy empapada. Calada. Compruébalo tú mismo.

Shanna se tumbó boca arriba, esperando verlo. Era desconcertante estar allí tumbada, con las piernas separadas para recibirlo en su cuerpo, y que no hubiera nadie.

—¿Roman?

«Quiero besarte».

Ella notó su respiración en el pecho, y él le succionó el pezón. Pasó la lengua alrededor de la aréola, y le lamió la punta con dureza.

Ella intentó abrazarlo, pero allí no había nada.

Él pasó a su otro seno.

—Yo también quiero acariciarte a ti. Quiero abrazart —dijo Shanna.

Se sobresaltó al notar que él posaba la mano entre su piernas. Sus dedos empezaron a explorarla.

«Estás empapada. Eres una belleza».

—Roman...

Ella intentó abrazarlo de nuevo, pero no encontró nada Aquello era más que desconcertante: era exasperante Tuvo que agarrarse con fuerza a la sábana y apretar lo puños.

Él le acarició los pliegues resbaladizos, y los separó co delicadeza. Metió un dedo en su cuerpo y le acarició las pa redes internas.

«¿Te gusta esto? ¿O prefieres esto?», le preguntó, y co menzó a dibujar círculos sobre su clítoris.

Ella gimió y retorció las sábanas. Anhelaba abrazarlo pasar las manos por su pelo, sentir los músculos de su es palda y los de sus nalgas. Aquello era completamente desi gual. Pero, tan delicioso...

Él introdujo dos dedos en su cuerpo. Al menos, Shan na pensó que eran dos dedos. Tal vez, tres. Oh, Dios, l estaba atormentando desde el interior al exterior. La aca rició con los dedos, dibujó círculos, entró y salió de s cuerpo. Ella no tenía ni idea de cuántas terminacione nerviosas poseía en aquella zona, pero parecía que él es taba empeñado en encenderlas todas. Frotó el botó duro e hinchado de su sexo cada vez más rápidament Ella clavó los talones en el colchón y alzó las caderas a aire. Más. Más.

Y él le dio más.

Shanna jadeó, intentando tomar aire. La tensión au mentó, pero era una tensión dulce que la hacía arder de ne cesidad. Ella empujó el sexo contra su mano, retorciéndo se y, entonces, él la tomó en su boca.

Con el primer roce de su lengua, ella se hizo añicos. Sus músculos internos se contrajeron alrededor de los dedos de Roman. Gimió sin poder contenerse. Los espasmos le hicieron latir todo su cuerpo, hasta los dedos de los pies y de las manos. Con cada oleada de placer, la respiración se le entrecortaba, y los dedos se le crispaban en las sábanas. Los temblores continuaron, y ella alzó las piernas, uniendo los muslos y apretándolos con fuerza, deleitándose con aquellas sensaciones.

«Eres una belleza», repitió él, y le besó la frente.

—Y tú eres fantástico —dijo él, y se apretó una mano contra el pecho.

Tenía el corazón acelerado, y la piel ardiente.

«Ahora tengo que irme, cariño. Que duermas bien».

—No puedes marcharte. Quiero abrazarte —dijo ella.

Sintió una punzada de dolor frío en el puente de la nariz, que pasó rápidamente.

—¿Roman?

Silencio.

Ella buscó su presencia, pero él se había ido.

—¡Eh, cavernícola! —le gritó al techo—. ¡No puedes amarme y dejarme!

No hubo respuesta, y ella se incorporó en la cama. El reloj de la mesilla marcaba las seis y diez de la mañana. Oh, de eso se trataba. Volvió a desplomarse sobre el colchón. Estaba amaneciendo. Era hora de que todos los vampiritos buenos se fueran a la cama. Eso, por supuesto, sonaba mucho mejor que la realidad. Durante las doce horas siguientes, Roman estaría muerto para el mundo.

Vaya... Para ser un cadáver, era un amante increíble. Shanna se tapó los ojos con un gemido. ¿Qué estaba haciendo, manteniendo relaciones sexuales con un vampiro? Aquello no tenía ningún futuro. Él estaba anclado para siempre en la edad de treinta años, condenado a ser joven, sexi e impresionante para toda la eternidad, mientras que ella envejecería.

Shanna gruñó. Su relación estaba condenada al fraca
so desde el principio. Él siempre sería un príncipe bello
joven.

Y ella se convertiría en el sapo viejo y feo.

Shanna se despertó después del mediodía, y comió co
Howard Barr y otros cuantos guardias del turno de día
Aunque eran guardias de seguridad, entre sus tareas tam
bién estaban las de limpieza. Después de todo, el ruido d
las aspiradoras no iba a molestar a los muertos. Shanna s
pasó una aburrida tarde lavando su ropa nueva y viendo l
televisión. La Cadena Digital Vampírica sí retransmitía
pero casi todo el contenido era en francés e italiano. Era d
noche en Europa. Los eslóganes aparecían en inglés: *Bien
venidos a CDV. Emitimos 24 horas, los 7 días de la semana
porque siempre es de noche en algún lugar. CDV: Si no ere
digital, no pueden verte.* Ahora, aquellas palabras tenían
más sentido.

Se dio una larga ducha antes del atardecer. Tenía ga
nas de estar muy guapa para Roman. Bajó de nuevo a l
cocina, tomó algo de cena y presenció el cambio de guar
dia. Llegaron los escoceses. Cada uno de ellos le lanz
una sonrisa antes de pasar por el refrigerador y sacar un
botella de sangre. Esperaron su turno para calentarla e
el microondas, sin dejar de sonreírle y mirarla de u
modo curioso.

¿Acaso tenía un trozo de lechuga entre los dientes? A
fin, los escoceses se marcharon a ocupar sus puestos d
guardia. Connor se quedó en la cocina, enjuagando las bo
tellas de sangre.

—¿Por qué está tan contento todo el mundo? —le pre
guntó, desde su sitio en la mesa de la cocina—. Después d
la explosión de anoche, pensé que estaba a punto de esta
llar la guerra.

—Ah, sí, habrá guerra —respondió Connor—. Per

cuando uno vive tanto tiempo como nosotros, pierde la sensación de urgencia. Ya nos ocuparemos de Petrovsky. Es una pena que no lo matáramos en la Gran Guerra.

—¿Es que hubo una Gran Guerra de vampiros?

—Sí, en 1710 —respondió Connor, mientras cerraba el lavaplatos. Se apoyó en la encimera y comenzó a recordar—. Yo estuve en ella. También Petrovsky, aunque no en mi bando, ¿sabes?

—¿Y qué ocurrió?

—¿Roman no te lo ha contado?

—No. ¿Él también estuvo?

Connor soltó un resoplido.

—Él la inició.

¿Era eso a lo que se refería Roman cuando decía que había cometido terribles crímenes?

—¿No me lo vas a contar tú?

—Bueno, supongo que no tiene nada de malo —dijo Connor, y se acercó a la mesa. Se sentó, y continuó hablando—. El vampiro que transformó a Roman era un tipo muy malo, llamado Casimir. Tenía un grupo de vampiros a su mando, y se dedicaban a destruir pueblos enteros, a violar y asesinar, a torturar por puro placer. Petrovsky era uno de los subalternos preferidos de Casimir.

Shanna se estremeció.

Roman había sido un monje bueno, que se dedicaba a curar a los pobres. Era horrible pensar que se hubiera visto inmerso en semejante maldad.

—¿Qué le pasó a Roman?

—Casimir estaba fascinado con él. Quería arrancarle hasta el último resto de bondad y convertirlo en pura maldad. Le… le hizo cosas horribles a Roman. Le planteó elecciones espantosas —dijo Connor, y agitó la cabeza con disgusto—. En una ocasión, Casimir capturó a dos niños, y amenazó con matarlos a ambos. Le dijo a Roman que podía salvar a uno de ellos si mataba él mismo al otro.

—Oh, Dios…

—Cuando Roman se negó a tomar parte en esa perversidad, Casimir se volvió loco de furia. Sus demonios y él fueron al monasterio de Roman y mataron a todos los monjes. Después, destruyeron los edificios.

—¡Oh, no! ¿A todos los monjes? ¿Incluso al padre adoptivo de Roman?

—Sí. ¿Sabes? Roman no tuvo la culpa, pero él se siente culpable de todas formas.

No era de extrañar que Roman pensara que Dios lo había abandonado, y que sintiera tanto odio por sí mismo. No había sido culpa suya, pero ella entendía por qué se sentía culpable. La muerte de Karen tampoco había sido culpa suya, pero ella se culpaba a sí misma sin poder evitarlo.

—El monasterio asolado... es el que está en el cuadro del quinto piso, ¿verdad?

—Sí. Roman lo tiene allí para recordar...

—Querrás decir para torturarse —dijo Shanna, con los ojos empañados. ¿Cuántos siglos pensaba seguir flagelándose por lo que había ocurrido?

—Sí —dijo Connor, asintiendo tristemente—. Al ver el monasterio destruido, y a todos sus queridos hermanos asesinados, Roman se hizo un propósito para su nueva y horrible existencia. Juró que iba a destruir a Casimir y a sus malvados seguidores. Sin embargo, sabía que no iba a poder hacerlo solo. Así pues, se escapó, viajó hacia el oeste, visitando campos de batalla donde encontraba a los heridos agonizando en la oscuridad. Encontró a Jean-Luc en 1513, en la batalla de Spurs, en Francia, y a Angus en Flodden Field, en Escocia. Los transformó, y ellos se convirtieron en sus primeros aliados.

—¿Y cuándo te encontraron a ti?

—En la batalla de Solway Moss —dijo Connor, con un suspiro—. En mi querida Escocia nunca hubo paz durante mucho tiempo. Era un magnífico lugar para encontrar guerreros agonizantes. Yo me había arrastrado hasta un árbol, para morir bajo sus ramas. Roman me encontró y me preguntó si estaba dispuesto a luchar por una causa noble. Yo estaba sufriendo tanto que no me acuerdo de casi nada. Debí de decir que sí, porque Roman me transformó aquella noche.

Shanna tragó saliva.

—¿Y tienes algún resentimiento por lo que te ocurrió?

Connor se quedó sorprendido.

—No, muchacha. Me estaba muriendo. Roman me dio una razón para existir. Angus también estaba allí. Él transformó a Ian. En 1710, Roman había reunido a un gran ejército de vampiros. Angus era su general. Yo era capitán —dijo Connor, sonriendo con orgullo.

—Y, entonces, ¿marchasteis contra Casimir?

—Sí. Fue una guerra cruel. Duró tres noches. A los que resultaban heridos y quedaban demasiado débiles como para moverse, el sol los freía al día siguiente. En la tercera noche, poco antes del amanecer, cayó Casimir. Sus seguidores huyeron.

—¿Y Petrovsky era uno de ellos?

—Sí. Pero vamos a liquidarlo muy pronto. No te preocupes por eso —dijo Connor. Se puso en pie, y se estiró—. Será mejor que me vaya a hacer mi ronda.

—Supongo que Roman ya se habrá despertado.

Connor sonrió.

—Sí, seguro que sí —dijo, y salió de la cocina. Su falda roja y verde se balanceaba alrededor de sus rodillas.

Shanna exhaló un gran suspiro. Entonces, Roman le había dicho la verdad sobre sus crímenes. Había matado a mortales y los había transformado en vampiros. Pero había transformado a mortales que ya estaban muriendo, y su propósito era noble. Había vencido a Casimir, el vampiro malvado que disfrutaba torturando a gente inocente.

Roman tenía un pasado violento, pero era un pasado que ella podía aceptar. Pese a que Casimir había intentado convertirlo en un ser vil, Roman había seguido siendo bondadoso. Siempre había defendido a los inocentes y había salvado

a los mortales. Y, sin embargo, estaba lleno de remordimientos y pensaba que Dios lo había abandonado. Ella tenía que llegar a su alma y aliviar su dolor. Tal vez su relación personal estuviera condenada al fracaso, pero sentía
algo por Roman, y no podía soportar que siguiera sufriendo.

Salió al pasillo y se encaminó hacia las escaleras.

—¡Oh, Shanna! —dijo Maggie, que estaba en el vestíbulo.

Las puertas del salón estaban abiertas de par en par, y
Shanna vio a todo el harén dentro. Oh, Dios. Realmente,
no quería ver a aquellas mujeres.

—Vamos, Shanna, ven —dijo Maggie. La tomó del brazo y la llevó al salón—. Eh, chicas, ¡mirad quién está aquí!
Es Shanna.

Todas las chicas sonrieron.

¿Qué demonios tramaban? Shanna no se fiaba ni un
pelo de aquellas muestras de amistad.

Vanda se acercó apresuradamente, con una sonrisa de
disculpa.

—Siento mucho haber sido grosera contigo —le dijo, y le
tocó un mechón de pelo—. Este color te queda muy bien.

—Gracias —dijo Shanna, y dio un paso atrás.

—No te vayas —le pidió Maggie, agarrándola del brazo—. Ven con nosotras.

—Sí —dijo Vanda—. Nos gustaría que te unieras al harén.

A Shanna se le escapó un jadeo de incredulidad.

—¿Cómo? No, no voy a unirme a vuestro harén.

—Pero… Roman y tú sois amantes, ¿*non*? —preguntó
Simone, desde el sofá.

—No creo que eso sea asunto vuestro —respondió ella.
¿Cómo demonios se habían enterado?

—Vamos, no seas tan quisquillosa —dijo Vanda—. A todas nos gusta Roman.

—*Oui* —dijo Simone—. Yo he venido desde París para
estar con él.

Shanna se enfureció. Sintió ira hacia Roman y hacia aquellas mujeres, pero, sobre todo, hacia sí misma. No debería haberse relacionado hasta tal punto con él mientras tenía a aquellas mujeres en aquella situación.

—Lo que pase entre Roman y yo es algo privado.

Maggie negó con la cabeza.

—No. Es muy difícil tener algo privado entre vampiros. Yo oí a Roman ayer, cuando te pidió que le dejaras hacerte el amor.

—¿Qué? —preguntó Shanna, con un nudo en la garganta.

—Maggie es muy buena captando pensamientos de los demás —explicó Vanda—. Cuando oyó a Roman, nos avisó a todas, y todas le pedimos que nos dejara unirnos a la diversión.

—¿Qué?

—Relájate —le dijo Darcy, con cara de preocupación—. Él no les permitió entrar.

—¡Fue muy maleducado! —protestó Simone.

—Fue horrible —dijo Maggie, cruzándose de brazos—. Hemos esperado mucho tiempo a que Roman volviera a interesarse por el sexo. Y, cuando por fin sucede, no nos deja jugar.

—Fue horrible —repitió Vanda—. Somos su harén. Tenemos derecho a compartir el sexo con él, pero él nos bloqueó.

Shanna se quedó mirándolas boquiabierta, con el corazón latiéndole ensordecedoramente en el pecho.

—De verdad —dijo la dama del Sur—. Nunca me había sentido tan rechazada.

—Vosotras… ¿Todas intentasteis uniros a nosotros?

Vanda se encogió de hombros.

—Cuando alguien inicia el sexo vampírico, cualquiera puede unirse.

—Así es como se supone que deben ser las cosas —explicó Maggie—. Le pedimos a Roman dos veces que nos dejara participar, pero él nos bloqueó.

—Incluso se enfadó con nosotras —dijo Simone.

—Hubo tanta discusión y tanto grito mental, que hasta los escoceses se metieron en la pelea y nos dijeron que dejáramos en paz a Roman.

Shanna gruñó en silencio. Claro, por eso los escoceses sonreían tanto aquella mañana. ¿Acaso todo el mundo en aquella casa sabía lo que habían estado haciendo Roman y ella? Se ruborizó.

—Vais a acostaros otra vez esta noche, ¿non? —quiso saber Simone.

—Por eso queremos que te unas al harén —dijo Maggie, con una sonrisa amistosa.

—Sí —dijo Vanda, sonriendo también—. Así, Roman nos hará el amor a todas a la vez.

—No, no —dijo Shanna, caminando hacia atrás—. ¡Nunca! —gritó, y salió corriendo antes de que todo el harén se diera cuenta de que se le caían las lágrimas.

¡Demonios! Ahora ya sabía por qué había desaparecido Roman dos veces la noche anterior. La había dejado esperando para poder responder al acoso mental de su harén. Todo el tiempo que había pasado haciéndole el amor a ella, había tenido que expandir su energía mental para bloquear a las demás mujeres. Era como hacer el amor con una multitud de mirones pugnando por asomarse a la ventana.

Subió corriendo las escaleras hasta el primer piso. El *shock* se convirtió en horror y, después, en puro dolor. ¿Cómo había podido meterse en un lío tan horrendo?

Cuando llegó al segundo piso, estaba llorando a lágrima viva. ¿Cómo había podido ser tan estúpida? No debería haber permitido que Roman entrara en su mente. Ni en su cama. Y, sobre todo, no debería haber permitido que entrara en su corazón.

Al llegar al tercer piso, su dolor se había transformado en ira. ¡Aquel maldito harén! Y aquel maldito Roman. ¿Cómo se atrevía a mantener un harén de diez mujeres y decir, al mismo tiempo, que ella significaba mucho para él?

En el cuarto piso, se dirigió a su habitación, pero se detuvo por el camino. La ira se había transformado en una furia incontenible, y decidió subir al quinto piso.

El guardia la miró con una sonrisita.

Ella tuvo ganas de borrársela de un bofetón, pero apretó los dientes y se contuvo.

—Me gustaría ver a Roman.

—Sí, por supuesto —dijo el escocés, y le abrió la puerta del despacho.

Shanna entró y cerró la puerta.

Roman había sobrevivido a la Gran Guerra de los Vampiros de 1710, pero estaba a punto de enfrentarse a un terror incluso peor.

Una mujer mortal enfurecida.

20

Roman estaba tendido en la cama, pensando en Shanna. Aquella noche había sido maravillosa, pero, al mismo tiempo, exasperante. Había tenido que invertir demasiada energía en bloquear a las mujeres del piso de abajo. Dios, cuánto odiaba tener que mantener aquel harén. Ni siquiera sabía todos sus nombres. Nunca había pasado tiempo con ellas. Durante el sexo vampírico, simplemente, había imaginado que le hacía el amor al cuerpo de una mujer. Por muy satisfactorio que hubiera sido para las damas, el cuerpo que él había imaginado podía ser el de VANNA. No era real. No era ninguna de ellas.

Ni siquiera era Shanna. Y eso también le molestaba. La noche anterior, se había imaginado a Shanna, pero sabía que, realmente, no era ella. No sabía cómo era desnuda y, a esas alturas, su imaginación no era suficiente. Quería la realidad. Y creía que ella también. Mientras hacían el amor, Shanna se había quejado de que no podía acariciarlo ni abrazarlo.

Tenía que completar la fórmula en la que estaba trabajando. Si podía permanecer despierto durante el día, podría proteger a Shanna todo el tiempo. Y también podría estar a solas con ella, porque ningún otro vampiro podría entrometerse. Y, si era capaz de convencer a Shanna para que vivieran juntos, su capacidad de mantenerse despierto durante el día les permitiría tener un estilo de vida más normal para ella.

Se levantó de un salto y tomó una ducha caliente. Quería verla aquella noche, pero también necesitaba ir a Romatech.

El resto de la semana la tendría ocupada con la conferencia. Angus, Jean-Luc y él tenían que elaborar un plan para enfrentarse con los descontentos, sobre todo, sabiendo ya que Petrovsky era su líder. Y librarse de Petrovsky no solo serviría para convertir el mundo en un lugar más seguro para los vampiros respetuosos con la ley, sino, también, para Shanna.

Sonrió. Aunque la guerra entre facciones de vampiros estuviera tan cerca, no podía dejar de pensar en ella. Era tan distinta... tan franca y tan elemental con sus emociones... Mientras estaba dentro de su mente, había intentado detectar lo que sentía por él. Shanna se estaba adaptando bien al hecho de que fuera un vampiro, sobre todo porque tenía un corazón compasivo y bondadoso. Cuando la había llamado «cariño», lo había dicho en serio. Ella tenía una naturaleza dulce y sincera con la que él se había encariñado por completo.

Se rio suavemente mientras se secaba con la toalla. Shanna también podía ser muy temeraria y guerrera cuando se enfadaba. Eso también le encantaba de ella. Esperaba, con todo su corazón, que Shanna pudiera enamorarse de él. Eso sería perfecto, puesto que él ya se había enamorado de ella.

Se había dado cuenta al verla en el baile, vestida de rosa fuerte en un mar blanco y negro. Tenía la impresión de que, si ella podía amarlo y aceptarlo, aunque él tuviera el alma negra por el pecado, no estaría todo perdido.

Si había algo en él que merecía amor, podía esperar el perdón. Aquella noche, había deseado decirle que la quería, pero se había contenido. Para confesar algo así necesitaba estar con ella en persona.

Se inclinó para ponerse la ropa interior. Empezó a ver puntos negros a causa del hambre. Debería haber comido algo antes de ducharse, pero estaba distraído pensando en Shanna.

Vestido tan solo con los calzoncillos, salió a su despacho y sacó una botella de sangre de la nevera. Tenía tanta hambre que estuvo a punto de bebérsela fría.

Oyó cerrarse la puerta del despacho, y miró hacia atrás. Shanna. Con una sonrisa, desenroscó el tapón de la botella.

—Buenas noches.

Ella no respondió, y él se dio cuenta de que tenía las mejillas llenas de lágrimas y los ojos enrojecidos e hinchados. Estaba... furiosa.

—¿Qué te pasa, querida?

—¡Todo! ¡Me pasa de todo! No pienso más soportar esto.

—Eh... Bueno —dijo él, dejando la botella en la mesa—. Parece que he hecho algo mal, pero no sé qué es.

—¡Todo! ¡Lo has hecho mal todo! Está mal que tengas un harén. Está mal que me dejaras sola en la cama mientras hablabas con ellas. ¡Y es repugnante que todas quisieran unirse a nosotros para hacer una especie de orgía mental!

Roman se estremeció.

—Yo nunca lo habría permitido. Lo que hicimos juntos fue completamente privado.

—¡No es verdad! Ellas sabían que estábamos haciendo el amor, y no dejaban de llamar a la puerta para entrar.

Él gruñó mentalmente. Esas endemoniadas mujeres.

—Supongo que has estado hablando con las esas mujeres otra vez.

—Con tus otras mujeres, sí. Con tu harén. ¿Sabes que me han invitado a formar parte del grupo?

Por Dios...

—¿Y sabes por qué? ¡Querían que me uniera al harén para poder estar con nosotros la próxima vez! ¡Para hacer una gran fiesta de sexo psíquico! Oooh, hablando de tus múltiples orgasmos, ¡estoy impaciente!

—Ahora estás siendo sarcástica, ¿no?

—¡Aaarg!

Roman apretó los dientes.

—Mira, Shanna, he gastado muchísima energía en conseguir que lo que ocurrió entre nosotros fuera privado —dijo. Y aquel gasto de energía lo había dejado hambriento.

—¡No fue privado! Hasta los escoceses saben lo que estábamos haciendo. Tú sabías que todo el mundo lo sabía, pero, aun así, me hiciste el amor.

Él avanzó hacia ella, cada vez más irritado.

—Nadie oyó lo que ocurría entre nosotros. Fue privado. Solo yo te oí gemir y gritar. Solo yo sentí el temblor de tu cuerpo cuando…

—Ya basta. No debería haberlo hecho. Tú tienes un harén que está esperando poder unirse a nosotros.

Roman apretó los puños, intentando controlarse, pero le resultaba muy difícil, porque estaba hambriento.

—No puedo hacer nada con respecto a ellas. No sabrían cómo sobrevivir solas.

—¿Me estás tomando el pelo? ¿Cuántos siglos tienen que cumplir para hacerse adultas?

—Nacieron en tiempos en los que a las mujeres no se les enseñaba a hacer ningún trabajo. No tienen capacidades, y yo soy responsable de su bienestar.

—Pero… ¿las deseas de verdad?

—¡No! Las heredé cuando me convertí en maestro de aquelarre, en 1950. Ni siquiera me acuerdo de todos sus nombres. He pasado todo el tiempo construyendo Romatech y trabajando en el laboratorio.

—Bueno, pues si no quieres el harén, pásaselo a otro. Debe de haber muchos vampiros solitarios que se mueren por una mujer bien muerta para que les haga compañía.

Roman se enfadó.

—Da la casualidad de que yo también estoy bien muerto, como ellas.

Shanna se cruzó de brazos.

—Tú y yo somos distintos. No creo que esto vaya a salir bien.

—Pues anoche nos salió perfectamente —replicó él.

No pensaba permitir que lo abandonara. Y, en realidad, ellos dos sí se parecían. Shanna lo entendía como nadie más.

—No puedo… no estoy dispuesta a hacer el amor contigo otra vez, cuando hay un montón de mujeres que quieren unirse a nosotros. No tengo por qué soportar eso.

Él sintió una punzada de ira.

—No vas a convencerme de que no disfrutaste ayer. Sé que disfrutaste. Todo estaba en tu cabeza.

—Eso fue anoche. Ahora solo siento vergüenza.

Roman tragó saliva.

—¿Te avergüenzas de lo que hiciste? ¿Te avergüenzas de mí?

—¡No! Estoy furiosa porque esas mujeres puedan hacerte exigencias, porque piensan que tienen todo el derecho a estar con nosotros en el dormitorio.

—¡No se lo permitiré! Ellas no me importan, Shanna. Las bloquearé.

—No deberías tener que bloquearlas, porque no deberían estar aquí. ¿Es que no lo entiendes? Me niego a compartirte con ellas. ¡Tienen que marcharse!

A Roman se le cortó la respiración. Por Dios… Aquel era el verdadero problema.

No era que Shanna se sintiera avergonzada, ni que él no le importara. Él sí le importaba. Ella lo deseaba. Lo quería en exclusividad.

Shanna retrocedió, mirándolo con los ojos muy abiertos.

—Yo… no debería haber dicho eso.

—Pero si es cierto.

—No, no. Yo no tengo derecho a exigirte nada. Y no debería esperar que cambies todo tu estilo de vida por mí. De todos modos, seguramente, esta relación no puede funcionar.

—Sí puede —dijo él, acercándose a ella—. Tú me deseas. Deseas todo mi amor, toda mi pasión, solo para ti.

Ella dio otro paso atrás, y topó con la *chaise longue* de terciopelo.

—Debería irme ya.

—No quieres compartirme, ¿verdad, Shanna? Me quieres para ti sola.

—Bueno, uno no siempre consigue lo que quiere, ¿verdad? Él la tomó por los hombros.

—En esta ocasión, sí lo vas a conseguir.

La levantó y la sentó en el respaldo curvo de la *chaise longue*.

—¿Qué…?

Roman le dio un suave empujón, y ella cayó hacia atrás.

—¿Qué estás haciendo? —preguntó Shanna. Intentó incorporarse, y consiguió apoyarse en ambos codos. Sus caderas quedaron un poco elevadas sobre el extremo más alto de la *chaise*.

Él le quitó las zapatillas de deporte y las dejó caer al suelo.

—Estamos solos, Shanna. Solos tú y yo. Nadie va a saber lo que estamos haciendo.

—Pero…

—Privacidad absoluta —dijo él. Le desabrochó los pantalones y se los deslizó por las piernas—. Como tú querías.

—¡Un momento! Esto es diferente. Esto es… real.

—Tienes toda la razón. Y yo ya estoy listo —dijo Roman. Se fijó en sus braguitas rojas. Dios… Sexo real.

—Esto tenemos que pensarlo —dijo ella.

—Pues piensa deprisa —respondió él, agarrando el encaje rojo—, porque voy a quitártelas.

Ella lo miró con los ojos muy abiertos, con la respiración acelerada.

—Tienes... tienes los ojos rojos. Y te brillan.

—Significa que estoy listo para hacer el amor.

Ella tragó saliva, y clavó la mirada en su pecho desnudo.

—Sería un paso muy importante.

—Lo sé —dijo Roman, y pasó la yema del dedo pulgar por el encaje. Sexo real, sexo físico con una mujer mortal—. Si me dices que pare, lo haré. No quiero hacerte daño, Shanna.

Ella cayó sobre la *chaise* y se tapó la cara.

—Oh, Dios...

—¿Y bien? ¿Lo hacemos real?

Ella bajó las manos y lo miró directamente. Un escalofrío le recorrió todo el cuerpo.

—Cierra la puerta con llave —le susurró.

Roman sintió una avalancha de emociones: excitación, deseo y, sobre todo, alivio. Shanna no lo había dejado. En un instante, se acercó a la puerta, la cerró y volvió junto a ella.

Al detenerse, su visión se llenó de puntos negros. Utilizar la velocidad vampírica le había costado mucha energía, y necesitaba lo poco que le quedaba para Shanna. Tomó uno de sus pies, y le quitó el calcetín. Después, hizo lo mismo con el otro. Aquello era la realidad, así que solo tenía dos manos. No podía hacer trucos mentales.

Sus pies eran un poco distintos a como los había imaginado. Eran más largos y más delgados. Su segundo dedo era tan largo como el dedo gordo. Aquellos detalles no habían figurado en su imaginación la noche anterior, pero, en aquel momento, le parecían muy importantes. Aquella era la Shanna verdadera, no un sueño erótico. Y ningún sueño podía compararse a ella en la vida real.

La agarró por un tobillo y le levantó la pierna. Era larga y tenía una forma muy bella. Pasó una mano, apreciativamente, por su pantorrilla. Su piel era tan suave como había imaginado, pero, una vez más, había detalles inesperados para él. Tenía unas cuantas pecas encima de la rodilla y, dentro del muslo, un pequeño lunar.

Aquel lunar atrajo a Roman como un imán. Presionó los labios sobre él. El calor de la piel de Shanna le sorprendió. Aquello era nuevo. Diferente. Los vampiros no generaban mucho calor, así que, durante los años en los que había mantenido relaciones sexuales vampíricas, nunca se había imaginado la calidez de un cuerpo. Ni su olor. La piel de Shanna tenía un olor limpio y fresco, a mujer y a… vida. A sangre vital. Una larga vena latía bajo su piel. Tipo A positivo.

Frotó la nariz contra el interior de su muslo, disfrutando de aquel olor rico y metálico.

¡Basta! Giró la cabeza y apoyó la mejilla contra su muslo. Tenía que parar, antes de que el instinto lo dominara y sus colmillos se prolongaran. De hecho, para prevenir cualquier problema, debería beber una botella de sangre antes de continuar.

Sin embargo, en aquel momento su nariz percibió otro olor. No se trataba del olor de la sangre, pero era igual de embriagador. Provenía del interior de sus braguitas. Excitación. Dios Santo, era un olor dulce. Él nunca hubiera imaginado una fragancia tan potente. Su entrepierna se hinchó contra los calzoncillos de algodón. Aquel perfume lo atrajo hasta que su nariz estuvo pegada a las braguitas de encaje.

Shanna jadeó. Todo su cuerpo se echó a temblar.

Roman se irguió entre sus piernas. Agarró la cintura de las braguitas y bajó la tela unos centímetros. Sus nudillos se detuvieron sobre una masa de vello rizado.

Él se quedó mirándolo fijamente. Debería haberlo imaginado. Después de todo, ella era el color. Clavó los ojos en la cara de Shanna.

—¿Eres pelirroja?

—Yo… supongo que sí —dijo ella, y se humedeció los labios—. Algunos le llaman a ese color rubio rojizo.

—Oro rojizo —dijo él, y frotó los nudillos contra aquel vello. La textura era distinta a la del cabello; era más duro, rizado y excitante. Roman sonrió—. Tenía que habérmelo imaginado. Tienes el carácter de una pelirroja.

Ella lo miró con sequedad.

—Tenía todo el derecho a estar furiosa.

Él se encogió de hombros.

—El sexo vampírico está valorado en exceso. Esto... —dijo, mirándose los dedos, entrelazados con el pelo rojizo de su sexo—. Esto es mucho mejor.

Deslizó un dedo en el interior de su cuerpo.

Ella se sobresaltó y jadeó.

—Oh, Dios, lo que me haces... —musitó, y se apretó una mano contra el pecho, como si quisiera calmar su propia respiración—. No me... no me haces reaccionar así, ¿verdad? Quiero decir que anoche, cuando estabas en mi cabeza...

—Yo puse esas sensaciones en tu mente. Tus reacciones eran tuyas —respondió él, y hundió más el dedo en aquel calor húmedo, hasta que rozó el pequeño nudo de carne resbaladiza.

Ella gimió.

—Tus reacciones son muy bellas —murmuró Roman.

Tenía el dedo mojado. La fragancia ascendía hacia él, embriagadora y rica. Él cada vez estaba más excitado, y su erección le urgía a llegar al final. Le deslizó las braguitas por las caderas y, después, por las piernas, hasta que las dejó caer al suelo.

Ella lo acogió entre sus piernas y le rodeó la cintura. Él estaba tan excitado que la erección le resultaba incómoda, pero, antes de hacer nada, quería verla. Se inclinó hacia delante y le apartó los rizos húmedos. Allí, allí estaba la carne dulce, hinchada y brillante por el rocío del deseo de Shanna. Deseo por él. Roman apenas podía soportarlo, pero controló su necesidad. Todavía no.

Antes, quería saborearla.

Le pasó las manos debajo de las nalgas y la elevó hasta su boca. Ella gimió de nuevo, y lo atrapó entre sus piernas. A cada roce de su lengua, tembló más y más. Él comenzó una exploración llena de ternura, pero, al poco tiempo, los pequeños gritos de Shanna lo urgieron a empujar con más fuerza y con más rapidez.

Ella le hundió los talones en la espalda y se retorció contra él. Él le sujetó las caderas y aplicó la velocidad vampírica a su lengua.

Shanna gritó, y su cuerpo se tensó. Una ráfaga de fragancia suave cubrió el rostro de Roman.

Ella estaba temblando, jadeando para poder respirar. Su sexo hinchado estaba apretado contra él, latiendo, lleno de sangre roja. Él volvió la cabeza, intentando escapar a la inevitable reacción. Sin embargo, su nariz se apretó contra el muslo de Shanna, y la sangre de su vena latió contra su piel.

El instinto de supervivencia se apoderó de Roman. Sus colmillos surgieron al instante, y él los clavó en la venta del interior del muslo. La sangre le llenó la boca. Su grito le llenó los oídos, pero no pudo parar. El hambre lo había cegado, y no recordaba haber probado nunca una sangre tan deliciosa. Ella gritó y luchó para apartarse de él. Roman se apretó la pierna de Shanna contra la boca y succionó un largo sorbo de sangre.

—¡Roman, para! —gritó ella, y le dio una patada con la otra pierna.

Él se quedó inmóvil.

Por Dios… ¿qué había hecho? Había jurado, hacía mucho tiempo, que no volvería a morder a un mortal. Sacó los colmillos de su carne. La sangre brotó de las perforaciones de su piel.

Ella se arrastró rápidamente por la silla para alejarse de él.

—¡No te acerques!

—Shan…

Roman se dio cuenta de que tenía los colmillos extendidos. Con los últimos vestigios de su energía, los obligó a retraerse. No querían obedecerle, y él estaba demasiado hambriento, demasiado débil.

Necesitaba llegar a la encimera, donde había dejado la botella de sangre sintética.

Algo le goteaba desde la barbilla. La sangre de Shanna. No era de extrañar que lo estuviera mirando con una expresión de horror. Debía de parecer un monstruo.

Era un monstruo.

Y había mordido a la mujer a la que amaba.

21

Roman la había mordido.

Shanna lo vio alejarse, tambaleándose, hacia el bar, como si no ocurriera nada. ¿Nada? Tenía su sangre por toda la cara. Ella se miró los pinchazos que tenía en el muslo izquierdo. Gracias a Dios, Roman había parado antes de succionar toda su sangre. De lo contrario, en aquel momento estaría inconsciente, esperando a que él la transformara.

Oh, Dios… Shanna se tapó la cara con ambas manos. ¿Qué esperaba? Si uno jugaba con fuego, se quemaba… Sorprendentemente, aquello no quemaba. Ni siquiera picaba. El dolor había sido muy breve. Era la impresión lo que le había causado terror. El *shock* de ver sus colmillos prolongados, de sentirlos atravesándole la piel. Y de verlos, después, goteando sangre. Su sangre. Por lo menos, no se había desmayado. Su instinto de supervivencia lo había impedido.

Roman había perdido el control. En otras circunstancias, a ella le hubiera encantado la idea de que podía hacer perder la cabeza a un hombre durante las relaciones sexuales. ¿A quién no le gustaría tener tanto poder? Sin embargo, si Roman perdía la cabeza, el vampiro que llevaba dentro podía creer que ella era su desayuno.

Oh, Dios, ¿cómo iba a funcionar una relación así? Por mucho que su corazón anhelara a Roman, la única manera de estar a salvo con él era mantener las distancias. Podía aceptar su protección, por el momento, pero no su pasión.

Y eso le hizo daño. Le dolió mucho más que los pinchazos que tenía en el muslo. ¿Por qué tenía que ser un vampiro? Sería perfecto para ella, si no estuviera muerto. Miró al techo. «¿Por qué? Lo único que yo quería era una vida normal, ¡y Tú me das un vampiro! ¿Qué clase de justicia divina es esta?».

Su respuesta fue un golpetazo. Shanna se giró y miró hacia atrás. Roman se había desmayado y estaba en el suelo, a pocos metros del bar.

—¿Roman?

Shanna se levantó. Él estaba inmóvil, boca abajo, sobre la alfombra.

—¿Roman? —dijo, de nuevo, y se acercó a él lentamente.

Roman gimió y se puso boca arriba.

—Necesito… sangre.

Dios Santo, tenía un aspecto horrible. Debía de estar muerto de hambre. No podía haber tomado mucha sangre de ella. Shanna vio una botella en la encimera. Sangre. Una botella llena de sangre. Ay. No quería hacer aquello. Podría vestirse y decirle al guardia que estaba fuera que se encargara de todo. Miró a Roman; él tenía los ojos cerrados, y estaba muy pálido. No podía esperar. Ella era quien tenía que actuar, y rápidamente.

Se quedó inmóvil, con el corazón acelerado. Durante un segundo, se sintió como si estuviera de nuevo escondida detrás de una planta en un *deli*, viendo morir a Karen, sin hacer nada. Había dejado que su miedo le impidiera ayudarla. No podía hacer eso otra vez.

Tragó saliva y anduvo hacia la botella de sangre. Cuando llegó a la encimera, el olor le provocó recuerdos horribles. Su mejor amiga, agonizando en un charco de sangre. Giró la cabeza, tratando de no inhalar aquel olor. Ahora tenía otro amigo, y él la necesitaba. Tomó la botella. Estaba fría. ¿Debería calentarla para que tuviera sabor a sangre fresca? Al pensarlo, se le revolvió el estómago.

—Shanna.

Ella lo miró. Roman estaba intentando sentarse. Estaba muy débil, y era muy vulnerable. Tal vez no fuera tan sorprendente que la hubiera mordido, si necesitaba la sangre con tanta urgencia. Lo más sorprendente era que hubiera conseguido parar y alejarse de ella. Se había arriesgado mucho.

—Ya voy —dijo, y se arrodilló a su lado. Con un brazo, le sujetó por los hombros y, con el otro, le acercó la botella a la boca. Sangre. Notó el sabor de la bilis en la boca, y la mano empezó a temblar. Unas cuantas gotas se le resbalaron a Roman por la barbilla. Ella recordó la sangre que brotaba de la boca de Karen.

—Oh, Dios…

Su mano siguió temblando.

Roman la agarró para intentar detener el temblor, pero él también estaba temblando. Tomó un trago largo y profundo. Su garganta se movía cada vez que tragaba el líquido.

—¿Me estás ayudando a hacer esto? ¿Mentalmente? —le preguntó.

Él bajó la botella.

—No. No tendría fuerzas suficientes —dijo, y volvió a beber.

Así pues, estaba superando su fobia por sí misma. Todavía tenía náuseas al ver la sangre, pero no se había desmayado.

—Ya estoy mejor. Gracias —dijo él. Bebió una última vez, y apuró el contenido de la botella.

—Muy bien —respondió Shanna, y se puso en pie—. Entonces, me marcho.

—Espera —dijo Roman, y se puso en pie lentamente—.
Deja que… —la tomó del brazo, y dijo—: Quiero curarte.

—Estoy bien.

Shanna no sabía si llorar o reír. Estaba allí, medio desnuda, con un par de agujeros en el muslo. Tal vez fuera el
shock. Tal vez fuera la pena que, como una piedra negra y
pesada, le aplastaba el corazón y le recordaba constantemente que su relación con un vampiro no podía funcionar.

—Ven —dijo él, y la llevó a su habitación.

Ella miró con tristeza la enorme cama de Roman. Ojalá
fuera mortal. Por el aspecto de su habitación, era un hombre ordenado y limpio. Él la condujo hasta el baño y, sorpresa, incluso tenía la tapa del inodoro bajada. ¿Quién podía pedir más? Ojalá estuviera vivo.

Roman abrió el grifo del lavabo. Allí no había espejo,
tan solo, un precioso paisaje al óleo. Colinas verdes, flores
rojas y un sol brillante. Tal vez él echara de menos ver el
sol. Sería duro vivir sin el sol.

Él humedeció una toalla y se inclinó para limpiarle la
sangre del muslo. La toalla tibia le produjo una sensación
calmante. De repente, Shanna tuvo ganas de dejarse caer
al suelo.

—Lo siento mucho, Shanna. Esto no volverá a suceder.

No, no volvería a pasar. A Shanna se le llenaron los ojos
de lágrimas. No habría más pasión, ni más ternura. Ella no
podía permitirse el lujo de amar a un vampiro.

—¿Te duele?

Apartó la mirada, para que él no pudiera ver sus lágrimas.

—Supongo que sí —dijo entonces Roman, y se irguió—.
No debería haber sucedido esto. Llevaba sin morder a nadie dieciocho años, desde que conseguimos la sangre sintética. Bueno, no… no es del todo cierto. Hubo una transformación de urgencia. Gregori.

—Radinka me lo contó. Tú no querías hacerlo.

—No —dijo Roman. Abrió un cajón, y sacó dos tiritas—. No quería condenar su alma inmortal.

Palabras de un verdadero monje medieval. A Shanna se le encogió el corazón. Obviamente, pensaba que su propia alma estaba condenada.

Él abrió las tiritas.

—El momento en el que los vampiros estamos más hambrientos es por la noche, al despertar. Yo estaba a punto de comer cuando tú has llegado. Debería haber tomado una botella antes de hacer el amor —dijo, mientras le ponía las tiritas sobre las heridas—. A partir de ahora, me aseguraré de haber comido.

No habría ningún «a partir de ahora».

—Yo… no puedo.

—¿No puedes qué?

Estaba tan preocupado… Y tan guapo… Su piel había recuperado el buen color. Tenía los hombros anchos y, en el pecho, una mata de vello negro que parecía suave y delicioso al tacto. La estaba observando fijamente con sus ojos castaños.

Shanna pestañeó para que no se le cayeran las lágrimas.

—No puedo… creer que tengas inodoro.

Era una cobarde, sí, pero no quería hacerle daño. No quería hacerse daño a sí misma.

Él se quedó sorprendido.

—Ah. Bueno, lo uso.

—¿Los vampiros lo necesitáis?

—Sí. Nuestro cuerpo solo requiere los glóbulos rojos de la sangre. El plasma y los ingredientes añadidos de Cocina de Fusión son innecesarios, y se convierten en desechos.

—Ah —murmuró Shanna. Aquello era, en realidad, más información de la que necesitaba.

Él ladeó la cabeza.

—¿Estás bien?

—Sí, claro.

Shanna salió del baño, consciente de que él le estaba mirando el trasero desnudo. No era una salida muy digna, realmente. Atravesó su despacho hasta la pila de ropa que estaba en el suelo.

Cuando él salió de su dormitorio, ella ya estaba vestida, sentada en la *chaise longue*, atándose los cordones de las zapatillas de deporte. Él sacó otra botella de la pequeña nevera y la metió al microondas. Estaba completamente vestido; llevaba unos pantalones negros y una camisa gris. Se había lavado la cara y se había peinado. Estaba increíblemente guapo, y parecía que todavía tenía hambre.

El microondas pitó, y él se sirvió la sangre tibia en una copa.

—Tengo que darte las gracias —dijo él. Le dio un sorbo a la sangre y caminó hacia el escritorio—. No tenía que haber permitido que mi hambre se hiciera tan intensa. Has sido muy buena al ayudarme… después de lo que he hecho.

—¿Quieres decir después de morderme?

—Sí —dijo él, con irritación, mientras se sentaba en su butaca—. Yo prefiero mirar el lado positivo de todo esto.

—¿Estás de broma?

—No. Hace pocas noches, te desmayabas con solo ver la sangre. Tuve que ayudarte durante todo el implante del colmillo, o te habrías caído al suelo. Sin embargo, esta noche tú me has alimentado con sangre. Estás venciendo tus miedos, Shanna, y debes sentirte orgullosa de ello.

Bueno, eso era cierto. Estaba haciendo muchos progresos.

—Y tenemos la prueba de lo excelente dentista que eres.

—¿Por qué?

—Me implantaste el colmillo, y funciona perfectamente. Ella soltó un resoplido.

—Sí, es verdad. Tengo las marcas que lo demuestran.

—Eso ha sido un desafortunado error, pero es bueno saber que el colmillo está arreglado. Hiciste un buen trabajo.

—Oh, sí. Sería terrible que te hubieras quedado con un solo colmillo en funcionamiento. Tus amigos se habrían reído de ti.

Él enarcó las cejas.

—Supongo que estás enfadada. Y supongo que me lo merezco.

No, no estaba enfadada. Estaba dolida, triste y cansada. Cansada de intentar adaptarse a todas las cosas horribles que le habían sucedido durante aquellos últimos días. Una parte de ella solo quería meterse debajo de la cama y no volver a salir. ¿Cómo podía empezar a explicar lo que sentía?

—Yo...

Alguien comenzó a mover el pomo de la puerta, y la salvó de tener que continuar.

—¿Roman? —dijo Gregori, mientras tocaba la puerta con los nudillos—. ¿Por qué has cerrado la puerta con llave? Tenemos una cita.

—Demonios, se me había olvidado —murmuró Roman—. Discúlpame —dijo.

Se acercó a la puerta con velocidad vampírica, la abrió y, después, volvió como un bólido a su escritorio.

Shanna se quedó boquiabierta. La velocidad vampírica era muy desconcertante. Aunque, verdaderamente, era muy útil para las relaciones sexuales. Se ruborizó. No podía permitirse pensar en el sexo. No, cuando iba seguido de colmillos afilados y pérdida de sangre.

—Eh, hermano —dijo Gregori al entrar en el despacho. Llevaba un portafolio bajo el brazo. Iba vestido con un traje muy elegante, con capa incluida.

—Tengo la presentación de nuestra solución para el problema de los pobres. Eh, cariño, ¿qué tal? —dijo, mirando a Shanna.

—Hola —dijo ella, y se puso en pie—. Bueno, me marcho.

—No, quédate. A mí no me importa. De hecho, me gustaría conocer tu opinión —dijo Gregori.

Sacó algunas tarjetas grandes de la carpeta, y puso el taco, en pie, sobre el escritorio de Roman.

Shanna se sentó mientras leía la primera: *Cómo animar a los vampiros pobres a beber sangre sintética.*

Roman miró a Shanna.

—Nos está resultando difícil conseguir que los vampiros sin medios económicos compren la sangre sintética, cuando pueden conseguir toda la sangre fresca que quieran. Y gratis.

—Quieres decir que pueden acudir directamente a los mortales para alimentarse. A los mortales como yo —dijo ella, y lo miró con el ceño fruncido.

Él le devolvió una mirada que decía: «Vamos, supéralo ya».

Gregori miró a uno y, después, al otro.

—¿He interrumpido algo?

—No —dijo Shanna, y señaló las cartulinas—. Por favor, continúa.

Con una sonrisa, Gregori comenzó su discurso.

—La misión de Romatech Industries es convertir el mundo en un lugar más seguro para mortales y para vampiros. Sé que hablo por todos nosotros cuando digo que yo nunca querría hacerle daño a un mortal —dijo, y puso boca abajo la primera de las tarjetas, para que la segunda quedara a la vista.

Allí había dos palabras: *Barata. Cómoda.*

—Creo que estos dos factores son la solución para el problema de la gente pobre —continuó Gregori—. He hablado del factor del precio con Laszlo, y él ha tenido una idea brillante. Como solo necesitamos los glóbulos rojos para sobrevivir, Laszlo va a formular una solución de glóbulos rojos y agua. Su producción sería mucho más barata que la de la sangre sintética normal, o que la de alguna de tus bebidas de Cocina de Fusión.

Roman asintió.

—Y también tendría un sabor repugnante.

—Mejoraremos el sabor. Ahora, vamos con el factor de la comodidad —dijo Gregori, y mostró la siguiente cartulina de su presentación. Mostraba un edificio con una ventanilla de despacho.

—Esto es un restaurante para vampiros —dijo—. El menú incluirá las bebidas favoritas del público, como Chocolood y Blood Lite, pero también ofrecerá la bebida nueva y de precio más asequible. Las comidas se calentarán y se servirán rápidamente.

Shanna pestañeó.

—¿Un restaurante de comida rápida?

—¡Exacto! —respondió Gregori—. Y, con nuestra nueva mezcla de glóbulos rojos y agua, será muy barato.

—¡Un menú ahorro para vampiros! ¿Cómo le vais a llamar al restaurante? ¿El murciélago feliz? ¿El rey vampiro? —preguntó Shanna y, para su sorpresa, se echó a reír.

Gregori también se rio.

—Se te da muy bien.

Roman no se estaba riendo. Estaba mirando a Shanna con curiosidad.

Ella lo ignoró, y señaló la ventanilla de despacho del restaurante.

—¿Y no será peligroso tener esa ventanilla para despachar la sangre? Me refiero a que, si un mortal se puede poner a la fila, pensando que es un restaurante normal, y ve que en el menú solo hay botellas de sangre, ¿no se sabría vuestro secreto?

—Sí, en eso tiene razón —dijo Roman.

—Sé lo que hay que hacer —dijo ella, y alzó las manos, imaginándose el restaurante—. Podéis alquilar un piso superior, como por ejemplo, el décimo piso de un edificio, y poner allí la ventanilla. Así, los mortales no podrían ponerse a la cola.

Gregori se quedó confundido.

—¿En el décimo piso?

—¡Sí! Podría ser un servicio aéreo —dijo ella, y estalló en carcajadas.

Gregori y Roman se miraron.

—Pero… nosotros no volamos.

Roman se puso en pie y se dirigió hacia la puerta del despacho.

—Creo que tienes algunas ideas muy buenas, Gregori. Que Laszlo empiece a trabajar en la fórmula para la sangre económica.

Shanna se tapó la boca con la mano, pero todavía se le escaparon algunas risitas.

Roman la miró con preocupación.

—Y empieza a buscar un local adecuado para alquilar.

—Muy bien, jefe —dijo Gregori. Recogió las cartulinas de la presentación y las guardó en el portafolio—. Yo voy a salir con Simone esta noche. Para hacer un estudio de mercado, claro —añadió—. Voy a ir a los clubes más concurridos por los vampiros para ver qué es lo que mejor funciona.

—Muy bien. Intenta que Simone no se meta en ningún lío.

Gregori asintió.

—Sí, lo intentaré. ¿Sabes? Solo sale conmigo para intentar ponerte celoso.

De repente, a Shanna se le quitaron las ganas de reírse. Fulminó a Roman con la mirada.

Él se quedó azorado.

—Le he dicho bien claro que no estoy interesado.

—Sí, sí, ya lo sé —dijo Gregori, y se dirigió hacia la puerta. Se detuvo un instante, y añadió—: Ah, he pensado en organizar un test de producto mañana por la noche, en Romatech. Voy a invitar a un grupo de vampiros pobres para que prueben muestras de las bebidas y rellenen un cuestionario sobre el nuevo restaurante. Lo dejaré caer esta noche en las discotecas de los vampiros.

—Me parece bien —dijo Roman.

Gregori miró a Shanna.

—Eh, se te dan muy bien estas cosas. ¿Te gustaría ayudarme con el test de mañana por la noche?

—¿Yo?

—Sí. Sería en Romatech, así que estarías a salvo —dijo Gregori, encogiéndose de hombros—. Era solo una idea. Así tendrías algo que hacer.

Shanna pensó en la alternativa, que era quedarse en casa de Roman con el harén.

—Sí, me gustaría. Gracias.

—De nada —dijo Gregori, poniéndose el portafolio bajo el brazo—. Bueno, me marcho al centro. ¿Qué os parece esta capa? Bonita, ¿eh? Me la ha prestado Jean-Luc.

Ella sonrió.

—Estás impresionante.

Gregori siguió caminando hacia la puerta, cantando una canción sobre su irresistible atractivo y, moviendo la capa con elegancia, salió del despacho.

Shanna sonrió.

—Creo que le gusta ser vampiro.

Roman cerró la puerta y volvió a su escritorio.

—Es un vampiro moderno. Nunca ha tenido que morder para sobrevivir.

—¿Quieres decir que, como es tan joven, solo se ha alimentado con botellas de sangre?

Roman sonrió mientras se sentaba.

—Si alguna vez quieres molestarle, dile que la música disco ha muerto.

Shanna se echó a reír, pero, cuando miró de nuevo a Roman, la tragedia de su situación se hizo patente de nuevo, y la risa se le cortó bruscamente. ¿Cómo iba a poder funcionar una relación entre ellos? Ella envejecería, y él siempre sería joven. Dudaba que pudieran tener hijos, ni llevar la vida normal que tanto deseaba. Y no podía hacer el amor con ella sin desear morderla. Era imposible.

Roman se inclinó hacia delante.

—¿Estás bien?

—Sí, claro —dijo ella. Sin embargo, se le habían llenado los ojos de lágrimas, y tuvo que girar la cara.

—Has pasado por muchas cosas estos últimos días. Tu vida ha corrido peligro. Tu realidad ha quedado…

—¿Destruida?

Él se estremeció.

—Iba a decir «alterada». Ahora sabes que existe el mundo de los vampiros, pero el mundo de los mortales es igual que siempre.

No. Ya nada volvería a ser igual. Shanna intentó contener las lágrimas.

—Lo único que yo quería era tener una vida normal. Quería echar raíces en una comunidad y sentir que tenía un sitio en ella. Quería un trabajo normal, fijo. Un marido normal y sólido —dijo, mientras se le deslizaba una lágrima por la mejilla. Se la enjugó rápidamente—. Quería una casa grande, con un jardín grande, con un perro grande. Y… quería tener hijos.

—Son cosas buenas —susurró Roman.

—Sí —dijo Shanna, y se secó las mejillas, evitando mirarlo.

—Tú no crees que nosotros podamos tener un futuro, ¿verdad?

Ella cabeceó. Oyó que la silla de Roman chirriaba, y lo miró. Él se había inclinado hacia atrás, y estaba mirando al techo. Parecía que estaba calmado, pero ella se dio cuenta de que se le movían los músculos de la mandíbula porque estaba apretando los dientes.

—Debería irme ya —dijo ella, y se puso en pie. Le temblaban las piernas.

—Un marido normal —murmuró él. Se inclinó hacia delante, y la miró con enfado—. Tienes demasiada vida, demasiada inteligencia como para casarte con un hombre convencional y aburrido. Necesitas pasión en tu vida. Necesitas a alguien que suponga un reto para tu mente, que te haga gritar en la cama —dijo él, y se levantó—. Me necesitas a mí.

—No creo. Tengo un par de agujeros en la pierna que me dan a entender lo contrario.

—¡No voy a volver a morderte!

—¡No puedes evitarlo! —respondió ella, entre lágrimas—. Está en tu naturaleza.

Él volvió a sentarse en su butaca. Se había quedado pálido.

—¿Crees que está en mi naturaleza ser malvado?

—¡No! —exclamó ella, enjugándose las lágrimas con rabia—. Creo que eres bueno y honorable y... casi perfecto. Sé que, en una situación normal, no le harías daño a nadie. Pero, cuando estamos haciendo el amor, llega un momento en el que pierdes el control. Lo he visto. Se te ponen los ojos rojos, y tus colmillos...

—No volverá a suceder. Me tomaré una botella entera antes de hacer el amor contigo.

—No puedes evitarlo. Tienes... tienes demasiada pasión.

Él apretó los puños.

—Hay un buen motivo para eso.

—No puedes asegurarme que no vas a volver a morderme. Es solo... lo que tú eres.

—Te doy mi palabra. Toma —le dijo él y, con un lapicero, enganchó la cadena del crucifijo de plata, que seguía sobre su escritorio—. Póntelo. No podré abrazarte y, mucho menos, morderte.

Shanna suspiró y se colgó la cadena del cuello.

—Supongo que necesitaré también anillos de plata para los dedos de los pies, y un par de ligueros de plata. Ah, y un *piercing* en el ombligo y otros dos en los pezones.

—Ni se te ocurra hacerte perforaciones. Tienes un cuerpo precioso.

—¿Por qué no? Tú lo has hecho.

Él se estremeció.

Demonios. Ahora, era ella la que le estaba haciendo daño a él.

—Lo siento. No lo estoy encajando muy bien.

—Lo estás haciendo bien, Shanna, pero has pasado por muchas cosas últimamente. Todas esas risitas con Gregori... Me da la impresión de que estás un poco... alterada en este momento. Deberías descansar.

—Tal vez —dijo Shanna, y levantó el crucifijo para examinarlo—. ¿Cuánto tiempo tiene esta cruz?

—El padre Constantine me la regaló cuando me ordené.

—Es preciosa —dijo ella. Se la apretó contra el pecho y respiró profundamente—. Connor me contó lo que les ocurrió a los monjes. Lo siento muchísimo. Debes saber que no fue culpa tuya.

Él cerró los ojos y se pasó una mano por la frente.

—Me has dicho que somos diferentes, pero no es verdad. Somos muy parecidos. Tú sientes la misma culpabilidad por la muerte de tu amiga. Tenemos una conexión emocional y un vínculo psíquico muy fuerte, también. Eso no puedes ignorarlo.

Shanna estuvo a punto de ponerse a llorar otra vez.

—Lo siento. Quiero que seas feliz —le dijo—. Después de todo lo que te ha ocurrido, te mereces ser feliz.

—Y tú también. No voy a rendirme con lo nuestro, Shanna.

—No funcionará nunca. Tú siempre serás joven y guapo. Yo envejeceré, y mi pelo se volverá gris.

—No me importa. Eso no tiene importancia.

Ella sollozó.

—Claro que sí tiene importancia.

—Shanna —dijo él, rodeando el escritorio—. Seguirás siendo tú misma. Y yo te quiero.

22

*D*iez minutos más tarde, Roman se teletransportó al despacho de Radinka, en Romatech.

Ella alzó la vista de su trabajo.

—Aquí estás. Llegas tarde. Angus y Jean-Luc te están esperando en tu despacho.

—Bien. Radinka, necesito que investigues una cosa.

—Claro. ¿De qué se trata?

—Creo que debería comprar una nueva propiedad.

—¿Para montar otra instalación? Es buena idea, con esos descontentos sueltos por ahí, volando las cosas por los aires. A propósito, me he adelantado y he ordenado un traslado de sangre sintética desde la planta de Illinois.

—Gracias.

Radinka tomó papel y lápiz, y dijo:

—Bueno, ¿y dónde quieres la nueva planta?

Roman frunció el ceño.

—Bueno, no se trata de una planta de producción. Lo que necesito es una casa. Una casa grande.

Radinka arqueó las cejas, pero se puso a tomar notas en su libreta.

—¿Alguna especificación más, aparte de que sea grande?

—Tiene que estar en un barrio agradable, no demasiado lejos de aquí. Con un jardín grande, y un perro grande.

Ella dio unos golpecitos en el papel con la punta del bolígrafo.

—No creo que los perros vayan incluidos en la venta de una casa.

—Eso ya lo sé —dijo él, y se cruzó de brazos. Le fastidiaba la cara de diversión de Radinka—. Pero necesito saber dónde puedo comprar un perro grande o, quizá, un cachorro que se convierta en un perro grande.

—¿Y de qué raza, si no te importa que lo pregunte?

—Una raza de perro grande —insistió él, y apretó los dientes—. Consígueme fotografías de perros distintos. Y de casas que estén a la venta. No soy yo el que va a tomar la decisión definitiva.

—Ah —dijo Radinka, con una gran sonrisa—. Entonces, ¿van bien las cosas entre Shanna y tú?

—No, no van bien. Seguramente, terminaré poniendo en alquiler la casa.

A Radinka se le apagó un poco la sonrisa.

—Entonces, tal vez la idea sea un poco prematura. Si la presionas demasiado, puede que salga corriendo.

—Lo que más desea en el mundo es una vida normal, y un marido normal —dijo él, y se encogió de hombros—. Yo no soy exactamente normal.

Radinka frunció los labios.

—Supongo que no, pero, después de pasar quince años trabajando en Romatech, ya no sé muy bien lo que es normal.

—Yo puedo darle una casa normal y un perro normal.

—¿Estás intentando comprar la normalidad? Se va a dar cuenta.

—Espero que se dé cuenta de que quiero que sus sueños se hagan realidad. Intentaré darle una vida tan normal como sea posible.

Radinka frunció el ceño pensativamente.

—A mí me parece que lo que de verdad quiere cualquier mujer es ser amada.

—Eso ya lo tiene. Acabo de decirle que la quiero.

—¡Maravilloso! —exclamó Radinka. Sin embargo, su sonrisa volvió a apagarse—. No parece que estés muy feliz.

—Eso puede ser porque ella ha salido corriendo de mi despacho, llorando.

—Oh, vaya. Normalmente, yo no me equivoco con estas cosas.

Roman suspiró. Se había preguntado muchas veces si Radinka era verdaderamente una adivina, pero, en ese caso, ¿por qué no había profetizado la muerte de su hijo? A menos que también hubiera visto que Gregori iba a convertirse en un vampiro, claro.

Radinka volvió a golpear el cuaderno con el bolígrafo.

—Estoy segura de que Shanna es tu media naranja.

—Yo también estoy convencido de ello. Sé que yo le importo mucho; de lo contrario, Shanna no habría…

Radinka enarcó las cejas, esperando que él terminara.

Roman cambió el peso del cuerpo de un pie a otro, moviéndose con nerviosismo.

—Si no te importa buscar esa casa, te lo agradecería mucho. Llego tarde a la reunión.

Radinka volvió a sonreír.

—Ya verás como terminará entrando en razón. Todo va a salir bien —dijo, y giró la silla hacia el monitor del ordenador—. Voy a empezar a buscar ahora mismo.

—Gracias —dijo él, y salió del despacho.

—¡Y vas a tener que despedir a tu harén! —le dijo Radinka.

Roman se estremeció. El harén era un gran problema. Tendría que mantener a las mujeres económicamente hasta que pudieran valerse por sí mismas.

Entró en su despacho.

—Buenas noches, Angus, Jean-Luc.

Angus se puso de pie. Llevaba, como de costumbre, el *kilt* verde y azul de los MacKay.

—Has tardado mucho, Roman. Tenemos que encargarnos de los malditos descontentos enseguida.

Jean-Luc permaneció sentado, pero alzó una mano para saludar.

—*Bonsoir, mon ami.*

—¿Habéis decidido algo? —preguntó Roman, mientras se sentaba detrás del escritorio.

—Ya ha pasado el momento de hablar —dijo Angus, paseándose por la habitación—. Con el atentado de anoche, los descontentos nos han declarado la guerra. Mis Highlanders están dispuestos a atacar. Yo digo que lo hagamos esta misma noche.

—No estoy de acuerdo —dijo Jean-Luc—. Sin duda, Petrovsky está preparado para una reacción así. Tendríamos que atacar su casa de Brooklyn, y estaríamos al descubierto, mientras ellos tendrían refugio. ¿Por qué vamos a darles esa ventaja?

—Mis hombres no tienen miedo —dijo Angus, con un gruñido.

—Yo tampoco —respondió Jean-Luc, con un brillo de cólera en los ojos—. No se trata de tener miedo o no, se trata de ser pragmático. Si tus escoceses y tú no fuerais siempre tan exaltados, no habríais perdido tantas batallas en el pasado.

—¡Yo no soy exaltado! —rugió Angus.

Roman alzó ambas manos.

—Vamos a calmarnos, por favor. La explosión de anoche no causó heridos. Y, aunque estoy de acuerdo en que hay que encargarse de Petrovsky, no quiero luchar en una batalla a muerte delante de testigos mortales.

—*Exactement* —dijo Jean-Luc—. Yo opino que debemos vigilar a Petrovsky y a sus hombres y, cuando encontremos a uno o a dos de ellos solos, matarlos.

Angus dio un resoplido de rabia.

—Ese no es un comportamiento honorable para un guerrero.

Jean-Luc se puso en pie, lentamente.

—Si estás insinuando que no tengo honor, voy a tener
que retarte a duelo.

Roman gruñó. Quinientos años oyendo discutir a aquellos
dos era suficiente para causar tensión en cualquier amistad.

—¿Podemos matar primero a Petrovsky, antes de que os
matéis vosotros dos?

Angus y Jean-Luc se echaron a reír.

—Como de costumbre, estamos en desacuerdo —dijo
Jean-Luc, mientras se sentaba nuevamente—. Tú eres quien
da el voto del desempate.

Roman asintió.

—Yo estoy con Jean-Luc en esto, Angus. Si atacamos
una casa en Brooklyn, llamaremos mucho la atención. Y sería poner en peligro a muchos escoceses.

—No nos importa —refunfuñó Angus, mientras volvía
a su butaca.

—A mí sí me importa —dijo Roman—. Os conozco a
todos desde hace demasiado tiempo.

—Además, somos un número limitado de vampiros
—añadió Jean-Luc—. Yo no he transformado a ningún
mortal en vampiro desde la Revolución francesa. ¿Y vosotros?

—A ninguno, desde Culloden —dijo Angus—. Pero los
vampiros como Petrovsky siguen transformando en vampiros a hombres malvados.

—Y de ese modo, aumentando el número de vampiros
malvados —dijo Jean-Luc, con un suspiro—. Por una vez,
mon ami, estamos de acuerdo. Su número va en aumento,
mientras que el nuestro no.

Angus asintió.

—Tenemos que transformar a más mortales.

—¡Me niego en rotundo! —exclamó Roman, que se sentía muy alarmado por la deriva que estaba tomando aquella

conversación—. No estoy dispuesto a condenar a más almas al infierno.

—Yo lo haré —dijo Angus, apartándose un mechón de pelo caoba de la frente—. Estoy seguro de que hay muchos soldados honorables muriendo en algún lugar de este mundo, y que agradecerían que se les diera la oportunidad de continuar combatiendo el mal.

Roman se inclinó hacia delante.

—Las cosas no son iguales que hace trescientos años. Los ejércitos modernos están al corriente de los soldados que tienen en sus filas. Incluso de los que mueren. Se darían cuenta de la desaparición de alguien.

—Desaparecido en combate —dijo Jean-Luc, encogiéndose de hombros—. Eso pasa muy a menudo. En esto, estoy con Angus.

Roman se frotó la frente. Le consternaba la idea de formar otro ejército de vampiros.

—¿Podemos dejar esta discusión en suspenso por el momento? Vamos a ocuparnos primero de Petrovsky.

Jean-Luc asintió.

—Estoy de acuerdo.

—Muy bien —dijo Angus—. Ahora, tenemos que hablar del problema de la CIA y su operación Stake-Out. El equipo de la operación solo cuenta con cinco miembros, así que no deberíamos tener ningún problema a la hora de encargarnos de ellos.

Roman se sobresaltó.

—No quiero que los maten.

Angus soltó otro resoplido.

—No me refería a eso. Todos sabemos que tienes algo con la hija del líder del grupo.

Jean-Luc sonrió.

—Sobre todo, después de lo de anoche.

Roman notó un intenso calor en las mejillas, y eso le sorprendió. Parecía que la reacción de Shanna se le había contagiado.

Angus carraspeó.

—Creo que la mejor manera de solucionar el problema de la operación Stake-Out es borrarles a esos agentes los recuerdos que puedan tener de nosotros. Y creo que es importante que lo hagamos con los cinco al mismo tiempo, la misma noche que entremos en Langley para borrar sus archivos.

—Una limpieza a fondo —dijo Jean-Luc, con una sonrisa—. Me gusta.

—No sé si va a funcionar —dijo Roman. Sus amigos lo miraron sorprendidos—. Shanna puede resistir mi control mental.

Angus abrió mucho sus ojos verdes.

—No lo dices en serio.

—Sí, muy en serio. Y, además, creo que ha heredado esa habilidad psíquica de su padre. También sospecho que el equipo de agentes de esta operación es pequeño porque todo el que forma parte de él posee las mismas habilidades.

—*Merde* —susurró Jean-Luc.

—Como están trabajando en un programa antivampiros —añadió Roman—, sería evidente quiénes son los que quieren matarlos, ¿no?

—Y eso le daría al gobierno otro motivo más para perseguirnos —concluyó Jean-Luc.

—Son una amenaza más grande de lo que había pensado —dijo Angus, tamborileando con los dedos sobre el brazo de su asiento—. Tengo que reflexionar sobre todo esto.

—Bien. Por ahora, vamos a tomarnos un descanso —dijo Roman—. Estaré en mi laboratorio, si me necesitáis.

Salió del despacho y recorrió apresuradamente el pasillo. Estaba ansioso por trabajar en su fórmula para mantenerse despierto durante el día. Vio a un escocés haciendo guardia en la puerta del laboratorio de Laszlo. Bien. El químico tenía la protección que necesitaba.

Roman saludó al escocés al entrar al laboratorio. Laszlo estaba sentado en un taburete, mirando por el microscopio.

—Hola, Laszlo.

El químico dio un respingo y estuvo a punto de caerse del asiento.

Roman se acercó rápidamente y lo sujetó.

—¿Te encuentras bien?

—Sí —dijo Laszlo, colocándose la bata, a la que le faltaban todos los botones—. Últimamente estoy un poco nervioso.

—Me he enterado de que estás trabajando en una bebida barata para los pobres.

—Sí, señor —dijo Laszlo, asintiendo con entusiasmo—. Voy a tener tres versiones preparadas para la encuesta de mañana. Estoy experimentando con diferentes proporciones de glóbulos blancos y agua. Y puede que intente añadirle sabores, a limón o a vainilla.

—¿Sangre de vainilla? A mí también me gustaría probarla.

—Gracias, señor.

Roman se sentó en el taburete de al lado.

—Me gustaría consultarte sobre una idea que tengo. A ver qué te parece.

—Por supuesto. Me sentiría orgulloso de ayudar, si puedo.

—Es teórico, en este momento, pero estaba pensando en el esperma. Esperma vivo.

Laszlo abrió unos ojos como platos.

—Nuestro esperma está muerto, señor.

—Ya lo sé. Pero, ¿y si tomáramos esperma vivo, de un ser humano, borráramos su código genético y pusiéramos el ADN de otra persona en él?

Laszlo se quedó boquiabierto.

—¿Y quién iba a querer insertar su ADN en un esperma vivo?

—Yo, por ejemplo.

—Oh, entonces… ¿quiere tener hijos?

«Solo con Shanna».

—Quiero saber si es posible.

El químico asintió.

—Creo que sí sería posible.

—Bien —dijo Roman, y se dirigió hacia la puerta. Allí, se detuvo—. Te agradecería que esta conversación quedara entre los dos.

—Por supuesto, señor. No diré ni una palabra.

Roman fue rápidamente hacia su laboratorio para trabajar en su fórmula. Puso música en el reproductor de CDs. La habitación se llenó de cantos gregorianos. Le ayudaban a concentrarse. Estaba muy cerca de conseguirlo.

El tiempo pasó rápidamente, sin que él se diera cuenta. Pronto, los cantos gregorianos terminaron, y miró el reloj: las cinco y media. El tiempo siempre volaba cuando estaba absorto en un nuevo proyecto. Llamó a Connor y se teletransportó a la cocina de casa.

—¿Cómo va todo?

—Bien —dijo Connor—. Ninguna señal de Petrovsky ni de sus hombres.

—¿Y Shanna?

—Está en su habitación. Le he dejado varias latas de Coca-cola *light* y unos *brownies* junto a la puerta. Han desaparecido, así que debe de estar bien.

—Ah. Gracias —dijo Roman.

A los pies de la escalera, miró hacia arriba y se teletransportó al último piso. Al entrar en su despacho, se fijó en la *chaise longue* de terciopelo rojo. Qué tonto había sido al morder a Shanna. Qué tonto había sido al espetarle, de aquella manera, que la quería.

Se acercó al bar para tomar una botella de sangre antes de acostarse. ¿Debería ir a su habitación para comprobar cómo estaba? Y ¿le dirigiría ella la palabra? Desenroscó el tapón de la botella y la metió al microondas. Tal vez debiera dejarla tranquila. Su reacción a la declaración de amor no había sido buena. Le concedería tiempo. Y no se rendiría.

—¡Maldita sea!

Ivan se paseó de un lado a otro por su pequeño despacho. Había visto los informativos de la CDV y, aunque la explosión ocurrida en Romatech hubiera sido la noticia principal, no había conseguido más que volar por los aires un asqueroso almacén. Ni un solo escocés había muerto, ni se había quemado. Y, según había observado, en la ciudad no había un aumento repentino de vampiros hambrientos a la caza de sangre mortal. Después de haber volado las existencias de sangre falsa de Draganesti, albergaba la esperanza de ver alguna diferencia.

—Puede que los vampiros tengan provisiones de sangre sintética en casa —sugirió Alek—. Tal vez todavía no se les haya terminado.

Galina se acurrucó en una de las butacas.

—Sí, estoy de acuerdo. Es demasiado pronto para notar la escasez. Además, seguramente, Draganesti tiene reservas que nosotros desconocemos.

Ivan se detuvo en seco.

—¿Qué quieres decir con eso?

—Está surtiendo de sangre sintética a todo el mundo. Puede que tenga plantas de producción de las que nosotros no hayamos oído hablar.

Alek asintió.

—Sí, eso tiene sentido.

Galina arqueó una ceja.

—No soy tan tonta como pensáis.

—Ya basta —dijo Ivan, y volvió a caminar de un lado a otro—. Necesito un plan. No hemos hecho suficiente daño a Draganesti.

—¿Por qué lo odias tanto? —preguntó Galina.

Ivan ignoró a la chica de su harén. Tenía que volver a entrar en Romatech. Pero ¿cómo? La tensión se le concentró en el cuello y le puso los nervios de punta.

—Draganesti es el que creó un ejército para vencer a Casimir —le susurró Alek a Galina.

—Ah, gracias por decírmelo —dijo ella, y le lanzó una sonrisa a Alek.

Y Alek, maldito, se la devolvió. Ivan soltó un gruñido e hizo crujir el cuello. Aquello captó su atención.

—¿Alguna señal de los escoceses?

—No, señor —respondió Alek, apartando los ojos de Galina—. Si están ahí fuera, están bien escondidos.

—No creo que nos ataquen esta noche —dijo Ivan. La puerta de su despacho se abrió, y entró Katya—. ¿Dónde demonios has estado?

—Cazando —dijo la vampiresa, relamiéndose—. Necesitaba comer. Además, me he enterado de una buena noticia en uno de los clubs de vampiros.

—¿De qué? ¿Es que nuestra bomba ha matado a alguno de esos estúpidos escoceses?

—No —dijo Katya—. En realidad, he oído decir que los daños fueron mínimos.

—¡Mierda! —gritó Ivan. Tomó un pisapapeles de cristal de su escritorio y lo arrojó contra la pared.

—Vamos, vamos. Teniendo una rabieta no se soluciona nada, ¿no crees?

Ivan se materializó a su lado en una fracción de segundo y la agarró por el cuello.

—Ni mostrando falta de respeto, zorra.

A Katya le brillaron los ojos de ira.

—Tengo buenas noticias, si quieres oírlas.

—Bien —dijo Ivan, y la soltó—. Di lo que sepas.

Ella se frotó el cuello mientras miraba a Ivan con irritación.

—Quieres entrar de nuevo en Romatech, ¿no?

—Por supuesto. He dicho que iba a matar a ese químico, y voy a cumplir mi palabra. Pero, ahora, ese sitio está abarrotado de escoceses. No podemos entrar.

—Yo creo que sí —dijo Katya—. Por lo menos, uno de nosotros sí. El vicepresidente de Romatech ha invitado a algunos vampiros pobres a las instalaciones mañana, para hacer una encuesta de mercado.

—¿Una qué? —preguntó Ivan.

Katya se encogió de hombros.

—¿Y qué importa? Uno de nosotros puede entrar disfrazado de pobre.

—Ah, excelente —dijo Ivan, y le dio una palmadita en la mejilla—. Muy bien.

—Yo iré —anunció Alek.

Ivan negó con la cabeza.

—Te vieron en el baile. Y a mí también me reconocerían. ¿Tal vez Vladimir?

—Iré yo —dijo Galina.

Ivan dio un resoplido.

—No digas tonterías.

—No estoy diciendo tonterías. Ellos no se esperarán a una mujer.

—Eso es cierto —dijo Katya, mientras se sentaba en una silla, junto a Galina—. Conozco a un maquillador de la CDV. Y podríamos utilizar ropa de su vestuario.

—¡Estupendo! —exclamó Galina—. Podría disfrazarme de vampiresa vieja y gorda.

—Sí, de vagabunda —dijo Katya—. Nadie sospecharía de ti.

—¿Y desde cuándo tomáis vosotras dos las decisiones aquí? —preguntó Ivan, fulminándolas con la mirada. Ellas bajaron la cabeza con un gesto de sumisión—. ¿Cómo iba Galina a capturar a Laszlo Veszto? Y si hay algún Highlander protegiéndolo, ¿cómo va a reducirlo?

—Con sombra de la noche —susurró Katya—. Tú tienes, ¿verdad?

—Sí —dijo Ivan, frotándose el cuello para intentar mitigar la tensión—. En mi caja fuerte. ¿Cómo sabes tú lo que es eso?

—Una vez usé un poco. No la tuya, por supuesto. Pero podrías dejar a Galina que la utilice.

—¿Qué es la sombra de la noche? —preguntó Galina.

—Un veneno para vampiros —le explicó Katya—. Si le lanzas un dardo envenenado con sombra de la noche a un vampiro, el veneno entra en su corriente sanguínea y lo paraliza. Permanece consciente, pero no puede moverse.

—Muy bien —dijo Galina, con los ojos brillantes—. Quiero hacerlo.

—Está bien. Puedes ir —dijo Ivan—. Cuando localices a Laszlo Veszto, llama y teletranspórtate aquí con ese pequeño bastardo.

—¿Eso es todo lo que quieres que haga?

Ivan lo pensó.

—Quiero que haya otra explosión. Una bien grande, que haga daño de verdad a Draganesti.

—En ese caso —sugirió Katya—, debes matar a la gente que más le importa.

Ivan asintió.

—Esos asquerosos Highlanders.

—Oh, ellos sí que le importan, estoy segura —dijo Katya—, pero su verdadera debilidad son los mortales.

—Exacto —dijo Galina—. Tiene muchos empleados mortales. Podríamos programar la bomba para que explote al amanecer.

—¡Perfecto! —exclamó Ivan, y se puso en pie de un salto—. Los preciosos mortales de Draganesti estarán muriendo, mientras los escoceses y él se ven obligados a volver a sus ataúdes. No podrán hacer nada. ¡Es perfecto! Mañana por la noche, Galina dejará la bomba en una zona donde se reúnan los mortales.

—¿En la cafetería de Romatech, por ejemplo? —preguntó Galina, mirando a Katya con ironía.

—Sé dónde —anunció Ivan—. En su cafetería.

23

—¿**P**ueden verme? —preguntó Shanna, observando al grupo de vampiros vagabundos a través de la ventana.

—No —respondió Gregori, que estaba junto a ella, en la habitación contigua—. Si no enciendes las luces, no. Es un cristal de espejo.

Shanna no sabía nada de estudios de mercado, pero imaginó que tenía que ser más interesante que ver la televisión toda la noche.

—Me sorprende que haya vampiros pobres. ¿No pueden usar el control mental para sacarle el dinero a la gente?

—Supongo que sí —dijo Gregori—, pero la mayoría de esta gente ya era muy pobre antes de convertirse en vampiros. Solo piensan en su próxima comida, como un drogadicto piensa en su próxima dosis.

—Es muy triste —dijo Shanna, observando a los diez vampiros que habían acudido a Romatech, con el incentivo de una comida gratis y cincuenta dólares de propina—. El vampirismo no cambia mucho a una persona, ¿verdad?

—No —dijo Connor, que estaba junto a la puerta. Se había empeñado en acompañarla, en calidad de guardaespaldas—. Un hombre sigue fiel a sí mismo, incluso después de la muerte.

Así que Roman seguía intentando salvar a la gente, y los guerreros escoceses seguían luchando por una causa justa. Shanna se preguntó qué estaría haciendo Roman en aquel momento. No había intentado volver a verla desde su declaración de amor. Tal vez se hubiera dado cuenta de que su situación no tenía remedio.

—Bueno, ¿y cómo funciona esto?

—Los hemos dividido en dos grupos —explicó Gregori, señalando el grupo de la izquierda—. Ese grupo va a ver una presentación en Power-Point y a rellenar un cuestionario sobre el nuevo restaurante. El segundo grupo va a probar diferentes muestras y a calificarlas según su sabor. Cuando hayan terminado, los grupos cambiarán de actividad y todo comenzará de nuevo.

—¿Y qué quieres que haga yo?

—Van a probar las bebidas ahí, delante de la ventana. Ellos mismos van a calificar cada una de las muestras, pero me gustaría que observaras su expresión y apuntaras sus reacciones.

Shanna se fijó en que había cinco cuadernos.

—¿Hay cinco bebidas?

—Sí. Tres fórmulas nuevas que ha preparado Laszlo y, además, Blood Lite y Chocolood. Solo tienes que poner una marca debajo de cada encabezamiento: agrado, neutro y desagrado. ¿De acuerdo?

—Claro —dijo Shanna, y tomó un lapicero—. Vamos, trae a los vampiros.

Gregori sonrió.

—Gracias por tu ayuda, Shanna —dijo. Abrió la puerta que comunicaba ambas salas, y pasó a la de los participantes.

Shanna escuchó su larga disertación con respecto al nuevo restaurante. Entonces, el primer vampiro se acercó a probar las bebidas. Era un anciano con una gabardina sucia. Tenía una cicatriz que le atravesaba la cara en zigzag. Terminó la primera bebida y eructó.

—¿Eso ha sido un «desagrado»?

—Un «neutral» —respondió Connor.

—Ah —dijo ella, y puso la marca correspondiente en el cuaderno. Después, siguió al vampiro hacia la siguiente bebida. Él tomó un buen trago y, seguidamente, lo escupió en el cristal de la ventana.

—¡Ayy! —exclamó Shanna, y dio un salto hacia atrás. Había sangre por todas partes.

—Yo diría que eso ha sido un «desagrado» —comentó Connor.

Shanna soltó un resoplido.

—Qué observador eres, Connor.

Él sonrió.

—Es un don.

Por lo menos, la sangre no le estaba produciendo náuseas. Estaba mejorando de verdad. Gregori limpió la ventana antes de que llegara el turno del siguiente vampiro. Se trataba de una mujer regordeta, mayor, con el pelo gris y enredado. Se acercó a la fila de bebidas agarrada a su gran bolsa. Al final de la fila, dejó la bolsa en la mesa. Miró a su alrededor, tomó una botella de la mesa y se la metió a la cartera.

—Oh, Dios —dijo Shanna, mirando a Connor—. Acaba de robar una botella de Chocolood.

Connor se encogió de hombros.

—La pobre mujer tiene hambre. Que se la lleve.

—Sí, supongo que sí —dijo Shanna.

Habían terminado con las pruebas del primer grupo cuando la mujer vagabunda se inclinó hacia delante y gimió.

Gregori se acercó a ella.

—¿Se encuentra bien, señora?

—Yo… ¿Tienen baños aquí, joven? —le preguntó la mujer, con una voz muy ronca.

—Sí, por supuesto —dijo Gregori, y la acompañó a la puerta—. Este hombre la acompañará —añadió, y le hizo una señal a uno de los guardias escoceses que estaba custodiando la puerta.

La mujer se marchó con el Highlander. Llegó el turno del segundo grupo. Cuando terminaron de probar las muestras, dos horas más tarde, Shanna se sintió aliviada de que ya hubiera acabado el proceso. La puerta trasera de la sala en la que estaban Connor y ella se abrió, y Radinka entró.

—¿Habéis terminado ya? —preguntó.

—Sí, por fin —dijo Shanna, estirándose—. No tenía ni idea de que estas cosas fueran tan agotadoras.

—Bueno, pues acompáñame a comer algo. Eso te animará.

—Gracias —dijo ella, y recogió su bolso—. Me da la sensación de que Connor también va a querer venir.

—Sí. Me he comprometido a protegerte, ¿sabes, muchacha?

—Eres un encanto —le dijo Shanna, con una sonrisa—. ¿No hay ninguna pequeña vampiresa esperándote en algún sitio?

Él se ruborizó, y siguió a las mujeres al pasillo.

—¿Adónde vamos? —preguntó Shanna.

—A la cafetería de empleados —respondió Radinka, y comenzó a caminar con energía—. Tienen una tarta de queso fabulosa.

—Suena maravilloso.

—Sí —dijo Radinka, con un suspiro—. Lo es.

En cuanto sonó el teléfono, Ivan descolgó el auricular.

—Ya estoy en el laboratorio de Veszto —susurró Galina—. Necesito ayuda.

—Sabía que no debería haber enviado a una mujer —dijo Ivan, y le hizo un gesto a Alek—. Mantén abierta esta línea hasta que volvamos.

—De acuerdo —dijo Alek, y tomó el auricular.

—Está bien, Galina. Habla —dijo Ivan, y se concentró en su voz. Así, pudo teletransportarse al laboratorio de Veszto, en Romatech. El pequeño químico estaba en el suelo, mirándolos. Todavía estaba consciente, y tenía los ojos muy abiertos, con una mirada de terror, como si fuera un ciervo que se había quedado paralizado delante de los focos de un coche.

Ivan inspeccionó a Galina. Parecía una vieja vagabunda.

—Excelente. Yo no te habría reconocido.

Ella sonrió, mostrando una dentadura ennegrecida.

—Ha sido muy divertido. Fingí que necesitaba ir al servicio. Un escocés me acompañó y, cuando abrió la puerta, le pinché con el dardo.

—¿Y dónde está?

—En el baño. Con este no tuve tanta suerte —dijo, y abrió la puerta. Había un Highlander en el suelo.

—¡Mierda! No puedes dejarlo ahí, en el suelo.

—Es demasiado grande. No podía moverlo.

Ivan agarró al escocés por debajo de los brazos y lo arrastró al interior del laboratorio de Laszlo.

—¿Cuánto tiempo lleva ahí fuera?

—No mucho. Le di el pinchazo, entré aquí corriendo y pinché a Veszto. Cuando vi que no podía mover al guardia, te llamé.

Ivan dejó al Highlander en el suelo y cerró la puerta con llave.

—¿Has colocado la bomba?

—Sí. Los guardias de la puerta me registraron la bolsa, así que hicimos bien en esconderla entre mi ropa. La he dejado debajo de una de las mesas de la cafetería. Explotará dentro de unos cuarenta minutos.

—Excelente —dijo Ivan. Se dio cuenta de que el escocés los estaba mirando, escuchando sus planes—. Siempre he querido hacer esto.

Ivan se arrodilló y se sacó una estaca de madera de la chaqueta.

El escocés abrió mucho los ojos. Emitió un sonido ahogado, como si luchara por moverse. Sus esfuerzos fueron
en vano.

—No puede defenderse —susurró Galina.

—¿Y a mí qué me importa? —preguntó Ivan, y se inclinó sobre el Highlander—. Mira bien la cara de tu asesino.
Es lo último que vas a ver.

Le clavó la estaca en el corazón.

El escocés se arqueó. En su cara se reflejó el dolor. Después, su cuerpo quedó reducido a polvo.

Ivan sacudió la estaca y la frotó contra su muslo para
limpiar el polvo.

—Esto va a ser un buen recuerdo —dijo, y se la guardó
en un bolsillo de la chaqueta—. Ahora, vamos por el pequeño químico.

Se acercó a Laszlo Veszto.

—Tu maestro de aquelarre es un débil que no ha sabido
protegerte, ¿eh?

Veszto estaba pálido como la muerte.

—No deberías haber ayudado a escapar a esa zorra de
Whelan. ¿Sabes lo que hago con la gente que se interpone
en mi camino?

—Vamos —dijo Galina, y se acercó al teléfono—. Tenemos que irnos.

Ivan tomó a Laszlo en brazos.

—Sujétame el auricular junto al oído —ordenó. Escuchó la voz de Alek y se teletransportó a su casa de Brooklyn. Galina lo siguió.

Ivan dejó caer a Veszto en el suelo y le dio una patada en
las costillas.

—Bienvenido a mi humilde hogar.

Shanna se deleitó con otro pedazo de tarta de queso mientras miraba a su alrededor. La cafetería de empleados tenía
una iluminación tenue. Radinka y ella se habían sentado en

una mesa junto a la ventana. Connor estuvo unos minutos dando vueltas por el local y, finalmente, se puso a leer el periódico. Eran los únicos clientes.

—Me gusta trabajar por la noche. Es muy tranquilo —dijo Radinka, mientras le ponía edulcorante a su café—. Dentro de media hora, esto se habrá llenado de gente.

Shanna asintió y miró por la ventana. En el lado opuesto del jardín, se veían las luces del otro lado de Romatech. El laboratorio de Roman estaba allí.

—¿Has visto a Roman esta noche? —le preguntó Radinka.

—No.

Shanna tomó otro poco de tarta. No estaba segura de si quería verlo. O de si él quería verla a ella. El hecho de hacerle una confesión de amor a una chica, y que la chica saliera corriendo entre lágrimas, tenía que ser muy doloroso.

Radinka le dio un sorbito a su taza de té.

—Durante las dos últimas noches he estado haciendo algunas averiguaciones para Roman. He dejado la información en su laboratorio, pero él me ha dicho que la última palabra la tienes tú.

—No sé de qué estás hablando.

—Sí, querida, ya lo sé. Así pues, deberías hablar de este asunto con él. Connor te acompañará a su laboratorio.

Vaya. Como celestina, Radinka era implacable. Shanna miró el reloj de la cafetería. Eran casi las cinco y diez.

—No tengo tiempo. He venido con Gregori y Connor, y me han dicho que nos íbamos a las cinco y cuarto, ¿verdad? —dijo ella, y miró a Connor para que él la apoyara.

—Sí, pero hemos venido en coche —respondió Connor, mientras doblaba el periódico—. Roman puede teletransportarte a casa un poco después, si quieres.

Shanna puso cara de pocos amigos. Vaya ayuda que le había prestado.

—Será mejor que vayamos a buscar a Gregori. Espero que haya terminado ya con todos esos vampiros vagabundos.

—¿Ha ido bien el test? —preguntó Radinka.

—Supongo que sí. Ha sido un poco triste ver a gente tan marginada. Había una señora mayor que… —Shanna se quedó callada, pensando—. Oh, Dios mío. No ha vuelto.

—¿Qué? —preguntó Connor—. ¿A quién te refieres?

—A la anciana que robó la botella de Chocolood. Se marchó con un guardia al servicio, y no volvió.

—Oh, oh, esto no tiene buena pinta —dijo Connor y, rápidamente, sacó un teléfono móvil de su escarcela.

—Tal vez se haya puesto enferma y haya tenido que irse a su casa —sugirió Radinka.

Shanna lo dudaba.

—¿Pueden ponerse malos los vampiros?

—Sí, si toman sangre infectada —dijo Radinka—. Y la nueva Cocina de Fusión no les sienta bien a todos.

Connor marcó un número.

—¿Angus? Puede que haya un miembro del grupo de Gregori que se ha perdido por las instalaciones. Una anciana.

Shanna observó a Connor. El escocés se paseaba de un lado a otro con una expresión preocupada.

El Highlander se guardó el teléfono en la escarcela y volvió hacia ellas.

—Angus ha ordenado que se haga un registro completo de las instalaciones. Van a empezar en el almacén donde sucedió la explosión. Cada una de las habitaciones será registrada a fondo y, después, sellada, hasta el final.

—¿Crees que hay algún problema? —preguntó Radinka.

—No vamos a correr ningún riesgo —dijo Connor. Miró el reloj y cabeceó—. No nos queda mucho tiempo antes de que salga el sol.

Shanna se dio cuenta de que estaba ansioso por ayudar en el registro, pero el pobre hombre estaba obligado a vigilarla a ella.

—Vamos, Connor, ve. Yo me quedo aquí, con Radinka.

—No. No puedo dejarte, muchacha.

Radinka intervino:

—Connor, llévala al laboratorio de Roman. Él puede vigilarla mientras tú ayudas en el registro.

Shanna se estremeció. Radinka nunca se rendía. Por desgracia, Connor la estaba mirando con tanta esperanza, que ella no tuvo valor para negarse.

—Entonces, ¿mi viaje de vuelta a casa está cancelado?

—Por ahora, sí.

—Está bien —dijo ella, y tomó su cartera—. Vamos.

Radinka sonrió.

—Nos vemos luego, querida.

Shanna tuvo que corretear para poder seguir a Connor. Cuando llegaban al ala del edificio en la que se encontraba el laboratorio de Roman, oyeron una alarma.

—¿Qué es eso?

—La alerta roja —dijo Connor, y echó a correr—. Ha ocurrido algo.

Se detuvo frente a la puerta del laboratorio de Roman y llamó. Shanna entró un instante después, jadeando.

Roman estaba al teléfono, pero alzó la vista cuando ella entró en la sala. Su preocupación desapareció al instante, y le lanzó una sonrisa que terminó de cortarle la respiración.

—Está perfectamente. Ha venido con Connor —dijo. Escuchó la respuesta que alguien le daba por teléfono, pero no apartó la vista de Shanna.

Ella tenía el corazón acelerado y la garganta seca. Sin embargo, todo se debía a la carrera. No tenía nada que ver con la mirada de Roman.

Dejó el bolso en una de las mesas. Se oía una suave música. No había instrumentos, tan solo, voces masculinas. Era un sonido tranquilizador, en contraste a la insistente alarma que surgía de los altavoces del pasillo. Miró por la ventana. Veía la cafetería al otro lado del jardín.

—Mantenedme informado —dijo Roman, y colgó.

—¿Qué ha ocurrido? —preguntó Connor.

—Angus ha encontrado a un guardia en el baño. El hombre estaba consciente, pero paralizado.

Connor se quedó pálido.

—Esto es cosa de Petrovsky.

—¿Y la vagabunda? —preguntó Shanna.

—La están buscando —admitió Roman—. Sabemos que tú estás bien, así que, ahora, nuestra mayor preocupación es Laszlo.

Connor se detuvo al salir.

—Tengo que irme.

—No te preocupes. Shanna está a salvo conmigo —dijo Roman. Cerró la puerta con pestillo y se volvió hacia ella—. ¿Cómo estás?

—Bien —dijo Shanna.

Parecía que estaba adquiriendo un nivel muy alto de tolerancia a las impresiones fuertes. O, tal vez, ya había sobrepasado su límite y estaba entumecida. Paseó la mirada por la sala. Había estado ya una vez en el laboratorio, pero, en aquella ocasión, estaba demasiado oscuro como para ver algo. Se fijó en una pared llena de diplomas enmarcados, y se acercó a ella.

Roman tenía licenciaturas en Microbiología, Química y Farmacia. Después de tanto tiempo, seguía siendo un sanador. Tal y como había dicho Connor, la muerte no cambiaba el corazón de un hombre, y el corazón de Roman era bueno. Miró hacia atrás.

—No sabía que eras tan empollón.

Él arqueó una ceja.

—¿Cómo?

—Tienes muchas licenciaturas.

—He tenido tiempo de estudiar —respondió él, irónicamente.

Ella tuvo que morderse el labio para contener la sonrisa.

—¿Fuiste a la escuela nocturna?

Él sí sonrió.

—¿Cómo lo has adivinado?

Una impresora que había al otro lado de la sala comenzó a trabajar. Él se acercó a un monitor, en cuya pantalla aparecían listas y gráficos. Los datos eran incomprensibles para Shanna, pero Roman lo seguía todo con gran interés.

—Esto va bien —susurró. Tomó algunos papeles ya impresos de la bandeja de la impresora y los estudió—. Esto va muy bien.

—¿El qué?

Roman dejó los papeles sobre una de las mesas.

—Esto —dijo, y tomó un vaso de precipitados que contenía un líquido verdoso—. Creo que lo he conseguido —añadió, con una gran sonrisa—. Creo que lo he conseguido de verdad.

Parecía muy joven, y muy feliz. Como si, de repente, todas las preocupaciones de varios siglos hubieran desaparecido. Shanna sonrió sin poder contenerse. Así era como debía ser Roman. Alguien que sanaba a los demás, que trabajaba en un laboratorio y se deleitaba con sus descubrimientos.

Se acercó a él.

—¿Qué es? ¿Un nuevo limpiador para el baño?

Él se echó a reír y dejó el vaso de precipitados sobre la mesa.

—Es el compuesto que permitirá a los vampiros permanecer despiertos durante el día.

Shanna se quedó inmóvil.

—¡No! ¿Estás bromeando?

—No, no bromearía sobre algo así. Esto es...

—Revolucionario —susurró ella—. Podrías cambiar el mundo de los vampiros.

Él asintió. De repente, su expresión se llenó de curiosidad.

—Por supuesto, todavía no la he probado, así que no puedo estar seguro, pero sería el mayor avance desde la producción de la sangre sintética.

Y su sangre sintética estaba salvando miles de vidas. Shanna se dio cuenta de que estaba en presencia de un genio. Y ese genio le había dicho que la quería.

Él se cruzó de brazos mientras observaba el líquido verde.

—¿Sabes? Si esta fórmula puede fortalecer a un vampiro, que está clínicamente muerto, posiblemente tendrá aplicaciones beneficiosas en el estado catatónico o en el estado comatoso de los seres humanos.

—Oh, Dios mío… Eres un genio, Roman.

Él se quedó sorprendido.

—No. Es que he tenido muchos más años para estudiar que la mayoría de los mortales. O de los empollones, como tú los llamas —dijo, con una sonrisa.

—Eh, los empollones dominarán el mundo. Enhorabuena —respondió Shanna. Alzó los brazos para abrazarlo, pero se arrepintió, y se limitó a darle una palmadita en el brazo antes de retroceder.

A él se le borró la sonrisa de los labios.

—¿Te doy miedo?

—No. Lo que pasa es que creo que es mejor que nosotros dos no…

—¿Que no nos toquemos? ¿Que no hagamos el amor? —preguntó él, y en sus ojos brilló el hambre—. Sabes que tenemos un asunto sin terminar.

Ella tragó saliva y siguió retrocediendo. No era un problema de confianza; sabía que Roman haría cualquier cosa por protegerla. La verdad era que no confiaba en sí misma. Cuando él la miraba de aquella manera, su resistencia se volatilizaba. Le había permitido que le hiciera el amor en dos ocasiones, y debería haberse negado. Sabía que una relación con un vampiro no podía salir bien, pero el hecho de saberlo no atenuaba el anhelo de su corazón, ni tampoco suprimía la atracción física que le inundaba los sentidos y hacía que su cuerpo lo deseara.

Intentó cambiar de tema.

—¿Qué es esta música que estás escuchando?

—Canto gregoriano. Me ayuda a concentrarme —dijo él. Entonces, se acercó a una pequeña nevera y sacó una botella de sangre—. Vamos a asegurarnos de que no tengo hambre.

Desenroscó el tapón y comenzó a bebérsela fría.

Vaya. ¿Significaba eso que quería seducirla? No, no podía ser. El sol iba a salir muy pronto, así que él habría muerto al cabo de unos quince minutos. Claro que, por supuesto, los vampiros podían moverse muy deprisa cuando querían. Ella anduvo lentamente por el laboratorio, mientras él permanecía en su sitio, bebiendo sangre y siguiendo todos sus pasos.

—Esto parece muy antiguo —dijo Shanna, examinando un viejo mortero de piedra.

—Es antiguo. Lo rescaté de las ruinas del monasterio donde me crie. Eso, y la cruz que llevas en el cuello es lo único que me queda de aquella vida.

Shanna tocó el crucifijo.

—Cuando esté a salvo, te lo devolveré. Debe de ser algo muy preciado para ti.

—Es tuyo. Y no hay nada más preciado para mí que tú.

Ella no supo qué responder a eso. «Tú también me gustas» le parecía un poco bobo.

—Radinka me ha dicho que estaba haciendo unas averiguaciones para ti, y que debía hablar contigo sobre ellas.

—Radinka habla demasiado —respondió él, y tomó otro trago de sangre—. Mira en esa carpeta roja —añadió, señalando hacia la mesa que estaba más cerca de ella.

Shanna se acercó lentamente a la carpeta, y la abrió. Dentro había una fotografía de un golden retriever.

—Ah. Es un… perro.

Shanna siguió pasando fotografías. Un labrador negro, un pastor alemán.

—¿Por qué estoy mirando fotos de perros?

—Dijiste que querías un perro grande.

—En estos momentos, no. Estoy huyendo.

Levantó la fotografía de un malamute de Alaska y se quedó sin habla al ver la imagen de una casa grande, de dos pisos, con un gran porche y una valla blanca. En el jardín delantero había un cartel de *Se vende*. Era la casa de sus sueños.

No. Era algo más que la casa de sus sueños. Era una proposición para pasar toda una vida de ensueño junto a Roman. A Shanna se le formó un nudo en la garganta, y se quedó sin habla, sin aliento. Se había equivocado; su capacidad de soportar grandes impresiones no era tan grande como pensaba. Con la mano temblorosa, pasó a otra fotografía, y vio otra casa con la valla blanca. Aquella era una antigua casa victoriana, con un torreón precioso. También estaba a la venta.

Ella le había contado lo que más había deseado en la vida, y él estaba intentando dárselo. Cuando llegó a la octava y última fotografía, apenas veía nada, porque tenía los ojos llenos de lágrimas.

—Podríamos verlas de noche —le dijo Roman. Dejó sobre la mesa la botella vacía y se acercó a ella—. Puedes elegir la que quieras. Y, si no te gusta ninguna de estas, seguiremos buscando.

—Roman —dijo ella—. Eres el mejor hombre del mundo. Pero...

—No tienes por qué responder en este momento. Va a amanecer muy pronto, así que tenemos que irnos. Podríamos teletransportarnos a mi habitación. ¿Quieres venir conmigo?

Y estar a solas con él. Aunque intentara seducirla, el sol saldría muy pronto, y él tendría que parar. No podría levantar ni un dedo y, mucho menos...

La puerta se abrió de golpe, y entró un enorme escocés con la respiración jadeante y los ojos, muy verdes y muy brillantes, llenos de lágrimas.

—¿Angus? —preguntó Roman—. ¿Qué ha ocurrido?

—Tu químico ha desaparecido. Lo han secuestrado.

—Oh, no —murmuró Shanna, y se tapó la boca con las manos. Pobre Laszlo.

—El teléfono de su laboratorio estaba descolgado, y hemos localizado la llamada en la casa de Petrovsky, en Brooklyn.

—Entiendo —dijo Roman, que se había quedado muy pálido.

—Y Ewan. Ewan Grant, que estaba custodiando su puerta —dijo Angus, con una expresión dura—. Lo han matado.

Roman dio un paso atrás.

—¿Estás seguro? Tal vez lo hayan secuestrado también...

—No —dijo el escocés—. Hemos encontrado su cuerpo reducido a polvo. Esos malditos bastardos le han clavado una estaca en el corazón.

—Oh, por Dios... —Roman tuvo que agarrarse al borde de la mesa—. Ewan. Era tan fuerte... ¿Cómo han podido...?

—Creemos que han usado sombra de la noche para inmovilizarlo, como al guardia que hemos encontrado en el baño. Tal vez estuviera... indefenso.

—¡Maldita sea! —exclamó Roman, y dio un puñetazo en la mesa—. Esos canallas... ¿A qué hora sale el sol? ¿Tenemos tiempo para vengarnos?

—No. Lo han programado todo a propósito. El sol sale dentro de cinco minutos, así que es demasiado tarde.

Roman murmuró una maldición.

—Tenías razón, Angus. Deberíamos haber atacado esta misma noche.

—No te culpes —dijo Angus. Miró a Shanna, y frunció el ceño.

A ella se le puso la carne de gallina. El escocés pensaba que todo aquello era culpa suya. Petrovsky no habría secuestrado a Laszlo si no la hubiera ayudado a escapar. Y, si Petrovsky no hubiera ido a secuestrar a Laszlo, el guardia escocés todavía estaría vivo.

Roman empezó a pasearse de un lado a otro.

—Por lo menos, no van a poder torturarlo durante mucho tiempo.

—Sí, el sol pondrá fin a sus maldades —dijo Angus—. Entonces, estás de acuerdo: mañana vamos a la guerra.

Roman asintió. Tenía una expresión de cólera.

—Sí.

Shanna tragó saliva. Si iban a la guerra, morirían más vampiros. Tal vez, incluso, Roman.

—Los muchachos y yo nos vamos a refugiar en el sótano. Vamos a hacer planes hasta que salga el sol. Tú deberías buscar un sitio para dormir.

—Lo entiendo —dijo Roman.

Angus cerró la puerta al salir, y Roman se posó la mano en la frente y cerró los ojos. Shanna no sabía si era por dolor, o por fatiga. Probablemente, por ambas cosas. Debía de conocer al escocés que había muerto desde hacía mucho tiempo.

—¿Roman? Tal vez debamos ir a la habitación de plata.

—Es culpa mía —susurró él.

Ah, así que él también sentía culpabilidad. A Shanna se le llenaron los ojos de lágrimas. Ella lo sabía todo sobre aquel sentimiento.

—No es culpa tuya. Es culpa mía.

—No —dijo él, con sorpresa—. Yo fui el que tomé la decisión de protegerte. Llamé a Laszlo por teléfono y le dije que volviera. Él estaba cumpliendo órdenes mías. ¿Cómo va a ser culpa tuya? Tú estabas inconsciente en ese momento.

—Pero, de no ser por mí…

—No. La enemistad entre Petrovsky y yo tiene muchos años de historia —dijo Roman, y se tambaleó hacia delante.

Ella lo agarró del brazo.

—Estás agotado. Vamos a la habitación de plata.

—No tenemos tiempo —dijo él, y miró a su alrededor—. Yo voy a estar aquí mismo, en el armario.

—No. No quiero que duermas en el suelo.

Él sonrió cansadamente.

—Cariño, no voy a notar ninguna incomodidad.

—Les pediré a los empleados del turno de día que te lleven a la cama de la habitación de plata.

—No. Ellos no saben quién soy. No me va a pasar nada —dijo él, y se dirigió, cón esfuerzo, hacia el armario—. Cierra las persianas, por favor.

Shanna se acercó apresuradamente a la ventana. El cie
lo estaba de un color gris claro, y un rayo de sol dorado
asomaba por encima del tejado de Romatech.

Roman había llegado al armario y estaba abriendo la
puerta.

De repente, hubo una explosión ensordecedora. El sue
lo tembló. Ella se agarró a las persianas, pero se balancea
ron, y estuvo a punto de caerse. Las alarmas se activaron
Y hubo otro ruido; Shanna se dio cuenta de que eran lo
gritos de la gente.

—Oh, Dios mío —murmuró, mirando por la ventana
Vio una columna de humo.

—¿Ha habido una explosión? —preguntó Roman, en
un susurro—. ¿Dónde?

—No estoy segura. Solo veo humo —dijo Shanna,
miró hacia atrás. Roman estaba apoyado contra la puerta
del armario, completamente pálido.

—Lo han pensado todo perfectamente para que no pu
diera hacer nada.

Shanna miró a través de las persianas otra vez.

—Es en el ala de enfrente. ¡La cafetería! Radinka estab
allí —dijo Shanna. Tomó rápidamente el teléfono y llam
a emergencias.

—Habrá… mucha gente allí —dijo Roman. Se alejó de
armario e intentó caminar, pero cayó de rodillas.

Cuando respondió un operador, Shanna le gritó a tra
vés del auricular:

—¡Ha habido una explosión en Romatech Industries!

—¿En qué consiste su emergencia?

—¡Es una explosión! Necesitamos ambulancias y coche
de bomberos.

—Cálmese. ¿Cuál es su nombre?

—Por favor, dese prisa. ¡Hay heridos!

Colgó y corrió hacia Roman. El pobre estaba arrastrán
dose por el suelo.

—No puedes hacer nada, Roman. Ve al armario y descansa.

—No. Tengo que ayudarlos.

—He llamado a emergencias. Y yo también voy a ir a la cafetería, en cuanto sepa que estás a salvo —le dijo ella, señalándole el armario e intentando imponer su autoridad—. Vamos, ve a tu habitación.

—No puedo soportar ser inútil cuando la gente me necesita.

Shanna se arrodilló a su lado.

—Te entiendo, de veras. Yo he pasado por lo mismo. Pero no puedes hacer nada.

—Sí, sí —dijo él. Se aferró al borde de la mesa y se puso en pie. Tomó el vaso de precipitados que contenía el líquido verdoso.

—¡No, no puedes tomarlo! ¡Todavía no lo habéis probado!

—¿Y qué va a hacerme? ¿Matarme?

—Esto no tiene gracia, Roman. Por favor, no lo tomes.

Él se llevó el vaso a la boca con una mano temblorosa. Tragó varios sorbos, y dejó el vaso en la mesa.

Shanna agarró con fuerza el crucifijo que él le había dado.

—¿Sabes, al menos, cuál es la dosis adecuada?

—No —dijo él. Dio un paso atrás, y se tambaleó—. Me siento… raro.

Entonces, se desplomó en el suelo.

24

Shanna se puso de rodillas a su lado.

—¿Roman?

Le acarició la mejilla.

Estaba frío, sin vida. ¿Era aquel su estado normal durante el día, o se había matado de verdad al ingerir aquel fármaco experimental?

—¿Qué has hecho?

Posó la cabeza en su pecho para escuchar los latidos de su corazón. Nada. Sin embargo, él no tenía pulso de noche. ¿Y si no volvía a tenerlo nunca más? ¿Y si había muerto para siempre?

—No me dejes —susurró. Se sentó en el suelo, apretándose la cara con las manos. Había intentado convencerse, a toda costa, de que su relación no podía funcionar. Sin embargo, parecía que Roman estaba muerto, y eso la estaba matando a ella también.

—Roman…

Se inclinó hacia él, ahogada por la angustia. No podía soportar la idea de perderlo.

En la cafetería había gente que necesitaba su ayuda. Tenía

que irse, pero no podía hacerlo. No podía dejar solo a Roman. El hecho de perder a Karen había sido muy difícil para ella, pero aquello... Shanna se sentía como si le estuvieran arrancando el corazón. Y, con aquel dolor, entendió la verdad.

No podía seguir diciéndose que una relación con Roman era imposible. Ya existía. Estaba enamorada de él. Le había confiado su vida. Había permitido que entrara en su mente. Había luchado contra su fobia a la sangre por él. Siempre había creído que era un hombre bueno y honorable. Porque lo quería.

Y Roman tenía razón: ella entendía sus remordimientos y su sentimiento de culpabilidad como nadie más podía entenderlo.

Los caprichos crueles del destino les habían hecho daño a los dos en el pasado, pero, en el presente, ambos podían superar el dolor y la desesperanza si se enfrentaban juntos al mundo.

Notó que algo la agarraba de la muñeca.

¡Estaba vivo! De repente, el pecho de Roman se hinchó con una bocanada de aire. Abrió los ojos. Estaban completamente rojos.

A Shanna se le escapó un jadeo. Intentó apartarse, pero él la sujetó con más fuerza aún. Oh, Dios, ¿y si se había transformado en el señor Hyde?

Él giró la cabeza y la miró.

Pestañeó una vez, dos veces, y, lentamente, sus ojos recuperaron su color dorado.

—¿Roman? ¿Estás bien?

—Sí, creo que sí —dijo él. Le soltó la mano, y se incorporó—. ¿Cuánto tiempo he estado inconsciente?

—No... no lo sé. Me ha parecido una eternidad.

Roman miró el reloj de la pared.

—Solo han sido unos minutos. Te he asustado. Lo siento.

Ella se puso en pie.

—Temía que te hubieras causado un daño grave al beber ese compuesto. Ha sido una locura.

—Sí, pero ha funcionado. Estoy despierto, y el sol está en el cielo —respondió él. Se acercó al armario, y dijo—: Debería haber un botiquín aquí dentro.

Abrió la puerta y sacó una caja de plástico blanco.

—Vamos.

Corrieron por todo el pasillo. Las alarmas seguían sonando. La gente pasaba cerca de ellos con cara de terror. Algunos se quedaban mirando a Roman, y otros se sobresaltaban.

—¿Saben quién eres?

—Supongo que sí. Mi fotografía está en el manual del empleado —dijo Roman, mientras miraba a su alrededor con curiosidad—. Nunca había visto este sitio tan abarrotado de gente.

Torcieron la esquina hacia el pasillo que comunicaba el ala del laboratorio con la cafetería. Estaba lleno de gente, e inundado de luz diurna, que entraba a raudales por las tres ventanas orientadas al este. Cuando Shanna pasaba por delante de la primera, oyó un gemido de Roman. Se volvió a mirarlo, y vio que tenía una quemadura roja en la mejilla.

Ella lo agarró del brazo.

—El sol te está quemando.

—Solo se me ha quemado la cara. Tú debes de haber bloqueado el resto de los rayos. Quédate a mi lado.

Al pasar por la segunda ventana, Roman elevó el botiquín para taparse la cara, y el sol le quemó la mano.

—Maldita sea —dijo, flexionando los dedos abrasados.

—Deja que yo te sujete el botiquín —le indicó ella.

Tomó el maletín y se lo puso sobre la cabeza para aumentar su altura. La gente los miraba con extrañeza, pero pasaron por delante del último ventanal sin que Roman sufriera más quemaduras.

Al entrar en la cafetería, Roman señaló a un hombre.

—Aquel es Todd Spencer. Es el vicepresidente de producción.

Shanna apenas se dio cuenta. Se había quedado demasiado impresionada por lo que veía ante sí. Había heridos en el suelo. La gente iba apresuradamente de un lado a otro. Algunos estaban apartando escombros. Otros estaban encorvados sobre los heridos, poniéndoles vendas.

Había un enorme agujero en la pared, en el lugar de las columnas y la cristalera que había antes. Las mesas y las sillas estaban dadas la vuelta y retorcidas, y había bandejas de comida tiradas por todas partes. El silbido de los extintores ahogaba los gemidos de los heridos. Y Radinka no estaba por ninguna parte.

—Spencer —dijo Roman, aproximándose a su vicepresidente—. ¿Cuál es la situación?

Todd Spencer se quedó asombrado al verlo.

—Señor Draganesti, no sabía que estaba aquí. Eh… tenemos los incendios bajo control. Estamos ocupándonos de los heridos. Las ambulancias vienen hacia acá. Pero… no entiendo nada de esto. ¿Quién ha podido hacer algo así?

Roman miró a su alrededor.

—¿Ha muerto alguien?

—No lo sé. Todavía no hemos encontrado a todo el mundo.

Roman se dirigió hacia un lugar en el que se habían derrumbado el techo y la pared.

—Tal vez haya alguien ahí debajo —dijo.

Spencer lo acompañó.

—Hemos intentado levantar ese escombro, pero pesa demasiado. He mandado a alguien en busca de equipo especial.

Una de las columnas de cemento había caído sobre una mesa. Roman agarró un enorme fragmento y lo tiró hacia el jardín.

—Oh, Dios mío —susurró Spencer—. ¿Cómo lo ha hecho?

Shanna se estremeció.

Roman no se estaba molestando en disimular su fuerza vampírica.

—Puede que sea algo inducido por el trauma —dijo ella—. He oído que hay gente que es capaz de levantar coches después de un accidente.

—Puede ser —dijo Spencer—. ¿Se encuentra bien, señor?

Roman estaba inclinado hacia delante. Se incorporó lentamente, y se giró hacia ellos.

Shanna jadeó.

Su cercanía al jardín lo había dejado expuesto al sol. Tenía la camisa quemada, y salía humo de su pecho herido. Olía a carne quemada.

Spencer se encogió.

—Señor, no me había dado cuenta de que usted también está herido.

No debería estar haciendo nada de esto.

—Estoy bien —dijo Roman, y tiró otro pedazo de cemento al jardín—. Dejadme despejar esto.

Spencer se ocupó de pedazos de cemento más pequeños. Shanna fue apartando azulejos rotos. Al poco tiempo, consiguieron desenterrar una mesa. Por suerte, las sillas que había debajo habían impedido que quedara totalmente aplastada contra el suelo. Había un pequeño espacio bajo la mesa y, en él, había un cuerpo.

Era Radinka.

Roman apartó la mesa y las sillas.

—Radinka, ¿me oyes?

Ella parpadeó.

—Está viva —susurró Shanna.

Roman se arrodilló junto a Radinka.

—Necesitamos más vendas.

—Voy a buscarlas —dijo Spencer.

—Radinka, ¿me oyes?

Ella gimió y abrió los ojos.

—Me duele —murmuró.

—Sí, lo sé —dijo él—. Ya viene la ambulancia.

—¿Cómo puedes estar aquí? Debo de estar soñando.

—Vas a recuperarte. Eres demasiado joven para morir.

Radinka dio un resoplido.

—Todo el mundo es demasiado joven para ti.

—Oh, Dios… murmuró Shanna.

—¿Qué ocurre? —le preguntó Roman.

Ella señaló el costado de Radinka, donde se le había clavado un cuchillo. Se estaba formando un charco de sangre. Shanna se tapó la boca y tragó con fuerza la bilis que se le había subido hasta la garganta.

Roman la miró.

—Vamos, nena. Puedes hacer esto.

Ella respiró profundamente, varias veces. Tenía que hacerlo. No iba a fallarle a otra amiga.

Un joven se les acercó con los brazos llenos de vendas hechas con cortes de los manteles.

—El señor Spencer me ha dicho que necesitaban vendas.

—Sí —dijo Shanna y, con las manos temblorosas, tomó un trozo de tela y lo dobló para formar un vendaje grueso.

—¿Lista? —preguntó Roman, tomando el cuchillo con el puño—. En cuanto lo saque, aprieta con todas tus fuerzas en la herida.

Entonces, Roman sacó el cuchillo, y ella apretó la venda contra el corte.

La sangre se le filtró entre los dedos. El estómago le dio un vuelco.

Roman tomó otro trozo de tela y lo dobló.

—Me toca —dijo, y apretó la venda contra la herida—. Lo estás haciendo bien, Shanna.

Ella dejó el trozo de venda ensangrentado en el suelo y dobló uno nuevo.

—¿Me estás ayudando mentalmente?

—No. Lo estás haciendo tú sola.

—Bien —dijo ella, y apretó la venda contra el costado de Radinka—. Puedo hacerlo.

Los médicos entraron apresuradamente, empujando camillas.

—¡Aquí! —gritó Roman.

Dos médicos llevaron una camilla junto a ellos.

—Nosotros nos hacemos cargo a partir de ahora —dijo uno de ellos.

Roman ayudó a subir a Radinka a la camilla.

Shanna caminó a su lado, sujetándole la mano.

—Vamos a decírselo a Gregori. Irá a verte esta noche.

Radinka asintió.

Estaba muy pálida.

—Roman, ¿va a haber guerra? No dejes luchar a Gregori, por favor. No tiene el adiestramiento necesario.

—Está delirando —murmuró uno de los médicos.

—No te preocupes —le dijo Roman a Radinka, acariciándole el hombro—. No permitiré que le ocurra nada.

Los médicos se la llevaron. Llegó la policía, y los investigadores forenses comenzaron a tomar fotografías de la escena.

—Maldita sea —dijo Roman, retrocediendo—. Tengo que marcharme de aquí.

—¿Por qué? —preguntó Shanna.

—No creo que eso sean cámaras digitales —respondió Roman. La tomó de la mano y se la llevó hacia la puerta.

Uno de los médicos se detuvo junto a él.

—Señor, tiene quemaduras graves. Debería venir con nosotros.

—No, estoy bien.

—Lo llevaremos al hospital en ambulancia. Venga por aquí.

—No voy a ir al hospital.

—Soy la doctora Whelan —intervino Shanna—. Este hombre es mi paciente. Yo me ocuparé de él, gracias.

—Muy bien, como quieran —respondió el médico, y corrió a unirse a los demás.

—Gracias —dijo Roman. Shanna y él salieron de la cafetería—. Vamos a la habitación de plata. Abrió la puerta de la escalera, y comenzaron a descender—. Esto es muy exasperante. Quiero ver las pruebas que descubre la policía, pero no me atrevo a quedarme con todas esas cámaras.

—¿No aparecéis en las fotografías tomadas con cámaras normales?

—No.

Roman abrió la puerta del sótano, y recorrieron el pasillo hasta la entrada de la habitación de plata.

—Mira, vamos a hacer una cosa —sugirió Shanna, mientras él marcaba el número en el panel de seguridad—. Te voy a ayudar a limpiarte las heridas y, después, voy a volver a la cafetería para ver qué puedo averiguar.

—De acuerdo —dijo él, mirando hacia el escáner de retina—. No me gusta dejarte sola, pero supongo que estarás a salvo ahí arriba, con la policía.

Roman abrió la puerta y le cedió el paso.

De repente, Shanna se irritó. ¿A él le preocupaba que ella estuviera segura, pero no se preocupaba en absoluto por su propia seguridad?

—Yo estoy bien. La cuestión es cómo estás tú. Tú eres el que tiene un fármaco extraño en el organismo. Ni siquiera ha sido probado.

—Sí, ya ha sido probado —replicó él, mientras buscaba con la mirada algo para aislar sus manos de la puerta de plata.

—Yo cierro —dijo ella. Empujó la puerta y echó los pestillos de plata. Después, puso la barra atravesada—. Todavía no sabemos si la fórmula es segura. No creo que sea aconsejable que salgas durante el día. Tienes muy mal aspecto.

—Vaya, gracias.

Ella frunció el ceño al ver la quemadura de su pecho.

—Estás herido. Será mejor que tomes un poco de sangre.

Se acercó a la nevera y sacó una botella.

Él enarcó las cejas.

—¿Me estás dando órdenes?

—Sí —respondió Shanna, y metió la botella en el microondas—. Alguien tiene que cuidar de ti. Te arriesgas demasiado.

—La gente necesitaba mi ayuda. Radinka nos necesitaba.

Shanna asintió, y se le empañaron los ojos al recordarlo.

—Eres un hombre heroico —susurró. Y ella lo quería mucho.

—Tú también has sido muy valiente —dijo Roman, y caminó hacia ella.

Se miraron a los ojos. Shanna quería abrazarlo y no soltarlo nunca.

El microondas pitó, y ella se sobresaltó. Sacó la botella de sangre.

—No sé si está lo suficientemente tibio.

—Sí, está bien —dijo Roman, y bebió un largo sorbo—. Hay otro tipo de comida en los armarios, por si tienes hambre.

—Estoy bien. Tenemos que curarte las heridas. Termina esa bebida y quítate la ropa.

Él sonrió.

—Están empezando a gustarme las mujeres autoritarias.

—Y vete a la ducha. Tienes que estar limpio —dijo Shanna, y entró al baño. Por supuesto, allí no había ningún armario con las puertas de espejo. Era de esperar. Rebuscó por los cajones hasta que halló un tubo de pomada con antibiótico.

—Ah, aquí. Cuando tengas la piel limpia, te aplicaremos esto —murmuró; se irguió y se dio la vuelta—. ¡Aaarg!

Dio un respingo tan brusco que el tubo de pomada se le cayó de las manos.

—Me has dicho que me quitara la ropa —dijo Roman. Estaba desnudo en el vano de la puerta, bebiendo su botella de sangre.

Ella se inclinó para recoger el tubo de pomada. Le ardían las mejillas.

—Pero no esperaba que lo hicieras tan rápido. Ni que te pusieras desnudo delante de mí —respondió Shanna, y se aproximó a la puerta. Él no se movió—. Disculpa.

Entonces, Roman se giró ligeramente para que ella pasara. Con dificultad. Shanna tenía fuego en las mejillas. Notó perfectamente lo que rozó con la cadera al salir.

—¿Shanna?

—Que disfrutes de tu ducha —respondió ella. Salió a la cocina y empezó a abrir armarios—. Tengo hambre.

—Yo también.

Él dejó la puerta del baño entreabierta.

Al instante, se oyó el ruido del agua que salía del grifo. Pobre Roman; las quemaduras le iban a escocer. Shanna se sirvió un vaso de agua y bebió. En realidad, no tenía hambre. Estaba muy estresada. Roman había dicho que ella era muy valiente, y que estaba superando su fobia a la sangre. Sin embargo, ¿qué ocurría con su otro miedo? Su miedo a que una relación entre ellos dos no pudiera funcionar.

Se paseó de un lado a otro mientras pensaba. ¿Cuántas relaciones funcionaban de verdad? ¿La mitad, más o menos? Nunca había garantía. ¿Acaso solo se trataba de que tenía miedo de perderlo? Había perdido a Karen. Había perdido a su familia. ¿Iba a renunciar a su oportunidad de ser feliz en aquel momento, solo porque cabía la posibilidad de que Roman la abandonara años después? ¿Debía permitir que las dudas destruyeran aquel sentimiento bello y poderoso que se había apoderado de ella?

Lo amaba con todo el corazón. Y él la quería a ella. El hecho de que se hubieran encontrado era un milagro. Roman la necesitaba. Él había sufrido durante cientos de años. ¿Cómo iba a negarle que experimentara la felicidad? Ella misma debería sentirse feliz por el hecho de proporcionarle alegría, aunque no pudiera durar para siempre.

Se detuvo en medio de la habitación, con el corazón acelerado.

Si fuera valiente de verdad, como creía Roman, entraría allí y le demostraría lo mucho que lo amaba.

Volvió a la cocina y bebió más agua. Bien, ella sí tenía agallas. Podía hacerlo.

Se sacó las zapatillas y miró hacia la cama. El edredón era grueso, y la funda tenía un dibujo oriental de colores rojo y dorado. Las sábanas parecían de seda dorada. Muy lujoso, para ser un escondite.

Miró hacia arriba. La cámara de vigilancia. Eso tenía que desaparecer. Tomó la camisa de Roman del suelo y se subió a la cama. Después de unos cuantos lanzamientos, consiguió que se enganchara en la cámara y la tapara. Bajó de la cama y volvió a colocar el edredón.

Cuando terminó de quitarse la ropa, tenía el pulso acelerado. Entró al baño, desnuda. A pesar del vapor, podía ver a Roman dentro de la cabina de la ducha. Él tenía los ojos cerrados y se estaba aclarando el pelo negro, que le llegaba por los hombros. Tenía el vello del pecho aplastado contra la piel mojada, y la marca de la quemadura le atravesaba el torso de un lado a otro. Ella quiso besársela para que se le curara. Bajó la mirada. Su miembro viril estaba relajado en medio de unos rizos negros. Ella quiso besárselo, para que… aumentara de tamaño.

Abrió la puerta de la ducha, y él se quedó asombrado. Shanna entró en la cabina, y el agua le mojó el cuerpo y el pelo.

Él pasó la mirada por su cuerpo, y volvió a su rostro. Sus ojos adquirieron un brillo rojizo.

—¿Estás segura?

Ella le rodeó el cuello con los brazos.

—Estoy muy segura.

Entonces, él la abrazó y la besó en los labios. Aquel fue un beso salvaje y hambriento. No hubo una dulce progresión, sino una pasión desatada y directa. Él exploró su boca, le tomó las nalgas con las manos y la estrechó, con fuerza, contra su miembro cada vez más hinchado.

Shanna le devolvió las caricias de su lengua y atrajo su cabeza hacia ella, notando su pelo resbaladizo y mojado en la palma de la mano. Se separó de sus labios y comenzó a cubrir de pequeños besos la quemadura que él tenía en la mejilla.

Roman deslizó una mano entre ellos y le acarició el pecho.

—Eres tan bella...

—¿Ah, sí? —dijo Shanna, y fue ella quien, en aquella ocasión, deslizó la mano por la planicie de su estómago hasta que llegó a la mata de vello negro. Curvó los dedos alrededor de su cuerpo.

—A mí me parece que tú eres una belleza —le dijo.

Él tomó aire bruscamente.

—Oh, Dios —musitó, y apoyó la espalda en la pared de azulejo de la ducha—. Shanna.

—¿Sí?

Shanna le pasó la mano, de arriba hacia abajo, por el miembro. Estaba muy endurecido, pero la piel era suave y flexible. Sobre todo, en el extremo.

—No sé cuánto más voy a poder aguantar esto —murmuró él.

—Lo conseguirás. Tú eres un tipo duro —respondió ella.

Entonces, se agachó y lo tomó en la boca.

Roman se puso rígido, y dejó escapar un gruñido. Su tamaño había aumentado tanto que ella apenas podía tomar toda su longitud. Rodeó la base del miembro con la mano y le acarició con la boca.

—Shanna —gimió él, y la agarró por los hombros—. Para. No puedo...

Ella se levantó y frotó su cuerpo contra el de Roman. Él la estrechó contra sí, con los ojos cerrados. Shanna siguió moviéndose contra él, y se puso de puntillas.

—Roman, te quiero.

Él abrió los ojos, que eran de un color rojo brillante. No pudo contener un jadeo mientras su cuerpo se convulsionaba. Ella notó un borbotón caliente en la cadera.

Se abrazó a él, deleitándose con los estremecimientos que hacían vibrar su cuerpo. Sí, Roman no iba a tener ninguna duda de que lo quería.

Su respiración fue calmándose poco a poco.

—Por Dios —susurró, y se inclinó hacia el chorro de agua. Dejó que le cayera sobre el pelo. Después, se retiró y cabeceó—. Vaya.

Shanna se echó a reír.

—No está mal, ¿eh?

Él le miró la cadera.

—Te he ensuciado.

—¿Y qué? Soy lavable, ¿sabes? —dijo ella. Se metió bajo el chorro de agua y se humedeció el pelo—. Pásame el champú, por favor.

Él lo hizo.

—¿Hablabas en serio cuando me has dicho que me quieres?

Ella se enjabonó el pelo.

—Por supuesto. Claro que te quiero.

Él la estrechó contra sí y la besó.

—Aarg. Tengo champú en la cara.

—Lo siento —dijo Roman, y volvió a ponerla bajo el chorro de agua. Ella arqueó la espalda para aclararse la melena. A los pocos segundos, notó la boca de Roman en el pecho. Ella se agarró a sus hombros. Él la tomó de las nalgas y la alzó. Shanna le rodeó la cintura con las piernas.

Sujetándola, Roman giró sobre sí mismo y le apoyó la espalda contra los azulejos.

—¿Me quieres?

—Sí.

La elevó aún más, para poder besarle los pechos. Ella disfrutó de cada uno de sus besos, de cada giro de su lengua, de cada pequeño tirón que le daba en los pezones. Y notaba agudamente que su sexo estaba aplastado contra el estómago plano de Roman. Quería más. Necesitaba que él penetrara en su cuerpo.

—Roman —jadeó—. Te necesito.

Él la sostuvo con un brazo, y metió una mano entre ellos. Cuando la acarició con los dedos, Shanna gimió y se estre-

chó contra él. Roman deslizó un dedo en su cuerpo, y ella se
balanceó hacia él. Su piel húmeda resbalaba y resonaba al
entrechocar.

Él se detuvo.

—Esto no es cómodo del todo, ¿verdad?

Shanna abrió los ojos. Los de Roman estaban completamente rojos, pero ella sonrió. Ya no le asustaba el hecho de que sus ojos pudieran cambiar de color. Al contrario, le encantaba que fuera tan descaradamente sincero.
Roman nunca podría disimular el apetito que sentía por
ella.

—Llévame a la cama.

Él le devolvió la sonrisa.

—Como quieras.

Cerró el grifo del agua y abrió la puerta de la cabina.

Shanna se agarró a sus hombros con los brazos, y mantuvo las piernas alrededor de su cintura. Mientras Roman salía del baño, agarró una toalla y le secó la espalda y el pelo.

Se acercó a la cama, y se echó a reír.

—Veo que has encontrado una utilidad para mi camisa —dijo, y la depositó sobre la cama. Ella empezó a cerrar las piernas, pero él la agarró de las rodillas para de-
tenerla.

—Me gusta la vista —dijo.

Se arrodilló junto a la cama y atrajo las caderas de Shanna hacia el borde del colchón. Le besó el interior del muslo, y le besó la carne más íntima.

Shanna ya estaba demasiado excitada como para durar demasiado. Con el primer roce de su lengua, subió en
espiral hacia lo más alto. Por suerte, él entendió su necesidad, porque fue maravillosamente agresivo. El ascenso
fue rápido. Ella flotó sobre una meseta gloriosa y, después, todo aquel placer estalló en forma de largo estremecimiento.

Ella gritó.

Él se tendió sobre ella y la abrazó.

—Te quiero, Shanna —le dijo, y le besó la frente—. Siempre te querré. Voy a ser un buen marido —añadió, besándole la mejilla, el cuello.

—Sí —respondió ella, rodeándolo con las piernas. Su hombre dulce, anticuado y medieval sentía la necesidad de comprometerse con ella antes de entrar en su cuerpo, y eso la conmovió. Se le llenaron los ojos de lágrimas—. Te quiero mucho.

—El último voto —susurró él.

—¿Umm?

Él alzó su mirada roja y la clavó en sus ojos.

—Te he esperado mucho tiempo —dijo, y se hundió en su cuerpo.

Ella jadeó, tensándose inmediatamente bajo aquel asalto inesperado.

Él tenía la respiración entrecortada, y la cabeza contra su hombro.

—Shanna —susurró.

Ella notó que, al oír su voz, sus músculos se relajaban. Él se deslizó en su interior y la llenó. La voz de Roman continuó resonando, como un eco, en su mente. «Shanna, Shanna».

—Roman.

Lo miró a los ojos, y en ellos vio algo más que el brillo rojo de su pasión. Vio amor, reverencia, calidez y alegría. Todo lo que siempre había deseado.

Él se retiró lentamente, y volvió a hundirse.

«No sé cuánto tiempo voy a durar. Esto es tan…».

—Lo sé. Yo también lo siento.

Shanna lo atrajo hacia sí, hasta que su frente descansó sobre la de ella. Él estaba dentro de su cabeza y dentro de su cuerpo. Era una parte de su corazón. «Te quiero, Roman».

Sus mentes estaban tan unidas, que el placer de los dos se había convertido en uno que ambos compartían. En muy poco tiempo, ambos estaban agarrándose el uno al otro con fuerza, y acelerando el ritmo de sus movimientos. Él llegó primero al clímax, y su liberación estalló por el cuerpo y la mente de Shanna, prendiendo la mecha de su intensa respuesta.

Se quedaron uno en brazos del otro, recuperando el aliento. Roman rodó por la cama y se tumbó a su lado.

—¿Te estaba aplastando?

—No —respondió ella, y se acurrucó contra él.

Él miró al techo.

—Tú… eres la única mujer a la que he amado. En persona, quiero decir.

—¿Qué quieres decir?

—Hice votos cuando me ordené en el monasterio. Prometí que no haría daño a nadie. Rompí ese voto. También hice voto de pobreza, y también lo rompí.

—Pero… si has hecho mucho bien a los demás. No deberías sentirte mal.

Él se colocó de costado y la miró.

—Hice voto de castidad. Y acabo de romperlo.

Ella recordó las extrañas palabras que le había dicho justo antes de que hicieran el amor.

—¿El último voto?

—Sí.

—¿Estás diciendo que eras virgen?

—En el aspecto físico, sí. Mentalmente, llevo practicando el sexo vampírico desde hace siglos.

—No puede ser cierto. ¿Nunca habías…?

Él frunció el ceño.

—Respeté mis votos mientras estaba vivo. ¿Esperabas menos de mí?

—No. Pero estoy asombrada. Es que… tú eres increíblemente guapo. ¿No se desmayaban las chicas del pueblo cuando te veían?

—Sí, claro que se desmayaban. Se estaban muriendo. Todas las mujeres a las que yo visitaba estaban enfermas, cubiertas de llagas y tumores, y…

—De acuerdo, me hago una idea. No eran exactamente atractivas.

Él sonrió.

—La primera vez que oí a alguien mantener relaciones sexuales vampíricas, fue por accidente. Pensé que la dama tenía problemas y necesitaba ayuda.

Shanna resopló.

—Sí, claro que necesitaba algo.

Él se tendió boca arriba y bostezó.

—Creo que el compuesto está perdiendo su efecto. Antes de quedarme dormido, quiero preguntarte una cosa.

Él le iba a hacer la gran pregunta. Shanna se sentó en la cama.

—¿Sí?

—Si alguna vez te atacan… Aunque yo no voy a permitir tal cosa, pero… —Roman la miró—. Si alguna vez te atacan, y te estás muriendo… ¿quieres que te transforme?

Ella se quedó boquiabierta. Aquello no era una proposición matrimonial.

—¿Quieres convertirme en vampiresa?

—No. No quiero condenar tu alma inmortal al infierno.

Vaya, todavía tenía aquella mentalidad medieval.

—Roman, yo no creo que Dios te haya abandonado. Tu sangre sintética salva miles de vidas cada día. Tú todavía podrías formar parte del plan de Dios.

—Ojalá pudiera creer eso, pero… —Roman suspiró—. Si las cosas salen mal con Petrovsky, quiero saber cuál es tu deseo.

—No quiero ser vampiresa —respondió ella, y se estremeció—. Por favor, no te lo tomes a mal. Yo te quiero tal y como eres.

Él volvió a bostezar.

—Tú eres todo lo bueno, lo puro y lo inocente de este mundo. No me extraña sentir tanto amor por ti.

Ella se estiró a su lado.

—No soy tan buena. Estoy aquí abajo, disfrutando, mientras la gente de arriba está enfrentándose a lo que ha ocurrido.

Roman frunció el ceño, mirando al techo. De repente, se incorporó.

—¡Laszlo!

—Ahora está dormido.

—Exacto —dijo Roman, tocándose la frente—. Estoy viendo puntos negros.

—Estás agotado —dijo Shanna, sentándose—. Tienes que dormir para que se te curen las heridas.

—No. ¿Es que no lo ves? En este momento, todos los vampiros están muertos. Es la ocasión perfecta para rescatar a Laszlo.

—Pero… si estás a punto de quedarte dormido.

Él la tomó de la mano.

—¿Recuerdas cómo llegar a mi laboratorio? Podrías traerme el resto del compuesto…

—¡No! No quiero que tomes otra dosis. No sabemos si puede hacerte daño.

—Si me hace daño, me curaré durante el sueño. Tengo que hacerlo, Shanna. En cuanto se despierte Petrovsky, puede matar a Laszlo. Y, si nosotros atacamos su casa, lo matará con toda seguridad. Vamos —dijo, y le dio un codazo—. Rápido, antes de que me quede inconsciente.

Ella bajó de la cama y empezó a vestirse rápidamente.

—Tenemos que pensarlo bien. ¿Cómo vas a entrar en casa de Petrovsky?

—Me voy a teletransportar a su interior. Buscaré a Laszlo y lo traeré de vuelta a casa. Es fácil. Creo que debería habérseme ocurrido antes.

—Bueno, es que estabas un poco distraído —dijo ella, mientras se ataba los cordones de las zapatillas.

—Date prisa —dijo él, y se sentó al borde de la cama.

—Sí —respondió Shanna, y abrió la puerta—. Voy a dejar esto entreabierto para poder entrar.

Él asintió.

—Bien.

Shanna corrió hasta la escalera más cercana y subió rápidamente. No estaba segura de que aprobara aquella idea. ¿Quién sabía si el hecho de tomar otra dosis podía tener un efecto negativo para Roman? El piso superior estaba lleno de gente, y ella se movió entre la multitud todo lo rápidamente que pudo. ¿Y si había guardias en casa de Petrovsky? Roman no debería ir allí solo.

Entró en el laboratorio, encontró el vaso lleno de líquido verde y lo tomó. Vio también su cartera. Era una pena que ya no tuviera la Beretta.

Se puso el bolso al hombro y volvió a la habitación de plata. Tal vez pudiera hacerse con otra pistola. Sin embargo, había una cosa segura: Roman no iba a llevar a cabo aquella misión solo.

25

—¿**E**stás segura de que quieres entrar ahí tú sola? —preguntó Phil, mientras aparcaba en la calle donde estaba la casa de Petrovsky.

—No voy a estar sola mucho tiempo —dijo Shanna, y miró el contenido de su bolso. Estaba lleno de cuerdas para atar a los prisioneros. Sacó el teléfono móvil que le había prestado Howard Barr, y marcó el número de casa de Roman, que acababa de memorizar.

—Barr —dijo el jefe de seguridad del turno de día.

—Ya hemos llegado. Voy a entrar.

—Bien. No cortes la comunicación en ningún momento —le advirtió Howard—. Espera, Roman quiere hablar contigo.

—Ten cuidado —le dijo Roman.

—No te preocupes. Phil está aquí, por si lo necesito —respondió Shanna—. Ahora voy a meter el teléfono en el bolso. Hasta luego.

Puso el teléfono móvil dentro del bolso, encima del resto de las cosas. Salió del coche y caminó hacia casa de Petrovsky.

En Romatech, le había dado a Roman otra dosis del compuesto y, después, se habían teletransportado a su casa. Allí, con ayuda de Howard Barr, habían elaborado un plan para rescatar a Laszlo. Ella no creía que él pudiera llamar a casa de Petrovsky y teletransportarse allí. ¿Y si, por error, se materializaba en una habitación inundada de sol? Así pues, con el apoyo de Howard, había convencido a Roman de que le permitiera participar en el rescate.

Shanna se detuvo frente al dúplex de Petrovsky y miró hacia atrás. Phil todavía estaba en el sedán negro, vigilando. Otro vehículo llamó su atención: un todoterreno negro que estaba aparcado en la acera de enfrente. Era exactamente igual que el que la había seguido en otras ocasiones. Sin embargo, todos los todoterrenos parecían iguales, y la ciudad estaba llena de ellos.

Abrazó el bolso contra su pecho. El teléfono estaba cerca, y Roman podría escuchar lo que ocurriera. Shanna subió las escaleras hasta la puerta principal y llamó al timbre.

La puerta se abrió, y apareció un tipo con aspecto de matón. Llevaba la cabeza afeitada, tenía una barba de chivo y la miraba con odio.

—¿Qué quieres?

—Soy Shanna Whelan. Creo que habéis estado buscándome.

Él abrió unos ojos como platos. La agarró del brazo y tiró de ella hacia el interior de la casa.

—Debes de ser imbécil —gruñó, con un fuerte acento ruso, mientras cerraba la puerta.

Ella retrocedió. Sobre la puerta de entrada a la casa había una ventana que lo inundaba todo de luz. Vio una puerta abierta a un lado del vestíbulo, y se metió en un pequeño salón. La alfombra estaba muy desgastada, y el mobiliario era viejo y destartalado. La luz se filtraba a través de las lamas polvorientas de la persiana.

El ruso la siguió a la habitación.

—Esto es muy raro. O quieres morir, o es algún truco —dijo, y se abrió la chaqueta para mostrarle la funda de la pistola.

Ella se acercó a la ventana.

—No es ningún truco. Es que estoy harta de huir.

El hombre sacó la pistola.

—Sabes que Petrovsky te va a matar.

—Quiero hacer un trato con él —dijo ella, acercándose más a la ventana—. Verás, he estado en casa de Draganesti y sé mucho sobre su seguridad.

El ruso entrecerró los ojos.

—Quieres comprar tu vida a cambio de información.

—Esa es mi intención.

Shanna corrió las cortinas.

—Dame tu bolso. Tengo que registrarlo.

Ella lo dejó en una silla. Mientras el ruso se adelantaba a inspeccionarlo, ella cerró rápidamente la persiana.

—Así —dijo, en voz alta—. Es mejor estar a oscuras aquí dentro.

El ruso abrió su bolso y sacó el teléfono.

—¿Qué es esto?

Cerró el móvil y cortó la conexión.

Sin embargo, Roman ya había oído el aviso de Shanna, y se estaba materializando en la habitación. Con su velocidad vampírica, le quitó el arma al ruso y le dio un puñetazo en la mandíbula. El matón cayó al suelo inconsciente.

Shanna sacó una cuerda de su bolso y se la dio a Roman. Él maniató rápidamente al ruso.

—Bueno, por ahora, todo va bien —susurró ella—. ¿Cómo te encuentras?

—Bien —dijo él, y le entregó el arma del ruso—. Utilízala si es necesario.

Shanna asintió.

—Vuelvo enseguida —dijo Roman, y desapareció con la velocidad de un bólido.

Shanna sabía que, si había más guardias en la casa, no lo verían llegar. Los dejaría inconscientes, los ataría y continuaría su búsqueda hasta encontrar a Laszlo.

Ella tomó su teléfono y llamó de nuevo a casa de Roman.

—¿Howard? ¿Sigues ahí?

—Sí. ¿Cómo va todo?

—Bien. Volveremos pronto —dijo ella, y puso el teléfono junto a su bolso.

De repente, la puerta delantera se abrió con un gran estruendo. Shanna jadeó y alzó la pistola del ruso. Oyó pasos en el vestíbulo; al instante, en el vano de la puerta del salón aparecieron dos hombres vestidos de negro y la encañonaron con sendas pistolas.

Shanna se quedó boquiabierta. Pestañeó.

—¿Papá?

Sean Dermot Whelan estaba casi igual que hacía un año, cuando lo había visto por última vez. Tenía algunas canas más en el pelo rojizo, pero sus ojos azules seguían siendo tan agudos como siempre. Bajó la pistola.

—Shanna, ¿estás bien?

Entró en el salón y miró a su alrededor. Frunció el ceño al ver al hombre inconsciente del suelo.

—¡Papá!

Shanna soltó la pistola junto a su bolso, y corrió hacia él para abrazarse a su cuello.

—Cariño —dijo él, y bajó el arma a un lado para abrazar a su hija con el brazo libre—. Me has asustado mucho cuando te he visto entrar en esta casa. ¿Qué demonios estás haciendo aquí?

Ella se apartó.

—Podría preguntarte lo mismo. Creía que estabas en Lituania.

—Volví hace tiempo —dijo él, y le acarició la cara—. Gracias a Dios que estás bien. Estaba muy preocupado por ti.

—Estoy bien —respondió ella, y volvió a abrazarlo—. Pensaba que nunca volvería a verte. ¿Cómo están mamá y…?

—Después —dijo él, interrumpiéndola—. Ahora tenemos que salir de aquí —añadió, y señaló su bolso con un gesto de la cabeza—. Recoge tus cosas.

El segundo hombre de negro entró en la habitación. Era un joven de pelo oscuro y ondulado.

—El vestíbulo está despejado —dijo, y se aproximó con cautela a otra puerta que había en la habitación.

Shanna miró su bolso. El teléfono todavía estaba junto a él, sobre el cojín del asiento. ¿Cómo iba a marcharse sin Roman? Y ¿cómo iba a explicarle a su padre lo que estaba haciendo allí? Se había emocionado al verlo, pero se preguntaba por qué estaba allí, precisamente…

—¿Me has visto entrar?

—Llevamos semanas vigilando la casa de Petrovsky. Y la casa de Draganesti, también —dijo él, y señaló a su compañero—. Él es Garrett.

—Hola —dijo Shanna. Entonces, se volvió hacia su padre, porque acababa de darse cuenta de algo—: Tú estabas en el todoterreno negro que había en la acera de enfrente.

—Sí —dijo Sean, con un gesto de impaciencia—. Vamos. Puede que haya una docena de mafiosos en esta casa. No podemos quedarnos a charlar.

—Yo… no estoy sola.

Sean le clavó los ojos azules.

—Estabas sola cuando entraste a esta casa. Pero tenías un conductor…

—¡Baja el arma! —gritó Phil, desde la entrada del salón, apuntando con el arma a Sean y a Garrett.

Los dos se giraron y lo encañonaron.

A Shanna se le escapó un jadeo.

—No disparéis.

Phil mantuvo en alto el arma, mientras les lanzaba una mirada desafiante a los hombres de negro.

—¿Estás bien, Shanna? Ahora puedes venir conmigo.

Sean dio un paso y se interpuso en el camino de su hija.

—No va a ir a ninguna parte contigo. ¿Quién demonios eres tú?

—Seguridad —respondió Phil—. Soy el responsable de su seguridad. Y, ahora, apártate y déjala.

—Soy su padre. Va a venir conmigo.

—Sé quién eres —dijo Phil, con desagrado—. Eres de la CIA, del equipo Stake-Out.

—¿Qué? —preguntó Garrett, y miró con cara de preocupación a Sean—. ¿Cómo lo saben? ¿De la CIA? Shanna miró a un hombre y al otro, intentando entender qué estaba ocurriendo. Su padre siempre había dicho que trabajaba para el Departamento de Estado, pero, en aquel momento, no se estaba comportando como un diplomático. Y ¿qué era el equipo Stake-Out?

—Así que tú debes de ser uno de los guardas del turno de día de la casa de Draganesti —dijo Sean en tono de desaprobación—. Eres un traidor al género humano. Un ser humano que trabaja protegiendo a los vampiros.

A Shanna se le escapó un jadeo. ¿Su padre sabía de la existencia de los vampiros?

—Baja el arma —ordenó una nueva voz, y otro hombre de negro apareció detrás de Phil.

Phil miró hacia atrás y soltó una maldición. Bajó el arma lentamente, y la depositó en el suelo.

—Buen trabajo, Austin —dijo Sean. Caminó hacia Phil y retiró su arma del suelo—. Eres humano, así que voy a dejar que te marches. Vuelve con ese monstruo al que sirves y dile que sus días o, más bien, sus noches, están contadas. Vamos a eliminar a los vampiros uno a uno, y no van a poder hacer nada por evitarlo.

Phil miró a Shanna con preocupación.

—No me va a pasar nada —dijo ella—. Vete.

Y lo vio salir corriendo de la casa. Dios Santo, qué enredo. ¿Su padre y aquellos otros hombres eran asesinos de vampiros?

En aquel momento, como si quisiera confirmar sus suposiciones, Garrett se sacó de la chaqueta una estaca de madera.

—Ya que estamos aquí, ¿por qué no nos ocupamos de unos cuantos vampiros mientras duermen?

—Estarán bien protegidos —dijo el hombre llamado Austin, mientras entraba al salón. Era joven y tenía el pelo rubio y despeinado. Se fijó en el ruso que estaba en el suelo—. Normalmente, hay de diez a doce hombres armados en esta casa, durante el día. No los he visto salir. ¿Dónde están?

Sean asintió.

—Todo está demasiado tranquilo —dijo, y miró a Shanna—. ¿Has dicho que no estabas aquí sola?

Ella tragó saliva. Había dicho eso antes de saber que su padre se dedicaba a matar vampiros. Si sus hombres y él empezaban a pasearse por la casa matando vampiros, tal vez mataran a Laszlo o, incluso, a Roman.

—No, me equivoqué. Será mejor que nos marchemos —dijo, y tomó su bolso. El teléfono todavía estaba abierto, así que alzó la voz, con la esperanza de que Howard Barr pudiera oírla—. Estoy lista para ir contigo, papá.

Sean tomó el teléfono, examinó el número y se lo puso al oído.

—¿Quién es? —preguntó. Entonces, miró a su hija con el ceño fruncido—. Han colgado —dijo. Cerró el teléfono y se lo guardó en el bolsillo—. ¿Qué está pasando aquí, Shanna?

—Nada —respondió ella, y se colgó el bolso en el hombro—. Por mí, podemos irnos ya.

No importaba que su padre tuviera el teléfono. Roman podía utilizar cualquier teléfono de aquella casa para teletransportarse. Y, cuando llegara a su propia casa, Howard Barr y Phil podrían explicarle lo que le había ocurrido a ella. En aquel momento, tenía que alejar a aquellos asesinos de vampiros de Roman.

—¿Nos vamos? —preguntó, y se dirigió hacia el vestíbulo.

—Espera —dijo Sean—. No te has quedado demasiado sorprendida al oír hablar de los vampiros —añadió, mirándola atentamente—. Has pasado mucho tiempo en casa de Draganesti. Sabes qué tipo de criatura monstruosa es, ¿verdad?

—Creo que es mejor que nos marchemos antes de que nos encuentren aquí los tipos de la mafia.

Sean le apartó el pelo y le examinó ambos lados del cuello.

—¿Te ha mordido ese monstruo?

—No es un monstruo —respondió Shanna, y dio un paso atrás—. Si los has estado vigilando a Petrovsky y a él, deberías saber que son completamente distintos. Roman es un hombre bueno.

Sean frunció los labios con disgusto.

—Draganesti es una horrible criatura del infierno.

—¡No es verdad! Arriesgó su vida por protegerme.

—Síndrome de Estocolmo —murmuró Garrett.

Sean asintió, con los ojos entrecerrados.

—¿Le has dejado entrar, Shanna?

¿En su mente? Sí, y también en su cuerpo y en su corazón. Pero no podía admitir eso ante su padre. Él ya quería matar a Roman y, si se enteraba de la verdad, lo pondría en el primer lugar de su lista de objetivos. Tenía que avisar a Roman de aquel nuevo peligro. Sin embargo, tal vez él ya estuviera al tanto; Phil ya conocía al equipo Stake-Out.

—Todo lo que he hecho ha sido por voluntad propia.

Sean ladeó la cabeza, observándola.

—Ya lo veremos.

Un borrón de movimiento entró en la habitación. Roman se detuvo. Llevaba a Laszlo sobre un hombro.

—He oído voces. ¿Qué ocurre aquí?

Sean, Garrett y Austin se quedaron mirándolo boquiabiertos.

Él vio sus armas y miró a Shanna.

—¿Conoces a estos hombres?

Ella señaló a su padre.

—Mi padre ha pensado que necesitaba que me secuestraran.

Sean pestañeó.

—Esto no puede ser. ¿Un vampiro a la luz del día?

—Y tan rápido —susurró Austin—. Ni siquiera lo he visto venir.

Roman frunció el ceño.

—Es usted Sean Whelan.

Sean asintió.

—Y tú eres Draganesti, la asquerosa criatura que tenía a mi hija prisionera.

Roman apretó los labios.

—Ella tiene otra opinión. ¿No es verdad, Shanna?

Shanna vio a Garrett moviéndose lentamente para colocarse detrás de Roman. Llevaba una estaca de madera en la mano.

—Creo que es mejor que te vayas —le dijo a Roman.

—No me voy a ninguna parte sin ti.

—¡Canalla! —exclamó Sean, y se sacó la estaca de madera del interior de la chaqueta—. No sé lo que le has hecho a mi hija, pero vas a pagar por ello.

Shanna corrió hacia su padre, con la esperanza de que, al abrazarlo, no se abalanzara sobre Roman. El pobre Roman estaba desconcertado, mirándola fijamente y ofreciendo un blanco fácil para que lo mataran.

—¡Vete!

—¿Lo ves? —le preguntó Sean, pasándole el brazo por los hombros a Shanna—. Se queda conmigo. De hecho, va a convertirse en parte de mi equipo.

Roman la miró con una expresión de dolor.

—¿Es cierto eso, Shanna? ¿Ahora quieres matarme?

A ella se le llenaron los ojos de lágrimas. «Hay un hombre con una estaca detrás de ti».

Roman miró hacia atrás y vio a Garrett. Volvió a mirar a Shanna, con una expresión torturada, y desapareció a velocidad vampírica escaleras arriba.

—¡Tras él! —gritó Sean. Garrett y Austin subieron a toda prisa.

Sean soltó a Shanna y le lanzó una mirada de decepción.

—Le has avisado, ¿no? Has simpatizado con el monstruo que te ha tenido prisionera.

—¡No es un monstruo! Y yo no he estado prisionera. Me marché cuando quise.

—Y volviste a su lado a la noche siguiente. Admítelo, Shanna. Te está controlando. Es lo que hacen los vampiros: manipulan mentalmente a sus víctimas, hasta que las víctimas ya no pueden ver la verdad.

A ella se le cayó una lágrima.

—No es eso lo que ha sucedido. La verdad es que la muerte no puede cambiar el corazón de un hombre. Los hombres malvados, como Ivan Petrovsky, se convierten en vampiros malvados. Pero los hombres como Roman Draganesti siguen siendo buenos y honorables.

Sean apretó la mandíbula.

—Los vampiros no tienen nada de bueno ni de honorable. Son asesinos en serie. Llevan siglos cometiendo asesinatos sin recibir ningún castigo por ello —le dijo a Shanna, y se inclinó hacia delante—: Pero eso va a terminar.

Ella se quedó helada.

—No puedes matarlos a todos.

—Eso es exactamente lo que vamos a hacer: clavarles una estaca en el corazón a todos ellos, hasta que el mundo esté libre de su diabólica existencia.

Austin y Garrett volvieron al salón.

—Se ha marchado —informó Austin—. Ha desaparecido. Hemos encontrado el teléfono descolgado.

Shanna exhaló un suspiro de alivio. Roman estaba a salvo. Estaba a salvo en casa, pero torturándose con el convencimiento de que ella lo había traicionado. Tenía que volver con él.

Su padre la tomó del brazo.

—Vamos. Vienes con nosotros.

Quince minutos más tarde, Shanna iba en el asiento trasero del todoterreno con su padre. Austin conducía, y Garrett ocupaba el asiento del copiloto. Ella miró por la ventanilla y se fijó en que se dirigían a Manhattan por el puente de Brooklyn.

Roman estaría en casa. Seguramente, estaba en su habitación del piso de arriba. Esperaba que el efecto de la fórmula hubiera terminado, porque, si estaba dormido, no podía sufrir. Y, aquella noche, Laszlo se despertaría a salvo.

Ella tenía los ojos llenos de lágrimas, y pestañeaba para que no se le cayeran por las mejillas. No quería llorar delante de su padre.

—Sé que has pasado un par de meses muy difíciles —le dijo su padre, suavemente—. Pero ya ha terminado todo. Ahora estás a salvo.

A salvo, pero con el corazón destrozado, si no podía volver a ver a Roman. Carraspeó.

—¿Qué tal está mamá?

—Bien. Está aquí, en Estados Unidos. Tu hermano y tu hermana, también. Me temo que no puedes verlos.

Shanna asintió.

—Siento mucho que tu amiga muriera —le dijo Sean—. Pregunté por ti en el Departamento de Justicia, pero no pudieron decirme nada. He estado muy preocupado por ti.

—Estoy bien. Ha sido duro, pero estoy bien.

Se había sentido tan sola hasta que había entrado en el mundo de Roman… Ya lo echaba de menos. Y echaba de menos a Radinka, a Gregori y a Connor. Habían sido sus primeros amigos desde que había perdido a Karen.

—Descubrí tu paradero por casualidad —continuó Sean—. Mi equipo lleva varias semanas vigilando a Petrovsky. Tenemos micrófonos en su casa, y su teléfono está pinchado. Oímos la llamada que hizo a la clínica del Soho donde trabajabas. Yo reconocí tu voz y me di cuenta de que iban a ir a matarte.

Shanna se estremeció al recordar el terror que había sentido.

—Fuimos corriendo a la clínica, pero tú ya habías desaparecido. Sabíamos que Petrovsky no te tenía entre sus garras. Yo sentía pánico y quería encontrarte a toda costa. Puse a Garrett a vigilar la casa de Draganesti, y él te vio salir de allí. Por desgracia, te perdió.

—Temía que ese ruso la matara —dijo Garrett.

—Por suerte, llamaste a aquella pizzería. También habíamos pinchado ese teléfono, así que te encontramos. Te esperamos a la salida de tu hotel, y te seguimos —prosiguió Sean. Entonces, le lanzó una mirada fulminante a Garrett—. Pero volvimos a perderte.

Garrett se ruborizó.

Shanna sintió lástima por aquel joven. No era nada agradable causarle una decepción a su padre.

—¿Ahora trabajas para la CIA?

—Siempre he trabajado para la CIA.

—Oh —musitó Shanna, y se estremeció. Entonces, su padre llevaba años mintiéndoles.

—Hace poco recibí nuevas órdenes: crear un equipo especial para eliminar a las criaturas más peligrosas que nunca haya conocido la humanidad.

Ella tragó saliva.

—¿Los vampiros?

—Sí —dijo Sean—. Hace cinco meses, estaba en San Petersburgo, y presencié el ataque de un hombre a una mujer. Saqué el arma, y le ordené que la soltara y se retirara. Cuando la soltó, la mujer cayó sobre la nieve. Yo disparé, pero él ni siquiera se inmutó. Entonces, una punzada de frío me atravesó la mente, y oí una voz que me ordenaba que lo olvidara todo. Él se desvaneció. Yo examiné a la mujer. Estaba muerta, y tenía dos perforaciones en el cuello.

Sean se encogió de hombros.

—Seguramente, los hombres los han visto muchas veces a lo largo de la historia, pero ellos siempre han utilizado el control mental para impedir que los humanos recordaran lo que habían visto. En mi caso, no le sirvió de nada.

—Tú puedes resistir el control mental.

—Sí. Todos nosotros podemos. Por eso tengo un equipo tan pequeño. Hay muy poca gente en el mundo que tenga suficiente fuerza psíquica para poder resistir el control de los vampiros. Nosotros somos los únicos que podemos vencer a esos demonios.

Ella inhaló una bocanada de aire, profundamente, mientras asimilaba aquella nueva revelación.

—¿Y desde cuándo sabes que tienes ese poder?

—Desde hace treinta años, más o menos. Cuando empecé a trabajar para la CIA, descubrieron mi don, y me entrenaron para leer el pensamiento de los demás y poder manipular las mentes. Me ha resultado muy útil para enfrentarme a tanta escoria.

—Entonces, durante todos estos años has trabajado de espía, pero nos decías que eras un diplomático.

—No podía contárselo a tu madre. Nuestra vida era muy dura para ella. Siempre estábamos viajando de un sitio para otro, siempre viviendo en el extranjero.

Shanna recordó que su madre siempre había sido alegre y optimista. Había sido un pilar de fuerza para sus hijos, y siempre había conseguido que los cambios bruscos de su vida parecieran grandes aventuras.

—Pensaba que mamá lo llevaba todo muy bien.

Sean frunció el ceño.

—Al principio, no. Tenía ataques de nervios. Pero, con el tiempo, aprendí a gestionarlo todo, y las cosas mejoraron mucho.

—¿A gestionarlo? ¿Cómo?

—Yo aumenté su fuerza mental con la mía. Después de eso, fue mucho más capaz de enfrentarse a las dificultades.

A Shanna se le encogió el estómago.

—¿Utilizaste el control mental con mamá?

Los dos hombres que iban en el asiento delantero se miraron.

Sean le clavó una mirada de enfado.

—No tienes por qué decirlo de ese modo. Parece algo malo, y yo solo ayudé a tu madre a que mantuviera un equilibrio psicológico sano. De lo contrario, la pobre mujer habría enfermado de los nervios.

Shanna apretó los dientes.

—Entonces, ¿fue todo por su bien?

—Sí, exactamente. Y con vosotros también lo hice. Era mucho más fácil concentrarme en mi trabajo cuando todo iba bien en casa.

Shanna se puso furiosa.

—Tú… ¿nos controlabas a todos?

—Cálmate. Eres demasiado mayor para tener una rabieta.

Ella apretó los puños y respiró profundamente. No podía creerlo. Durante todos aquellos años había añorado terriblemente a su familia, pero ¿era su familia, y toda su infancia, una mentira? ¿Nada de lo que había vivido había sido real?

De repente, notó una ráfaga de aire cálido en la frente. Aquella calidez le rodeó la cabeza y atacó sus defensas mentales. Cerró los ojos y se resistió.

—Esa es mi chica —susurró Sean.

Ella abrió los ojos y miró a su padre. El asalto mental cesó.

—¿Eras tú?

—Estaba comprobando tus defensas. Siempre fuiste la más fuerte. Y, cuanto más te resistías a mí, más te fortalecías.

A ella se le cortó la respiración.

—Por eso me enviaste al internado. Porque era demasiado difícil de controlar.

—Eh —dijo su padre, señalándola con el dedo índice—. Me gasté una fortuna en ti. Y tú has conseguido la mejor educación de toda la familia. No tienes motivo de queja.

A ella se le llenaron los ojos de lágrimas.

—Echaba de menos a mi familia.

Él le dio una palmadita en la mano.

—Nosotros también te echábamos de menos. Siempre estuve muy orgulloso de ti, Shanna. Sabía que, algún día, tu capacidad sería tan fuerte como la mía.

Ella apartó la mano. Dios Santo… ¿había llegado a conocer de verdad a sus hermanos y a su madre, o siempre habían sido autómatas pacíficos controlados por su padre? Durante todos aquellos años, se había sentido mal por haber sido apartada de su familia y, sin embargo, en aquel momento, pensaba que había sido afortunada. Había podido crecer en libertad, y adquirir su propio sentido del bien y del mal.

Y lo que hacía su padre estaba mal. Eliminar a todos los vampiros era un genocidio. Era un crimen motivado por el odio.

Shanna siguió mirando por la ventanilla. ¿Qué podía hacer?

—Bueno, ahora, dime —continuó su padre—. ¿Cómo puede Draganesti permanecer despierto durante el día?

—Es un científico brillante. Estaba probando una nueva fórmula, aun a riesgo de su propia vida, para rescatar a un amigo.

Sean dio un bufido.

—Te ha hecho pensar que es una especie de superhéroe. Es mejor que sepas que, si tuviera hambre, te convertirías en una comida caliente para él.

Ella apretó los dientes.

—Es el inventor de la sangre sintética, y ha contribuido a salvar millones de vidas humanas.

—Seguramente, se inventó esa cosa para que sus amigos tuvieran más comida.

Shanna se giró hacia él.

—Si lo conocieras, sabrías que es bueno. Pero ni siquiera estás dispuesto a intentarlo. Solo estás dispuesto a odiarlos a todos ellos.

Sean frunció el ceño.

—Se te ha olvidado algo muy importante, Shanna: que ya no son humanos, y que se alimentan de los seres humanos.

—Sí son humanos. Roman y sus seguidores ya no muerden a la gente. Quieren proteger a los mortales. Petrovsky y los descontentos son quienes nos atacan.

Sean cabeceó.

—La sangre sintética es nueva. Antes de inventarla, Draganesti se alimentaba de la gente, como los demás vampiros. Son monstruos, Shanna. No puedes convertirlos en santos.

Ella suspiró. Su padre siempre había sido obstinado.

—Hay dos clases de vampiros: los vampiros modernos y los descontentos.

—Y nuestro trabajo es matarlos a todos —zanjó Sean.

—Puede que ella tenga algo de razón —intervino Austin, mientras giraba el volante para tomar una calle a la derecha—. He estado escuchando las conversaciones telefónicas de Petrovsky. Odia a Draganesti con todas sus fuerzas. Han hablado de comenzar una guerra entre las dos facciones.

—¿Una guerra de vampiros? Eso sería genial —dijo Garrett.

Sean se giró hacia Shanna.

—¿Quién piensas que está detrás de las explosiones que ha habido en Romatech?

—Fueron Petrovsky y los descontentos. Quieren destruir las existencias de sangre sintética para obligar a todos los vampiros del mundo a morder a la gente otra vez.

Sean asintió.

—¿Y qué más sabes?

—Roman y sus seguidores se niegan a morder a los mortales. Están dispuestos a luchar por defendernos.

Sean la miró con los ojos entornados.

—Eso me resulta difícil de creer.

—Bueno, que luche —dijo Garrett—. Tal vez se maten todos. Nos facilitaría mucho el trabajo.

Shanna gruñó silenciosamente. ¿Roman, Connor, Ian y todos los escoceses arriesgando la vida en una guerra? Aquello le producía pánico. Ojalá hubiera algún modo de impedirlo.

El todoterreno se detuvo junto a la entrada de un bonito hotel.

—¿Vamos a alojarnos aquí? —preguntó.

—Tú, sí —respondió Sean—. Austin se quedará contigo para protegerte. Garrett y yo tenemos cosas que hacer.

Así pues, su padre la dejaba bajo vigilancia. Iba a resultarle difícil ponerse en contacto con Roman.

—Como ya te he explicado —continuó su padre—, nuestro equipo es pequeño. He estado buscando a gente que tenga la fuerza mental suficiente como para rechazar el control de un vampiro. Cualquier ciudadano que tenga ese don debe prestar sus servicios al país.

Shanna tragó saliva. ¿Se refería a ella?

—Lo que quiero decir, Shanna, es que quiero que te unas a mi equipo.

Sí, se refería a ella.

—¿Quieres que mate vampiros?

—Quiero que protejas al mundo de esas criaturas demoníacas. Estamos en inferioridad de condiciones, Shanna. Te necesitamos. Puedo conseguir que entres directamente en la CIA, y comenzarás tu adiestramiento de inmediato.

—Yo ya tengo una profesión. Soy dentista.

Sean descartó aquello con un movimiento desdeñoso de la mano.

—Esa no es tu verdadera misión en la vida. Dios te ha concedido un don, el don de poder luchar contra esta maldición de la humanidad. Sería imperdonable que no lo usaras.

¿Trabajar para su dominante progenitor? Eso sí que sería una maldición. Shanna tuvo la tentación de decirle que la dejara en paz. Lo que más deseaba era estar con Roman. Sin embargo, ¿y si por el hecho de que ella viviera con

Roman, su padre lo convertía en su primer objetivo? En ese caso, lo mejor sería que ella se quedara con su padre.

¿Y qué tenía de malo conocer los planes de su padre? De ese modo, podía avisar a Roman de cualquier peligro o problema.

Y, tal vez, con el tiempo, pudiera convencer a su padre de que los vampiros buenos existían de verdad. Tal vez, con el tiempo, pudiera volver con Roman.

Si se negaba a formar parte del equipo de su padre, y su padre salía a matar a todos los vampiros que encontrara, ¿cómo iba a poder vivir con aquel remordimiento? Roman había hecho lo que estaba en su mano por protegerla. Había llegado su turno de protegerlo a él.

Respiró profundamente, y dijo:

—Está bien. Me pensaré lo de unirme a tu equipo.

26

Roman se despertó, como de costumbre, con una brusca in-
halación de aire. El corazón le dio un tirón en el pecho y, después, comenzó a latir con un ritmo constante. Abrió los ojos.

—Gracias a Dios —murmuró alguien—. Pensábamos
que no te ibas a despertar nunca.

Roman parpadeó y giró la cabeza hacia el sonido de
aquella voz. Angus estaba junto a su cama, frunciendo el
ceño. De hecho, había mucha gente alrededor de su cama.
Jean-Luc, Connor, Howard Barr, Phil, Gregori y Laszlo.

—Hola, hermano —le dijo Gregori , con una sonrisa—.
Estábamos preocupados por ti.

Roman miró a Laszlo.

—¿Estás bien?

—Sí, señor —dijo el químico, asintiendo—. Gracias a
usted. No puede imaginarse el alivio que sentí al despertar
en su casa.

Angus cruzó los brazos por encima del pecho.

—La cuestión es cómo estás tú. He oído que has estado
despierto durante el día.

—Sí —dijo Roman, y miró el reloj de su mesilla de noche. El sol debía de haberse puesto hacía una hora—. Me he dormido.

—Eso nunca te había ocurrido —dijo Connor.

—Posiblemente, un efecto secundario del preparado que tomó, señor —dijo Laszlo, inclinándose hacia delante—. ¿Le importaría que le tomara el pulso?

—Adelante.—dijo Roman, y extendió el brazo. Laszlo miró atentamente su reloj mientras le sujetaba la muñeca.

—Enhorabuena, *mon ami* —dijo Jean-Luc—. Tu nueva fórmula es un gran éxito. Despierto durante el día... ¡es increíble!

—Pero la luz del sol me quemó.

Roman se miró el pecho, donde el sol le había dejado marcado con una quemadura que le atravesaba de costado a costado. La rasgadura de la camisa seguía allí, pero la herida se había curado. No; la herida seguía dentro, en su corazón. Eliza le había hecho aquella herida cien años atrás, al querer matarlo. Y, ahora, a causa de Shanna, la herida se había abierto de nuevo.

—El pulso es normal —dijo Laszlo, y soltó la muñeca de Roman.

¿Cómo iba a ser normal, si tenía el corazón hecho pedazos?

—¿Ha vuelto Shanna?

—No —susurró Connor—. No hemos vuelto a tener noticias de ella.

—Intenté salvarla —dijo Phil—, pero eran superiores en número.

—Ese asqueroso equipo Stake-Out —dijo Angus—. Phil y Howard nos han contado tu aventura diurna mientras esperábamos a que te despertaras.

A Roman se le encogió el corazón en el pecho.

—Se va a unir al equipo de su padre. Él la va a entrenar para matarnos.

Connor soltó un resoplido.

—No me lo creo.

Gregori negó con la cabeza.

—Ella no haría eso.

Angus suspiró.

—No se puede confiar en los mortales. Yo lo aprendí de la forma más dura —dijo, y miró a Roman—: Y creo que tú también.

Sí, era cierto, pero Shanna había vuelto a llenarlo de esperanza. Roman se había quedado dormido en un estado de confusión y, en aquel momento, no le encontraba sentido a nada. Le parecía obvio que Shanna había preferido quedarse con su padre, y eso significaba que iba a convertirse en una asesina de vampiros. Sin embargo, ¿por qué le había advertido que había a su espalda un hombre que quería matarlo? ¿Por qué le había salvado la vida, si quería que muriera? ¿Acaso pensaba que iba a protegerlo si se quedaba con su padre? ¿Lo quería, después de todo?

—Hemos estado muy ocupados mientras tú dormías —dijo Angus—. Cuando nos despertamos, todavía quedaba una hora de noche en Londres y en Edimburgo. Así que hemos tenido los teléfonos de la casa funcionando todo el tiempo; hemos teletransportado a muchos de mis hombres hasta aquí. La buena noticia es que ahora tenemos un ejército de doscientos hombres ahí abajo. Podemos ir a la guerra.

—Ya veo.

Roman se levantó de la cama. A gran parte de los hombres que estaban abajo los había transformado él, personalmente, en vampiros. ¿Qué le ocurriría a su alma inmortal si morían en la batalla, aquella noche? Sabía que eran hombres buenos, pero habían pasado siglos alimentándose de los mortales. Dios nunca permitiría que unos monstruos así entraran en el cielo. Y, si su única alternativa era el infierno, era él quien había condenado el alma inmortal de todos aquellos hombres en el momento en que los había transformado en vampiros. Era una carga demasiado pesada para él.

—Estaré con vosotros dentro de un minuto. Por favor, esperad en mi despacho.

Los hombres salieron. Roman se vistió y salió al despacho para calentarse una botella de sangre.

—¿Qué tal está tu madre, Gregori?

—Bien. Acabo de llegar del hospital —respondió el muchacho. Estaba repantigado en una de las butacas, con el ceño fruncido—. Me ha dicho que te obligó a que le prometieras que me ibas a tener a salvo durante la guerra. No soy ningún cobarde, ¿sabes?

—Sí, ya lo sé —dijo Roman, mientras el microondas pitaba. Sacó la botella y continuó—: Pero no tienes ningún adiestramiento militar.

—Vaya problema —murmuró Gregori—. No pienso quedarme aquí de brazos cruzados.

Roman le dio un sorbo a su botella.

—¿Tenemos armas suficientes?

—Vamos a llevar estacas y nuestras espadas de plata —respondió Angus, paseándose por la habitación. El bajo del *kilt* le tocaba las rodillas a cada paso—. Y vamos a llevar armas automáticas, por si acaso Petrovsky tiene ayuda de mortales.

Sonó el teléfono del escritorio de Roman.

—Hablando del rey de Roma —dijo Jean-Luc.

Roman descolgó el auricular.

—Buenas noches.

—Soy Petrovsky. No sé cómo te las has arreglado para entrar en mi casa de día, pero no vuelvas a intentarlo. En lo sucesivo, voy a tener treinta guardias armados aquí, y van a disparar con balas de plata.

Roman se sentó detrás de su escritorio.

—Veo que mi nueva fórmula te tiene preocupado. ¿Tienes miedo de que os clave una estaca mientras dormís?

—¡No vas a poder encontrarnos, hijo de perra! Tenemos otros sitios para refugiarnos durante el día. Nunca nos encontrarás.

—He encontrado a mi químico, y puedo encontraros a vosotros.

—Puedes quedarte con ese imbécil. Me ha descosido todos los botones del sofá. Ahora, voy a proponerte un trato, Draganesti: entrégame a Shanna Whelan esta noche, o seguiré colocando bombas en tus instalaciones y secuestrando a tus empleados. Y, la próxima vez que atrape a uno de los tuyos, lo convertiré en polvo. Como ese escocés al que le clavé una estaca anoche.

Roman apretó el auricular. No iba a poner en peligro a ningún otro escocés. Y no iba a traicionar a Shanna, ni siquiera aunque ella lo hubiera traicionado a él.

—Yo no tengo en mi poder a la doctora Whelan.

—Claro que sí. Me han dicho que vino a mi casa contigo. Entrégamela y dejaré de poner bombas en Romatech.

Era mentira. Petrovsky nunca dejaría de crear problemas; él no tenía ni la más mínima duda. Y él iba a proteger a Shanna hasta su último aliento.

—Escucha, Petrovsky. No vas a poner ninguna bomba más en Romatech, ni vas a secuestrar a mis empleados, ni le vas a tocar un pelo a Shanna Whelan, porque no vas a vivir para ver una nueva noche.

Ivan dio un resoplido.

—Esa nueva droga tuya te ha derretido el cerebro.

—Tengo un ejército de doscientos guerreros, y esta noche vamos a ir por ti. ¿Cuántos hombres tienes tú, Petrovsky? —preguntó Roman.

Hubo una pausa. Por los últimos informes que le había dado Angus, Roman sabía que el aquelarre de los rusos podía reunir cincuenta guerreros, como máximo.

—Seré generoso —continuó Roman— y diré que tienes cien hombres. De todos modos, te superamos en número: la proporción es de dos a uno. ¿Quieres apostar algo a quién va a ganar la batalla de esta noche?

—Asqueroso hijo de perra. No puedes tener doscientos hombres.

—Hemos teletransportado a algunos desde el Reino Unido, pero no hace falta que me creas. Lo comprobarás por ti mismo dentro de poco.

Petrovsky soltó una imprecación en ruso.

—Nosotros también podemos hacerlo. Voy a traer cientos de guerreros de Rusia.

—Demasiado tarde. El sol ya ha salido en Rusia. Puedes llamar, pero no van a responder al teléfono —dijo Roman, y oyó las risas de sus amigos. Sin embargo, su siguiente propuesta no iba a parecerles tan divertida—. Sin embargo, ya que estás dispuesto a negociar, tengo una oferta para ti.

—¿Qué oferta?

Angus, Connor y Jean-Luc se acercaron al escritorio de Roman con una expresión de recelo.

—¿Qué es lo que más deseas en la vida? —preguntó él—. ¿Hay algo que desees más que matar a Shanna Whelan o a unos cuantos escoceses?

Petrovsky se rio.

—Me gustaría sacarte el corazón y asarlo en una hoguera.

—Muy bien, pues voy a darte la oportunidad de conseguirlo. Vamos a acabar con esto de una vez por todas. Solos tú y yo.

Angus se inclinó sobre el escritorio y susurró:

—¿Qué estás diciendo, Roman? No podemos permitir que luches tú solo.

—Que luchen nuestros guerreros —dijo Jean-Luc—. Es una victoria segura.

Roman tapó el auricular con la mano.

—Es la mejor forma de hacer las cosas. No tendremos que arriesgar la vida de nadie.

Connor frunció el ceño.

—¿Qué es lo que quieres decir, Draganesti? —le preguntó Petrovsky, desde el otro extremo de la línea—. ¿Es que te vas a entregar?

—No —respondió Roman—. Te estoy proponiendo un duelo con espadas de plata. El combate no terminará hasta que uno de los dos se haya convertido en polvo.

—¿Y qué consigo yo por ganar, aparte del placer de matarte?

—Aceptas mi muerte como pago a cambio de la seguridad de mis empleados, de mi aquelarre, de los escoceses y de Shanna Whelan. No atacarás a ninguno de ellos.

—¡No! —exclamó Angus, y dio un puñetazo en la mesa—. No vas a hacer esto.

Roman alzó una mano para silenciar las posibles protestas de sus amigos.

—Qué noble por tu parte —dijo Petrovsky, en un tono despreciativo—. Pero, eso no sería muy divertido para mí, ¿no te parece? Yo quiero una victoria para los Verdaderos.

Roman lo sopesó.

—De acuerdo. Si muero esta noche, se terminará la producción de la Cocina de Fusión para vampiros —dijo. Después de todo, él ya no estaría allí para inventar las fórmulas.

—¿Y la sangre sintética? —preguntó Petrovsky.

—No. La sangre sintética sirve para salvar vidas humanas. ¿No quieres que haya muchos mortales pululando por ahí?

Petrovsky gruñó.

—Está bien. Te atravieso el corazón y acabo con esa asquerosa Cocina de Fusión. A las dos de la madrugada, en Central Park, East Green. Allí nos vemos.

—Espera un minuto —lo interrumpió Roman—. No hemos hablado de cuál sería mi premio.

—No es necesario. No vas a ganar.

—Cuando gane, tu gente debe prometer que no volverá a hacerle daño a la mía. Eso incluye a mis empleados, tanto vampiros como humanos, a los escoceses y a Shanna Whelan.

—¿Qué? Entonces, tu gente estará a salvo, mueras o vivas. Eso es inaceptable.

—Es mi única condición —respondió Roman—. Si quieres tener una oportunidad de matarme y de acabar con la Cocina de Fusión, es esta.

Mientras Petrovsky lo pensaba, Angus y Jean-Luc protestaron.

—Esto es una locura, *mon ami* —le susurró furiosamente Jean-Luc—. ¿Cuándo practicaste por última vez con la espada?

Roman ni siquiera lo recordaba.

—Me adiestraste durante doscientos años. Puedo hacerlo.

—Pero has perdido la práctica, amigo —le dijo Angus, con una mirada de cólera—. Llevas demasiado tiempo encerrado en tu laboratorio.

—*Exactement* —dijo Jean-Luc—. Yo iré en tu lugar.

—No —dijo Roman—. Yo te convertí en vampiro, y no voy a poner en peligro tu alma inmortal.

Jean-Luc entrecerró los ojos.

—Ese es el problema. Todavía te sientes culpable por habernos transformado.

—Maldita sea —gruñó Angus—. Nosotros somos quienes decidimos si arriesgamos el alma o no. ¿Quién demonios te crees que eres?

Roman los ignoró, y retomó la conversación con Petrovsky.

—Iremos solos, Petrovsky. Nadie más que tú y yo, y solo podrá sobrevivir uno. ¿Estamos de acuerdo?

—Sí, pero solo porque llevo quinientos años queriendo matarte. Reza, monje. Esta noche vas a morir —dijo Petrovsky, y colgó.

Roman colgó también, y se puso en pie.

—No puedes hacer esto —le gritó Angus—. No voy a permitirlo.

Roman le puso una mano en el hombro a su amigo.

—Es decisión mía, Angus. Salvará la vida de mis amigos.

—Yo soy el mejor espadachín de los tres —dijo Jean-Luc—. Exijo ir en tu lugar. Estoy en mi derecho.

—No te preocupes, Jean-Luc —respondió Roman—. Me enseñaste muy bien. ¿No fui yo quien le dio el golpe mortal a Casimir?

Jean-Luc lo fulminó con la mirada.

—Solo porque yo te estaba cubriendo la espalda.

—Lo que dices no es de sentido común —insistió Angus—. Estás demasiado consternado porque te haya dejado esa muchacha, y no puedes pensar con claridad.

Roman tragó saliva. ¿Y si había algo de verdad en lo que había dicho Angus? ¿Estaría dispuesto a correr un riesgo tan grande si Shanna estuviera allí con él? De todos modos, su intención no era suicidarse, porque tenía la intención de salir victorioso de aquel duelo. La muerte de Petrovsky le haría un daño considerable al movimiento de los vampiros descontentos, pero no le pondría fin. Él debía sobrevivir para poder seguir protegiendo a los suyos.

—La decisión está tomada —dijo.

—Yo seré tu padrino —anunció Connor.

—No. Petrovsky y yo hemos acordado que iríamos solos.

—Él no va a respetar el trato —dijo Angus—. No es de confianza, y lo sabes.

—Yo no voy a incumplir el trato. Y vosotros tampoco —sentenció Roman—. No sabéis dónde vamos a encontrarnos. Y no me vais a seguir.

Ellos lo miraron con desesperación. Angus abrió la boca para protestar.

—Prometed que no vais a seguirme —dijo Roman, antes de que pudiera hablar.

—Está bien —dijo Angus, con una expresión afligida, mirando a los demás—. Tienes nuestra palabra.

Roman se dirigió hacia la puerta.

—Una vez quisiste salvar a un pueblo entero y, a causa del orgullo, caíste en las garras de Casimir. Y ahora, quieres salvarnos a todos nosotros.

Roman se detuvo a medio camino y miró a Angus.

—Esto no es lo mismo.

—¿Estás seguro? —respondió Angus—. Ten cuidado, amigo mío. El orgullo ya ha sido tu perdición otra vez.

Shanna se incorporó en la cama y miró a su alrededor.

—¿Estás bien? —le preguntó Austin.

—Eh… Sí, estoy bien. Debo de haberme quedado dormida —dijo ella.

Estaba en la habitación del hotel, con sus dos guardianes. Al poco de llegar, una mujer joven, de pelo moreno, había acudido como refuerzo de Austin. El reloj del despertador que había en la mesilla marcaba las ocho y veinte de la noche. Demonios, había estado demasiado tiempo dormida. Sin embargo, era lógico que estuviera exhausta después de haber pasado la noche anterior en vela.

—¿Ha oscurecido?

—Claro —dijo Austin, y le señaló una *pizza* que había en la mesa, junto a la mujer y a él—. ¿Quieres comer un poco?

—Dentro de un rato —respondió ella.

Así pues, Roman ya se habría despertado. ¿Estaría haciendo los preparativos para la guerra contra los rusos? Ojalá pudiera hablar con él, solo para saber si estaba bien. Su padre le había confiscado el teléfono móvil. Miró el teléfono que había en la mesilla. Estaba desconectado. Austin lo había desenchufado al llegar a la habitación. Obviamente, no confiaban en ella. Y ella no podía quejarse, porque tenían razón. A la más mínima oportunidad, iba a marcharse con Roman.

—Hola, yo soy Alyssa —dijo la muchacha—. Tu padre me ha pedido que te trajera algo de ropa de tu apartamento —añadió, y señaló una maleta pequeña que había a los pies de la cama.

Shanna reconoció su viejo equipaje.

—Gracias.

—Hemos arreglado la televisión para poder ver la cadena CDV —dijo Austin; tomó el mando a distancia y subió el volumen—. La explosión de la bomba en Romatech es la principal noticia de los informativos. Se preguntan si Draganesti se va a vengar esta noche.

—Esta televisión vampírica es asombrosa —dijo Alyssa—. Tienen culebrones, como nosotros. ¿Y qué demonios es eso de Chocolood?

—Una bebida de chocolate y sangre —respondió Shanna—. Tiene mucha aceptación entre las mujeres, pero he oído que engorda mucho.

Alyssa se echó a reír.

—¡Me estás tomando el pelo!

—No. De hecho, Roman ha inventado una bebida nueva para intentar solucionar ese problema. Se llama Blood Lite.

Al oír aquello, los dos agentes se echaron a reír.

Austin cabeceó.

—No son para nada como me esperaba.

—Yo tampoco me los esperaba así —dijo Alyssa, después de tragar un bocado de *pizza*—. Creía que serían blancos y viscosos, pero tienen un aspecto muy normal.

—Sí —dijo Austin—. Y tienen una cultura muy diferente a la nuestra, pero, de todos modos, parece tan... humana...

—Son humanos. Sienten dolor, miedo y... amor —dijo Shanna, y se preguntó qué estaría sintiendo Roman en aquel momento.

—Bueno, pues que tu padre no te oiga decir eso —respondió Alyssa—. Él piensa que son una panda de psicópatas.

—¿Dónde está mi padre? —preguntó Shanna.

—Vigilando la casa de Petrovsky, como de costumbre —contestó Austin—. Odia a los rusos con todas sus fuerzas, sobre todo desde que intentaron matarte en el restaurante.

Shanna pestañeó.

—¿Cómo?

—Qué metepatas eres, Austin —murmuró Alyssa.

—Pensaba que lo sabía —respondió Austin a su compañera, y se volvió hacia Shanna—. ¿No te lo dijeron los del FBI?

—¿Decirme qué? —preguntó Shanna, con el corazón en un puño—. ¿Estás diciendo que el asesinato de mi amiga no fue algo accidental?

—No. Fue una venganza. Tu padre metió a algunos peces gordos de la mafia rusa en la cárcel. Sacaron a tu familia de Rusia en secreto, en un avión, y nadie sabe dónde están. La mafia rusa quiso vengarse, y tú eras la única persona de la familia de tu padre a la que pudieron encontrar.

Shanna se mareó.

—¿Querían matarme a mí? ¿Karen murió por mi culpa?

—No es culpa tuya —dijo Alyssa—. Tú te convertiste en su objetivo por ser hija de Sean Whelan.

—Dadas las circunstancias —continuó Austin—, lo mejor que puedes hacer para continuar con vida es trabajar en nuestro equipo. Estarás ilocalizable, y recibirás un buen entrenamiento defensivo.

Shanna se dejó caer boca arriba, en la cama, y se quedó mirando al techo. Durante todo aquel tiempo había estado pensando que lo que había ocurrido aquella noche en el restaurante había sido una horrible casualidad: Karen y ella estaban en el peor sitio y en el peor momento. Sin embargo, el blanco de la mafia era ella; ella era la que debía haber muerto, y no Karen.

—¿Estás bien? —le preguntó Alyssa.

—Me siento muy mal por la muerte de Karen. Tenía que haber sido yo.

—Bueno —dijo Austin, mientras abría una lata de refresco—, si te sirve de consuelo, la mafia os habría matado a las dos si te hubieran visto a ti. No habrían dejado testigos.

Eso no la consolaba en absoluto. Shanna cerró los ojos.

«¿Shanna? ¿Dónde estás?».

A ella se le escapó un jadeo, y se incorporó de golpe. Austin y Alyssa se quedaron mirándola.

—Eh, tengo que ir un momento al baño —dijo.

Rápidamente, se levantó y entró en el cuarto de baño de la habitación. Dios Santo, ¿Roman estaba intentando ponerse en contacto con ella? ¿Era su conexión mental tan fuerte como para funcionar a distancia? Abrió los grifos de ambos lavabos para ocultar el sonido de su voz.

—Roman, ¿me oyes?

«Sí. Estoy aquí. ¿Dónde estás tú?».

—En un hotel, con dos de los miembros del equipo de mi padre.

«¿Estás prisionera, o quieres estar allí?».

—Por ahora estoy bien. No te preocupes por mí. ¿Y tú? ¿Vas a ir a la guerra esta noche?

«La disputa terminará esta noche. ¿Por qué… por qué llamaste a tu padre? Pensaba que querías quedarte conmigo».

—No lo llamé. Él estaba vigilando la casa de Petrovsky en un coche, y me vio entrar. Pensó que estaba en peligro, así que entró a rescatarme.

«¿Y vas a quedarte con él?».

—Preferiría estar contigo, pero, si quedarme aquí ayuda a protegerte…

«¡No necesito tu protección!».

Su voz de furia reverberó en la mente de Shanna durante unos segundos.

—Roman, siempre te querré. Nunca te traicionaría.

La conexión se hizo muy tensa.

—¿Roman? ¿Sigues ahí?

Una nueva emoción se apoderó de la conexión. Desesperanza. Roman estaba sufriendo. Shanna se apretó el crucifijo de plata contra el pecho.

«Si sobrevivo esta noche, ¿volverás conmigo?».

¿Si sobrevivía?

—Roman, ¿qué estás diciendo? ¿Vas a ir a la guerra?

«¿Volverás conmigo?».

—¡Sí! Sí, volveré. Pero, Roman, no te pongas en peligro, por favor —le rogó ella, apretando con fuerza la cruz.

No hubo respuesta.

—¡Roman! ¡No te vayas! —gritó ella.

Al oír que llamaban a la puerta del baño, se sobresaltó.

—¡Shanna! —gritó Austin—. ¿Estás bien?

—Sí, sí —respondió ella.

Después se concentró en mandar un mensaje mental. «Roman. Roman, ¿me oyes?».

No obtuvo contestación. La conexión se había interrumpido.

Y Roman se había marchado.

No podía ser una cuestión de orgullo. Angus tenía que estar equivocado. Roman sabía que Jean-Luc era mucho mejor que él con la espada, y que Angus era mejor soldado. Así pues, ¿cómo iba a ser el orgullo lo que le empujaba a elegir aquel camino? No lo sabía. Solo sabía que estaba dispuesto a hacer cualquier cosa por salvar a su gente y a Shanna. Él había transformado en vampiros a muchos de aquellos escoceses; incluso a Jean-Luc y a Angus. Él los había condenado a pasar toda la eternidad en el infierno, si morían. Y no iba a permitir que sucediera eso, aunque para ello tuviera que morir él mismo y cumplir la condena eterna.

Poco después de las once, Roman subió los escalones de piedra y abrió la pesada puerta de madera de una iglesia. Sus pasos resonaron en el vestíbulo vacío. Las llamas de los cirios relucían suavemente bajo las imágenes. Las estatuas de los santos y de la Virgen lo miraban, preguntándose cuál era el motivo de su presencia en la casa de Dios. Él también se la cuestionaba. ¿Qué pensaba conseguir allí?

Se persignó y alargó el brazo para tocar el agua bendita. Hizo una pausa, con la mano sobre la pila. Comenzó a formarse un remolino, y el agua hirvió. El vapor ascendió rápidamente y le calentó la piel.

Roman apartó la mano. La necesitaba en perfectas condiciones para el duelo a espada. Cuando el agua dejó de borbotear, él se hundió en la desesperación. Acababa de recibir la respuesta a su pregunta: su alma estaba condenada.

La puerta se abrió y se cerró tras él. Roman se giró rápidamente; cuando vio quién había entrado, se relajó.

Connor, Gregori y Laszlo lo miraron con timidez.

—Creía que lo había dejado bien claro. No debía seguirme nadie.

Connor se encogió de hombros.

—Sabíamos que podíamos seguirte hasta aquí. No vas a batirte a duelo en una iglesia, ¿no?

—Además —dijo Gregori—. Íbamos a venir aquí de todos modos. Queríamos rezar por ti.

—Sí —dijo Laszlo, y se santiguó—. Hemos venido a rezar.

Roman dio un resoplido.

—Rezad todo lo que queráis. Para lo que va a servir…

Recorrió el pasillo central hasta uno de los confesionarios, y se arrodilló ante la celosía.

Distinguió la silueta de un cura en la penumbra. Parecía un sacerdote anciano, y estaba encorvado.

—Ave María purísima —dijo. Giró un poco la cara, y farfulló para decir la primera parte de la frase—. Hace quinientos catorce años que no me confieso.

—¿Cuánto? —le preguntó una voz anciana. El cura carraspeó—. ¿Catorce años?

—Hace mucho tiempo. He roto mis votos ante Dios. He cometido muchos pecados. Y tal vez, esta noche, deje de existir.

—¿Estás enfermo, hijo mío?

—No. Esta noche voy a arriesgar la vida para salvar a mi gente —dijo Roman, y apoyó la cabeza en la rejilla de madera—. Pero no estoy seguro de si el bien puede triunfar sobre el mal, ni siquiera de si soy bueno. Dios me ha abandonado, así que, seguramente, yo también soy malo.

—¿Por qué piensas que Dios te ha abandonado?

—Una vez, hace mucho tiempo, pensé que podía salvar a un pueblo entero, pero sucumbí al pecado del orgullo y me hundí en la oscuridad. Y allí he permanecido siempre.

El cura volvió a carraspear, y se movió en la silla. Roman pensó que su historia debía de sonar muy extraña. Había perdido el tiempo yendo allí. ¿Qué era lo que estaba esperando encontrar?

—Vamos a ver si lo entiendo —dijo el cura—. La primera vez que intentaste salvar a la gente, ¿estabas seguro de tu victoria?

—Sí. En mi orgullo, pensaba que no podía fracasar.

—Entonces, no estabas arriesgando nada. Y esta noche, ¿estás seguro de tu victoria?

—No, no lo estoy.

—Entonces, ¿por qué vas a arriesgar la vida?

A Roman se le llenaron los ojos de lágrimas.

—No puedo soportar que ellos arriesguen la suya. Yo... los quiero.

El sacerdote tomó aire.

—Ahí tienes la respuesta —dijo—. No vas a hacerlo por orgullo, sino por amor. Y, como el amor proviene de nuestro Padre, Él no te ha abandonado.

Roman soltó un resoplido.

—Padre, usted no entiende la magnitud de mis pecados.

—Tal vez tú no entiendas la magnitud del perdón de Dios.

A Roman se le cayó una lágrima por la mejilla.

—Ojalá pudiera creerlo, Padre. Pero he cometido tantos pecados... Temo que sea demasiado tarde para mí.

El sacerdote se inclinó hacia la celosía.

—Hijo mío, para un hombre que siente verdadero arrepentimiento, nunca es demasiado tarde. Rezaré por ti esta noche.

27

Después de medianoche, sonó el teléfono de Austin. Por el tono tan respetuoso con el que hablaba, y la forma en que la miraba, Shanna sospechó que estaba hablando con su padre. Ella llevaba toda la noche preocupándose por una posible guerra entre vampiros. Sus intentos de ponerse en contacto mentalmente con Roman habían fracasado.

—Lo entiendo, señor —dijo Austin, y le entregó el teléfono a Shanna—. Tu padre quiere hablar contigo.

Ella se lo puso en la oreja.

—¿Sí, papá?

—Shanna, se me ha ocurrido que querrías saber lo que está pasando. Tenemos pinchado el teléfono de Petrovsky, así que le hemos oído hablar con Draganesti.

—¿Y qué ocurre? ¿Van a ir a la guerra?

—Bueno, parece que Draganesti está preparado. Ha dicho que tiene doscientos soldados. Petrovsky lleva toda la noche al teléfono, ordenándoles a sus seguidores que se presenten. Creemos que tiene cincuenta, como máximo.

Shanna exhaló un suspiro de alivio.

—Roman es muy superior en número.

—Bueno, no exactamente. Verás, Draganesti hizo un trato con Petrovsky: van a reunirse en Central Park y, en vez de hacer una guerra, se supone que ellos dos van a batirse en un duelo a muerte.

A Shanna le fallaron las rodillas, y cayó sobre la cama.

—¿Qué?

—Sí, se supone que se van a encontrar a solas en East Green a las dos de la madrugada. Espadas de plata, y solo uno de ellos puede quedar con vida.

Shanna se quedó sin aire. ¿Roman iba a luchar a muerte con Draganesti?

—No… no puede ser cierto. Tenemos que pararlo.

—No creo que podamos, cariño. Pero estoy un poco preocupado por tu amigo. Verás, Petrovsky les ha ordenado a todos sus hombres que aparezcan esta noche y, que sepamos, Draganesti va a acudir a la cita solo. Pero Petrovsky va a llevarse a todo un ejército.

Shanna jadeó.

—Oh, Dios mío.

—Cuando escuchamos, nos dimos cuenta de que la gente de Draganesti no sabe que va a haber un duelo, así que no van a poder ayudarle. Es un poco triste. A mí me parece un asesinato.

Shanna pensó en la conversación: dos de la madrugada, East Green, Central Park. Tenía que avisar a los escoceses.

—Tengo que colgar, cariño. Solo quería ponerte al tanto de todo. Adiós.

—Adiós —dijo Shanna, y agarró con fuerza el auricular. Miró a Austin y a Alyssa, y anunció—: Tengo que hacer una llamada.

—Eso no podemos permitírtelo, Shanna.

Austin se tumbó en la segunda cama.

—¿Qué tiene de malo? Incluso a los presos se les permite hacer una llamada.

Alyssa se giró hacia él.

—¿Estás loco?

—No —dijo Austin, mirándola fijamente.

Shanna marcó de inmediato el número de casa de Roman. Sabía que aquello era muy raro, demasiado conveniente. Primero, su padre le daba toda la información y, después, Austin le permitía hacer una llamada. Sin embargo, pasara lo que pasara, tenía que salvar a Roman.

—¿Diga?

—Connor, ¿eres tú?

—Sí. ¿Shanna? Estamos preocupados por ti.

—¿Puedes… eh… hacer eso del teléfono?

—¿Teletransportarme? Sí. ¿Dónde estás?

—En la habitación de un hotel. Date prisa. Sigo hablando —dijo Shanna, y miró a Austin y a Alyssa—. Aquí hay otras dos personas, pero no creo que…

Connor apareció a su lado.

—¡Madre mía! —exclamó Austin, y se levantó rápidamente de la cama, alejándose de ellos.

Alyssa se quedó boquiabierta.

—Siento la intromisión —dijo Connor, y le quitó el teléfono a Shanna—. Ian, ¿estás ahí?

—Lleva… lleva un *kilt* —susurró Alyssa.

—Sí, eso es lo que llevo —dijo Connor, y miró a la agente de la CIA—. Y tú eres una chica muy guapa.

Alyssa tartamudeó.

—¿Cómo demonios has hecho eso? —le preguntó Austin.

—Pues… del mismo modo que voy a hacer esto otro —dijo Connor, y rodeó a Shanna con un brazo. Ella se agarró a él justo cuando todo se volvía negro a su alrededor.

Cuando la oscuridad desapareció, se vio en el vestíbulo de casa de Roman. El primer piso estaba lleno de escoceses de las Highlands, armados hasta los dientes. Se paseaban de un lado a otro con un aire de frustración.

Angus MacKay se acercó a ella.

—Connor, ¿por qué la has traído aquí?

Antes de que Connor pudiera responder, Shanna intervino:

—Tengo noticias. Roman y Petrovsky se van a batir en duelo esta noche.

—Eso no es ninguna noticia, muchacha —le dijo Connor, mirándola con tristeza.

—¡Pero es que Petrovsky se va a llevar a su ejército! Tenéis que ayudar a Roman.

—Demonios —murmuró Angus—. Sabía que ese desgraciado no iba a cumplir su palabra.

—¿Cómo lo sabes, Shanna? —preguntó Connor.

—Mi padre tiene micrófonos en la casa de Petrovsky. Oyó sus planes, y me lo contó todo. Tenía que avisaros. Roman se va a reunir con Petrovsky en East Green, en Central Park, a las dos de la madrugada.

Los escoceses se miraron con desesperación.

Angus cabeceó.

—No podemos hacer nada, muchacha. Le prometimos que no íbamos a seguirlo.

—¡Yo no voy a dejarle solo! —exclamó Shanna, y tomó la espada de Connor—. No le he prometido nada, así que voy a ir.

—Espera —le gritó Connor—. Si Shanna va, nosotros podemos seguirla. No le hemos prometido nada de que no fuéramos a hacer eso.

—Es cierto —dijo Angus, sonriendo—. Y la chica necesita nuestra protección. Seguro que Roman quiere que la sigamos.

—¡Muy bien! —dijo Shanna, espada en alto—. ¡Seguidme!

La pequeña chispa de esperanza que Roman había sentido después de la confesión se apagó rápidamente cuando llegó a East Green. Petrovsky había incumplido su acuerdo, y no estaba solo.

Su aquelarre había formado un semicírculo tras él. Había unos cincuenta vampiros, la mayoría, hombres. Unos doce de ellos portaban antorchas.

Petrovsky dio un paso adelante.

—Será un placer matarte.

Roman agarró la empuñadura de su espada.

—Ya veo que tenías miedo de venir solo. Incluso te has traído a algunas mujeres, para que te limpien la nariz.

—No tengo miedo. He dado mi palabra de que no iba a herir a ninguno de tus seguidores, pero no he prometido que mis seguidores no te ataquen a ti si yo muero. Así que, ya ves, Draganesti, esta noche vas a morir de un modo u otro.

Roman tragó saliva. Eso ya se lo había imaginado. Las plegarias de un sacerdote y tres amigos no eran suficientes. Dios lo había abandonado hacía mucho tiempo.

—¿Estás listo? —le preguntó Petrovsky, y desenvainó la espada.

Roman también sacó su espada. Era un regalo de Jean-Luc. Tenía la hoja de acero revestido de plata, y estaba muy afilada. La empuñadura de acero puro se adaptaba perfectamente a su mano. Hizo un movimiento cortante en el aire, y saludó a Petrovsky. Se permitió pensar, por última vez, en Shanna, y después se concentró en una única cosa: sobrevivir.

Mientras Shanna corría hacia East Green, oía el entrechocar del metal. El sonido era aterrador, pero le daba esperanzas. Si Roman estaba luchando, todavía estaba con vida.

—¡Alto! —ordenó Angus, y se interpuso en su camino—. Se supone que tenemos que seguirte, muchacha, pero tenemos que hacer esto más rápidamente —añadió, y la tomó en brazos.

Los árboles pasaban a su lado emborronados, y Shanna se aferró con fuerza a Angus. Los escoceses avanzaron con la velocidad vampírica por el parque, hasta que llegaron al borde del claro.

Angus la dejó en el suelo.

—Siento haberte juzgado mal. Toma —le dijo, y le entregó una espada—. Ahora, te seguiremos a ti.

—Gracias —respondió ella, y entró al claro.

Los guerreros tomaron posiciones a su espalda, conducidos por Angus MacKay y Jean-Luc Echarpe. Roman y Petrovsky estaban en medio del claro, moviéndose en círculos. Parecía que Roman estaba indemne; sin embargo, Ivan tenía varios cortes en la ropa, y sangraba por una herida del brazo izquierdo.

Petrovsky la miró y soltó una maldición.

—¡Bastardo, la has tenido en tu poder todo el tiempo! ¡Y has traído a tu ejército!

Roman dio un paso atrás y miró rápidamente a Shanna y a los Highlanders. Se concentró, de nuevo, en Petrovsky, pero gritó:

—¡Angus, me diste tu palabra de que no ibas a seguirme!

—No te hemos seguido —respondió Angus—. No sabíamos que estabas aquí. Hemos seguido a la chica.

Roman dio un salto a la derecha para esquivar una carga de Petrovsky. Dio un rápido giro y le propinó una estocada al ruso en la cadera. Ivan gritó y se apretó la herida con una mano.

—¡Shanna! —gritó Roman—. ¡Márchate de aquí!

—No pienso dejarte solo —dijo ella, y dio un paso hacia delante—. Y no voy a dejar que mueras.

Ivan se miró la sangre que tenía en la mano.

—¿Crees que estás ganando, Draganesti? Pues te equivocas, al igual que te equivocaste con Casimir.

Roman hizo un círculo a su alrededor.

—Casimir está muerto.

—¿Tú crees? ¿Lo viste morir?

—Cayó un momento antes del amanecer.

—Y tus amigos y tú os fuisteis corriendo a un refugio. Así pues, no viste lo que ocurrió después. Yo me llevé a Casimir a mi guarida secreta.

Se oyeron jadeos y gritos ahogados entre los Highlanders.

—Mientes —susurró Roman, que se había quedado pálido—. Casimir está muerto.

—¡Vive, y está reuniendo un gran ejército para vengarse! —gritó Ivan.

Entonces, lanzó una estocada y le hizo un corte a Roman en el estómago. La sangre brotó de la herida y él se tambaleó hacia atrás.

Shanna gritó al ver sangrar a Roman. Tras él, dos rusos desenvainaron sus armas.

—¡Roman! ¡Cuidado! —le advirtió ella, y echó a correr hacia él.

Angus la atrapó rápidamente.

—No, muchacha.

Roman se dio la vuelta para defenderse de los rusos.

Ivan fulminó a Shanna con la mirada.

—¡Estoy harto de ti, zorra! —le gritó, y se lanzó hacia ella alzando la espada con ambas manos.

Angus la empujó tras él y desenvainó, pero Jean-Luc se adelantó con la espada en alto y la abatió sobre Ivan. Sus armas chocaron violentamente, e Ivan se tambaleó hacia atrás. Jean-Luc lanzó una serie de ataques hacia delante y obligó a Ivan a retroceder.

Shanna dio un grito al ver a Roman atravesarle el corazón a uno de sus atacantes rusos. El hombre cayó al suelo y se convirtió en polvo. El otro ruso dejó caer la espada y se retiró.

Roman se acercó a Shanna.

—Angus, llévatela a casa —dijo, mientras se apretaba la herida del estómago con una mano.

Shanna intentó correr hacia él, pero Angus la sujetó.

—Roman, ven con nosotros. Estás herido.

Él apretó los dientes.

—Tengo que terminar un asunto —dijo, y cargó contra Petrovsky.

Jean-Luc saltó hacia atrás justo cuando la espada de Roman chocaba contra la de Ivan. Con un movimiento rápido, Roman consiguió arrancarle a Petrovsky la espada de la mano. El arma voló por los aires y cayó cerca de uno de los rusos.

Ivan corrió hacia su espada. Roman pudo herirle en la parte posterior de las piernas, y Petrovsky cayó. Rodó por el suelo, pero Roman ya estaba al otro lado y le apuntó al corazón con la espada.

—Has perdido —dijo Roman.

Ivan miró frenéticamente a su alrededor.

Roman apretó la punta de la espada en el pecho de Ivan.

—Jura que tu aquelarre y tú nunca haréis daño a mi gente.

Ivan tragó saliva.

—Lo juro.

—Y que dejarás de cometer atentados contra mis fábricas.

Ivan asintió.

—Si lo juro, ¿no me matarás?

Jean-Luc se acercó.

—Tiene que morir, Roman.

—Sí —dijo Angus—. No se puede confiar en él.

Roman respiró profundamente.

—Si él muere, alguien ocupará su lugar y ejercerá el liderazgo de los descontentos. Su aquelarre continuará aterrorizándonos. Pero, si dejamos que Petrovsky viva, tendrá que cumplir su palabra, ¿no es así?

—Claro —dijo Ivan—. Cumpliré mi palabra.

—Por supuesto que lo harás —dijo Roman, con una sonrisa—. O te buscaré durante el día, cuando estés indefenso, y te mataré. ¿Entendido?

—Sí —dijo Ivan, y se puso en pie lentamente.

Roman retrocedió.

—Entonces, hemos terminado aquí.

Uno de los rusos se lanzó hacia delante y tomó del suelo la espada de Ivan.

—Creo que esto te pertenece —dijo, y atravesó a Ivan por el estómago.

Ivan se tambaleó hacia atrás.

—¿Alek? ¿Por qué me has traicionado? —preguntó, mientras caía de rodillas—. ¡Bastardo! ¡Ansías mi poder, mi aquelarre!

—No —dijo Alek, con una mirada de odio—. Quiero a tus mujeres.

Ivan cayó al suelo, agarrándose el estómago.

—Idiota —dijo una vampiresa, caminando hacia él, con una estaca de madera en la mano—. Siempre me has tratado como a una puta.

Ivan jadeó para intentar tomar aire.

—Galina, idiota, tú eres puta.

Otra vampiresa se adelantó mientras sacaba otra estaca de su cinturón.

—No volverás a llamarnos putas. Vamos a hacernos cargo de tu aquelarre.

—¿Qué? —preguntó Ivan, mientras se arrastraba por la hierba, huyendo de las dos mujeres que se le acercaban—. Katya, Galina, ¡basta! ¡No podéis dirigir un aquelarre! Sois demasiado estúpidas.

—Nunca hemos sido estúpidas —dijo Galina, arrodillándose a su lado—. Podré estar con todos los hombres que quiera.

Katya se arrodilló al otro lado.

—Y yo seré como Catalina la Grande —dijo, y miró a Galina—. ¿Lo hacemos ya?

Las dos mujeres le clavaron las estacas en el corazón a Ivan.

—¡No! —gritó el vampiro, antes de convertirse en polvo.

Las mujeres se levantaron y se encararon con los escoceses.

—¿Una tregua, por ahora? —sugirió Katya.

—De acuerdo —dijo Angus.

Los rusos desaparecieron en la oscuridad de la noche.

Todo había terminado.

Shanna sonrió a Roman. Estaba temblando.

—Esto sí que ha sido raro. Vamos, levanta los brazos para que podamos vendarte la herida.

Connor le vendó el estómago a Roman, y ató el vendaje a su espalda. Después, sacó una botella de sangre de su escarcela y se la dio.

—Gracias —dijo Roman, y tomó un trago de la bebida. Entonces, le dijo a Shanna—: Nosotros dos tenemos que hablar.

—Claro que tenemos que hablar. Ni se te ocurra aceptar nunca más un reto a muerte. Si lo haces, te encerraré en la habitación de plata y tiraré la llave al mar.

Él sonrió mientras la abrazaba.

—Me encanta que seas tan autoritaria.

—¡Suéltala! —gritó alguien.

Shanna se giró y vio a su padre, que se acercaba con una linterna. Detrás de él llegaban Garrett, Austin y Alyssa, todos ellos con una linterna y con una pistola de plata. Llevaban un cinto lleno de estacas de madera. Se detuvieron a cierta distancia e inspeccionaron la escena. Sus luces se movían de un lado a otro.

Su padre iluminó un montón de polvo.-

—Espero que sea Petrovsky.

—Sí —dijo Angus—. ¿Y tú eres Sean Whelan?

—Sí —respondió Sean, mientras localizaba el segundo montón—. ¿Otro ruso?

—Sí —dijo Roman—. Yo lo maté.

Con un suspiro, Shanna miró a su alrededor por el claro.

—No es exactamente el resultado que esperaba. Solo dos muertos.

—¿De qué estás hablando? —preguntó Shanna.

—Has cumplido muy bien tu parte, hija. Sé que estás bajo la influencia de esa horrenda criatura, y le dije a Austin que te permitiera utilizar el teléfono. Sabía que avisarías a los amigos de Draganesti.

—Esperabas que hubiera una guerra —dijo Roman, y estrechó a Shanna entre sus brazos—. Esperabas que muriéramos casi todos.

—Para nosotros habría significado mucho menos trabajo —dijo Sean, encogiéndose de hombros—. Pero os cazaremos, tenéis mi palabra.

Jean-Luc alzó la espada.

—Decir eso es una tontería, cuando sois muy inferiores en número.

—Sí —dijo Angus, acercándose a ellos—. Lo que no entendéis es que nos necesitáis. Hay un vampiro perverso reuniendo un ejército en estos momentos. No podréis vencer a Casimir sin nuestra ayuda.

Sean entrecerró los ojos.

—No he oído hablar de ese tal Casimir. ¿Y por qué iba a creerme lo que me diga un demonio?

—Es cierto, papá —gritó Shanna—. Necesitas a estos hombres.

—¡No son hombres! —respondió Sean—. Y, ahora, apártate de ese monstruo y ven conmigo.

Roman carraspeó.

—Supongo que no es buen momento para pedirle la mano de su hija, ¿verdad?

Sean se sacó una estaca de madera del cinto.

—¡Antes nos veremos en el infierno!

Roman se estremeció.

—No, no es buen momento —dijo.

Shanna le acarició la mejilla y sonrió.

—A mí me parece un momento perfecto.

—Shanna, intentaré darte todo lo que siempre has querido. Una casa con un jardín…

Ella se echó a reír y lo abrazó.

—Solo te necesito a ti.

—Incluso hijos —continuó Roman—. Encontraremos la forma de insertar mi ADN en un esperma vivo.

—¿Qué? ¿Tú quieres ser padre?

—Solo si tú eres la madre.

Ella sonrió.

—Entonces, ¿te das cuenta de que tienes que deshacerte del harén?

—Ya me he ocupado de eso. Gregori se las va a llevar a su casa hasta que puedan arreglárselas solas.

—Oh, qué amable por su parte —dijo Shanna—. A su madre le va a dar un ataque.

—Te quiero, Shanna —dijo Roman, y le dio un beso en los labios.

—¡Apártate de ella! —gritó Sean, y avanzó con la estaca de madera.

—¡No! —gritó Shanna, y se giró para enfrentarse a su padre.

—Shanna, ven conmigo. Este monstruo se ha apoderado de tu mente.

—No. Se ha apoderado de mi corazón —dijo ella—. Lo quiero —añadió, y se puso una mano en el pecho. Entonces, se dio cuenta de que estaba tocando el crucifijo de plata, y se giró hacia Roman—. Oh, Dios mío… Abrázame otra vez.

Él la estrechó entre sus brazos.

—¿No te hace daño? —le preguntó ella. Dio un paso atrás, y levantó la cruz—. No te ha quemado.

Roman abrió mucho los ojos, y tocó delicadamente la cruz.

—Debe de ser una señal —dijo Shanna, con los ojos llenos de lágrimas—. Dios no te ha abandonado.

Roman tomó el crucifijo y cerró el puño.

—«Tal vez no entiendas la magnitud del perdón de Dios». Eso es lo que me ha dicho esta noche un hombre sabio. No lo había creído, hasta ahora.

Shanna tenía los ojos llenos de lágrimas.

—Dios no te ha abandonado nunca. Y yo tampoco lo haré.

Roman le acarició el rostro.

—Siempre voy a quererte.

Shanna se echó a reír, y las lágrimas se le derramaron por las mejillas.

—¿Sabes? Si Dios te ha perdonado, tú también vas a tener que perdonarte a ti mismo. No puedes seguir odiándote a ti mismo.

Roman estrechó a Shanna entre sus brazos.

—¡Esto no ha terminado! —gritó Sean—. Os daremos caza, uno a uno —dijo.

Después, se alejó furioso, seguido por su equipo.

—No te preocupes por mi padre —dijo Shanna, apoyando la cabeza en el hombro de Roman—. Se acostumbrará a ti.

—Entonces, ¿de verdad vas a casarte conmigo? —le preguntó Roman.

—Sí —dijo ella.

Y, cuando él la besó, oyó los vítores de los escoceses. Se acurrucó contra él.

La vida era maravillosa, incluso con aquellos que no estaban vivos.